David Tallerman

Im Schatten der Giganten

DAVID TALLERMAN

Im Schatten der Giganten

ROMAN

Aus dem Englischen
von Andreas Brandhorst

Piper München Zürich

Die englische Originalausgabe erschien 2012
unter dem Titel »Giant Thief« bei Angry Robot, Nottingham.

MIX
Papier aus verantwortungsvollen Quellen
FSC® C083411
FSC
www.fsc.org

ISBN 978-3-492-70288-1

Satz: Fotosatz Amann, Aichstetten
Druck und Bindung: CPI – Clausen & Bosse, Leck
Printed in Germany

Für Peg

1

Die Sonne ging unter, als sie entschieden, mich zu hängen.

Gerechterweise muss man sagen, dass sie es mit der Entscheidung nicht sonderlich eilig gehabt hatten. Seit meiner Gefangennahme, bei der ich ordentlich Prügel bezogen hatte, waren sie fast eine Stunde damit beschäftigt gewesen, darüber zu reden. Einer der drei Burschen wollte mich einem Offizier der Berufssoldaten übergeben. Der zweite schien entschlossen, mir die Kehle durchzuschneiden, und er hoffte noch immer, die anderen beiden überreden zu können. Ich hatte beschlossen, mich auf seine Seite zu schlagen. »Er hat recht, wisst ihr. Es ist ein schneller, aber schmerzvoller Tod, und weniger schmutzig, als man glauben könnte.«

Das brachte mir nur einen besonders heftigen Tritt gegen die Stirn ein, woraufhin ich mich auf ein gelegentliches Nicken oder zustimmendes Brummen beschränkte.

Man hatte mir oft prophezeit, dass ich früher oder später die falsche Person bestehlen und dafür mit dem Kopf in der Schlinge enden würde. Dann und wann hatte ich geahnt, dass etwas Wahres daran sein könnte, aber die meiste Zeit über hatte ich versucht, einfach nicht daran zu denken. Das Hängen erschien mir als eine unnötig in die Länge gezogene und unangenehme Art und Weise, aus dem Leben zu scheiden, und da Einhaltung und Vollzug des Gesetzes im Castoval eher dem Zufall überlassen blieben, hatte ich mich damit getröstet, dass ich mir über so etwas nur Sorgen machen musste, wenn ich sehr achtlos oder ausgesprochen dämlich gewesen wäre.

An diesem Tag war ich leider beides gewesen.

Die Diskussion ging weiter, und ich folgte ihr so gut ich konnte, wich dabei dem einen oder anderen Schlag aus und versuchte heimlich, die Hände freizubekommen. Trotz ihres Getues zweifelte ich kaum daran, dass die Burschen frühere Fischer waren und vermutlich von der Küste bei Aspira Nero stammten. Sie trugen keine Farben und keine Panzerung, abgesehen von Arm- und Kopfschutz aus Leder. Ihre bernsteinfarbene Haut war von der Gischt des Meeres gegerbt, und sie sprachen mit einem schweren Akzent. Hinzu kamen eher derbe Manieren, wie ich am eigenen Leib erfahren musste. Sie brauchten so lange, sich zu einigen, dass ich riskierte, vor Langeweile zu sterben.

Einer von ihnen – der Größte, das Gesicht über dem wuchernden Bart glänzend und gerötet – drehte sich zu mir um und knurrte: »Hast du gehört? Wir knüpfen dich auf.« Er war derjenige, der sich die ganze Zeit über fürs Hängen ausgesprochen hatte.

»Es ist meinen Ohren nicht entgangen. Allerdings glaube ich noch immer, dass das mit der durchgeschnittenen Kehle besser wäre. Wahrscheinlich würde ich mich dabei nicht beschmutzen. Aber es ist natürlich eure Sache, wenn ihr unbedingt Zeit vergeuden wollt.«

»Stimmt«, pflichtete er mir bei und warf seinem Kumpel, der schmollend ein Messer mit Knochengriff befingerte, einen warnenden Blick zu.

Wenn meine Verurteilung unwiderruflich feststand, konnte es nicht schaden, dem Burschen ganz offen zu sagen, was ich von ihm hielt. »Es wäre wohl auch zu viel gewesen, Finesse von einem so einfältigen und übel riechenden Dummkopf zu erwarten, dessen Mutter vermutlich ...«

Ich hatte noch viel mehr sagen wollen, wurde jedoch in meiner Konzentration gestört, als ein Schlag meinen Kopf mit solcher Wucht traf, dass ich zu Boden ging. Für einen Moment wurde alles schwarz. Dann schmeckte ich Blut, und obwohl das Blut mit Dreck vermischt war, wusste ich doch, dass ich nicht länger auf dem Boden lag. Etwas Raues und Warmes befand sich zwischen meinen Beinen und etwas anderes an meinem Hals, auf unangenehme Weise festgezogen. Das warme Ding identifizierte sich mit einem verärgerten Wiehern. Das andere Objekt erkannte ich ohne Hilfe.

Ich zog in Erwägung, nicht die Augen zu öffnen, obwohl das kaum etwas zu nützen schien. Dann fiel mir ein, dass ich nicht im Dunkeln sterben wollte. Ein enttäuschender Anblick erwartete mich. Alles war so wie in meiner Erinnerung. Die kurvenreiche Straße erstreckte sich noch immer links von uns, und es herrschte dichter Verkehr auf ihr – viele Leute waren zum Feldlager unterwegs. Der Fischerkarren stand noch immer im Gras, und die alte Buche erhob sich dort, wo sie sich den ganzen Nachmittag erhoben hatte. Allerdings sah ich sie jetzt aus einem anderen Blickwinkel, denn ich hing an einem ihrer Äste. Der Mond stand jetzt klar am Himmel, die Sonne war fast verschwunden. Ich schätzte, dass nur einige Minuten verstrichen waren, seit die Männer mein Schicksal beschlossen hatten.

»Er ist wach«, meinte der kleinste Bursche, der mit der Vorliebe für das Durchschneiden von Kehlen.

»Stimmt«, bestätigte ich, die Worte ein wenig undeutlich wegen der Schlinge an meinem Hals. »Können wir jetzt bitte fortfahren? Es ist schon recht kühl geworden; ich fürchte, uns steht eine kalte Nacht bevor.«

Ich hatte gehofft, es würde mutig klingen. Aber wahrscheinlich hielten die Männer meine kühnen Worte für ängstliches Geschwafel.

»Er hat recht«, sagte der Größte. »Wer will hier schon in der Kälte herumstehen? Bringen wir es hinter uns.« Er wandte seine Aufmerksamkeit mir zu. »Wie heißt du eigentlich?«

»Damasco«, sagte ich, schon zum dritten Mal. »Easie Damasco. Denk daran, wenn meine sieben Brüder in der Nacht kommen, um mich zu rächen.«

»Möchtest du einige letzte Worte sprechen, Damasco?«, fragte der Mann. »Bleib anständig, dann sind wir vielleicht so freundlich und ziehen an deinen Beinen.«

»Ich möchte nur noch einmal daran erinnern, dass ich vollkommen unschuldig bin. Ihr wollt das vielleicht nicht erkennen, aber die Götter sehen es, seid gewiss. Gerechtigkeit wird euch widerfahren, in dieser oder einer anderen Welt.«

»Ha! Leb wohl, Damasco.«

Es gab noch andere Dinge, die ich sagen sollte, und sie erschienen mir sehr wichtig. Doch der Mann hob die Hand und winkte jemandem hinter mir zu. Ich hörte das Zischen einer Peitsche, das Pferd wieherte, und plötzlich gab es nur noch Luft zwischen mir und dem Boden.

Ich versuchte, nach der Schlinge zu greifen, aber das klappte natürlich nicht, weil mir die Hände auf den Rücken gebunden waren. Eine Schulter knackte drohend, und ich gab den Versuch auf. Zum ersten Mal fühlte ich Panik nahen. Ich trat mit den Beinen, als könnte ich den Abstand zwischen meinen Füßen und dem Boden auf diese Weise verringern. Ich wollte schreien, brachte aber nur ein gurgelndes Geräusch hervor. Der Schmerz im Hals war unglaublich. Er dehnte sich aus, erfasste die

Gliedmaßen und nahm ihnen die Kraft. Ich zappelte noch immer, denn tief in mir wusste ich: Wenn ich mich nicht mehr bewegte, kam der Tod. Doch mit jedem verstreichenden Augenblick wurde ich schwächer.

»Was macht ihr da?«

Über mir riss etwas entzwei, und einen Moment später, wie durch ein Wunder, fiel ich ins hohe Gras. Es war eine ziemlich harte Landung, zum Glück mit den Füßen zuerst, und dann kippte ich zur Seite. Ich biss die Zähne zusammen und bemühte mich, wieder auf die Beine zu kommen. Überrascht stellte ich fest, dass ich irgendwann die Augen geschlossen hatte, und jetzt öffnete ich sie wieder und sah in die Richtung, aus der die Stimme gekommen war.

Reiter boten sich meinen Blicken dar, vielleicht ein Dutzend, und alle ähnlich gekleidet, aber der Mann, der eben gesprochen hatte, stach aus ihnen hervor wie ein Falke aus einer Gruppe von Spatzen. In physischer Hinsicht gab es nur wenig, das ihn von den anderen unterschied: Sein Pferd war eine Handbreit oder zwei größer, Umhang und Rüstung wirkten erlesener, selbst ohne Zierrat. Seine Haut erschien mir ein ganzes Stück dunkler als mein eigener olivfarbener Teint; Haar und Bart wiesen von Wicklern aus Draht geschaffene Locken auf. Das Gesicht des Mannes war kantig und scharf geschnitten. Eine eindrucksvolle Gestalt, zweifellos, aber nicht außergewöhnlich für einen Nordländer. Etwas anderes, weniger Greifbares wies mich darauf hin, dass dieser Mann der Kriegsherr Moaradrid von Schoan war: seine Haltung, die Art und Weise, wie uns seine dunklen Augen musterten, die Intensität selbst seiner kleinsten Gesten. Eine Wolke der Autorität umgab ihn.

Das einzige andere Zeichen seines Ranges bestand aus dem Respekt seiner Leibwächter. Einer hielt noch den

Bogen erhoben, und die Richtung, in die er zeigte … Jener Pfeil war es gewesen, der den Strick meiner Schlinge am Ast getroffen und zertrennt hatte. Die drei Fischer waren auf die Knie gesunken und verbeugten sich so tief, dass ihre Stirn den Boden berührte. Ich hielt es für besser, ihrem Beispiel zu folgen.

»Vergeuden wir Männer?«, fragte Moaradrid.

Jede Silbe hatte Gewicht. Alle zusammen hörten sich nach einem Bergsturz an.

»Euer Majestät, Herr …«

»Vergeuden wir taugliche Männer?«

»Nein, Herr, aber wir haben ihn dabei erwischt, wie er vom Tross stahl …«

»Es zeigt, dass er mit Händen und Füßen umzugehen weiß.«

»Ja, Herr, aber …«

»Du«, wandte sich Moaradrid an mich. »Möchtest du gehängt werden?«

»Um ganz ehrlich zu sein, ich finde die Vorstellung wenig erquicklich«, antwortete ich.

Der Hals fühlte sich noch immer wie abgeschnürt an, und die Worte brannten wie Salz in einer offenen Wunde.

»Würdest du lieber in meinem Heer dienen?«

»Genau das hatte ich vor, Herr, bevor mich diese Grobiane törichterweise packten und …«

»Bringt ihn zu einer Freiwilligenbrigade«, sagte Moaradrid und richtete diese Worte an den selbst ernannten Anführer der Fischer.

Er stieß die Hacken in die Seiten des Pferds und ritt zur Straße. Die Leibwächter folgten ihm sofort.

Er ritt fort, ohne dass einer meiner neuen Gefährten auch nur einen Mucks von sich gab. Ich sah dem Kriegsherrn nach und kam nicht umhin, seine Haltung zu bewundern, die einfache Eleganz seiner Kleidung, die Gelassenheit, mit der seine freie Hand auf dem Knauf des Degens ruhte.

Doch was mich am meisten beeindruckte, war die Größe des Geldbeutels, den ich, halb verborgen, an seiner Taille bemerkt hatte.

»Vorhin wolltest du etwas über meine Mutter sagen.«

»Tatsächlich?«

»Ja.«

»Das überrascht mich. Normalerweise neige ich nicht dazu, die Abstammung anderer Menschen zu kommentieren. Eine ungewöhnlich starke Provokation wäre nötig, mich so weit sinken zu lassen.«

Costas – der selbst ernannte Anführer – schnaubte und wandte sich ab. Seit mindestens fünf Minuten versuchte er, Streit mit mir anzufangen. Normalerweise hätte ich nichts dagegen einzuwenden gehabt, aber derzeit befand ich mich kaum in einer geeigneten Verfassung. Ich war erschöpft und halb verhungert gewesen, als sie mich erwischt hatten. Andernfalls *hätten* sie mich gar nicht erwischt, und es war auch die Erklärung dafür, wieso ich mich dazu herabgelassen hatte, vom Tross zu stehlen. Dass ich anschließend verprügelt und fast gehängt worden war, hatte meinen Zustand nicht gerade verbessert.

Costas war groß, aber auch schmächtig, und ich schätzte, dass ich unter normalen Umständen mit ihm fertiggeworden wäre. Den kleinen Burschen namens Armando hielt ich für gefährlicher, und der dritte, der bisher kaum gesprochen hatte, blieb eine unbekannte Größe. Jedenfalls stand es drei zu eins, weshalb ich es für klug hielt, mich von der höflichen Seite zu zeigen. Costas hatte es mir nicht leicht gemacht, freundlich zu bleiben, und ich war froh, dass er endlich das Interesse verlor.

Ich saß mit Costas und dem Stillen hinten auf dem Karren, auf einer Kiste, die nach Kohl und getrocknetem Fisch roch, der seine beste Zeit hinter sich hatte. Die Straße war schlecht und die Federung des Karrens noch viel schlechter. Aber ich fand es immer noch besser, als zu Fuß zu gehen.

»Was hat es mit dieser Freiwilligenbrigade auf sich?« Es schien mir ein neutrales Gesprächsthema zu sein. Die drei ehemaligen Fischer achteten nicht auf mich, und deshalb fügte ich hinzu: »Bessere Arbeit als die von Söldnern, nehme ich an?«

Der vorn auf dem Kutschbock sitzende Armando kicherte.

»Du wirst schon sehen.«

»So schlimm kann es doch nicht sein.«

»Meinst du?«

Dies führte zu nichts, und ich glaubte ohnehin, die Antwort zu kennen. Es war vermutlich einer der Gründe dafür, warum sich Moaradrid hier unten im Castoval befand und nicht weit oben im Norden, wo er hingehörte. Die Ebenen jenseits von Pasaeda waren eine elende Region, vom König vernachlässigt, weil er sie für wertlos hielt. Zahllose vorwiegend nomadische Stämme verbrachten dort den größten Teil ihrer Zeit damit, sich gegenseitig zu bekriegen, wobei es meistens um Frauen und Pferde ging, nicht unbedingt in dieser Reihenfolge.

Moaradrid hatte all das geändert und innerhalb eines Jahres ein Drittel der Stämme geeint. Seine Vorgehensweise war recht einfach: Wo sich andere damit begnügt hatten, sich eine Frau oder einen guten Hengst des besiegten Feindes zu krallen, nahm er den Kopf des Kriegsherrn und alle seine Kämpfer.

Ich unternahm einen neuen Versuch, ein harmloses Thema anzuschneiden. »Bestimmt gibt es in der Freiwilligenbrigade viele Möglichkeiten für einfallsreiche und hart arbeitende Leute wie mich.«

»Vielleicht, wenn du die Nacht überlebst«, brummte Costas.

»Natürlich«, stimmte ich ihm fröhlich zu.

»Was ich bezweifle. Du willst es einfach nicht kapieren, wie? Du kannst von Glück sagen, wenn sie dir eine Waffe geben. Die Aufgabe der Freiwilligen besteht darin, Aufstellung zu beziehen und sich dem Feind entgegenzuwerfen, bis auf der einen oder anderen Seite alle tot sind. Wenn du anschließend noch zu was taugst, bekommst du vielleicht einen Platz bei den Regulären. Aber viel eher bist du tot oder noch schlimmer dran.«

Es hätte mich interessiert zu erfahren, was schlimmer sein konnte als der Tod, aber ich wollte ihm nicht den Gefallen tun, danach zu fragen. Es gab allerdings eine andere Frage, die in mir brannte. Bis vor einigen Wochen hatte Moaradrids Feldzug nur Anlass zu amüsierten Tavernengesprächen geboten, doch dann führte sein Vorstoß plötzlich in eine neue Richtung. Es ergab natürlich einen Sinn: Früher oder später musste es zur Auseinandersetzung mit dem König kommen, so blind und selbstvergessen der alte Narr auch sein mochte, und es war mehr nötig als nur ein undisziplinierter Haufen Flachländer, um diese Konfrontation zu gewinnen. Meine Neugier galt vor allem den nächsten Ereignissen. Der größte Teil von Moaradrids Streitmacht lagerte hier auf der Ebene bei Aspira Nero, während der Kriegsherr und ein kleines Gefolge die Reise fortgesetzt hatten. Sie waren den hastig zusammengezogenen südlichen Verteidigern aus dem Weg gegangen, mit dem Ergebnis, dass auf beiden Seiten kaum ein Tropfen Blut vergossen worden war. Jetzt befand sich Moaradrid wieder hier. Vor der Entscheidung, mein Glück beim Tross zu versuchen, hatte ich die Streitmacht eine Zeit lang beobachtet, und dabei waren mir Planwagen aufgefallen, deren Ladung verborgen blieb.

Was hatte Moaradrid vor?

Selbst wenn diese drei Männer Bescheid wussten – und das hielt ich für sehr unwahrscheinlich –, hatte ich die Chance vertan, sie zu fragen. Seit ungefähr einer Stunde waren wir zum Hauptlager unterwegs. Der Himmel hatte längst das letzte Tageslicht verloren, und der Mond hing tief über dem Horizont, halb hinter Wolken verborgen. Kantige Silhouetten in der Nähe eines Flusses, vermutlich Zelte, wiesen ebenso auf das Lager hin wie einige Lagerfeuer weiter oben am Hang, rechts von uns. Hinzu kam ein Gestank, der in den letzten Minuten immer stärker geworden war. Einzelheiten konnte ich ihm nicht entnehmen, aber das wilde Durcheinander von abscheulichen Gerüchen vermittelte mir eine ungefähre Vorstellung davon, wie viele Körper weiter vorn auf uns warteten.

Ich kannte diese Gegend. Hier beschrieb der Casto Mara einen Bogen in Richtung östliche Vorberge, unweit des Talausgangs. Die einzige nahe Stadt war Aspira Nero, die die Grenze zwischen dem Castoval und den vom König kontrollierten Mittländern markierte und als neutrales Territorium galt. In dieser Region gab es nur kleine Bauernhöfe mit Olivenhainen weiter oben am Hang und Reisfeldern beim Fluss. Es wäre gutes Land gewesen, ohne die häufigen Überflutungen, die es in einen Sumpf verwandelten. Ich fragte mich, was aus den Einheimischen geworden sein mochte. Vielleicht waren sie tot. Oder vielleicht lernte ich sie bald als Gefährten bei den »Freiwilligen« kennen.

Am Rand des Sumpfes – der Übergang war eher fließend, manchmal im wahrsten Sinne des Wortes – hielt uns ein Wächter an, ein Flachländer, der sein langes Haar zu einem Zopf geflochten über der einen Schulter trug.

»Wohin wollt ihr?«, fragte er ohne großes Interesse.

»Diese Männer ...« Ich deutete auf meine Begleiter. »... sind Söldner von der billigeren Sorte. Ich hingegen bin ein Freiwilliger, dazu entschlossen, Moaradrid mit dem Elan und Mut meiner Jugend zu dienen.«

»Aber nicht mit deinem Schwert, wie?«, fragte der Wächter und warf einen demonstrativen Blick auf meinen leeren Gürtel.

»Es wurde mir von Räubern gestohlen«, sagte ich traurig. »Fast ein Dutzend von ihnen habe ich getötet, hielt es dann aber für klüger, mich zwar unbewaffnet, dafür aber mit heiler Haut auf und davon zu machen. Bestimmt wird jemand so gütig sein, mir ein neues Schwert zu leihen.«

»Zweifellos.«

Der Mann winkte jemandem zu, der lässig an einem Baum lehnte.

»Bring ihn zu den Entbehrlichen«, sagte er und zeigte auf mich.

Der Soldat brummte und bedeutete mir, vom Karren zu klettern. Als ich seiner wortlosen Aufforderung nachkam, richtete der Offizier einige Worte an Armando, und meine Füße hatten kaum den Boden berührt, da rollte der Karren auch schon wieder los.

»Viel Glück, Freiwilliger!«, rief Costas. Er spuckte, verfehlte mich aber um Armeslänge.

»Mögest du auch so gut zielen, wenn dein Leben davon abhängt!«, rief ich zurück.

Der Soldat musterte mich mit finsterem Blick und legte die Hand auf den Griff des Schwerts, das an einem Tuchgürtel hing. Die Schärpe zeigte das rötliche Violett eines frischen blauen Flecks, die Farbe von Moaradrid. Was bedeutete, dass er ein Berufssoldat war, ein Regulärer. Ich beschloss, ihn nicht noch mehr zu verärgern.

»Sollen wir gehen?«, schlug ich vor.

Er brummte erneut und stapfte los, zum Lager. Ich folgte ihm.

Moaradrids Lager war, offen gestanden, ein einziges Chaos. Ich gewann den Eindruck, dass die große Mehrheit seiner Soldaten die letzten Nächte im Freien verbracht hatte; nur die Offiziere und Veteranen schienen in den Zelten und requirierten Bauernhäusern beim Fluss untergebracht zu sein. Der Umstand, dass keine dauerhafteren Unterkünfte errichtet worden waren, deutete darauf hin, dass das Heer nicht lange an diesem Ort bleiben sollte. *Daraus* wiederum ließ sich der Schluss ziehen, dass eine Schlacht bevorstand. Unser Heer befand sich weiter im Norden, soweit ich wusste. Jetzt, nach Moaradrids Rückkehr von seiner geheimnisvollen Reise, schien es unvermeidlich zu sein, dass der seit Langem gärende Konflikt eine kritische Phase erreichte.

Natürlich war es nicht in dem Sinne »unser Heer«, zumindest war es nicht »meins«. Immerhin gehörte ich jetzt zur anderen Seite. Mein Status als Freiwilliger machte mich zu einem Feind, und das war ein deprimierender Gedanke, gleich in mehrfacher Hinsicht.

Um mich ein wenig aufzumuntern, entnahm ich den Taschen meines Mantels die Nahrungsmittel, die ich auf dem Karren an mich genommen hatte: ein Ranken Brot, ein verwelktes Stück Kohl und übel riechenden Fisch. Das Brot erschien mir nicht ganz so unappetitlich wie der Rest, und deshalb brach ich einen Brocken davon ab und kaute nachdenklich. Als mich der Soldat anstarrte, gab ich ihm etwas von dem Brot.

»Gestohlen?«, fragte er.

»Nicht von hier«, antwortete ich wahrheitsgemäß. Ich

hatte den Ranken eingesteckt, kurz bevor wir vom Wächter am Rand des Lagers angehalten worden waren.

»Dann möchte ich auch was von dem Fisch«, sagte er, woraufhin ich den ebenfalls teilte.

Nachdem er gegessen hatte, ohne sich zu übergeben, folgte ich seinem Beispiel. Der Fisch schmeckte erstaunlich gut. Allerdings: Ich war so hungrig, dass mir vermutlich selbst meine Stiefel geschmeckt hätten. Der Soldat aß auch das Brot, nahm dann einen Schluck aus einem Wasserschlauch und reichte ihn mir. Wie sich herausstellte, enthielt er Wein, besser gesagt: Wein, der nach Essig schmeckte und stark verdünnt war. Aber ich fand ihn köstlich und nickte dem Soldaten dankbar zu, der einfach nur den Schlauch zurücknahm und wortlos weitermarschierte.

Es ging die ganze Zeit über nach oben, mehr konnte ich nicht feststellen. Zwar war der Mond fast voll, aber es zogen Wolken über den Himmel, und im Osten braute sich ein Unwetter zusammen. Das einzige zusätzliche Licht kam von den Lagerfeuern, und davon gab es nicht viele, vielleicht weil Holz so nahe beim Fluss knapp war, oder weil Moaradrid nicht die Größe seiner Streitmacht verraten wollte. Mein Begleiter schien den Weg genau zu kennen, was vermutlich bedeutete, dass es im Durcheinander von Männern und Feuerschein so etwas wie eine Ordnung gab. Das half mir nicht viel weiter. Wenn ich vor dem Beginn der Schlacht entkommen wollte – und genau das war meine Absicht –, musste ich zumindest wissen, wo ich mich befand.

Der Soldat blieb stehen. Vor uns brannte ein jämmerlich kleines Feuer, in der Nähe eines verkrüppelt wirkenden Olivenbaums und eines großen Felsens, der wie ein Obelisk aufragte. Ich bemerkte Gestalten am Feuer, aber es ließ sich nicht feststellen, wie viele es waren. Zählen konnte ich nur die, die direkt vom Licht des kleinen Lagerfeuers erreicht wurden, und sie schienen die Minderheit zu sein. Mein Begleiter sah sich um. Seine Nachtsicht war offenbar besser als meine, denn er wandte sich an einen Schemen, der sich kaum von den anderen unterschied, und rief: »Wie sieht es mit der Größe deiner Gruppe aus, Lugos?«

Ein untersetzter Mann kam aus der Dunkelheit. »Zwei sind krank, und einen weiteren habe ich bei einer Messerstecherei verloren.« Seine Stimme war rau und gleichzeitig hoch. Das flackernde orangefarbene Licht zeigte nur die eine Hälfte seines hässlichen Gesichts. »Warum fragst du? Hast du mir einen Neuen mitgebracht?«

»Habe ich, wenn du ihn willst. Er ist ziemlich hager und ein Dieb. Aber das dürfte dich kaum stören, oder?«

Der Mann namens Lugos wandte sich mir zu. »Ganz und gar nicht«, sagte er. »Hagere Diebe sterben ebenso gut wie andere Männer.«

»Ich heiße Easie Damasco«, sagte ich. »Und ich bin noch lange kein Dieb, nur weil ich einmal vor Hunger gestohlen habe.«

»Wenn kümmert's? Klar, ich nehme ihn dir ab«, sagte Lugos. Mein Begleiter nickte und kehrte in die Richtung zurück, aus der wir gekommen waren. »Damasco, wie?«, fragte mich der Untersetzte. »Es gibt da einige Regeln, über die du Bescheid wissen solltest. Du tust, was ich dir sage. Ohne Widerrede. Wenn es darauf ankommt, rennst du nicht weg. Und leg dich nicht mit Leon und Salzleck an.«

»Ich glaube, das kann ich mir merken. Wer sind Leon und Salzleck?«

»Komm, ich stelle sie dir vor. Dann weißt du, wem du besser aus dem Weg gehst.«

Er führte mich um das Lagerfeuer herum. Ein oder

zwei Männer beschwerten sich, als wir ihnen in der Finsternis auf Hände und Beine traten, aber sie schwiegen sofort, als sie Lugos erkannten. Wir blieben neben dem großen Felsen stehen, den ich zuvor bemerkt hatte. Eine hagere Gestalt saß bei ihm und sah auf, als wir uns näherten. Der Bursche erschien mir recht jung für jemanden, dem offenbar eine besondere Autorität zukam.

»Das ist Leon«, sagte Lugos, und Leon winkte mir mit einer knochigen Hand zu. »Und das …«, fuhr er fort und zeigte auf die schwarze Masse, an der der junge Mann lehnte. »… ist Salzleck.«

»Was? Hinter dem Felsen?«

Leon kicherte, und Lugos lachte schallend. Ich fragte mich, was so komisch sein konnte – bis sich der Felsen plötzlich bewegte. Für einen Moment gaben die Wolken den Mond frei, und ich sah eine monströse Hand, jeder Finger so lang wie mein Kopf. Ich sprang zurück, doch Lugos ergriff meinen Arm und schloss die Hand fest darum.

»Vorsichtig«, sagte er. »Wenn du wegläufst, könnte dich Salzleck für eine leckere Mahlzeit halten.«

2

Die Nacht dauerte an. Ich gab mir alle Mühe, nicht daran zu denken, was mich an ihrem Ende erwartete.

Ein Kartenspiel erschien wie aus dem Nichts, und einer meiner neuen Gefährten schlug vor, ein paar Runden Verirrtes Huhn zu spielen. Innerhalb einer Stunde gelang es mir, meinem Stück Kohl einen Brocken Fleisch unbekannten Ursprungs, einige Kupfermünzen, zwei Laibe Brot und ein kleines, einfaches Messer hinzuzufügen. Normalerweise hätte ein solcher Erfolg meine Stimmung gehoben, doch meine Gedanken gerieten mir immer wieder in den Weg, wie sehr ich das auch zu vermeiden versuchte.

Ich gelangte zu dem Schluss, dass eine Flucht vielleicht möglich, aber nicht sonderlich ratsam war. Moaradrid mochte vieles sein, aber bestimmt kein Dummkopf. Er wusste, dass die meisten seiner Soldaten lieber woanders wären, und deshalb patrouillierten aufmerksame Wächter überall am Rand des Heereslagers. Ich hörte, wie sie sich mit eher misslungenen Imitationen von Vogelrufen verständigten. Auch im Innern des Lagers gab es zahlreiche Wächter. Ich war so erschöpft, dass die Risiken einer Flucht die möglichen Erfolgsaussichten weit überwogen. Mit anderen Worten: Ich saß hier fest und würde wahrscheinlich meine erste Portion Krieg abbekommen, bevor die Sonne aufging.

Und das war noch nicht einmal das Schlimmste.

Nach dem, was ich gesehen hatte, zweifelte ich nicht daran, dass ich auf der Gewinnerseite sein würde. Diese Erkenntnis hätte mich normalerweise ein wenig getröstet, doch hier lagen die Dinge anders. Ich hatte nicht viel für die Obrigkeiten des Castoval übrig, die darauf bestanden, meinen Namen auf Fahndungslisten zu setzen, und keine Mühe scheuten, mich hinter Schloss und Riegel zu bringen, aber andererseits: Das Castoval war meine Heimat, und ich war stolz darauf. Ich wollte nicht erleben, wie es unter die Knute eines Tyrannen geriet. Ich wollte nicht beobachten müssen, wie es von Ungeheuern überrannt wurde.

Doch genau das schien bevorzustehen. Moaradrid hatte eine Waffe gefunden, gegen die sich die Castovalaner nicht wehren konnten.

Später, als der Himmel etwas heller geworden war und ein düsteres Holzkohlengrau zeigte, schürte Lugos das Feuer und erhitzte Suppe, die er dann in schmutzigen Holznäpfen verteilte. In einem Anfall von Wohltätigkeit – oder vielleicht Defätismus – teilte ich Brot und Fleisch mit meinen nächsten Kameraden und bekam dafür ein bisschen laue Dankbarkeit. Die meisten von ihnen hatten eine so seltsame Aussprache, dass es sich genauso gut um Fremdsprachen hätte handeln können. Wir waren eine Gruppe von Fremden, landauf und landab eingesammelt, verbunden nur durch unsere Zukunft, die aller Wahrscheinlichkeit nach sehr kurz sein würde. Kein Wunder, dass eine eher gedrückte Stimmung herrschte.

Die Suppe – hauptsächlich Wasser und Reis, mit ein paar Rübenstücken und dem einen oder anderen Brocken Ziegenfleisch – wärmte wenigstens, und mein Appetit machte sie besser, als sie in Wirklichkeit war. Zusammen mit den Dingen, die ich beim Kartenspiel gewonnen hatte, füllte sie mir den Magen, und zum ersten Mal seit langer Zeit fühlte ich mich gesättigt. Wenigstens musste ich nicht hungernd sterben.

Wir waren gerade mit dem Essen fertig, als Lugos – der inzwischen ein Kettenhemd und einen recht mitgenommen aussehenden Lederhelm trug – näher zum Feuer trat und rief: »Hört her, Fünfte Freiwillige.«

Ich nahm an, dass er damit uns meinte.

»Wir ziehen bald in die Schlacht. Es wird nicht lustig werden, aber wenn ihr euer Bestes gebt, überlebt ihr vielleicht. Versucht nicht wegzulaufen. Es werden Bogenschützen in der Nähe sein, die dafür sorgen, dass ihr nicht weit kommt. Was am wichtigsten ist: Haltet euch vom Riesen fern. Er gehorcht nur drei Leuten: Moaradrid, Leon und mir. Alle anderen zertrampelt er einfach, wenn sie ihm in den Weg geraten. Das ist alles. Kämpft wie die Mistkerle, die ihr seid.«

Es war nicht unbedingt die bewegendste Ansprache, die ich je gehört hatte, aber sie lenkte meine Gedanken zurück zu dem Koloss namens Salzleck. Wir Castovalaner wussten rein theoretisch, dass es diese Riesen gab, irgendwo hoch oben in den südlichen Bergen, aber sie hatten sich immer um ihre eigenen Angelegenheiten gekümmert, und wir waren immer der Meinung gewesen, dass man es besser dabei beließ. Wir störten die Riesen nicht, und die Riesen störten uns nicht – so war es über Generationen hinweg gewesen, bis sich ihre Existenz in fast so etwas wie eine Legende verwandelt hatte. Was konnte sie ins Castoval gebracht haben? Mit welchen Versprechungen oder Drohungen hatte Moaradrid sie zu Werkzeugen seiner Sache gemacht?

Die Sonne stand dicht unter dem Horizont, und der Himmel überzog sich mit einem deprimierenden Grau. Über den Hügeln und Vorbergen präsentierte er einen Hauch von Gelb, aber über uns war er noch fast schwarz.

Es herrschte die Art von Zwielicht, die es schwer macht, Einzelheiten zu erkennen, doch den Riesen sah ich ganz deutlich. Er stand abseits der anderen, auf einer großen Lichtung inmitten eines Waldes aus Körpern. Lugos' Anweisungen schienen überflüssig zu sein, denn es wagte sich ohnehin niemand in Salzlecks Nähe. Er war so groß wie zwei große Männer und ungefähr genauso breit. Im grauen Licht wirkte er nur etwas weniger wie ein Fels als im Mondschein.

Lugos gab sich, was uns betraf, keinen Illusionen hin. Er hielt uns für Leute, die bei der ersten guten Gelegenheit fliehen würden, und da täuschte er sich nicht. Er versuchte gar nicht erst, uns das Verhalten von Berufssoldaten beizubringen, oder irgendwelcher Soldaten. Er hatte zwei Helfer von den Regulären, beide mit Bögen und Kurzschwertern bewaffnet. Einige von uns trugen ebenfalls Waffen, Keulen und Stäbe aus Holz. Wären wir etwas weniger mutlos gewesen, hätte wir vielleicht einen Aufstand in Erwägung ziehen können. Was mich betraf: Ich wäre sofort bereit gewesen, mein beim Kartenspiel gewonnenes Messer in Lugos' Hals zu stoßen. Aber was hätte es genützt? Mitten in Moaradrids Lager und mit dem in der Nähe aufragenden Riesen wären wir nicht weit gekommen

Also befolgten wir Lugos' Befehle, soweit er uns welche gab. Er ließ uns in zwei nicht sehr geraden Reihen antreten, und nach einem kurzen Gespräch mit einem anderen Offizier, der vom Gros der Streitmacht zu uns geritten war, schickte er uns im Dauerlauf los, seitlich den Hang hinauf nach Norden.

Unten war es noch dunkel, und in Hinsicht auf die Aufstellung der beiden Heere konnte ich nicht viel erkennen. Fahnen und Standarten zeigten sich als bunte Flecken im Lager der Verteidiger, aber Moaradrid schien von solchen Dingen nicht viel zu halten; er benutzte vielleicht andere Methoden für die Kennzeichnung der einzelnen Gruppen seiner Streitmacht. Er hatte sein ganzes Heer am östlichen Flussufer zusammengezogen, wohingegen die Castovalaner eine kleine Streitmacht auf der westlichen Seite des Casto Mara hatten; ihre Abwehrreihe war rings um die Brücke postiert. Diese Brücke war die einzige Sache weit und breit, die einen strategischen Wert besaß, es sei denn, dass Reis und Oliven bei der Strategie der einen oder anderen Seite wichtige Rollen spielten. Die castovalanische Streitmacht, vor allem Milizen aus den Städten, bestand größtenteils aus Kavalleristen und war schnell genug, um sich vom Gegner abzusetzen und die Brücke zu zerstören, wenn sich das Kriegsglück gegen sie wenden sollte. Ich hielt den Plan für gut, soweit ich ihn beurteilen konnte, denn er berücksichtigte sowohl die Vorteile der Castovalaner als auch das Terrain.

Meine Landsleute hatten trotzdem keine Chance.

Was uns betraf … Unsere Aufgabe wurde schnell klar. Als wir schließlich anhielten, bemerkte ich rechts von uns zwei weitere Gruppen aus schmuddeligen Freiwilligen. Lugos ließ uns vier Reihen bilden, und der Riese baute sich trampelnd hinter uns auf; Leon klammerte sich kniend an eine Plattform über seinen Schultern. Die anderen Gruppen formierten sich ähnlich, und zusammen deckten wir ein ganzes Stück des Hanges ab. Wir bildeten einen Kordon, der die Verteidiger daran hindern sollte, in die Berge zu fliehen. Es spielte keine Rolle, ob wir zu kämpfen verstanden oder nicht. Während die Castovalaner uns unter sich zertraten, würden die Verfolger herankommen und sie von hinten niedermetzeln.

Im Tal geschah etwas. Hörner erklangen. Ein dumpfes Dröhnen begann und wurde immer lauter, bis ich begriff, dass es von stampfenden Füßen und Hufschlägen stammte. Im gleichen Moment begann es zu nieseln, und die Sonne stieg über den Horizont, tödlich blass und wie geschrumpft in ihrer Decke aus Wolken.

Die beiden Heere trafen mit einem Radau aufeinander, der zwischen den Bergen widerhallte und selbst in unserer Höhe noch erstaunlich laut war. Das Klirren von Metall gesellte sich dem Stampfen hinzu. Die beiden dunklen Massen wogten und vermischten sich, bis es nicht mehr möglich war, Freund von Feind zu unterscheiden, oder festzustellen, wer sich gegen wen durchsetzte.

Moaradrid verstand sein Handwerk. Welchen besseren Zeitpunkt als das Morgengrauen hätte er für den Angriff seiner Truppen wählen können als diese Düsternis, aus der plötzlich monströse Gestalten drangen? Hatte er auch den Regen eingeplant? Er fiel jetzt stärker von einem Himmel, der wieder dunkel geworden war, fast so dunkel wie in der Nacht. Nur gelegentlich tat sich eine Lücke auf, durch die die Sonne etwas Licht auf die Erde schickte.

Ich weiß nicht, wie viel Zeit verging. Zeit schien plötzlich keine Rolle mehr zu spielen. Doch irgendwann zeichnete sich die Niederlage der Verteidiger ab. Mir fehlte militärisches Wissen, und so stellte ich mir vor, dass sie vielleicht einen Trick versuchten, dass sie an einer Stelle zurückwichen, um an einer anderen vorzustoßen. Vielleicht stimmte das sogar teilweise, aber im Großen und Ganzen mussten die Verteidiger zurückweichen, und zwar immer mehr, je älter der Morgen wurde.

Bestimmt hielt Moaradrid noch mehr Riesen in Reserve. Ich hatte mindestens vier Dutzend der geheimnisvollen Planwagen gesehen, bevor ich erwischt worden war. Jede der drei Freiwilligenbrigaden verfügte über einen Riesen, und damit hatte es sich. Wir waren so weit von den Verteidigern entfernt, dass sie die monströsen Gestalten noch nicht bemerkt haben konnten – Moaradrids

Überraschungsmoment blieb also intakt. Worauf wartete er?

Gewisse Anzeichen deuteten darauf hin, dass die Castovalaner den Rückzug antreten wollten. Sie zogen ihre Flanken zur Brücke zurück, obwohl noch niemand Anstalten gemacht hatte, sie zu überqueren. Moaradrids Truppen nutzten die Gelegenheit und breiteten sich hinter ihnen zu einem Einkesselungsmanöver aus, rückten nach Norden und auf höheres Gelände unter uns vor. Wenn die Castovalaner nach Westen flohen, brauchte ich mir keine Sorgen zu machen. Das Castoval ging dann wahrscheinlich verloren, was mir aber nicht mehr sehr wichtig erschien. Sollten sich die Verteidiger über die Brücke absetzen, dann war alles in Ordnung.

Hinter der Brücke, jenseits der Kämpfe, weckte etwas meine Aufmerksamkeit. Das Wasser schäumte dort, als brächen sich Wellen an aufragenden Felsen.

Nein, es waren keine Felsen, sondern die Riesen.

Der Fluss war dort seichter, aber Menschen konnten trotzdem nicht hoffen, ihn zu überqueren, nicht einmal auf Pferden. Bei den Riesen sah die Sache anders aus. Ihre Köpfe ragten von Schaum umgeben aus dem Wasser und bewegten sich mit quälender Langsamkeit. Ich hoffte, dass sie weggespült wurden. Nichts konnte stark genug sein, der reißenden Strömung des durch die Regenfluten angeschwollenen Flusses zu widerstehen. Dieser Gedanke ging mir gerade durch den Kopf, als Schultern zum Vorschein kamen, gefolgt von Armen, einem Oberkörper und schließlich Oberschenkeln dick wie Baumstämme.

Die sich zurückziehenden Verteidiger, von drei Seiten angegriffen, bemerkten zunächst nichts davon. Niemand von ihnen sah in ihre Richtung, als der letzte Riese aus dem Fluss kam und sie alle den Castovalanern entgegenstapften, die das westliche Ufer hielten. Erst als die Reiter aus der letzten Reihe über die Brücke wollten und riesige Gestalten sahen, die ihnen entgegenkamen, breitete sich Panik aus. Die Handvoll Männer am anderen Ufer ergriff sofort die Flucht. Die Hauptstreitmacht wusste noch immer nicht, was auf der gegenüberliegenden Seite des Flusses geschah, und setzte den Versuch des Rückzugs fort. Die Riesen kamen näher, und die Leute auf der Brücke stellten plötzlich fest, dass ihnen auf beiden Seiten der Weg versperrt war. Das Holz der Brücke, nicht für eine derartige Belastung bestimmt, begann zu splittern.

Bei den Castovalanern herrschte bereits Chaos, als die Riesen sie erreichten. Mit Tränen in den Augen wandte ich den Blick ab. Als ich wieder hinsah, hatte ein Riese ein Pferd hoch über seinen Kopf gehoben und warf es ins Kampfgewühl, während der Reiter noch an den Steigbügeln baumelte. Ich glaubte, das entsetzte Wiehern des Tiers über dem Klirren von Schwertern zu hören.

Unterdessen drängte Moaradrids Heer noch immer gegen die vorderen Linien der Verteidiger, deren Formation zu einem Keil geschrumpft war, mit den Reitern – bei einem solchen Nahkampf nicht nur nutzlos, sondern eine Behinderung für die anderen – in der Mitte. Die Brücke hielt nicht länger stand, zerriss wie feuchtes Papier und ließ alles, was sich auf ihr befunden hatte, in den Fluss stürzen. Das verunsicherte die Riesen. Sie blieben am westlichen Ufer stehen und schienen nicht recht zu wissen, was sie tun sollten.

Die castovalanische Kavallerie, beziehungsweise ihre Reste, wählte diesen Moment für einen Ausbruchversuch. Gemeinsam griffen sie den Feind an, dessen Linien zwar ein wenig nachgaben, doch ohne dass sich eine Lücke in ihnen bildete. Die Castovalaner wichen zurück und unternahmen einen zweiten Angriff, ritten dabei noch dichter nebeneinander als zuvor. Diesmal hielten Moaradrids Reihen nicht stand. Der entschlossene Vorstoß riss sie auseinander, und die Reiter wandten sich sofort hangaufwärts.

Was bedeutete, dass sie in Richtung der mittleren der drei Freiwilligenbrigaden preschten. Wir nahmen das zum Anlass, einige Jubelrufe auszustoßen.

Doch im letzten Augenblick, als die mittlere Brigade schon ein wenig vorgerückt war, wandten sich die Kavalleristen in unsere Richtung. Sie waren unglaublich schnell und hatten es geschafft, eine diagonale Lücke in unserer Abwehrlinie entstehen zu lassen. Darauf hatten sie es abgesehen; auf diese Weise wollten sie entkommen, so gering die Chance auch sein mochte. Ich schätzte ihre Anzahl auf etwa zweihundert, nichts im Vergleich mit der Streitmacht, die in der Nacht losgeritten war. Ich erkannte die Insignien von fünf verschiedenen Städten. Ganz vorn bahnten zwei Reiter den Weg: der Anführer klein und zart gebaut, mit einem geschlossenen Helm über dunklem Haar, das hinter ihm wehte; der andere groß, fast dick, eine Gestalt, die mir irgendwie vertraut vorkam.

Ich hatte keine Zeit, mich nach dem Grund dafür zu fragen – sie würden uns in wenigen Sekunden erreichen. Von einem Moment zum anderen beschloss ich, bei Lugos zu bleiben. Entweder war er ein guter Offizier, der versuchte, seine Männer zu schützen, oder, tausendmal wahrscheinlicher, er war eine Ratte, bereit dazu, jeden von uns zu opfern, um die eigene Haut zu retten. Was auch immer der Fall sein mochte, ich hielt es für vernünftig, in seiner Nähe zu sein. Deshalb trat ich eine Reihe vor und huschte nach links.

Lugos wählte diesen Moment, um sich halb umzudrehen und zu rufen: »Haltet eure Stellung, ihr Hurensöhne!«

Einen Augenblick später machten wir genau das nicht.

Viele der Reiter hielten Kurzbögen bereit. Als die Spitze der Gruppe auf die kleiner werdende Lücke zuhielt, schwärmten die Kavalleristen weiter hinten aus, wurden langsamer und machten von ihren Bögen Gebrauch. Es mochte unbeholfen und schwerfällig sein, aber deshalb war es nicht weniger wirkungsvoll, denn niemand wollte einfach stehen bleiben und sich ein paar Pfeile einfangen. Jene, die nicht zu Boden gingen, gerieten in Panik und liefen in alle Richtungen. Ich stand da wie ein Idiot und beobachtete, wie schwarze Schäfte auf mich zurasten. Es dauerte einige Sekunden, bis mir klar wurde, dass mich keiner von ihnen getroffen hatte.

Wenigstens befand ich mich noch immer in Lugos' Nähe. Ich sah, wie er auf etwas zeigte, und dann rief er einige Worte. Ein Pfeil steckte in seiner Schulter, so tief, dass die Spitze am Schulterblatt wieder hervortrat, aber er schien davon gar nichts zu bemerken. Er zeigte nicht auf mich, sondern an mir vorbei, auf den hinteren Teil unserer in Bedrängnis geratenen Brigade. Ich blickte in die entsprechende Richtung.

Dort stand der Riese Salzleck. Reglos wartete er, während es um ihn herum Pfeile regnete. Zwei steckten bereits in ihm, einer in seiner Brust und der andere über dem Knie. Dennoch ging es ihm besser als dem jungen Leon, der schlaff unter der Taille des Riesen hing, mit einem gebrochenen Pfeil im Hals.

»Du!«, schrillte Lugos. »Hinauf mit dir! Sorg dafür, dass sich der große Kerl nützlich macht!«

Die Vorstellung, einen eigenen Riesen zu haben, gefiel mir. Dennoch zögerte ich. »Wie bringe ich ihn dazu, mir zu gehorchen?«

Lugos starrte mich an, als hätte er mich am liebsten wegen meiner Dummheit getötet. Stattdessen ergriff er meinen Arm und lief los.

Unsere Brigade hatte sich in eine von einem Dutzend Wölfe gejagte Schafherde verwandelt. Die Castovalaner wussten, warum wir hier waren und dass sie einen hohen Preis zahlen mussten, wenn sie sich von uns aufhalten ließen. Deshalb trieben sie uns vor sich her. Einige wenige blieben zurück, um die Lücke offen zu halten, und die anderen ritten weiter den Hang hinauf. Die Nachzügler pflügten einfach durch uns. Sie schnitten durch unsere Gruppe wie ein Schwert durch Butter und ließen zu beiden Seiten Leichen zurück. Ein Reiter kam so nahe heran, dass ich den Schweiß seines Pferds roch und den schweren Atem des Tiers hörte.

Lugos sah ihm hinterher, und dabei fiel sein Blick auf den Pfeil in seiner Schulter.

»Mist«, sagte er leise.

Diesmal war ich es, der seinen Arm ergriff – denjenigen, von dem kein Blut tropfte – und ihn festhielt. »Der Riese«, erinnerte ich ihn.

Mit glasig gewordenen Augen sah er auf. »Es steckt ein Pfeil in meiner Schulter«, sagte er kummervoll.

»Wir haben alle unsere Probleme«, erwiderte ich und zog ihn weiter.

Der Riese hatte sich noch immer nicht von der Stelle gerührt, als wir ihn erreichten. Beide Seiten mieden seine Nähe. Die letzten Reiter waren fast an uns vorbei, und meine vormaligen Gefährten hatten es bei ihrer überstürzten Flucht in alle Richtungen irgendwie geschafft, diesen Bereich zu meiden. Zum ersten Mal sah ich ihn ganz deutlich. Abgesehen von einem Lendenschurz an der Taille trug er nur einen ledernen Harnisch an Brust und Schultern, und daran war eine hölzerne Plattform an seinem Hals befestigt. Der arme Leon baumelte an einem Strick, der von einer Ecke dieser Plattform hing, und sein Gesicht war in einem Ausdruck der Verwirrung erstarrt.

»So sieht man sich wieder, Salzleck!«, rief ich.

Der Riese schenkte mir keine Beachtung.

»Wie bringe ich ihn dazu, auf mich zu hören?«, fragte ich Lugos.

Der starrte wieder auf die Wunde in seiner Schulter. Ich schüttelte ihn sanft.

»Wir brauchen den Riesen, Lugos. Um uns zu schützen.«

Er sah mich an.

»Um dich zu schützen, Herr«, korrigierte ich mich.

»Den Riesen?«

»Diesen Riesen.« Ich zeigte auf ihn.

»Oh.« Lugos sah auf. »Salzleck. *Salzleck*. Hör mir zu, du Schweinearsch.«

Salzlecks Blick glitt zu uns herab. In seinem gewaltigen Gesicht konnte ich keinen Ausdruck erkennen.

»Ich bin's, Lugos. Lugos, der von Moaradrid höchstpersönlich zu deinem Befehlshaber ernannt wurde. Dieser Mann hier …« Er zögerte und flüsterte: »Wie heißt du?« Dann: »Dieser Mann hier, Easie Damasco, ist dein neuer Reiter, hast du verstanden? Du wirst tun, was er dir sagt, bis du von Moaradrid oder mir andere Anweisungen bekommst, klar?«

Salzleck nickte langsam.

»Gut«, sagte Lugos. »Das ist gut.«

Er fiel nach hinten.

Ich nahm an, dass er einfach nur das Bewusstsein verloren hatte, denn seine Wunde schien nicht tödlich zu sein. Ich hätte ihm gern einen ordentlichen Tritt gegeben, aber ein Blick den Hang hinab teilte mir mit, dass sich Moaradrids Hauptstreitmacht näherte. Wenn ich meinen unverhofften Vorteil nutzen wollte, so durfte ich keine Zeit verlieren. Ich sah noch einmal bedauernd auf den ohnmächtigen Lugos hinab, drehte mich dann um und musterte den Riesen. Der einzige Weg, der an der Vorderseite nach oben führte, hätte es erfordert, über Leons Leiche zu klettern, und deshalb flitzte ich nach hinten. Dort wies der Harnisch ein Netz auf, das bis zum Saum des Lendenschurzes reichte. Mir kamen ernste Zweifel an meinem Plan. Was, wenn der Riese nicht so passiv war, wie es den Anschein hatte? Was, wenn er etwas dagegen hatte, dass ich an seinem Rücken emporkletterte? Ein Schlag hätte mich in Brei verwandelt.

Moaradrids Soldaten kamen immer näher. Salzleck bot mir praktisch die einzige Chance, zu fliehen und mich zu rächen. Das schien plötzlich wichtig zu sein, Rache. Denn als ich dort von Toten umgeben stand – mit einigen von ihnen hatte ich noch vor wenigen Stunden Karten gespielt –, fühlte ich untypischen Zorn in mir aufsteigen. Was erlaubte sich Moaradrid, dass er mich auf diese Weise in seine verdammten Pläne verwickelte? Plötzlich bebte ich fast vor Wut.

Ich sprang nach oben, bekam den untersten Strick des Netzes zu fassen und suchte mit dem Fuß an Salzlecks Oberschenkel nach Halt. Es schien ihn nicht weiter zu stören. Ich nahm meine ganze Kraft zusammen, streckte einen Arm so weit wie möglich nach oben, ließ ihm dann den anderen folgen und zog mich hoch. Kurz darauf fand mein Fuß Halt, und von da an war es recht einfach. Nicht ein Mal versuchte der Riese, mir zu helfen oder mich abzuschütteln.

Ich kletterte auf die Plattform. Das Netz setzte sich dort fort, und am Rand ragte ein Pfosten auf. Vermutlich war beides dazu bestimmt, dem Reiter Halt zu gewähren. Ich hielt mich fest, als mir plötzlich klar wurde, wie weit über dem Boden ich mich befand. Einige Sekunden lang klammerte ich mich wie verzweifelt an dem Pfahl fest.

Dann rief jemand in der Nähe, und aus irgendeinem Grund wusste ich, dass es dabei um mich ging. Als ich den Kopf zu heben wagte, stellte ich fest, dass eine große Streitmacht noch immer die Castovalaner verfolgte – was ich für ziemlich aussichtslos hielt, denn inzwischen waren die Fliehenden außer Sicht –, und eine kleinere Reitergruppe näherte sich meiner Position. Ihr Anführer zeigte in meine Richtung und rief etwas. Von meiner Brigade war nicht viel übrig. Die wenigen, die sich noch auf den Beinen hielten, waren über einen großen Bereich verstreut und wankten ziellos umher. Die Neuankömmlinge sollten vermutlich die Ordnung wiederherstellen, bevor jemand auf dumme Gedanken kam.

Dafür war es ein wenig spät.

»Kannst du mich hören, Salzleck?«

Keine Antwort.

»Salzleck, hörst du mich?«

»Höre.«

So eine Stimme hatte ich nie zuvor vernommen. Sie war erstaunlich tief, und die einzelnen Silben mahlten wie Mühlsteine aneinander.

»Gut. Salzleck, was hältst du davon, diesen Ort zu verlassen? Wie wäre es heimzukehren, nicht mehr kämpfen und keine Befehle mehr befolgen zu müssen?«

Er nahm sich Zeit mit der Antwort, und ich begann zu glauben, dass er wieder nicht verstanden hatte. Vielleicht gefiel es ihm hier. Vielleicht dachte er daran, mich auszuliefern oder mir wegen Desertion den Schädel zu zertrümmern.

»Nicht mehr kämpfen?«

»Schluss damit, wenn es nach mir geht. Gefiele dir das?«

»Nicht mehr kämpfen«, bestätigte er.

Ich lächelte und gab ihm einen Schlag auf die Schulter.

»Dann wird es Zeit, dass wir von hier verschwinden, Salzleck.«

3

In weniger als einem Tag hatte ich mir zwei Heere zum Feind gemacht.

Die Überlebenden der castovalanischen Streitmacht würden sicher nicht viel davon halten, dass ich zu ihren Feinden gehört hatte, auch wenn ich nicht direkt in den Kampf verwickelt worden war. Zum Glück konnte ich davon ausgehen, dass mich niemand erkannt hatte. Moaradrids Streitmacht stellte ein größeres Problem dar. Beim Appell nach der Schlacht würde man schnell feststellen, dass ein Riese fehlte. Ich hatte einen gewissen Vorsprung, doch das würde mir nicht viel helfen, denn schnelle Reiter konnten uns in kurzer Zeit einholen. Alles zusammengenommen, steckte ich ganz schön in der Klemme.

Und ich schickte mich an, alles noch viel schlimmer zu machen.

Ich war ein Risiko eingegangen und hatte Salzleck aufgefordert, zum Lagerplatz der vergangenen Nacht zurückzukehren. Besser gesagt: dorthin, wo noch einige Zelte standen. Wenn Verfolger hinter uns her waren, dachten sie vielleicht, dass man uns zurückgeschickt hatte, und möglicherweise ließen sie uns dann in Ruhe.

Und tatsächlich: Die Reiter, die sich an unsere Fersen geheftet hatten, machten kehrt, bevor wir sehr weit gekommen waren. Ich seufzte erleichtert und ließ Salzleck anhalten.

Wir befanden uns am Rand des Lagers, unterhalb der Stelle, wo wir die Nacht verbracht hatten. Etwa zwei Dutzend unterschiedlich große Zelte standen dort, neben Karren, Wagen und den Ochsen, die sie zogen. Graue Asche erinnerte an die Lagerfeuer, und Abfallhaufen an die Menschen, die hier gelagert hatten. Der Boden war schlammig, von den Füßen und Hufen der letzten Nacht und dem Regen des Morgens, der sich inzwischen in ein Nieseln verwandelt hatte. Man hätte meinen können, dass der ganze Bereich für kurze Zeit vom Fluss überflutet worden war. Zufrieden stellte ich fest, dass nicht zu viele Leute zugegen waren. Wer nicht direkt an den Kämpfen teilgenommen hatte – Handwerker, Lakaien und so weiter –, nutzte derzeit die Gelegenheit, sich das Schlachtfeld anzusehen und die Toten auszurauben. Es gab nur wenige Wächter. Vermutlich wollte Moaradrid vermeiden, dass einsatzfähige Soldaten in seinem Lager herumlungerten, wenn eine Schlacht stattfand. Der größte Teil von dem, was sich zu stehlen lohnte, befand sich ohnehin dort draußen, in Form von Waffen und Rüstungen.

Es erschien mir alles logisch, aber ich fragte mich, ob jemand mit einem schweren Geldbeutel in den Kampf ziehen würde. Unter den Zelten fiel mir eins auf, das größer war als die anderen und vor dem zwei Soldaten Wache standen, bewaffnet mit Säbeln, wie man sie vor allem bei den Flachländern sah. Ich zweifelte nicht daran, dass sie auch wussten, wie man damit umging. Beide sahen aus, als könnten sie mich ohne große Anstrengung in Hackfleisch verwandeln. Vermutlich gehörten sie zu Moaradrids Leibgarde, was bedeutete, dass es sich um Moaradrids Zelt handelte.

Ich hatte keine vernünftige Erklärung für das, was ich beabsichtigte. Es grenzte an Wahnsinn, und das wusste ich. Meine einzige Rechtfertigung: Ich kochte noch immer innerlich wegen der erlittenen Schmach. Ich war wütend wegen all der Leben, die Moaradrid so achtlos weggeworfen hatte, vor allem deshalb, weil fast auch meins darunter gewesen wäre. Dieses Leben hatte ich zwar größtenteils mit Schwierigkeiten und Problemen aller Art verbracht, aber deshalb lag mir nicht weniger daran, und ich wollte es nicht von jemandem in Gefahr bringen lassen, der nicht einmal den Namen Damasco kannte. In mir brannte der Wunsch, diesen Namen in Moaradrids Gedächtnis zu meißeln.

Wenn ich dazu nicht imstande war, konnte ich ihm wenigstens den Tag verderben. Wie dem auch sei, der Anblick jenes Geldbeutels hatte mich schwer beeindruckt.

Trotzdem, was ich vorhatte, war geradezu selbstmörderisch.

»Ich muss in dem Zelt dort etwas erledigen, Salzleck«, sagte ich. »Ich werde mit den Wächtern reden und hoffe, dass sie mir geben, was ich möchte. Aber vielleicht weigern sie sich und versuchen stattdessen, mir wehzutun. Kann ich mit deiner Hilfe rechnen, wenn das passiert?«

Ich hockte noch immer auf der Schulter des Riesen und hielt mich so an Pfahl und Netz fest, als ginge es dabei um mein Leben. Was Salzlecks Gesicht betraf, konnte ich nur ein blumenkohlartiges Ohr sehen, eine Wange wie eine große Schüssel und Andeutungen von Auge und Mund. Der Versuch, mit Salzleck zu reden, war nicht nur mühselig, sondern auch befremdlich. Ich wusste nicht, welche Wirkung meine Worte erzielten, wenn überhaupt. Als er nicht antwortete, nahm ich an, dass er nicht verstanden hatte.

»Bist du bereit, gegen die Wächter zu kämpfen, wenn sie mich angreifen?«

»Nicht mehr kämpfen.«

Es überraschte mich, wie viel Bedeutung er in diese drei Worte quetschen konnte.

»Ich weiß, das habe ich gesagt und auch gemeint. Es geht mir auch gar nicht darum, dass du losstürmst und die beiden Burschen niederschlägst. Ich möchte nur wissen, ob du mir hilfst, wenn es hart auf hart kommt, was ich natürlich nicht hoffe.«

Wieder folgte Stille. Entweder war Salzleck schwer von Begriff, oder er schmollte. Das Stehlen eines Riesen erschien mir bereits als eine Riesendummheit, und ich beschloss, ihn bei der ersten guten Gelegenheit sich selbst zu überlassen und mir ein Pferd zu besorgen. Damit kam ich schneller und weniger auffällig voran, und ein Pferd mochte sogar ein besserer Gesprächspartner sein.

Unterdessen erforderte die Situation einen Wechsel der Taktik.

»Zuerst einmal, weg mit den Pfeilen. Sie sind unansehnlich.«

Salzleck riss sich die beiden Pfeile aus dem Körper, die er während des Kampfes abbekommen hatte, und es schien ihm nicht mehr Unbehagen zu bereiten als mir die Entfernung eines Dorns. Er zuckte nicht einmal zusammen. Dass es ihm nicht gefallen hatte, beschossen zu werden, zeigte er nur, indem er die Pfeilschäfte in der Hand zermalmte, bevor er die Splitter fallen ließ.

»Schon besser. Jetzt geh zum Zelt dort.« Ich zeigte darauf. »Achte darauf, was ich sage, und versuch krank auszusehen.«

Salzleck stapfte zu dem blutroten Pavillon und blieb vor den beiden Wachen stehen. Sie sahen fragend hoch, doch es schien sie nicht sonderlich zu überraschen, dass ein Riese vor ihnen stand. Das fand ich vielversprechend, soweit es meinen Plan betraf.

»Was wollt ihr?«, fragte der rechte Wächter.

»Es geht um eine dringende Sache, auf direkten Befehl von Moaradrid.«

Der Mann antwortete nicht, richtete nur einen finsteren Blick auf mich.

»Er schickt mich wegen der Medizin.«

Noch immer keine Antwort. Dies schien ein Tag für Monologe zu sein.

»Der Riese ist krank, und vielleicht auch einige andere. Moaradrid hat uns beauftragt, die Arzneiflasche zu holen, die er hier aufbewahrt. Er betonte, wie wichtig es sei, dass ich sie ihm sofort bringe.«

»Wie lautet die Losung für heute?«, fragte der andere Wächter.

Mir gingen sofort einige Worte durch den Kopf, aber ich bezweifelte, dass eins von ihnen das richtige war. »Eine Losung hat Moaradrid nicht erwähnt. Nun, ich hätte nichts dagegen, den ganzen Morgen Nettigkeiten mit euch auszutauschen, aber leider habe ich meine Befehle, und ich möchte vermeiden, wegen Ungehorsam enthauptet zu werden, wenn's euch recht ist.«

»Keine Losung, kein Zutritt zum Zelt«, sagte der erste Wächter.

Hier war meine Chance, den törichten Plan aufzugeben und zu fliehen, solange ich noch Gelegenheit dazu hatte. Allerdings ist es mir immer schwergefallen, Herausforderungen den Rücken zu kehren, erst recht einer, die mir Geld einbringen könnte. »Eigentlich brauche ich gar nicht selbst hinein«, sagte ich. »Einer von euch kann für mich gehen. Es ist eine Flasche, etwa so groß. Wahrscheinlich steht was Medizinisches darauf, oder sie zeigt das Bild eines Riesen. Vermutlich aus Glas oder Ton. Wenn einer von euch so freundlich wäre, sie mir zu bringen … Dann mache ich mich sofort wieder auf den Weg.«

Die beiden Wachen rührten sich nicht von der Stelle.

»Himmel und verflucht!«, rief ich. »Dieses arme Geschöpf hat eine entzündete Magenaufblähung, und während wir hier reden, geht es ihm immer schlechter.«

Ich hatte einen plötzlichen Geistesblitz, zog das beim Kartenspiel gewonnene Messer aus dem Stiefel und drückte die Spitze an Salzlecks Schulter. Er brummte gereizt.

»Wollt ihr dafür verantwortlich sein? Möchtet ihr hier sauber machen, wenn es schließlich aus ihm herausbricht?«

Ich beobachtete, wie ein Hauch Sorge durch die Gesichter der beiden Wächter ging.

»Wie sieht die Flasche noch einmal aus?«, fragte der linke.

»Eine Flasche. Mit Medizin.«

Er nickte und verschwand im Zelt. Eine Minute verging, dann eine weitere. Klappernde Geräusche erreichten uns. Schließlich schlug er die Zeltplane am Eingang beiseite, kam wieder nach draußen und präsentierte eine bauchige Flasche aus grauem Ton.

»Meine Güte«, sagte ich und seufzte theatralisch. »Auf die Knie, Salzleck.«

Er kam der Aufforderung nach, und ich kletterte am Rückennetz in Richtung Boden, wobei ich den Eindruck zu erwecken versuchte, das nicht zum ersten Mal zu machen. Ich ging zu dem Wächter, nahm ihm die Flasche ab und winkte damit vor seinem Gesicht. Er zuckte sogar zusammen.

»Weißt du, was dies ist?«

»Medizin?«

»Nein. Keine Medizin.«

Ich zog den Stöpsel heraus und schnupperte. Nach dem scharfen, ranzigen Geruch zu urteilen, hätte es durchaus irgendein Kräutermittel sein können. Ich nahm einen großen Schluck. Besser gesagt, ich gab vor, einen großen Schluck zu nehmen, ein Trick, den ich beim Kartenspielen gelernt hatte. Doch ein bisschen von dem Zeug rann mir tatsächlich durch die Kehle. Es schmeckte schlimmer, als es roch, und ich hoffte, dass es nicht giftig war. Als ich sicher sein konnte, mich nicht übergeben zu müssen, schenkte ich dem Wächter ein Lächeln und sagte: »Vielleicht Medizin für die Seele eines Mannes, aber dem Magen des Riesen nützt es nicht viel. Wir sollten dies besser an seinen Platz zurückstellen, damit Moaradrids Hand nicht ins Leere greift, wenn er seinen Sieg feiern will.«

Ich trat zum Zelteingang.

Ein eiserner Griff an meiner Schulter hielt mich zurück. Es war der Wächter, der die Flasche aus dem Zelt geholt hatte. Ich stand ganz still. Die Kraft in den Fingern deutete darauf hin, dass sie mir den Arm brechen konnten, wenn ich mich bewegte.

»Wie wär's, wenn du mich begleitest?«, fragte ich und versuchte, möglichst ruhig zu sprechen. »Du kannst das Zelt nicht gleichzeitig drinnen und draußen bewachen, oder? Ich muss nur diese Medizin finden, denn sonst stehen wir bis zum Kinn in … Nun, sagen wir, es wäre mir lieber, wenn es nicht dazu käme.«

Ich reckte den Hals, um sein Gesicht zu erkennen und eine Vorstellung davon zu bekommen, was ihm durch den Kopf ging. Genauso gut hätte ich einen Baum mit der Absicht beobachten können, ihn wachsen zu sehen. Schließlich wandte sich der Bursche an den zweiten Wächter und sagte: »Ich bin gleich wieder da.«

Er lockerte den Griff an meiner Schulter und gab mir einen Stoß, der mich ins Zelt taumeln ließ. Drinnen war es ziemlich düster, und das wenige Licht, das durch den offenen Zugang kam, verschwand sofort, als die Plane hinter dem mir folgenden Wächter zufiel. Eine Lampe hing an einem Halter unter dem Rauchloch, ein elegantes Ding aus schwarzem Eisen, geschmückt mit Sternen und Rauten aus buntem Glas. Aber es kam kein Licht von der Lampe, und es brannte auch kein Feuer unter ihr. Mein Begleiter schritt an mir vorbei, riss mir die tönerne Flasche aus der Hand und stellte sie in ein niedriges Regal rechts von uns. Daneben stand ein großer Klapptisch mit Karten und Dokumenten. Der einzige Luxus bestand aus einigen wie zufällig verteilten kleinen Teppichen auf dem Boden. Den größten Teil des übrigen Platzes beanspruchte das Bett, ein Holzgestell mit Fellen.

Ich sah daran vorbei und bemerkte eine metallbeschlagene Truhe, die aus rötlichem Holz bestand und mit geometrischen Mustern auf den metallenen Beschlägen geschmückt war. Mein Interesse beschränkte sich auf das Schloss. Es schien sich um ein gewöhnliches Fünfbartschloss zu handeln, trotz der künstlerischen Ausschmückung nicht besonders kompliziert. Ich schirmte es mit meinem Körper ab und holte die Dietriche hervor.

»Bist du sicher, dass nichts auf dem Tisch steht?«, rief ich.

»Ich habe nachgesehen.«

»Sieh noch einmal nach. Vielleicht könnten wir beide etwas besser sehen, wenn du die Lampe dort anzündest.«

Ich schob einen Dietrich ins Schloss und tastete damit nach dem letzten Stift. Als ich sicher war, ihn gefunden zu haben, machte ich vom Spanner Gebrauch. Der hintere Stift und auch der vierte ließen sich mühelos bewegen, und meine Zuversicht wuchs.

»Was machst du da?«

»Ich glaube, hier sitzt was fest. Gib mir einen Moment …«

Der dritte Stift war schwieriger. Er leistete zuerst hartnäckigen Widerstand, aber schließlich wies ein Klicken darauf hin, dass er nachgegeben hatte. Sofort nahm ich mir den zweiten vor, und kurz darauf war auch dieses Hindernis überwunden.

Schritte näherten sich. Der Wächter kam auf mich zu.

Der Stift ganz vorn war der schwierigste. Oder vielleicht lag es an meinen Nerven, die mir einen Streich spielten. Meine Finger waren schweißfeucht.

»Weg von der Truhe ...«

Der Spanner drehte sich, und das Schloss war geknackt. Mit einer fließenden Bewegung ließ ich die Dietriche verschwinden, klappte den Deckel der Truhe hoch und langte mit der freien Hand hinein.

Meine Finger schlossen sich um ein Objekt aus Leder. Sofort riss ich die Hand zurück und ließ den Deckel zufallen.

»Nichts«, sagte ich und steckte den Beutel in die verborgene Innentasche meines Mantels. »Was ist mit dir?«

»Steh auf«, sagte der Wächter. »Und weg von der Truhe.«

»Wie du willst. Ich hab dir ja gesagt, es ist nichts drin, nur Kleidung. Hast du was gefunden?«

Seine Hände waren ganz offensichtlich leer. Er antwortete nicht und starrte mich an, als hätte er mich am liebsten erwürgt.

Ich deutete an ihm vorbei. »Was ist das?«

Es war die tönerne Flasche von zuvor, und sie stand dort im Regal, wo ich sie zurückgelassen hatte. Ich ging los, bevor mich der Bursche daran hindern konnte, und sagte: »Das könnte sein, wonach wir suchen.«

»Es ist die Flasche, die ich dir gegeben habe«, erwiderte der Wächter; Ärger vibrierte in jeder Silbe.

»Im Ernst? Bist du sicher?«

Ich zog den Stöpsel, schnupperte und versuchte, nicht zu würgen, als ich einen vertrauten Gestank wahrnahm.

»Wenn ich genauer darüber nachdenke … Das Zeug riecht tatsächlich ein bisschen wie Medizin. Könnte es sein …?«

Ich drehte mich zu dem Wächter um und zauberte ein idiotisches Lächeln auf mein Gesicht.

»He, hier unten steht was geschrieben: ›Bei Entzündungen, Magenaufblähung und Erbrechen.‹ Das muss es sein.«

Es gefiel mir nicht, wie die Finger des Wächters an seinem Schwertknauf zuckten.

»Du bist mir eine große Hilfe gewesen«, fuhr ich rasch fort. »Das werde ich Moaradrid gegenüber betonen und großzügig vergessen, dass du zu Anfang ein wenig bockig warst.«

Ich huschte zur Eingangsplane und duckte mich darunter hinweg nach draußen, bevor er auf den Gedanken kommen konnte, dass meine Enthauptung den anschließenden Ärger wert sein mochte.

»Sieh nur, Salzleck!«, rief ich. »Wir haben die Medizin gefunden. Dein Leid ist gleich vorbei.«

Ich hörte das Knistern der Plane, als mir mein Wachhund folgte. Zum Glück befand sich Salzleck genau dort, wo ich ihn zurückgelassen hatte – er hockte auf dem Boden und wirkte dadurch nur noch wie ein kleiner Berg –, und ich lief zu ihm.

Mit ihm zwischen mir und den Wächtern goss ich den Inhalt der Flasche in den Schlamm, ließ es dabei laut platschen und rief: »Nicht so viel, Salzleck, lass für die anderen auch noch was übrig!«

Ich steckte die Flasche ein, kletterte am Netz hoch und kehrte zu meinem Platz auf der Schulter des Riesen zurück. Zufrieden stellte ich fest, dass beide Wächter wieder an ihrem Posten standen. Sie erwiderten meinen Blick mit finsteren Mienen – und wenn schon. Ich hatte nichts dagegen einzuwenden, solange sie nicht versuchten mich umzubringen.

»Meine Herren …«, rief ich. »Eure Hilfe war sehr, äh, hilfreich.« An Salzleck gerichtet fügte ich hinzu: »Schnell, wieder den Berg hinauf.«

Er setzte sich sofort in Bewegung, und einige Momente später erreichten wir eine Stelle, wo andere Zelte den Wächtern den Blick versperrten. Ich atmete erleichtert auf, und erst dabei wurde mir klar, wie sehr ich mich gefürchtet hatte – und wie nahe ich daran gewesen war, mein Leben zu verlieren. Doch es war die Mühe wert gewesen. Rache und Reichtum zugleich, und alles in nur fünf Minuten! Nie wieder würde jemand meinen Namen ohne den gebührenden Respekt aussprechen, denn ich hatte mich als der größte Dieb weit und breit erwiesen.

Wir hätten uns längst aus dem Staub machen sollen, aber viel zu deutlich fühlte ich den Lederbeutel in der verborgenen Manteltasche, und überhaupt, einige Sekunden mehr oder weniger machten sicher keinen großen Unterschied. Mit einem raschen Blick in die Runde vergewisserte ich mich, dass keine Soldaten oder Wächter in der Nähe waren.

Daraufhin griff ich in die Tasche und holte den Beutel hervor. Befriedigend schwer lag er in meiner Hand. Ich zog an der Schnur, öffnete den Beutel, spähte hinein …

Und vergaß fast das Atmen.

4

Während der nächsten Stunden vermied ich es, in den Beutel zu schauen. Ich hatte auch so schon genug Herzklopfen.

Es wäre ohnehin schwer gewesen. Salzleck lief Meile um Meile über die Straße, ohne müde zu werden oder sich von irgendetwas ablenken zu lassen. Und ich klammerte mich fest, beklagte die vielen wunden Stellen an meinem Körper – es wurden immer mehr – und versuchte, nicht an den Inhalt von Moaradrids Beutel zu denken.

Zuerst kamen wir an Reisfeldern vorbei, endlosem Grün, das aus trübem Wasser ragte. Bauern wateten neben ihren sprießenden Pflanzen, alte Männer mit wie verschrumpelt wirkenden nackten Oberkörpern, und auch Frauen, die nassen Kleider an den Hüften verknotet. Ihre Haut war dunkel wie Leder, und beide Geschlechter trugen Hüte mit breiten Krempen, wodurch die Gesichter in den Schatten verborgen blieben. Sie sahen nicht auf, als wir vorbeikamen, und zeigten damit das typische Bauerntalent, Dinge zu ignorieren, die sie nichts angingen.

Gegen Mittag wurden die Reisfelder seltener. Bis dahin waren wir größtenteils auf flachem Land unterwegs gewesen. Die Straße verlief immer in Sichtweite des Casto Mara, der angeschwollen und träge rechts von uns floss. Als wir uns der Region namens Buckel näherten, einem breiten Ausläufer des Berghangs, der den ganzen östlichen

Bereich des Castoval in zwei Hälften teilt, geriet der Fluss immer öfter außer Sicht. Zunächst verschwand er nur für einen Moment hinter einer Biegung, aber diese Momente wurden länger und länger, als unser Weg weiter landeinwärts führte und das Wasser immer wieder durch Schluchten strömte.

Ich war froh, als wir den Buckel erreichten. Ein Mann, der auf einem Riesen ritt … Das *musste* den Einheimischen auffallen, auch wenn sie sich gleichgültig gaben. Hinzu kam, dass es zwischen den Reisfeldern keine Möglichkeit gab, sich irgendwo zu verstecken. Die unteren Hänge des Buckels waren nicht viel besser, aber weiter oben mangelte es nicht an Mulden und Spalten, die uns Sichtschutz gewährten. Je älter der Tag wurde, desto dringender wurde es, dass wir uns irgendwo verbargen.

Das Heereslager war den ganzen Morgen außer Sicht gewesen, was wir einem niedrigen Hügel an seinem südlichen Rand verdankten. Wir sahen es wieder, als wir den Rand des Buckels zu erklimmen begannen: ein Durcheinander aus dunklen und gelegentlichen bunten Flecken, wie ein fernes Ameisennest. Bei ungefähr einem Drittel des Weges zwischen uns und dem Lager bemerkte ich eine Kolonne auf der hellen Straße: Reiter, etwa hundert nach meiner Schätzung. Es erschien mir unglaublich, dass sie es auf uns abgesehen hatten. Weitaus vernünftiger wäre es gewesen, einen Offizier mit vielleicht einem Dutzend schnellen Reitern loszuschicken. Auf dem Schlachtfeld mochten Salzleck und seine Brüder Furcht erwecken, aber hier im Freien waren wir Bogenschützen hilflos ausgeliefert. Ein gut gezielter Pfeil – zum Beispiel in meinen Kopf – würde den Kampf sofort beenden. Der Einsatz von so vielen Männern ergab keinen Sinn. Sie kamen langsamer voran, und wenn sie zusammenblieben, konnte man ihnen leichter ausweichen.

Vielleicht war jene Kolonne aus einem anderen Grund nach Süden unterwegs. Doch auch das ergab keinen Sinn. Ein Gesandter hätte sich nicht mit annähernd so vielen Männern auf den Weg gemacht, und für den Angriff auf eine Stadt waren es selbst dann nicht genug, wenn die Verteidiger bei der Schlacht am Morgen einen hohen Blutzoll bezahlt hatten.

Wie dem auch sei, jene Soldaten ritten aus irgendeinem Grund in unsere Richtung, und zwar ziemlich schnell. Je eher wir in die oberen Bereiche des Buckels gelangten und dort Deckung fanden, desto besser.

Es gab noch ein anderes Problem, das unmittelbare Aufmerksamkeit verlangte: mein Hintern und seine zahlreichen blauen Flecken. Inzwischen saß ich rücklings, das eine Bein über Salzlecks Rücken, das andere an seinem Nacken ausgestreckt, den rechten Arm um den Pfosten geschlungen und den linken im Netz. Den Oberkörper hatte ich gedreht, damit ich nach vorn sehen konnte. Diese Position bot gewisse Vorzüge, vor allem den, dass ich bisher nicht hinuntergefallen war, aber von Bequemlichkeit konnte kaum die Rede sein. Von Kopf bis Fuß tat mir alles weh, vor allem die Finger und Zehen, weil ich mich hauptsächlich damit festhielt. Doch meinem Allerwertesten ging es besonders schlecht. Meile um Meile hatte ich mich davon zu überzeugen versucht, dass es nicht schlimmer werden konnte, und Meile um Meile hatte ich mich geirrt. Inzwischen fühlte sich mein Hinterteil an, als wäre es durch den Fleischwolf gedreht worden.

Schließlich stieß ich durch zusammengebissene Zähne hervor: »Halt, Salzleck! Halt an, solange noch die Chance besteht, dass ich eines Tages wieder gehen kann.«

Wir hatten vielleicht ein Drittel des Weges den Buckel hinauf zurückgelegt, und die Straße führte nicht sehr steil nach oben. Die Felder des Tieflands waren kleinen Felsvorsprüngen, niedrigem Gebüsch und gelegentlichen, wie verkrüppelt wirkenden Bäumen gewichen, die hier und dort aus dem roten Boden wuchsen. Die Sonne hatte ihren höchsten Stand erreicht und brannte erbarmungslos heiß von einem inzwischen fast wolkenlosen Himmel. Ich war schweißgebadet, und Salzleck stank wie ein Pferd, nur noch schlimmer.

Ich verfluchte mich dafür, während unserer Flucht keine Vorräte erworben zu haben, einige Wasserschläuche zum Beispiel und auch etwas zu essen. Es wäre nicht schwer gewesen. Salzleck hätte vermutlich einen Karren ziehen können, ohne langsamer zu werden.

Ich ließ mich vorsichtig auf einem Felsen am Straßenrand nieder und wimmerte leise, als meine Kehrseite ihn berührte. Erneut ging mein Blick zur Kolonne; sie hatte nun etwa die Mitte des Weges zwischen Heereslager und Buckel erreicht. Die Entfernung schien nach wie vor groß, doch es ließ sich nicht leugnen, dass sie im Verlauf der letzten Stunde beträchtlich geschrumpft war. Ich durfte also keine lange Pause einlegen.

»Ruh dich ein bisschen aus, Salzleck«, sagte ich. »Wir haben noch einen weiten Weg vor uns.«

Der Riese brummte, marschierte zu einem der kleinen Bäume und brach einen Ast ab. Mit einer großen Hand strich er darüber hinweg, riss die Blätter ab und stopfte sie sich in den Mund.

»He, iss das nicht!«

Er sah mich verwundert an.

»Macht dich das nicht krank? Blätter zu essen?«

»Gut«, erwiderte er nur und kaute.

»Na schön, dann lass es dir schmecken«, sagte ich ein wenig verdrossen. Salzleck brauchte also nicht zu hungern, während mir der Magen knurrte. Wenigstens musste ich mir keine Sorgen darüber machen, wo ich genug Essbares für ihn auftreiben konnte, Riesenportionen für einen Riesen. Ich blieb bei meiner Absicht, ihn sich selbst zu überlassen, sobald die Luft rein war, aber bis dahin durfte er nicht tot unter mir zusammenbrechen.

Wasser war ein Problem. Selbst wenn Salzleck den Magen eines Ochsen hatte, er brauchte Wasser wie jedes andere Lebewesen auch. Das bedeutete, wir mussten ein Dorf finden, falls wir nicht zum Fluss zurückkonnten.

Doch darüber wollte ich derzeit nicht nachdenken. Mein Mund war trockener als der Felsen, auf dem ich saß, und es wurde immer heißer, aber meine Gedanken drehten sich wieder um den Lederbeutel. Ich holte ihn hervor und hielt ihn in der Hand, genoss sein Gewicht. Eine Zeit lang spielte ich mit der Schnur, zog erst ein wenig daran, dann noch etwas mehr, hielt dabei nach einem Glitzern im Innern des Beutels Ausschau. Schließlich ertrug ich es nicht länger, öffnete den Beutel ganz und sah hinein. Ein Seufzen entrang sich meiner Kehle, und fast wären mir Tränen gekommen.

Der Beutel enthielt drei Dinge: Münzen, einige aus Onyx und ein halbes Dutzend aus Kupfer, genug Geld, um ein gutes Pferd zu kaufen oder eine Woche zügellos zu zechen; einen Stein, dunkelbraun und mit roten Streifen, etwa so groß wie ein Gänseei; und den größten Rubin, den ich je gesehen hatte.

Deshalb die Tränen, die ich fast vergossen hätte: Nie zuvor in meinem ganzen Leben war mir etwas Schöneres als dieser Rubin unter die Augen gekommen, doch ich wusste, dass ich ihn nicht behalten durfte. Die wertvollste Beute, die ich jemals in der Hand gehalten hatte, und ich konnte nichts mit ihr anfangen. Kein Hehler im Castoval hätte mir auch nur ein Hundertstel seines Wertes gegeben, erst recht dann nicht, wenn bekannt geworden wäre, woher der Rubin stammte. Er war zu wertvoll, um ihn lange zu behalten. Die Vernunft verlangte von mir, ihn loszuwerden, je schneller desto besser.

Allein der Gedanke daran brach mir das Herz.

Ich zog den Beutel zu, steckte ihn wieder ein und richtete meine Aufmerksamkeit auf Salzleck, der noch immer Blätter in sich hineinstopfte, von einem Baum, der inzwischen kaum mehr welche trug. Meine erste Schätzung seiner Größe – etwa die von zwei Männern – war nahezu richtig gewesen. Seine Körperproportionen entsprachen etwa denen eines Menschen, obwohl die Arme länger waren und die Beine kräftiger. Er war geradezu wunderbar hässlich: der Kopf rund, mit einer breiten, rechteckigen Kieferpartie, großen ovalen Augen und einigen fedrigen Haarbüscheln auf der weiten Kuppel seines Schädels. Sein Gesicht hatte etwas Reizvolles, das mir bisher nicht aufgefallen war, eine gewisse gutmütige Dummheit. Erneut fragte ich mich, wie Moaradrid so mächtige und doch sanftmütige Geschöpfe dazu gebracht haben konnte, für ihn auf dem Schlachtfeld zu kämpfen. Was hatte ihm die Möglichkeit gegeben, eine ganze Gruppe solcher Kreaturen unter seine Kontrolle zu bringen?

»Wie fühlst du dich, Salzleck?«, fragte ich.

Er nickte übertrieben. »Gut.«

»Kannst du wieder laufen, was meinst du?«

»Von morgens bis abends laufen.« Die Blätter eines ganzen Baums schienen eine gute Mahlzeit für ihn darzustellen.

»Ich wäre fast bereit, mich für einen Becher Wasser zu ergeben. Machen wir uns wieder auf den Weg.«

Den größten Teil des langen Nachmittags verbrachte ich damit, auf Salzlecks breiter Schulter nach einer bequemeren Position zu suchen. Ich kniete, hockte und saß nach vorn gerichtet, ließ meine Beine über seiner Brust baumeln. Einmal, aus reiner Verzweiflung, versuchte ich es sogar mit Stehen, was fast einen Sturz zur Folge gehabt hätte. Nichts half. Jeder Laufschritt des Riesen bescherte mir noch mehr Schmerzen.

Wenn ich nicht gerade zappelte, versuchte ich, meine Zeit besser zu nutzen. Ich beobachtete, wie die Gegend felsiger und zerklüfteter wurde, als wir uns dem Gipfel näherten. Immer wieder lauschte ich in der Hoffnung, das Plätschern von Wasser zu hören, aber wenn es solche Geräusche gab, so verloren sie sich im rhythmischen Stampfen von Salzlecks Füßen. Der größte Teil meiner Aufmerksamkeit galt den fernen Gestalten, die hinter und unter uns über die Straße krochen.

Ich verlor sie aus den Augen, als sie den Buckel erreichten. Inzwischen bestand kein Zweifel mehr daran, dass sie zu uns aufschlossen – immerhin konnte ich Einzelheiten erkennen, die mir bis dahin verborgen geblieben waren. Selbst wenn sie uns derzeit noch nicht im Visier hatten: Das würde sich ändern, sobald sie uns sahen oder von einem Riesen hörten, der einfach so durch die Landschaft spazierte. Ich überlegte, ob ich Salzleck sofort seinem Schicksal überlassen und eine möglichst große Entfernung zwischen uns legen sollte. Diese Vorstellung hatte einen gewissen Reiz, bis ich an den Versuch dachte, allein und zu Fuß hundert bewaffneten Reitern zu entkommen. Nein, solange ich keine alternative Transportmethode fand, musste ich mit dem Riesen vorliebnehmen. Dass er wie ein Fanal die Aufmerksamkeit von Verfolgern auf mich lenkte, musste ich in Kauf nehmen.

Kurz vor Sonnenuntergang erreichten wir den Gipfel des Buckels. Die höchste Stelle befand sich auf seiner nördlichen Seite, und ich konnte einen großen Teil des Plateaus einsehen, das sich vor uns erstreckte, ein weites, eintöniges Gebiet mit braunem Gras, kleinen Krüppelbäumen und welkendem Gestrüpp. An manchen Stellen ragten weiße Felsen auf und wirkten wie helle Narben in dieser Landschaft. Hier und dort stand ein einzelner Kaktus Wache neben einem Fleck steiniger Erde. Im Osten stieg das Gelände allmählich an und ging schließlich in die Berge über. Voraus senkte es sich langsam über einige Meilen hinweg, bis es am Südhang steil abfiel und zum Castoval zurückführte.

Im Südosten konnte ich in der Ferne Muena Palaiya erkennen. Über ein Ziel hatte ich bisher kaum nachgedacht, aber Muena Palaiya, die nächste größere Stadt, kam durchaus infrage. Ich hatte dort Freunde. Nun, zumindest einen. Zwar wusste ich nicht, wie viel Hilfe ich von ihm erwarten durfte, aber er bot zumindest eine Möglichkeit. Und meine Möglichkeiten schienen immer mehr zu schwinden, als der Tag zu Ende ging.

Wie dem auch sei, in der kommenden Nacht konnten wir Muena Palaiya gewiss nicht erreichen. Im Gegensatz zu einigen näher gelegenen Dörfern; vor dem Hintergrund einer ausgedörrten Landschaft glühten die cremefarbenen Wände der dortigen Häuser und Hütten bernsteinfarben im Licht der untergehenden Sonne. Ich durfte nicht hoffen, dort Barmherzigkeit zu finden, eher das Gegenteil. Gewisse frühere Vorfälle in dem einen oder anderen Dorf würden eher dazu führen, dass ich eine Tracht Prügel kassierte, sobald man mich erkannte. Andererseits … Ich brauchte dringend Nahrung und Wasser.

»Siehst du das Dorf da, Salzleck?« Ich deutete zur nächsten Siedlung.

Er neigte den Kopf, sah an meinem Zeigefinger entlang und brummte zustimmend.

»Lauf dorthin. Bald müsste eine Abzweigung nach links kommen.«

Und tatsächlich, nach einer knappen Meile teilte sich die Straße. Der Weg, auf dem wir uns befanden, setzte sich am westlichen Rand des Buckels fort und bot einen Blick auf den unten fließenden Casto Mara. Die Abzweigung führte in die andere Richtung, den Bergen entgegen. Salzleck befolgte meine Anweisungen und lief über den zweiten Weg, vorbei an schartigen Felsen und kleinen, knotigen Bäumen. Der scharlachrote Ball der Sonne versank hinter dem Horizont, und überraschend schnell schwand das Licht. Düsternis breitete sich aus, als wir einige letzte Felsen passierten und den Rand des Dorfes erreichten.

Ein elender Ort erstreckte sich vor uns. Ein Dutzend strohgedeckte Hütten aus gekalktem Stein umgaben einen kleinen Platz. Bei den meisten von ihnen gab es Schutzdächer aus Flechtwerk an den Seiten, behelfsmäßige Ställe, in denen Tiere angebunden waren und die den Eindruck erweckten, keinem Wind, der stärker war als ein laues Lüftchen, widerstehen zu können. Der Platz war einmal gepflastert gewesen, aber die Steinplatten waren gebrochen, und einige von ihnen hatte man dafür verwendet, Löcher in den Wänden der einen oder anderen Hütte zu flicken.

Mir war der Zustand dieses Ortes schnuppe. Wichtig war nur eines: der Brunnen in der Mitte des staubigen Platzes.

Vor einer der größeren Hütten stand eine Bank, und dort saß ein älterer Mann, der eine grauweiße Hose trug, ein fleckiges Hemd und einen Hut mit breiter Krempe, tief in die Stirn gezogen. Eine Pfeife steckte in seinem Mund. Er paffte, und seine kleinen schwarzen Augen beobachteten uns durch bläulichen Rauch.

»Ich bin Easie Damasco, und dies ist mein Gefährte Salzleck«, sagte ich. »Guten Abend.«

»Mag sein.« Er sprach mit leiser, schnaufender Stimme, und sein Ton war unverbindlich. Wenn ihn die Ankunft eines Riesen in seinem Dorf beunruhigte, so verbarg er es gut.

»Es ist ein guter Abend, für uns beide. Du kannst uns etwas zu essen geben, und wir haben genug Geld, dafür zu bezahlen. Doch zuerst möchten wir uns mit Wasser aus dem Brunnen erfrischen. Anschließend bin ich für jede Mahlzeit dankbar, die du entbehren kannst, während sich mein Gefährte über trockenes Gras oder Heu in ausreichender Menge freuen würde.«

Ein halbes Dutzend Türen öffneten sich, als ich diese Worte an den älteren Mann richtete, und neugierige Gesichter spähten nach draußen. Sie alle waren entweder sehr alt oder sehr jung. Die übrigen Bewohner verbrachten den Abend vermutlich in einem nahen Dorf, das mit einer Taverne gesegnet war. Die Kinder starrten Salzleck staunend an, flüsterten miteinander und kicherten. Ihre greisen Hüter beäugten mich argwöhnisch. Stille folgte, nachdem ich gesprochen hatte, und schließlich trat einer der Dorfbewohner nach draußen. Er schien außerordentlich alt zu sein und hatte nur noch ein paar grauweiße Haare auf dem Kopf, dafür aber einen großen, schwarz gefärbten und gewachsten Schnurrbart, dessen Enden weit nach unten reichten.

»Willkommen in Reb Panza. Leider kann dein Besuch in unserem Dorf nur von kurzer Dauer sein. Wir sind hoffnungslos arm, was uns daran hindert, großzügig zu sein.«

Zustimmendes Murmeln kam von den geöffneten Türen.

Ich flüsterte in Salzlecks Ohr. Er ging in die Hocke, und ich schwang mich zu Boden. Einen Augenblick später bereute ich die Akrobatik, als alle meine blauen Flecken und wunden Stellen auf einmal protestierten. Vorsichtig setzte ich mich in Bewegung, ging zum Schnurrbart-Patriarchen und versuchte, nicht allzu deutlich zu hinken.

»Vielleicht hast du nicht richtig verstanden«, sagte ich. »Ich kann bezahlen.«

»Wir hören vom Krieg im Norden, der morgen ein Krieg vor unserer Haustür sein könnte … Was ist dann nützlicher, Geld oder Lebensmittel?«

»Eine unsinnige Frage. Nenn mir einfach den Preis.« Mein Magen knurrte ungeduldig, und der Mund war so trocken wie ein abgenagter Knochen, der mehrere Tage in der Sonne gelegen hatte. Für Gefeilsche oder irgendwelche Spitzfindigkeiten war ich nicht in der richtigen Stimmung. Unglücklicherweise zählte beides zu den Lieblingsbeschäftigungen der Leute in dieser Gegend. »Sag mir, welcher Preis dir für zwei Laibe Brot, etwas Fleisch oder Fisch, Wasser und eine Karrenladung Heu angemessen erscheint. Über den Rest können wir später reden.«

Der Patriarch dachte eine Weile darüber nach, das Kinn auf die eine Hand gestützt, während die Finger der anderen über den Schnurrbart strichen. Ich wagte es nicht, ihn zu bedrängen, aber ich muss gestehen: Für diese Verzögerung hätte ich ihn am liebsten erwürgt. Es gab nicht viel zu sehen, bis auf Salzleck, der sich von den Kindern umringt gesetzt hatte. Eines war ihm tapfer aufs Bein geklettert und saß auf seinem Knie. Ich seufzte und wandte mich wieder an den Patriarchen.

Der wählte glücklicherweise genau diesen Moment, um sein Grübeln zu beenden. »Vielleicht, nur vielleicht, sind wir in der Lage, dir zu helfen.«

»Eine ausgezeichnete Nachricht.«

»Du musst wissen, dass wir selbst hungern und unser

Brunnen fast trocken ist. Was soll aus uns werden, wenn er kein Wasser mehr gibt? Selbst Heu ist hier auf dem Buckel Mangelware.«

»Ihr habt mein Mitgefühl.«

»Danke. Unter diesen Umständen bleibt uns leider nichts anderes übrig, als unsere wenigen Dinge zu ungewöhnlichen Preisen zu verkaufen. Wenn man es so sieht, scheint ein Preis von drei Onyx-Münzen gerechtfertigt.«

Ich gebe zu, mein Mund stand ein wenig offen. Die Hütte des Patriarchen war kaum drei Onyx-Münzen wert. Dies war selbst als Startangebot skandalös, und ich hätte nur fünf Kupfermünzen übrig behalten. Trotzdem, ich hatte keine Zeit für langes Feilschen, und außerdem wollte ich ohnehin nicht bezahlen. »Abgemacht!«, rief ich.

Diesmal war es der Patriarch, der mich groß anstarrte.

Nachdem wir uns geeinigt hatten, wurde ich zum Brunnen geführt, wo ich dankbar einen Becher nach dem anderen trank, bis ich befürchtete, dass mir Wasser aus den Ohren kommen könnte. Ich rief Salzleck zu mir, und er kam herbei, während Kinder sich an seine Beine klammerten, an ihm hochsprangen und den Lendenschurz zu erreichen versuchten. Ehrfürchtig beobachteten sie, wie er drei randvolle Eimer in sich hineinschüttete, dann die Hände an den Hüften abwischte und zufrieden rülpste. Anschließend brachte man ihn zu einem Schuppen mit getrocknetem Gras und mich zur Bank mit dem alten Pfeifenraucher, der widerstrebend zur Seite rutschte, um mir Platz zu machen.

Der süße Rauch roch ein wenig nach Lavendel und machte mich schläfrig. Als man mir das Essen brachte, war ich kurz vorm Einnicken, doch der Duft von frischem Brot weckte mich sofort. Ich hob den Kopf und sah eine alte Frau, die durch eine nahe Tür humpelte, mit einem hölzernen Tablett in so arthritischen Händen, dass ich befürchtete, sie könnte es fallen lassen. Mit eiserner Entschlossenheit schaffte sie es bis zu uns, und schließlich stand das Tablett neben mir auf der Sitzbank. Es gab nicht nur Brot, sondern auch öligen Reis mit Oliven und Fleischstücken sowie ein großes Stück Ziegenkäse.

Eigentlich hatte ich vorgehabt, die Hälfte für den kommenden Tag aufzusparen, aber der Hunger war einfach zu groß. Ich aß wie in Trance, stopfte mir immer wieder den Mund voll, ohne groß auf den Geschmack zu achten. Als ich wieder einen klaren Gedanken fassen konnte, war nur noch ein Drittel des Brotes übrig. Kummervoll steckte ich es in eine der Innentaschen meines Mantels. Zwar war ich nicht richtig gesättigt, aber wenigstens fühlte es sich nicht mehr so an, als versuchte mein Magen, die übrigen Organe zu verschlingen.

Ich stand auf, ging über den Platz, blickte nach Norden … und erstarrte. Auf dem Gipfel des Buckels, zwischen den Bäumen halb zu erkennen, bewegten sich kleine Lichter, die nur Fackeln sein konnten. Unsere Verfolger hatten enorm schnell aufgeholt. Irgendetwas an jenen leuchtenden Flammen führte dazu, dass mir der Schweiß ausbrach.

»Salzleck!«, rief ich und achtete darauf, dass es nicht schrill klang. »Es wird Zeit, dass wir uns wieder auf den Weg machen.«

Der Riese hatte inzwischen einen großen Teil des Grases intus und saß neben dem Schuppen, in Gesellschaft der Kinder, die noch immer an ihm herumkletterten und sich dabei gegenseitig anfeuerten. Eine kurze Bewegung mit der Hand hätte genügt, um eins von ihnen fortzuschleudern, doch die Jungen und Mädchen zeigten überhaupt keine Angst; offenbar vertrauten sie Salzleck. Mir wurde klar, wie sehr meine Vorstellungen von den Erlebnissen des Morgens bestimmt wurden. Viel zu deutlich erinnerte ich mich an den Riesen, der ein Pferd samt Reiter hochgehoben und ins Kampfgetümmel geworfen hatte. Ich schauderte unwillkürlich – bei jener Gelegenheit hatten Salzlecks Artgenossen alles andere als gutmütig gewirkt.

Salzleck sah auf. Als ich erneut seinen Namen rief, erhob er sich und wankte näher. Ich nickte nach Norden, war mir aber nicht sicher, ob er verstand.

Bevor ich etwas sagen konnte, huschte der Patriarch auf uns zu – für sein Alter konnte er erstaunlich schnell sein. »Seid ihr beide zufrieden? Es ist schade, dass ihr schon gehen müsst, noch dazu im Dunkeln, in finsterer Nacht, in der mit Pumas, Räubern und Schlimmerem zu rechnen ist. Wir könnten dir eine Unterkunft zur Verfügung stellen, zu einem vernünftigen Preis, und vielleicht eine Scheune für deinen Freund.«

»Ein freundliches Angebot. Leider müssen wir aufbrechen, und die Zeit drängt.«

»Nun gut. Der Preis beträgt drei Onyx-Münzen, wie vereinbart.«

Ich fragte mich, wie schnell ich auf Salzlecks Schulter gelangen konnte, und ob er loslief, wenn ich ihn dazu aufforderte. Ich konnte nicht ausschließen, dass er sich bei dieser Sache auf die Seite der Dorfbewohner schlug. Keiner von ihnen war in der Lage, nennenswerten Widerstand zu leisten, doch die Vorstellung, durch eine Barrikade aus alten Leuten und Kindern zu trampeln, hatte etwas Geschmackloses. Ich holte Moaradrids Beutel hervor und öffnete ihn mit einem resignierten Seufzen.

Als ich hineinsah, kam mir eine Idee. »Ihr seid sehr großzügig und gastfreundlich gewesen. Reis und Käse waren eine unerwartete Zugabe, und eure Kinder haben meinen Gefährten erfreut. Kurz gesagt, ich frage mich, ob drei Onyx-Münzen als Bezahlung genügen.«

In den Augen des Patriarchen rangen Habgier und Argwohn miteinander. »Das stimmt, unsere Güte genießt in dieser Gegend einen legendären Ruf. Dennoch, wir haben eine Vereinbarung getroffen, und durch Änderungen im letzten Moment wird sie bestimmt nicht besser.«

Ich nahm den Rubin und legte ihn dem Patriarchen auf die Hand.

»Dies sollte ein Geschenk für meine Geliebte sein«, sagte ich. »Je mehr ich darüber nachdenke, desto klarer wird mir, dass sie bei zu vielen Gelegenheiten untreu und unaufmerksam war. Der Stein ist tausendmal mehr wert als die drei vereinbarten Onyx-Münzen. Trotzdem sollst du ihn bekommen.«

Ich wich zu Salzleck zurück und beäugte das Netz. Hinter dem Patriarchen konnte ich die Fackeln erkennen, halb hinter einer Anhöhe verborgen – sie waren noch ein ganzes Stück näher als vorher. Ich hatte die vage Hoffnung, dass der Alte die Aufmerksamkeit der Verfolger auf den Rubin lenkte, indem er sich damit brüstete oder ihn zu verkaufen versuchte, und dass die Fackelträger die Verfolgung dann vielleicht aufgaben. Aber wenn wir noch etwas länger warteten, konnte ich ihnen den Edelstein persönlich übergeben.

Der Patriarch starrte auf die glitzernde Pracht in seiner Hand. Die anderen Dorfbewohner waren gekommen und glotzten ebenfalls. Nur die Kinder blieben unbeeindruckt.

Schließlich fand der Alte die Stimme wieder. »So schön dieser Rubin auch sein mag, wir können damit kein Korn kaufen.«

»Er ist das gesamte Korn des Buckels wert.«

»Schmuck ist für Reiche schön und gut«, fuhr der Patriarch mit festerer Stimme fort. »Für Bauern hingegen sind Münzen besser.«

Ich zeigte an ihm vorbei. »Wenn du den ästhetischen Wert des Steins nicht zu schätzen weißt … Die Leute dort werden dir den Rubin bestimmt abnehmen.«

Er wurde nervös. »Sind das Reiter?«

»In der Tat. Und sie werden nicht um Unterkünfte bitten, sondern sie *verlangen.*«

Ich griff nach dem Netz und wollte auf Salzlecks Schulter klettern, doch der Blick des Alten hielt mich fest. Ich sah keine andere Möglichkeit, holte eine Onyx-Münze hervor und warf sie dem Patriarchen zu.

»Hier, für eure dringende Not, obwohl ich jetzt weniger geneigt bin, Reb Panzas Gastfreundschaft zu loben.«

Ich kletterte auf Salzlecks Rücken, während der Alte noch im Staub nach der Münze suchte.

»Ich kann nicht behaupten, dass es ein Vergnügen war, mit dir Geschäfte zu machen. Trotzdem wünsche ich dir eine gute Nacht.«

Ich zeigte für Salzleck zur Straße, und der Riese lief los, bevor der Patriarch weitere Einwände erheben konnte.

Die Straße brachte uns schnell höher, was dazu führte, dass Bäume und Blattwerk lichter wurden, die Felsen häufiger und größer. In langen Kurven wand sich der Weg den Hang empor. Dadurch bekam ich einen guten Blick auf die bereits hinter uns liegende Strecke – und auf die Fackeln der Verfolger.

Ich hatte mir alle Mühe gegeben, Salzleck auf die Dringlichkeit unserer Flucht hinzuweisen, obwohl ich vermutete, dass er ebenso wenig eingefangen werden wollte wie ich. Er lief noch schneller als vorher, weshalb ich meine ganze Kraft brauchte, um auf seiner Schulter zu bleiben, und meine ganze Willenskraft, um mich nicht zu übergeben. Aber ich wollte mich nicht beklagen. Inzwischen vermutete ich, dass sich die Reiter tagsüber Zeit gelassen hatten, vielleicht in der Annahme, dass wir müde wurden und versuchten, irgendwo Unterschlupf zu finden. Was auch immer der Grund sein mochte, nach Einbruch der Nacht hatten sie es plötzlich eiliger; während unserer Stunde in Reb Panza hatten sie eine erstaunlich große Strecke zurückgelegt. Sie holten selbst jetzt noch zu uns auf, obwohl Salzleck mit einer für mich atemberaubenden Geschwindigkeit lief.

Nach einigen Minuten zog sich die Lichterkette zu einem Haufen zusammen. Das erschien mir seltsam, bis ich begriff, dass die Reiter das Dorf erreicht hatten. Es gab kein anderes Licht, nur das der Fackeln, gelbe Punkte auf schwarzem Grund. Einige gerieten in Bewegung und formten einen Kreis, und die anderen sammelten sich in seiner Mitte.

Als sich nach fünf Minuten nichts an diesem Muster geändert hatte, begann ich mich zu entspannen. »Du brauchst nicht mehr so schnell zu laufen«, teilte ich Salzleck mit. »Ich glaube, sie haben angehalten.«

Der Riese wurde langsamer, und ich setzte meine Beobachtungen fort. Eine besonders interessante Unterhaltung war das nicht. Die hellen Punkte in der Mitte flackerten und tanzten, zu welchem Zweck auch immer. Am Kreis änderte sich überhaupt nichts. Ich gelangte zu dem Schluss, dass die Jagd zunächst einmal vorüber war. Entweder hatten die Verfolger den Rubin gefunden und gaben sich damit zufrieden, oder sie hatten beschlossen, im Dorf zu übernachten, darauf vertrauend, dass sie uns am nächsten Morgen einholen konnten. Ich sah nach vorn, seufzte erleichtert und fragte mich, ob wir uns ebenfalls einen Lagerplatz suchen sollten.

Doch nach und nach fühlte ich mich von Unbehagen erfasst. Zuerst konnte ich es nicht erklären. Es war nichts zu hören, kein Getrampel von Hufen. Vielleicht hatte es etwas mit der Art der Nacht zu tun. Hinter uns schien der Himmel heller zu sein als vor uns, als ob die Sonne am falschen Horizont aufginge, und viel zu früh. Wir hatten eine Stelle erreicht, an der besonders große Felsen aufragten, die mir den Blick nach hinten versperrten, und deshalb konnte ich zunächst nicht feststellen, was es mit dem sonderbaren Licht auf sich hatte. Doch schließlich brachte uns eine weitere Biegung an den Rand einer Kante über dem steil nach unten führenden Hang, und dort ging mir im wahrsten Sinne des Wortes ein Licht auf.

Die Fackeln bildeten wieder eine Lichterkette, nicht weit hinter uns.

Sie waren nicht das Einzige, was brannte.

Das Dorf Reb Panza stand in Flammen.

5

Ich wurde nicht zum ersten Mal verfolgt. Es gab zahlreiche aufgebrachte Ladeninhaber und wütende Wächter, vor denen ich geflohen war, von einem gelegentlichen Mob ganz zu schweigen. Doch jene Fluchten erschienen mir wie ein laues Lüftchen im Vergleich mit dem Orkan, dem ich mich in dieser Nacht ausgesetzt sah.

Es war recht spät, als die ernste Phase der Jagd begann. Der Mond hatte fast seinen höchsten Stand erreicht. Zuerst fiel es schwer, den Schein der Fackeln von dem des Feuers in Reb Panza zu unterscheiden. Der Wind wehte aus Norden, und es dauerte nicht lange, bis eine große, stinkende Rauchwolke uns und die ganze Gegend einhüllte. Meine Augen brannten und tränten, wobei ich der Ehrlichkeit halber sagen muss: Für die Tränen war nicht nur der Rauch verantwortlich. Ich hatte ein sehr ungutes Gefühl, eine Mischung aus taubem Schrecken und nagender Fassungslosigkeit. Warum hatten jene Männer das Dorf zerstört? Es ergab keinen Sinn. Waren die Bewohner in ihren Hütten verbrannt, die Alten und die fröhlichen, freundlichen Kinder, der Patriarch mit seinem lächerlichen Schnurrbart?

Eine andere Frage belastete mich noch mehr, und meine Gedanken kehrten immer wieder zu ihr zurück, obwohl ich sie zu meiden versuchte.

War es meine Schuld?

Unter mir stapften Salzlecks Füße über den staubigen

Boden, und deutlich hörte ich, wie schwer er atmete. Ich wusste gar nicht mehr, wie lange er schon lief, und ich hatte nicht die geringste Ahnung, was ihm durch den Kopf ging oder welche dringenden Bedürfnisse sein Körper haben mochte. Hinter uns beherrschte Feuer den Horizont. In der nebligen Dunkelheit konnte ich nur Flammen sehen, doch meine Phantasie war gern bereit, die Lücken zu füllen. Sie zeigte mir hundert Reiter, mit Pfeilen auf den Sehnen ihrer Bögen und grimmiger Entschlossenheit in den Gesichtern. Ich glaubte zu hören, wie der Anführer die Männer antrieb, wie er mit grotesken Strafen drohte und unglaubliche Belohnung dem Mann versprach, dessen Klinge als erste unser Blut trank. Ich sah meinen Tod näher kommen, unausweichlich.

Der Wind frischte auf und trug den Rauch fort. Es stank noch immer nach verbranntem Gras, und zunächst blieb eine Art Dunst in der Luft, der allem etwas Unwirkliches gab. Dann begann es zu regnen, und der Regen schien die ganze Umgebung zu reinigen; Bäume und Felsen glänzten. Die hinter uns tanzenden Fackeln waren wie leuchtende Stecknadelköpfe auf einem Kissen aus schwarzem Samt.

Der Anblick brachte mich ins Hier und Heute zurück. Unsere Verfolger mussten verrückt sein, sagte ich mir. Wahnsinnige, die das Dorf allein aus Freude an Zerstörung in Brand gesteckt hatten. Vermutlich brannte Moaradrids Heer jeden Tag irgendwelche Dörfer nieder. Es war am besten, wenn ich floh und mit der Kunde von dieser Gräueltat entkam.

Nachdem das geklärt war, versuchte ich mich zu orientieren. Ich wusste nicht genau, wie viel Zeit verstrichen war, seit wir das Dorf verlassen hatten. Es konnte eine Stunde sein, oder auch vier. Den fernen Lichtern von Muena Palaiya schienen wir uns nicht genähert zu haben.

Die Stadt musste jetzt unser Ziel sein, falls wir es bis dahin schaffen konnten. Wir waren nach Südosten unterwegs, aber die Straße verlief nie lange gerade. Oft folgte eine Kurve der anderen, und nicht selten führten diese Kurven in die Richtung zurück, aus der wir gekommen waren.

Diese Serpentinen waren es, die im Verlauf der Nacht eine seltsame Beziehung zwischen uns und den Verfolgern entstehen ließen. Sie kamen näher, blieben aber unter uns. Felsen, Gestrüpp und loser Schiefer bedeckten die steilen Hangabschnitte zwischen den Kurven. Für die Pferde war es unmöglich, diese Abkürzungen zu nehmen. Die Bogenschützen probierten den einen oder anderen Schuss, und einige Pfeile kamen uns so nahe, dass ich ihr leises Zischen hörte. Jeden Augenblick rechnete ich damit, dass sich einer von ihnen in meinen Körper bohrte oder Salzleck eine Verletzung zufügte, die ihn am Weiterlaufen hinderte.

Doch vielleicht waren wir gerade bei jenen Gelegenheiten besonders sicher. Manchmal verschwand das orangefarbene Flackern einer Fackel, wenn ein Reiter versuchte, den Hang zu erklimmen, und stattdessen in die Tiefe stürzte.

Dann wieder trachteten die Verfolger danach, den Vorteil ihrer höheren Geschwindigkeit zu nutzen. Sie hatten ihn zweifellos, denn sie schlossen selbst dann zu uns auf, wenn Salzleck so schnell wie möglich lief.

Wie lange waren ihre Pferde imstande, dieses Tempo durchzuhalten? Sie galoppierten seit Stunden und hatten keine Möglichkeit gehabt, sich auszuruhen, sah man von der kurzen Pause in Reb Panza ab. Hier waren wir im Vorteil, ein kleines bisschen. Andererseits … Pferde verfügten von Natur aus über Schnelligkeit und Ausdauer, was man von den Riesen wahrscheinlich nicht sagen konnte.

Als ich meine Antwort bekam, dämmerte bereits der Morgen. Aus Salzlecks schnellem Laufen war ein wesentlich langsameres Trotten geworden, und er pendelte zwischen den Straßenrändern hin und her. Seit zwei Stunden wurde er langsamer, und ich hatte nichts anderes tun können, als mich auf seiner Schulter festzuhalten und dann und wann ein ermutigendes Wort zu murmeln. Die Reiter waren ebenfalls langsamer geworden, um zu vermeiden, dass die Pferde erschöpft unter ihnen zusammenbrachen. Selbst die Bogenschützen hatten einen Teil ihres Eifers verloren. Einem Beobachter wäre die Verfolgungsjagd komisch vorgekommen: Eine Kurve brachte uns in Sichtweite, und es flogen einige halbherzige Pfeile, die hinter uns gegen die Felsen klapperten; dann kam die nächste Kurve, und wir verloren uns wieder aus den Augen.

So komisch die Situation einem unbeteiligten Beobachter auch erscheinen mochte, mir war nicht zum Lachen zumute. Irgendwann würde Salzleck stehen bleiben, weil er einfach nicht weiterkonnte, und dann blieb mir nichts anderes übrig, als die Flucht zu Fuß fortzusetzen. Die Verfolger waren nicht nur schneller und zahlreicher, sondern auch weniger von wunden Stellen und blauen Flecken geplagt, woraus folgte: Ich hatte nicht die geringste Chance.

Als wir eine weitere Biegung hinter uns brachten, bot sich eine Alternative an. Ein großes Gehöft lag direkt vor uns, abseits der Straße, ein doppelstöckiges Herrenhaus, umgeben von Gehegen und Nebengebäuden. Es war eins der florierenden Landgüter in der Nähe von Muena Palaiya. Eine Reihe aus Zitronenbäumen erstreckte sich zwischen dem Haupthaus und der Straße, und weiter hinten sah ich Kornfelder und Obstplantagen an den Hängen. Entweder waren die Eigentümer bereits draußen auf den Feldern, oder sie lagen noch faul in ihren Betten, während sich Arbeiter um alles Notwendige kümmerten, denn es brannte nirgends Licht.

Ich bemerkte noch andere Details. Auf der rechten Seite des Haupthauses stand eine Scheune, und daran grenzten zwei umzäunte Bereiche. Der erste, dem Haus am nächsten, enthielt schläfriges Vieh. Im anderen standen zwei Hengste und genehmigten sich ein frühes Frühstück: Es bestand aus Heu, das durch die Lücken zwischen den Holzlatten der Scheune ragte.

»Zur Scheune, Salzleck«, sagte ich.

Er wurde noch etwas langsamer, drehte den Kopf und versuchte, mich anzusehen. Als das nicht klappte, brummte er etwas.

»Was?«

Diesmal sprach er deutlicher. »Laufen.«

Seine Stimme war heiser und klang so mühevoll wie die eines Sterbenden. Ich begriff, wie erschöpft er sein musste. Allerdings hatte er nicht seine Fähigkeit verloren, mit einigen wenigen Silben viel zum Ausdruck zu bringen.

»Es ist alles in Ordnung«, sagte ich. »Sie werden uns nicht einholen. Ich habe einen Plan.«

Salzleck wirkte nicht sehr überzeugt, nahm aber die Abzweigung und lief über den Weg zwischen den Zitronenbäumen. Er erreichte den Hof vor dem Haupthaus, überquerte ihn und blieb schließlich vor der Scheune stehen. Ich kletterte am Netz hinab, ohne darauf zu warten, dass er in die Hocke ging, ließ mich fallen und schnitt bei der Landung eine Grimasse, als sich gequälte Muskeln mit stechendem Schmerz beklagten.

»Siehst du das Heu, Salzleck? Verkriech dich darin, so schnell wie möglich. Und dann bleib still liegen. Rühr dich nicht, was auch immer geschieht.«

»Verstecken?«, fragte er skeptisch.

»Ja, verstecken. Bleib so lange wie möglich versteckt. Die Verfolger haben es auf mich abgesehen und werden nicht nach dir suchen. Wenn sie weg sind, gehst du in die Berge. Dort treffen wir uns.«

Ich bin immer ein guter Lügner gewesen, doch die letzten Worte blieben mir fast im Hals stecken. Um über das kurze Zögern hinwegzutäuschen, rief ich: »Schnell, Salzleck! Ins Heu mit dir, jetzt sofort, oder wir sind beide so gut wie tot!«

Ich hatte unseren Vorsprung auf etwa eine Minute geschätzt, und die war fast um. Jeden Moment würden unsere Verfolger um die Ecke kommen. Es gab noch andere Worte, die ich an Salzleck richten konnte, aber ich schob sie beiseite, wirbelte um die eigene Achse und lief los, von der Scheune weg. Ich vergaß vorübergehend meinen lädierten Zustand, sprang über den Zaun, sprintete durch die erste Koppel – was die Kühe zu einem verärgerten Muhen veranlasste – und brachte auch den zweiten Zaun hinter mich.

Die Hengste sahen von ihrer Mahlzeit auf und beäugten mich misstrauisch. Ich wurde langsamer und hoffte, dadurch weniger bedrohlich zu wirken. Trotzdem wichen die Pferde zurück, als ich mich ihnen näherte, und wieherten argwöhnisch. Für die sanfte Tour blieb mir keine Zeit. Ich ging weiter auf sie zu und dachte dabei: Wenn es zum Schlimmsten kommt, gerät einer der beiden Hengste in Panik und tritt mir den Kopf von den Schultern. Und dann wäre ich genauso tot, als hätten mich Moaradrids Männer erwischt.

Zum Glück waren es keine wilden Pferde – sie wieherten nur ängstlich und wichen zurück. Auch dafür hatte ich keine Zeit. Entschlossen sprang ich vor und schwang mich auf den Rücken des nächsten Hengstes, bevor er begriff, wie ihm geschah, schlang ihm dann die Arme um den Hals und drückte ihm die Knie an die Seiten, als er mich abwerfen wollte. Es war nur ein kurzer, halbherziger Versuch. Jemand hatte schon vor einer ganzen Weile den Willen dieses Pferds gebrochen, wahrscheinlich mit mehr als nur ein bisschen Grausamkeit. Der Hengst war der Panik nahe, fand sich aber schnell damit ab, dass er nicht Herr des eigenen Schicksals war.

Mit kurzen Fersenstößen dirigierte ich ihn zum Tor und hörte dabei nicht weit entfernt das Stampfen von Hufen. Als ich zur Straße blickte, versperrten mir die Zitronenbäume die Sicht. Ich gab dem Tor einen Tritt, nachdem ich die Schlinge gelöst hatte, die es geschlossen hielt, und es schwang an gut geölten Angeln auf. Der Hengst schien jetzt etwas ruhiger zu sein, vielleicht wegen der vertrauten Umstände. Ich trieb ihn an, und als wir den Pferch verlassen hatten, warf ich einen Blick über die Schulter, mit dem Ergebnis, dass mir das Herz bis zum Hals schlug.

Ich konnte jetzt an den Bäumen vorbeisehen, bis zur Straße und zur Ecke, wo zwanzig oder mehr Reiter in Sicht gerieten, begleitet von einer großen Staubwolke. Ich wusste, dass sie mich ebenfalls sahen. Für einen Augenblick hätte man meinen können, dass die Distanz zwischen uns gar nicht mehr existierte. Die Männer waren so nahe, dass ich Einzelheiten ihrer Rüstungen und Waffen erkannte, sogar ihre Gesichter, die so etwas wie grimmige Freude darüber zeigten, mir so nahe zu sein.

Hinter dem Tor trieb ich den Hengst an und rief ihm etwas ins Ohr. Verwirrt und erschrocken lief er los, nur knapp an einem Baum vorbei, und wandte sich abrupt zur Seite, als er die Straße erreichte, was mich fast den Platz auf seinem Rücken gekostet hätte. Ein Pfeil bohrte sich zwischen seinen vorderen Hufen in den Boden, und ein weiterer fiel hinter uns auf die Straße. Plötzlich waren sie überall, Blitze aus Holz und Metall, die um uns herum Schmutz und Staub aufwirbelten. Etwas streifte meine Schulter – es fühlte sich an, als hätte mir jemand ein heißes Messer auf die Haut gedrückt. Ich schrie, und der Hengst reagierte, indem er noch schneller wurde. Ich wagte es nicht, mir die Wunde anzusehen, duckte mich so weit wie möglich nach unten, vergrub das Gesicht in der Mähne und konnte dadurch nur noch ein kleines Stück von der Straße voraus sehen. Welchen Vorsprung ich jetzt noch hatte, wusste ich nicht. In meinem Entsetzen malte ich mir aus, dass die Verfolger direkt hinter mir waren und mich gleich mit Pfeilen spicken würden, sodass mich unwissende Passanten vielleicht für einen hässlichen blattlosen Strauch halten würden.

Die Sekunden verstrichen, und erstaunlicherweise blieb ich am Leben. Es schienen sogar weniger Pfeile zu fliegen. Weitere Momente vergingen, und der Pfeilhagel ließ immer mehr nach. Schließlich hörte das Zischen und Klappern ganz auf und wich fernen Rufen und Flüchen.

Ich fand genug Mut, den Kopf zu drehen und über meine verletzte Schulter zu sehen.

Ich hatte vergessen, wie sehr in den vergangenen Stunden die Geschwindigkeit meiner Verfolger nachgelassen hatte. Jetzt fiel es mir wieder ein, als ich beobachtete, wie die Reiter hinter mir versuchten, ihre erschöpften Pferde zu etwas mehr als einem langsamen Trab anzutreiben. Sie konnten nicht hoffen, uns einzuholen. Selbst dem besten aller Bogenschützen wäre es schwergefallen, uns über die schnell wachsende Entfernung hinweg zu treffen. Keiner der Soldaten schien bereit zu sein, sich mit einem entsprechenden Versuch selbst zu demütigen.

»Nur Narren legen sich mit Easie Damasco an!«, rief ich so laut ich konnte.

Es bescherte mir mehr Schmerz in der verletzten Schulter und dem Hengst eine neue Panikattacke. Er legte einen weiteren Sprint ein, und um ein Haar hätte ich den Halt auf seinem Rücken verloren. Mir wurde klar, dass ich mich besser aufs Reiten konzentrieren sollte, wenn ich in einem Stück bleiben wollte.

Bevor ich wieder nach vorn sah, fiel mir ein letztes Detail auf. Einige Reiter lösten sich aus der Hauptgruppe und ritten zur Scheune.

Die Wunde schien nicht besonders schlimm zu sein. Deshalb tat sie allerdings nicht weniger weh, und es linderte auch nicht den Ärger darüber, sie davongetragen zu haben.

Eigentlich war es nur ein Kratzer: Der Pfeil hatte die Schulter gestreift und seinen Flug dann fortgesetzt. Blut quoll aus dem Riss, und nicht zu knapp, aber es sah schlimmer aus, als es war. Ich konnte den Arm noch immer bewegen, obwohl er bereits steif zu werden begann.

Ich ging in Hinsicht auf den gewonnenen Vorsprung ein kalkuliertes Risiko ein, hielt mein Pferd am Straßenrand an, stieg ab und versuchte, die verletzte Schulter dabei nicht zu belasten. Trotzdem kam neuer Schmerz, als meine Füße den Boden berührten, sowohl von der Schulter als auch von den vielen blauen Flecken. Ich schrie auf, und von den Bäumen neben der Straße stieg mit lautem Krächzen ein Schwarm Krähen auf. Der Hengst zuckte zusammen, stob glücklicherweise aber nicht davon. Er schien seinen Vorrat an Angst verbraucht zu haben und gleichgültig zu werden.

Ich schnitt einen Streifen von meinem Mantel ab und versuchte, daraus einen Verband zu machen, doch mit einer Hand war das schwerer als gedacht, und das Ergebnis bestand aus einem eher jämmerlich wirkenden Stofffetzen an der Schulter. Inzwischen hörte ich wieder das Stampfen von Hufen, beunruhigend nahe. Ich schwang mich auf den Rücken des Hengstes und trieb ihn zu einem leichten Galopp an. Er tat mir leid, und deshalb gab ich mir Mühe, freundlicher zu ihm zu sein; ich flüsterte ihm sogar einige aufmunternde Worte ins Ohr. Vielleicht war meine Sorge unbegründet, aber ich vermied es, mich zu fragen, wie es Salzleck erging.

Es dauerte nicht lange, bis wir die Verfolger wieder weit hinter uns gelassen hatten. Zu meiner großen Erleichterung stellte ich fest, dass wir uns inzwischen in der Nähe von Muena Palaiya befanden. Es war eine ganze Weile her, seit ich diese Gegend zum letzten Mal besucht hatte, aber ich erinnerte mich gut daran. Während der letzten Meilen hatte die Straße nach Südosten geführt, aber jetzt musste sie einem Kliff aus grauweißem Fels und rotem Lehm ausweichen, dem westlichen Rand der Berge. Sie verlief nun im Schatten der Felswand, während sich das Gelände rechts von uns leicht absenkte. Einige knotige Bäume standen im Weg – andernfalls wäre die Sicht spektakulär gewesen.

Allerdings lag mir auch gar nichts daran, die Aussicht zu genießen. Muena Palaiya bedeutete das Ende meiner Bekanntschaft mit dem Hengst, an den ich mich zu gewöhnen begann und den ich, vielleicht in einer Art Delirium, »Lucky« genannt hatte. Im Castoval gab es nur wenige schwerere Verbrechen als Pferdediebstahl. Ein Mann konnte die Frau eines anderen entführen oder sein Gold entwenden und dennoch auf Gnade vor dem Gesetz hoffen. Aber wenn er mit einem Pferd erwischt wurde, das nicht ihm gehörte … Genauso gut hätte er sich selbst einsperren und den Schlüssel wegwerfen können. Deshalb wollte ich mich in Muena Palaiya nicht auf dem Rücken dieses Hengstes blicken lassen.

Ich wartete, bis die Straße breiter wurde. Hinter der nächsten Biegung erwartete mich eine Gabelung: Der eine Weg führte weiter am Kliff entlang zu den Toren von Muena Palaiya, während sich der andere nach Westen wandte und einen Bogen um die Stadt machte. Vor den Toren erstreckte sich eine offene Graslandschaft mit vereinzelten Bäumen, wo Reisende lagerten, die sich die lokale Gastfreundschaft nicht leisten konnten. Dort gab es kaum Deckung – von der Stadt aus würde man mich schon von Weitem sehen. Ich wollte keine Fragen beantworten müssen oder riskieren, alten Bekannten zu begegnen, die mich wahrscheinlich sofort verhaften lassen würden. Ebenso wenig wollte ich, dass mich jemand identifizierte, der Moaradrids Soldaten einen Tipp geben oder meine Präsenz in der Stadt bestätigen konnte. Glücklicherweise kannte ich einen anderen Weg hinein. Er mochte schwieriger sein, bot dafür aber weitaus mehr Diskretion.

Kurz vor der Biegung stieg ich ab, ächzte dabei ein wenig und klopfte dem deprimierten Ross aufs Hinterteil. »Lauf, Lucky! Leb dein Leben. Du bist frei!«

Der Hengst starrte mich mit geröteten Augen an, ging dann zur gegenüberliegenden Straßenseite und begann dort zu grasen.

Ich merkte, dass es mir ziemlich schlecht ging. Zweifellos lag es an der Mischung von anstrengendem Reiten, wenig Nahrung und Wasser, verlorenem Blut und dem allgemeinen Stress der Nacht. Meine Stirn war klebrig, der Mund trocken, und selbst bei kurzen Schritten wurde mir schwindelig. Mehrmals sagte ich mir, dass ich viel schlimmer dran gewesen wäre, wenn mich Moaradrids Häscher erwischt hätten.

Halb ausgetrocknete Büsche und bleiche Olivenbäume säumten den am Kliff vorbeiführenden Weg und gewährten reichlich Sichtschutz. Als ich dort unterwegs war, hörte ich erneut das Getrappel von Hufen – das Geräusch erschien mir bereits so vertraut, dass es mich kaum mehr erschreckte. Ich zwang mich zur Eile, brachte die Biegung hinter mich und sah die nördliche Mauer von Muena Palaiya in Form von elfenbeinfarbenen Flecken durch Lücken im Blattwerk. Ich setzte den Weg fort, manchmal auf allen vieren, was nicht nur unbequem, sondern auch schmerzhaft war.

Leider kam ich nur langsam voran und holte mir zahllose Kratzer. Mein Mantel bekam Risse und steckte schon nach kurzer Zeit voller Dornen. Das Trampeln der Hufe hinter mir wurde immer lauter und hörte dann plötzlich auf – vermutlich hatten die Reiter dort angehalten, wo mein Pferd zurückgeblieben war. Kurze Zeit später erklang es erneut, und mir schien, dass es neue Entschlossenheit zum Ausdruck brachte.

Ich hatte unterdessen den größten Teil des offenen Bereichs umgangen. Deutlich sah ich das eisenbeschlagene hölzerne Tor, das zu dieser frühen Stunde noch geschlossen war, und auch eine einzelne Gestalt auf dem Wehrgang darüber. Der Wächter sah nach unten und zeigte auf etwas, zum Glück nicht auf mich.

Ich hatte auch die Stelle erreicht, die ich hatte erreichen wollen, und beschloss, eine kurze Pause einzulegen. Was sich als Fehler erwies. Als ich zu kriechen aufhörte und liegen blieb, war die Erschöpfung fast überwältigend.

Wenigstens hatte ich einen guten Blick von dort, wo ich lag. Durch eine Lücke zwischen den Blättern und Dornen konnte ich über die Grasebene vor dem Tor hinweg eine Gruppe von Reitern beobachten. Es waren etwa fünfzig, und ständig kamen weitere hinzu. Wollten sie Muena Palaiya angreifen? Das wäre selbst dann schwer für sie gewesen, wenn die dortige Garnison nicht vollständig war. Die dicken, stabilen Mauern der Stadt ließen sich leicht verteidigen.

Jedenfalls saß ich viel zu sehr in der Klemme, als dass ich meine Pläne ändern konnte. Vielleicht glaubten die Verfolger, dass ich mich bereits in der Stadt befand, aber ich hielt es für wahrscheinlicher, dass sie beschlossen, in der Umgebung nach mir zu suchen. Mühsam stand ich auf und zwängte mich durch die Lücke zwischen den Felsen hinter mir. Zuerst war sie beunruhigend schmal, doch auf der anderen Seite öffnete sie sich zu einer breiteren Spalte. Vertrautheit lenkte meine müden Schritte, denn diesen Weg hatte ich mehr als nur einmal genommen. In gewissen Kreisen von Muena Palaiya war er als »Hintertür« bekannt gewesen.

Der Pfad – wenn man ihn so nennen konnte – kroch am Kliff empor und darum herum. Es war hier weniger steil und bestand vor allem aus großen Felsen und Vorsprüngen. An den besten Stellen bildete der Weg ein schmales Band aus lockerem Boden zwischen großen Felsblöcken; an den schlechteren führte er über loses Geröll an steilen Hängen, und manchmal musste man sogar über Bäume klettern, die aus der Felswand ragten. Für eine solche Kletterpartie war ich nicht in der richtigen Verfassung. Schon nach kurzer Zeit stellte ich fest, dass ich eine rote Spur auf dem weißen Gestein hinterließ – meine Schulter blutete wieder. Ich stellte mir vor, wie ich das Bewusstsein verlor und in die Tiefe stürzte, wie sich unten betroffene Stadtbewohner an meinem zerschmetterten Leichnam versammelten.

Der Weg schien endlos zu sein.

Aber was ihn so schwer machte, gab ihm auch Sicherheit. Nur an einigen wenigen Stellen konnte man mich von der Stadt aus sehen. Als ich schließlich den »Rückwegfels« erreichte, war ich ziemlich sicher, unentdeckt geblieben zu sein.

Benommen blieb ich auf dem Bauch liegen, und Verwirrung erfasste mich. Wo war ich? Was machte ich hier? Ich beschloss, Salzleck zu fragen, den ich hinter mir Blätter kauen hörte.

Dann rückten die Erinnerungen an ihren Platz, und aus den vermeintlichen Kaugeräuschen wurde das Rauschen des Winds. Das Fieber ließ ein wenig nach.

Ich zog mich zum Rand des Steilhangs und spähte vorsichtig darüber hinweg. Die östliche Mauer von Muena Palaiya grenzte direkt an die hoch aufragende Felswand, und der Vorteil des Rückwegfelsens bestand darin, dass er ein wenig über die Brustwehr ragte, neben einem nicht ganz so steilen Abschnitt des Hangs. Dort konnte man nach unten klettern, und mit größeren Anstrengungen auch nach oben. Es war ein gut gehütetes Geheimnis bei jenen, die unbemerkt kommen und gehen wollten. Das war zumindest bei meinem letzten Aufenthalt in Muena Palaiya der Fall gewesen. Aber vielleicht wussten die Wächter inzwischen Bescheid und behielten diesen Teil der Mauer besonders aufmerksam im Auge.

Es befand sich niemand in der Nähe, und auch auf dem östlichen Teil des Wehrwalls sah ich keine Menschenseele. Ein Blick nach rechts teilte mir den Grund dafür mit. Die ganze Garnison – beziehungsweise das, was von ihr übrig war – stand in der Nähe des Tors auf der nördlichen Mauer, mit Helmen, die im Licht der Morgensonne glänzten, und wehenden blauen Umhängen. Offenbar galt das Interesse der Soldaten einem Spektakel, das sich vor und unter ihnen abspielte. Ich lauschte, hörte Stimmen und fragte mich, ob Moaradrids Streitmacht angriff. Die Männer auf der Mauer hielten keine Schwerter oder Bögen in der Hand, aber vielleicht war das nur eine Frage der Zeit. Ich beschloss, jetzt aktiv zu werden, solange die Soldaten abgelenkt waren und ich noch einen einigermaßen klaren Kopf hatte.

Ich kroch noch etwas weiter nach vorn, blickte in die Tiefe und bereute es. Die Mauer schien sehr weit unten zu sein.

War sie vielleicht geschrumpft? Oder hatte etwas den Felsen weiter nach oben geschoben?

Nein, es lag am Fieber – die größere Höhe existierte nur in meinem verwirrten Gehirn. Ich konzentrierte mich und sah die erste »Stufe«, einen schmalen Vorsprung, von zahllosen Stiefeln glatt geschliffen. Ich biss die Zähne zusammen, schwang mich über den Rand und erreichte den Vorsprung mit dem einen Fuß, während sich meine Hände am Rand des Überhangs festkrallten. Als ich so weit war, hielt ich nach der zweiten Stufe Ausschau und fand sie ebenfalls.

Plötzlich wurde mir schwindelig. Von einem Augenblick zum anderen waren meine Hände schweißfeucht und glitschig.

Ich erinnerte mich nicht daran, wo sich die dritte Stufe befand. Vorsichtig beugte ich mich zur Seite und suchte danach, sah aber nur glatten Fels. Ich löste einen Fuß von der zweiten Stufe und tastete damit nach der dritten, doch auch diese Suche blieb erfolglos. Als ich den Fuß zurückziehen wollte, stellte ich fest, dass ich mich irgendwie gedreht hatte und mit der Seite zur Felswand hing.

Ich wollte mich zurückdrehen, doch dabei rutschte meine rechte Hand ab. Verzweifelt suchte ich mit ihr nach neuem Halt, aber unglücklicherweise geriet auch mein linker Fuß ins Rutschen.

Ein letztes Zappeln, und ich stürzte in die Tiefe.

6

Der Aufprall war hart.

Ein Teil meines Gehirns berichtete mit grimmiger Zufriedenheit, dass ich tot war. Aus und vorbei, alle Knochen im Leib gebrochen, außerdem vermutlich das eine oder andere innere Organ geplatzt. Ein im Großen und Ganzen erträgliches Leben lag hinter mir, aber jetzt war es vorbei. Man kann nicht immer gewinnen.

Ein anderer Teil wies darauf hin, dass dieser Körper noch immer schmerzte. Er tat sogar höllisch weh. Eigentlich war ich gar nicht so tief gefallen und auch nicht auf dem Kopf gelandet. Mit anderen Worten: Es gab keinen Grund, warum ich tot sein sollte.

Muss es unbedingt einen Grund geben?, fragte der erste Teil.

Ja, antwortete der zweite.

Wirklich?

Absolut.

Dann leben wir vielleicht noch.

Ich öffnete die Augen und stöhnte. Möglicherweise wäre der Tod besser gewesen. Mir taten Stellen weh, von denen ich gar nicht gewusst hatte, dass sie zu meinem Körper gehörten.

Die Wahrheit lautete: Ich lag auf dem Wehrgang, alle viere von mir gestreckt, ein Fuß und eine Hand ragten über den Rand. Rasch zog ich beide zurück, setzte mich auf und lehnte den Rücken an die Felswand. Als ich sah, dass sich die Soldaten auf der Nordmauer nicht zu mir umgedreht hatten, erlaubte ich mir ein erleichtertes Seufzen. Ich schien mir auch keine neuen Verletzungen zugezogen zu haben. Eine schnelle Überprüfung ergab, dass sich alles in einem einigermaßen funktionsfähigen Zustand befand.

Ich kam auf die Beine und versuchte mich zu orientieren. Muena Palaiya erstreckte sich auf einem Hang, was man kaum bemerkte, wenn man in der Stadt war, doch von der höchsten Stelle aus konnte man es deutlich sehen. Die meisten Häuser bestanden wie die Mauern aus Stein, und viele von ihnen hatten sogar steinerne Dächer. Sie standen auf zahlreichen unregelmäßig geformten weißen Stufen, die den Konturen des Hanges folgten. Überall gab es schmale Gassen, die sich an zahlreichen Stellen kreuzten, unter Bögen hindurchführten – wo die Gebäude zwei Stockwerke weit aufragten –, selbst durch kleine Tunnel. Nur ein Weg war breit genug, Straße genannt zu werden, der sogenannte Tänzerweg, der diagonal vom nördlichen Tor bis zur Pforte in der südlichen Ecke verlief. Unter mir erwachte gerade das Handwerkerviertel, ein Labyrinth sogar nach den Maßstäben der Stadt, ein Durcheinander aus engen Passagen, seltsamen Gerüchen und zahllosen unterschiedlichen Gewerben.

Zwar war es nicht mein Ziel, aber es bot mehr Verstecke als die Mauer. Es war noch immer recht düster, denn die Sonne bemühte sich nach wie vor, hinter den Bergen aufzusteigen. Aber es würde nicht mehr lange dunkel bleiben, und ich konnte mich auch nicht darauf verlassen, dass die Wächter beim Tor auf Dauer in die andere Richtung starrten. Ich eilte zu einer Stelle, wo der Abstand zwischen Wehrwall und nächstem Dach gering genug für einen Sprung war. Bei der Landung empfingen mich Netze und Käfige, offenbar für Krebse und Hummer bestimmt. Ich rollte mich seitlich ab, verbarg mich halb in all dem Kram, blieb still liegen und genoss das Gefühl, einigermaßen sicher zu sein.

An Muena Palaiya hatte mir vieles gefallen. Der Wein war gut, man konnte leicht Beute finden, und die Frauen zählten zu den schönsten weit und breit. Doch vor allem von den Dächern war ich immer begeistert gewesen. Nirgends sonst waren sie mit so vielen Dingen beladen wie in Muena Palaiya. Leider hatten die Bürger der Stadt in jüngster Vergangenheit beschlossen, einen neuen Bürgermeister zu wählen, beziehungsweise eine Bürgermeisterin, und obwohl die Wahl vielleicht nur ein Scherz gewesen war – die Gewählte nahm sie sehr ernst. Wie es der großen Mehrheit der Bewohner von Muena Palaiya unter Estradas Herrschaft erging, wusste ich nicht, aber ich hatte schnell feststellen müssen, dass sie besonderen Wert auf Recht und Ordnung legte, was für mich dem Leben in Muena Palaiya viel von seinem Spaß nahm. Vor drei Jahren hatte ich die Stadt verlassen und war seitdem nicht zurückgekehrt.

Ich fand es tröstlich, die Dächer – die Schnellstraße für Diebe – in ihrem gewohnten Zustand vorzufinden. Vielleicht war es sogar zu tröstlich. Als ich da inmitten der Netze und Seile lag, abgeschirmt von nach Meer riechenden Käfigen … Ich hatte es so gemütlich wie ein feiner Herr unter der Seidendecke seines weichen Bettes. Irgendwo hinter meiner Erschöpfung wusste ich: Wenn ich jetzt einschlief, würde ich mit großer Wahrscheinlichkeit in einer Zelle erwachen. Doch aus irgendeinem Grund schien diese Sorge derzeit nicht sehr groß zu sein.

Die Luft des frühen Morgens war kühl, was mich veranlasste, tiefer in mein Nest aus Seilen und Netzen zu schlüpfen und den Mantel etwas enger um mich zu ziehen. Schließlich waren es die Geräusche, die meiner Gemütlichkeit ein Ende setzten. Sie stammten von den Handwerkern, die mit ihrem Tagwerk begannen – das erste Klopfen von Hämmern, das erste Quietschen von Sägen –, und bald gesellten sich Stimmen hinzu, die offenbar näher kamen, und zwar aus der Richtung des Nordtors. Ich fluchte leise und setzte mich auf.

Der heftige Schmerz hatte sich auf das Gefühl reduziert, dass der ganze Körper wund war. Die Schulter blutete nicht mehr, obwohl es dunkle Flecken dort gab, wo ich gelegen hatte, und auch am Mantel. Der Kopf war klarer; Schwindel und Übelkeit hatten mich verlassen. Die Sorge blieb. Hatte ich geschlafen? Wenn ja, dann nicht mehr als einige Minuten, denn das Licht schien sich kaum verändert zu haben.

Vorsichtig schlich ich durch das Chaos aus Fischerwerkzeugen, nahm den Meeresgeruch deutlicher wahr und fragte mich, wieso all der Kram hier lag, so weit von der Küste entfernt. Nur eine schmale Lücke trennte das Dach von dem des nächsten Gebäudes. Ich sprang hinüber und landete zwischen grob zusammengeschnürten Fellen und gegerbtem Leder.

Die Stimmen waren jetzt lauter, und ich gelangte zu dem Schluss, dass mich etwas an ihrem Akzent beunruhigte. Ich wusste nicht genau, was es war, und einzelne Worte konnte ich nicht verstehen.

Ich setzte den Weg fort und sprang immer wieder über kleine Lücken hinweg. Einmal war ein weiterer Sprung nötig, und meine überanstrengten Muskeln hielten nicht viel von der anschließenden harten Landung. Sie protestierten heftig, und fast hätte ich aufgeschrien. Schnell rappelte ich mich wieder hoch und huschte an Fässern vorbei, die nach billigem Wein rochen, an Tuchballen, geräuchertem Fisch, Körben mit Oliven, Kalkplatten und frisch gebrochenen Schiefertafeln.

Die Stimmen wurden lauter.

Eine seltsame Ausgelassenheit ergriff mich. Ich erinnerte mich an die Freude, die ich dabei empfunden hatte, auf diesen Dächern unterwegs zu sein. Manchmal hatte ich diesen Weg genommen, um bestimmte Zielpersonen zu erreichen. Bei anderen Gelegenheiten war ich nach einem Diebstahl über die Dächer geflohen. Doch in den meisten Fällen hatte ich mich einfach für sie entschieden, weil man auf ihnen am besten vorwärtskam. Schmerz und Erschöpfung schienen plötzlich an Bedeutung zu verlieren. Alte Instinkte lenkten meine Füße, und in mir erwachte eine Gewandtheit, die ich fast vergessen geglaubt hatte.

Aber schließlich hinkte ich und musste außer Atem innehalten. Ich befand mich auf einem breiten Dach mit Kiessäcken, breiten Streifen aus unbearbeitetem Metall und einigen nach Öl riechenden Amphoren. Erinnerungen sowie Veränderungen bei den von unten kommenden Geräuschen teilten mir mit, dass ich den Tänzerweg erreicht hatte. Ich sank auf die Knie, kroch zur niedrigen Mauer am Dachrand, fand dort eine Lücke zwischen zwei großen Töpfen und blickte auf die Straße hinab. Für Muena Palaiya mochte der Tänzerweg breit sein, doch meistens war er auch voller Menschen und Tiere; bunte Verkaufsstände reihten sich zu beiden Seiten. Hinzu kamen die nie fehlenden Vertreter der Unterschicht, bestehend aus Bettlern, Straßenkünstlern und Taugenichtsen. Selbst zu dieser früheren Stunde ging es im Tänzerweg alles andere als ruhig zu.

Was natürlich viel mit der Gruppe zu tun hatte, die langsam auf Pferden die Straße heraufkam und gelegentlich anhielt, um mit einem Händler oder einem Passanten zu sprechen. Drei Wächter folgten zu Fuß, die Hände an den Schwertgriffen. Sie schienen die Reiter zu beaufsichtigen, die Leute befragten oder Beschreibungen riefen. Was die einzelnen Punkte der Beschreibungen betraf, so variierte die Reihenfolge, aber es lief immer auf dies hinaus: »Groß, dünn, dunkelhaarig, unrasiert, grüner Mantel, graue Hose und schwarze Lederstiefel. Bekannt unter dem Namen Easie Damasco.« Und oft endeten die Rufe mit: »Zwanzig Onyx-Münzen für den, der uns zu ihm bringen kann, ob Mann, Frau oder Kind.«

Es war schlimm genug, festzustellen, dass mir die Reiter bis nach Muena Palaiya hinein gefolgt waren, offenbar mit Erlaubnis der hiesigen Wächter. Noch schlimmer – noch viel schlimmer – war der Umstand, dass ich den Reiter ganz vorn kannte. Die herbe Eleganz seiner Kleidung war mir ebenso vertraut wie das strenge, markante Gesicht und die besondere Ausdruckskraft, die jede seiner Bewegungen begleitete.

Nur eine Sache unterschied ihn von unserer letzten Begegnung: Ihm fehlte der Geldbeutel.

Dennoch konnte kein Zweifel daran bestehen, dass es sich um Moaradrid handelte. Er war höchstpersönlich gekommen, um mich zu jagen, wegen eines Edelsteins, der sich gar nicht mehr in meinem Besitz befand, eines Riesen, den ich zurückgelassen hatte, eines wertlosen Steins und einiger weniger Münzen. Ganz klar, er musste verrückt sein. Ich hatte ihn verärgert, und jetzt würde er mich bis ans Ende der Welt verfolgen, nicht weil er das Gestohlene wiederhaben wollte, auch nicht, um ein Exempel zu statuieren, sondern einfach nur deshalb, weil ich das Pech hatte, einen Verrückten erzürnt zu haben.

Einer der Reiter sah nach oben.

Ich duckte mich.

Das Herz klopfte mir bis zum Hals, und ich atmete durch zusammengebissene Zähne. Es erklang kein Ruf. Es trampelten auch keine Stiefel über die Stufen einer der

Treppen, die zu den Dächern emporführten. Dennoch, ich konnte nicht bleiben, wo ich war. Hatte der Rest von Moaradrids Gruppe inzwischen damit begonnen, Muena Palaiya Straße für Straße zu durchsuchen? Bildeten die Soldaten ein lebendes Netz, das sich langsam um mich zusammenzog? Selbst wenn das nicht der Fall war – die Bürger der Stadt würden bald nach meinem Gesicht Ausschau halten, weil es ihnen Reichtum versprach.

Ich eilte in Richtung der Felswand zurück und sprang über mehrere Gassen hinweg. Ein Stück vom Tänzerweg entfernt änderte ich die Richtung und wandte mich nach Südosten, dem Roten Viertel entgegen.

Das Rote Viertel war so alt wie Muena Palaiya, doch sein gegenwärtiger Name ging auf eine von Bürgermeisterin Estradas Neuerungen zurück. Sie hatte verfügt, dass jeder Anbieter von verbotenen Substanzen oder Diensten an seinem Haus eine rote Fahne aushängen oder, wenn eine solche nicht zur Verfügung stand, auf eine andere Art und Weise besagte Farbe zeigen musste. Wenn Estrada dabei so etwas wie Zensur im Sinn gehabt hatte, war die Sache gründlich danebengegangen. Die hiesigen Lasterhöhlen hatten die neue Verordnung voller Begeisterung akzeptiert, mit dem Ergebnis, dass die Farbe Rot im betreffenden Viertel allgegenwärtig war. Ich hatte dort viel Spaß gehabt, die meiste Zeit über. Und nur dort konnte ich hoffen, Unterschlupf zu finden, vorausgesetzt, ein gewisser Castilio Mounteban war noch immer Inhaber des Rotäugigen Hunds.

Auf halbem Weg dorthin entdeckte ich einige Beutel mit mottenzerfressener Kleidung. Bei einer raschen Suche fiel mir ein verblichener violetter Mantel auf. Er war zu dünn, als dass er für die Nacht als Decke hätte taugen können, und Futter und Saum waren zerrissen, aber er hatte eine Kapuze. Ich nahm ihn und steckte dafür meinen blutbefleckten Mantel in den Beutel. Leider gab es weder Stiefel noch eine Hose in meiner Größe, doch dafür fand ich etwas weiter entfernt einen offenen Korb mit Feigen, die offenbar in der Sonne trocknen sollten. Ich griff hinein und genehmigte mir einige zum Frühstück, obwohl mein Durst größer war als mein Hunger.

Mit etwas im Magen und halbwegs verkleidet fühlte ich mich besser. Doch bald ergaben sich neue Probleme. Zunächst musste ich ein kleineres Armenviertel mit einfachen Hütten hinter mich bringen, und dort kam ich langsamer voran, weil es die Strohdächer zu meiden galt, die mein Gewicht nicht tragen konnten.

Das Rote Viertel mit seinen üppig verzierten und teilweise recht hohen Gebäuden konfrontierte mich mit Schwierigkeiten anderer Art. Es gelang mir, auf den Balkon zu springen, der den ersten Stock des Scharlachroten Gewands umgab, und darüber hinwegzuklettern, wobei ich versuchte, mich nicht in den vom Dach weiter oben herabhängenden burgunderroten Stoffbahnen zu verheddern.

Ich flitzte um die erste Ecke und stieß fast gegen eine Frau, die ein wenig über die Blüte der Jugend hinaus war und einen Umhang trug, der kaum über die Reizwäsche darunter hinwegtäuschte. Sie lehnte am Geländer und rauchte eine Pfeife mit langem Stiel. Überrascht drehte sie den Kopf und sah mich aus üppig geschminkten Augen an. Das dunkle Haar war ganz offensichtlich gefärbt und das Gesicht von Schlafmangel verhärmt.

Ich gab mich betrunken und lallte: »Du bist eine sehr schöne Frau. Ich glaube, ich liebe dich.«

»Du kannst mich nach dem Frühstück lieben«, erwiderte sie, die Stimme rau vom Rauch. »Komm in einer Stunde wieder.«

»Jede Minute wird mir wie ein Tag erscheinen«, behauptete ich und torkelte in die Richtung zurück, aus der ich gekommen war.

Der Versuch, den Straßen und Gassen der Stadt fernzubleiben, schien der Mühe kaum wert zu sein. Ich zog mir die Kapuze über den Kopf und eilte über eine nach unten führende Treppe.

Das Rote Viertel bot für sich genommen schon eine gewisse Sicherheit. Die Wege waren schmal, erreichten kaum die Ausmaße richtiger Gassen, und niemand legte großen Wert auf Blickkontakt. So früh am Morgen war kaum jemand unterwegs. Die wenigen Leute, denen ich begegnete, hatten entweder die ganze Nacht getrunken, wankten an mir vorbei und lagen schnarchend an den Häuserwänden; oder sie waren auf dem Weg zur Arbeit, mit entsprechend verdrießlichen Gesichtern. Von Moaradrids Soldaten war weit und breit nichts zu sehen, obwohl ich ihre Rufe hörte, nicht allzu weit entfernt. Vermutlich folgten sie noch immer dem Verlauf des Tänzerwegs.

Ich eilte an zahlreichen Etablissements vorbei, jedes von ihnen schmuddeliger als das vorherige, und gab mir alle Mühe, keine Aufmerksamkeit zu erregen. Die meisten Absteigen waren so schäbig, dass sie nicht einmal einen Namen hatten. Nur ein bisschen rote Farbe über dem Eingang oder eine entsprechend bemalte Holzlatte wiesen auf sie hin. Andere Lokale zeigten mehr Extravaganz. Blumenkästen und hängende Körbe schmückten die Rote Dame mit Blumen in allen nur erdenklichen Rotschattierungen. Die Sündige Kirsche war von oben bis unten in einem auffallenden Rubinrot gestrichen. Viele Schilder brachten nebulöse Erinnerungen an Zechtouren durch Muena Palaiya zurück.

Ich ging weiter. So angenehm jene Erinnerungen auch sein mochten: Mindestens die Hälfte der Leute in den mir bekannten Lokalen wäre sofort bereit gewesen, mich für die in Aussicht gestellte Belohnung zu verraten. Und die andere Hälfte hätte es allein aus Spaß an der Sache getan.

Als ich schon an meinem Orientierungssinn zu zweifeln begann, erreichte ich einen vertrauten kleinen Platz. Ein armseliger Orangenbaum wuchs in der Mitte und entbot mit seinen welkenden Blättern einen halbherzigen Gruß. Dahinter lag der Rotäugige Hund, leicht am Schild des Lokals zu erkennen, das einen wütend starrenden Hund zeigte. Darunter führte eine steile Treppe nach unten. Der Hund war ein Kellerlokal tief im Untergrund, was durchaus zum Charakter dieser Kaschemme passte. Als ich Muena Palaiya verlassen hatte, war er die mieseste und gefährlichste Spelunke in der ganzen Stadt gewesen, und es gab keinen Grund zu der Annahme, dass sich daran inzwischen etwas geändert haben sollte.

Ein Wachtposten stand an der Tür, ein breitschultriger, dunkler Nordländer, der mir vage bekannt erschien. Als ich an ihm vorbeiwollte, streckte er einen muskulösen Arm aus und versperrte mir den Weg.

»Ich möchte zu Mounteban«, erklärte ich. »Sag ihm, ein alter Freund möchte ihn sprechen.«

»Mounteban hat nur alte Freunde«, erwiderte der Bursche philosophisch.

»Dieser ist anders.«

»Und einige seiner alten Freunde haben Namen«, fügte der Türsteher hinzu.

»Dieser nicht.« Ich beschloss, ein Risiko einzugehen, indem ich meine Kapuze ein wenig hob. »Aber er wird dieses Gesicht erkennen. Vielleicht könntest du ihm ein Bild malen.«

Ich dachte, er würde mich schlagen. Ganz offensichtlich erwog er diese Möglichkeit, aber dann sagte er: »Warte hier. Wenn du über diese Linie trittst …«, er zog die Hacke über den Boden, »… breche ich dir alle Finger, einen nach dem anderen.«

»Ich benutze meine Finger recht häufig«, sagte ich. »Es dürfte also besser sein, wenn ich hier warte.«

Aber der Kerl blieb so lange weg, dass ich mit dem Gedanken zu spielen begann, der Warnung keine Beachtung zu schenken und mich in den Laden zu schleichen. In der Nähe hörte ich Moaradrids Männer rufen, und ich bezweifelte, dass sie bei meinen Fingern aufhören würden. Eine Minute nach der anderen verstrich, und die Stimmen schienen immer näher zu kommen. Genau in dem Augenblick, als ich die Linie überschreiten wollte, erschien das Gesicht des Türstehers. »Mounteban ist bereit, dich zu empfangen«, brummte er und wirkte dabei alles andere als begeistert.

»Natürlich ist er das«, sagte ich und schob mich an ihm vorbei.

Schmale Stufen führten in die Dunkelheit hinab. Ich tastete mich vorsichtig hinunter. Auf halbem Weg begannen meine Augen zu tränen, zum einen wegen der Rauchschwaden, die mir entgegentrieben, und zum anderen weil es nach hochprozentigen Getränken und alter Kotze roch. Es war nicht ganz unmöglich, sich vorzustellen, dass der Hund in besseren Zeiten etwas mehr als ein dreckiges Saufloch gewesen war. Die Lampen hatten verzierte Glasschirme und erinnerten mich an die in Moaradrids Zelt. Tapisserien hingen an den nackten Steinwänden, und unter ihren dicken Schmutzkrusten zeigten sich noch vage einige Muster, die einmal recht bunt gewesen sein mussten. Die Sitzbänke wiesen Polster auf, auch wenn diese Polsterung inzwischen grau und unansehnlich geworden war. Die Theke bestand unter all ihren Kratzern und Dellen aus massivem schwarzen Holz, dessen Ursprung ich nicht kannte.

»Hierher!«

Der Ruf kam aus der fernsten Ecke. Ich ging an den Tischen vorbei und achtete darauf, niemandem auf den Fuß zu treten. Wer in einem solchen Lokal um diese Zeit am Morgen trank, dem sollte man besser nicht in die Quere kommen. Hinten im Schankraum, in der Nähe des Kamins mit den kümmerlichen Resten eines Feuers, stand ein Tisch, der sich in einem etwas besseren Zustand befand als die anderen. Ein großer Mann saß dort, in einen Poncho gehüllt, dessen Farben ihre einstige Pracht verloren hatten. Er rauchte eine Wasserpfeife, die auf dem Tisch stand, blies den Rauch in kleinen Stößen zur Seite. Als ich mich näherte, hob er eine fleischige Hand zum Mundstück. Die andere hielt er mit dem Mittelfinger nach unten. »Setz dich.«

Es war keine Bitte, sondern ein Befehl. Ich gehorchte.

Er beugte sich vor und musterte mich mit seinem einen Auge. Das andere hatte er, soweit ich wusste, als Kind bei einer Rauferei verloren, bevor er ins Castoval gekommen war – allerdings erzählte er eine andere Geschichte darüber. Er sah älter aus, als ich ihn in Erinnerung hatte. Einige seiner Muskeln schienen sich inzwischen in Fett verwandelt zu haben, allerdings nicht so viele, dass ich es wagen würde, mich bei ihm unbeliebt zu machen. Er strich sich mit der einen Hand über den Bart, der ebenso wild wucherte wie das Haar, und sagte: »Du bist es wirklich.«

»Ja, Mounteban. Leibhaftig. Zumindest das, was von mir übrig ist.«

»Ich habe mich schon gefragt, ob du zu mir kommen würdest. Man spricht überall in der Stadt über dich. Offenbar verstehst du es noch immer gut, Leute gegen dich aufzubringen.«

»Es liegt an meinem messerscharfen Verstand und an

meinem guten Aussehen. Wie soll man sich vor Neid schützen?«

»Allerdings.« Mounteban beugte sich erneut vor, und ich folgte seinem Beispiel. »Ich würde gern sagen, dass ich mich freue, dich wiederzusehen, aber es wäre gelogen.«

Plötzlich fühlte ich mich sehr allein. »Ich wusste nicht, wohin ich mich sonst wenden sollte. In einer solchen Situation bin ich nie zuvor gewesen, Ich fürchte, sie haben wirklich vor, mich bis ans Ende der Welt zu jagen. Ein Pfeil hat mich an der Schulter getroffen. Seit Tagen habe ich kaum was gegessen.«

Mounteban nickte ernst. »Keine Sorge, ich liefere dich nicht aus. Aber ich weiß auch nicht, wie ich dir helfen soll. Und wenn dich die Soldaten nicht bald finden, dürfte es hier in Muena Palaiya ziemlich ungemütlich werden.« Er sah an mir vorbei und stand plötzlich auf. »Warte hier«, sagte er und schritt zum Eingang.

Ich schaute ihm nach und bemerkte eine Gestalt, die gerade hereingekommen war und jetzt in der Düsternis beim Eingang wartete. Sie war klein und trug einen dunklen Mantel, dem meinen nicht unähnlich; die Kapuze hatte sie über den Kopf gezogen. Offenbar war ich nicht der Einzige, der im Hund unerkannt bleiben wollte. Ich gewann den Eindruck, dass Mounteban ein ziemlich langes Gespräch mit dem Fremden führte, obwohl vermutlich nur einige Minuten verstrichen. Als er das Gespräch beendete, wandte ich rasch den Blick ab, obwohl er bestimmt wusste, dass ich ihn beobachtet hatte.

Eine weitere Minute verging, bevor er am Tisch erschien, einen Teller mit Brot, Käse und getrockneten Tomaten in der einen Hand und einen Becher Wein in der anderen. »Einer meiner Agenten«, sagte er zur Erklärung.

Das überraschte mich. Als ich Castilio Mounteban kennengelernt hatte, war er, nach einer Karriere als berüchtigter Dieb, größtenteils sauber geblieben. Er hatte sich darauf konzentriert, sein Lokal zu führen, ab und zu ein bisschen zu hehlen und gelegentlich gewissen Leuten mit gewissen Tipps zu helfen. Dass »Agenten« für ihn arbeiteten, war mir neu – es deutete darauf hin, dass sein Einfluss weiter reichte, als ich bisher angenommen hatte. Zum ersten Mal seit meiner Ankunft in der Stadt fragte ich mich, worauf ich mich eingelassen hatte. Mounteban und ich waren immer gut miteinander zurechtgekommen, aber von einer richtig dicken Freundschaft konnte eigentlich nicht die Rede sein. Er schuldete mir nichts. Fast automatisch sagte ich: »Ich habe Geld.«

»Das ist gut«, sagte er und schob Teller und Becher auf mich zu. »Niemand ist gern arm. Über solche Dinge können wir uns später Sorgen machen.«

Ich nickte. Vielleicht hatte ich darauf gewartet, genau das zu hören, obwohl die Wahrheit lautete: Mit meinen wenigen Onyx-Münzen würde ich nicht weit kommen. Ich nahm einen Bissen von dem Brot, griff dann nach dem Becher Wein und leerte ihn in einem Zug.

»Du hattest einen Riesen bei dir«, sagte Mounteban.

»Er war keine besonders gute Gesellschaft und roch wie ein ungewaschenes Pferd. Wir haben uns getrennt.«

»Weißt du, was mit ihm passiert ist?«

Die Frage erschien mir seltsam. Aber ich saß in Mountebans Kneipe, aß von seinem Teller und bat um seinen Schutz. Deshalb hielt ich es für besser, auf ihn einzugehen. »Ich habe ihn in einem Heuhaufen zurückgelassen, auf einem Bauernhof außerhalb der Stadt. Es schien das Beste für uns beide zu sein.«

»Wirklich?«

»Zumindest für mich. Worauf willst du hinaus, Mounteban?«

»Auf nichts, über das wir hier und jetzt reden können. Begnügen wir uns mit dem Hinweis, dass du nur ein kleiner Teil eines größeren Bildes bist.«

»Nicht für mich.«

Mounteban lachte ohne großen Humor. »Du bist derselbe alte …« Er unterbrach sich. »Wir müssen dich von hier fortschaffen. Bevor sich jemand an unsere Bekanntschaft erinnert und diese Information an Moaradrid weitergibt.«

Er stand auf und stapfte erneut nach vorn. Ich folgte ihm. Als wir den Nebeneingang erreichten, durch den der »Agent« gekommen war, blieb Mounteban stehen, entriegelte die Tür, öffnete sie und forderte mich mit einem Wink auf, den Raum dahinter zu betreten. Ich wurde plötzlich nervös, zögerte aber nur kurz, bevor ich durch die Tür trat.

Der Raum diente offenbar als Lager. Kisten und Fässer standen aufeinandergestapelt an zwei Wänden, und an der dritten zeigte sich ein Regal. Eine Laterne hing an der Decke, aber von ihr kam mehr Rauch als Licht. Nur mit Mühe konnte ich die in einen Kapuzenmantel gehüllte Gestalt in der dunkelsten Ecke erkennen.

Hinter mir fiel die Tür zu.

Ich fragte mich noch, ob ich die Gestalt begrüßen oder besser so tun sollte, als hätte ich sie nicht gesehen, als ich einen heftigen Stoß von hinten bekam und auf Hände und Knie sank.

»He!«

Ich versuchte mich seitlich abzurollen und mit den Armen zu schützen. Finger gruben sich mir ins Haar und zogen meinen Kopf zurück.

»Was soll das …«

Weiter kam ich nicht. Der zweite Schlag schickte mich in kalte Finsternis.

7

W*umm.*

Ich öffnete die Augen und blickte durch einen scharlachroten Schleier aus Schmerz.

Wumm!

Finsternis, durchsetzt von gelbem Flackern. Ich versuchte, den Kopf zu drehen, und bereute es sofort.

Wumm.

Ich lag auf einer Art Bahre. Meine Füße waren ans höhere Ende gebunden, das von einer klotzigen Silhouette getragen wurde. Vielleicht hatten sie mich nicht richtig festgebunden, und mein Kopf war mehrmals gegen etwas gestoßen. Oder ich war, während Unbekannte mich auf der Bahre beförderten, nach unten gerutscht. Was auch immer der Fall sein mochte, ich sah keinen Grund, in aller Stille zu leiden. Ich stöhnte so laut ich konnte, und das Geräusch kehrte als Serie dumpfer Echos zu mir zurück. Abrupt hielten wir an, und mein Kopf prallte erneut auf den Boden.

»Er ist wach.« Die Stimme war ebenfalls gedämpft, aber auch seltsam hoch. Ich vermutete, dass sie dem Fremden mit dem Kapuzenmantel gehörte.

»Scheint so.« Das war Mounteban, und er klang nicht sonderlich erfreut.

»Kannst du ihn noch einmal bewusstlos schlagen?«

»Das könnte ich.«

»Aber du willst es nicht?«

»Ich mache es, wenn du es für nötig hältst. Es ist riskant. Wenn man einem Mann zu oft auf den Kopf haut, geraten die Dinge darin durcheinander.«

»Wird er Schwierigkeiten machen? Sollen wir ihm die Augen verbinden?«

»Keine Schwierigkeiten«, brachte ich hervor.

Ich hätte gern mehr gesagt, aber das Pochen zwischen meinen Ohren, meine alles andere als bequeme Position sowie eine gemeine Trockenheit in der Kehle verschworen sich gegen mich.

Meine Füße wurden auf den Boden hinabgelassen. Schritte näherten sich, offenbar über eine harte Oberfläche, Steinplatten oder Fels.

»Wir wissen alles«, sagte Mounteban. Er stand außerhalb meines Blickfelds. »Mach dies nicht schwerer als unbedingt nötig.«

Ich fragte mich, wie es sein mochte, alles zu wissen. Es klang nach viel Arbeit, und ich beneidete das geheimnisvolle »Wir« nicht. »Ich möchte nicht, dass es schwer wird«, sagte ich. »Aber mir tut der Kopf weh.«

Weitere Schritte, leichter als die ersten. Ein Gesicht erschien über mir, doch unter der Kapuze war nur ein Drittel davon zu sehen, und Schatten verhüllten dieses Drittel.

»Er blutet ein bisschen. Sein Kopf ist auf den Boden geknallt.« Erneut fiel mir auf, wie hoch die Stimme war. Der Mann war so klein und zart, dass er als großes Kind durchgegangen wäre. Andererseits … Unter dem weiten Kapuzenmantel ließ sich seine Statur kaum abschätzen.

»Das ist er«, bestätigte ich. »Mehrmals.«

»Wir könnten ihn drehen, mit dem Kopf nach oben.«

»Gute Idee.«

»Halt die Klappe, Damasco!« Mounteban klang eher genervt, nicht verärgert. »Weißt du, eigentlich kannst du es gar nicht schlimmer machen, als es ist.«

Ich wusste nicht, wie ich das verstehen sollte. Oberflächlich betrachtet klang es vielversprechend – ich bekam es nur selten mit einer Situation zu tun, die ich nicht verschlechtern konnte. Doch eine gewisse Schärfe in der Stimme riet mir, es diesmal nicht darauf ankommen zu lassen.

»Heb seine Beine«, sagte der Fremde im Kapuzenmantel.

Einen Moment später kamen meine Füße nach oben, und ich starrte in Mountebans gerötetes, zyklopenhaftes Gesicht. Er sah mich kurz an – aber lang genug, um Verachtung zum Ausdruck zu bringen –, schickte den Blick seines einen Auges dann zur Decke. Sein Begleiter war damit beschäftigt, einen Strick um meinen Oberkörper zu schlingen und ihn fest zu verknoten, woraufhin ich an beiden Enden gefesselt war.

»Weiter.«

Während dies geschah, bekam ich langsam wieder einen klaren Kopf. Als sich Mounteban bemühte, das eine Ende der Bahre zu senken und das andere zu heben, gewann ich den Eindruck, dass er Befehle befolgte – trotz seines furchterregenden Rufs, trotz seines hohen Ansehens in der Verbrecherwelt und des seltsamen Geredes über »Agenten«. Eine interessante und vielleicht auch nützliche Erkenntnis. Ich hatte nie erlebt, dass Castilio Mounteban Anweisungen befolgte, aus welchen Gründen auch immer. Befand ich mich etwa in der Gesellschaft eines gefürchteten Meisterverbrechers, vielleicht eines neuen Herrn der Unterwelt von Muena Palaiya?

Mein Kopf neigte sich mitsamt den Schultern nach vorn und bewegte sich in einem Halbkreis. Dann setzten wir den Weg fort, und ich sah nur noch Schatten, die mit tieferer Dunkelheit verschmolzen. Das einzige Licht stammte von der Laterne, die in der Hand des geheimnisvollen Anführers hinter mir baumelte.

Nach einer Weile glaubte ich zu wissen, wo wir uns befanden. Aber selbst wenn ich mit meiner Vermutung richtig lag, es nützte mir nicht viel. Damals, während meines ersten Aufenthalts in Muena Palaiya, hatte ich gelegentlich Grund gehabt, das Wirrwarr aus Tunneln hinter der Stadt aufzusuchen. Einige von ihnen waren Überbleibsel alter Bergwerke, andere natürlichen Ursprungs, vom Wasser aus dem Fels gewaschen. Von einigen wenigen hieß es, dass sie das Werk eines alten Volkes waren, das in unterirdischen Höhlen gelebt hatte. Aber eigentlich spielte das alles überhaupt keine Rolle, denn seit vielen Jahren – soweit sich die ältesten Bewohner von Muena Palaiya zurückerinnern konnten – dienten die Tunnel als Zuflucht für Schmuggler, Hehler und andere, die es mit dem Gesetz nicht so genau nahmen und das Labyrinth ihren Bedürfnissen angepasst hatten. Es war ein weiteres Geheimnis der Stadt, über das nur Leute wie wir Bescheid wussten. Ich hatte lediglich einen kleinen Teil davon gesehen, den Rand gewissermaßen. Angeblich führten die Tunnel durch die Berge und erstreckten sich in alle Richtungen, sogar bis hin zur Küste.

Wenn ich also recht hatte … Es bedeutete, dass ich vollkommen verloren war, ohne Hoffnung, daran etwas ändern zu können, selbst wenn es mir gelungen wäre, die Fesseln abzustreifen und zu entkommen.

Ich hielt es für besser, wieder das Bewusstsein zu verlieren.

Als ich zu mir kam, tat mein Kopf immer noch weh. Zuerst glaubte ich, nach wie vor auf der Bahre zu liegen und in Bewegung zu sein. Nach einer Weile begriff ich, dass ich mich nur an das Gefühl gewöhnt hatte. In Wirklichkeit lag ich auf einer Pritsche und befand mich offenbar in einer kleinen Höhle, die gerade hoch genug war, dass ich aufrecht in ihr hätte stehen können. Zehn Schritte hätten mich vom einen Ende zum anderen gebracht, und halb so viele wären für die Breite erforderlich gewesen. Die scharfen Kanten wiesen darauf hin, dass diese Höhle von Menschenhand geschaffen war, vermutlich die Erweiterung eines vorhandenen Hohlraums. Etwas Nützliches schien dabei niemand im Sinn gehabt zu haben, denn für eine Zelle war sie zu groß und für etwas anderes zu klein.

Licht kam von einer einzelnen Kerze in einer Wandnische links von mir. Eine Tür auf der gegenüberliegenden Seite, bestehend aus fest miteinander verbundenen Brettern, versperrte den Weg nach draußen. Wenn jemand in der Nähe gewesen wäre, hätte ich darauf hingewiesen, wie unnötig solche Vorsichtsmaßnahmen waren. Ich wäre gar nicht geflohen, weil ich viel zu große Angst davor gehabt hätte, mich zu verirren, und überhaupt: Derzeit gab es kaum einen Grund zur Klage. Endlich konnte ich mich ein wenig ausruhen. Die schmutzige Pritsche steckte vermutlich voller Läuse, aber sie war auch bequem. Jemand hatte mir die Schulter verbunden und schien dabei sogar recht behutsam zu Werke gegangen zu sein. Eine weitere Überraschung erwartete mich, als ich auf den Ellenbogen ein wenig in die Höhe kam und Brot sowie einen Krug Wasser entdeckte.

Ich setzte mich ganz auf, stürzte die Hälfte des Wassers hinunter, brach einen Brocken vom Brot ab und kaute nachdenklich. Es war hart, aber nicht schal. Einer plötzlichen Regung folgend durchsuchte ich meine Taschen. Das kleine Messer, das ich beim Kartenspiel gewonnen hatte, war nicht mehr da. Erstaunlicherweise befand sich der Geldbeutel noch immer an Ort und Stelle – er enthielt nicht mehr den seltsamen Stein, wohl aber die Handvoll Münzen. Was mir noch sonderbarer erschien: Ich war noch immer im Besitz meiner Dietriche. Die Tür hatte kein Schlüsselloch, und vermutlich war auf der anderen Seite ein Riegel vorgeschoben. Dennoch, dass man mir die Dietriche – und auch den Geldbeutel – gelassen hatte, wies auf ein ungewöhnliches Maß an Ehrlichkeit bei den Leuten hin, in deren Gefangenschaft ich mich befand. So etwas verblüffte mich bei Mounteban, der selbst nach seinem »Sauberwerden« grundsätzlich unehrlicher gewesen war als die meisten anderen Kriminellen, die ich kannte.

Im Großen und Ganzen erschien es mir gar nicht so schlecht, gefangen zu sein. Nach den letzten beiden Tagen – ich wäre beinahe gehängt worden, man hatte mich für eine Schlacht zwangsrekrutiert, ich war auf einem stinkenden Riesen geritten, Barbaren hatten versucht, mich mit Pfeilen zu spicken, und dann auch noch der Sturz von einer Felswand – war dies recht angenehm. Während ich mich hier drin befand, brauchte ich mir wegen Moaradrid und irgendwelcher anderer Dinge kaum Sorgen zu machen.

Ich beschloss, nicht nur das Beste daraus zu machen, sondern auch zu versuchen, den gegenwärtigen Zustand zu verlängern, wenn ich konnte. Ich saß da, kaute Brot, beobachtete das Flackern des bernsteinfarbenen Lichts, das von der einsamen Kerze kam, zog Bilanz und kam zu diesem Ergebnis: Was ich mir für die absehbare Zukunft wünschte, war ein bisschen Öl für das Brot, etwas Käse und Wein anstelle von Wasser. Vielleicht konnten mir Verhandlungen diesen Luxus einbringen, obgleich ich mich fragte, was ich jemandem anbieten sollte, der angeblich bereits alles wusste.

Zeit verging. Wie viel, blieb Spekulationen überlassen, denn ich hatte keine Möglichkeit, den Ablauf der Zeit zu messen. Immer wieder schlief ich ein, und bei anderen Gelegenheiten saß ich mit dem Rücken an der Wand oder lag mit offenen Augen auf der Pritsche, die angenehm nach Stroh roch. Ich aß den Rest Brot und teilte mir das Wasser ein. Plötzlich dachte ich an die Möglichkeit, dass man mich vielleicht in diese Zelle gesteckt hatte, damit ich hier starb – es war eine so erschreckende Vorstellung, dass ich fast in Panik geriet. Aber es ergab keinen Sinn. Warum sollte man mich einen weiten Weg durch unterirdische Tunnel schleppen, nur damit ich, ohne ein erklärendes Wort, in irgendeinem finsteren Loch verhungerte oder verdurstete?

Doch ich muss sagen, dass ich mich nach diesem unerquicklichen Gedanken weniger wohlfühlte. Sofort begann meine beunruhigte Phantasie, weitere unliebsame Theorien zu entwickeln. Vielleicht sollte ich Moaradrid für ein Lösegeld übergeben werden, oder man hielt mich fest, weil es einer meiner alten Feinde auf mich abgesehen hatte. Es gab Lücken in allen diesen Erklärungen, was mich jedoch nicht daran hinderte, immer besorgter zu werden.

Als ich auf der anderen Seite der Tür Schritte hörte, war ich richtig erleichtert und spitzte die Ohren. Zwei Personen näherten sich, eine ein ganzes Stück schwerer als die andere – vermutlich Mounteban und sein mysteriöser Komplize. Ich war ein wenig überrascht, als die schwereren Schritte ein Stück vor der Tür innehielten, während sich die leichteren fortsetzten und erst direkt vor der Tür verharrten. Eine leise, hohe Stimme sagte etwas, das ich nicht verstand.

»Trotzdem«, erwiderte Mounteban. »Du solltest vorsichtig sein.«

»Vielleicht. Aber er ist doch nur ein einfacher Dieb.«

Ein Klappern, als erst ein Riegel beiseitegeschoben

wurde und dann ein zweiter, übertönte den nächsten Wortwechsel. Ich hörte nur, wie Mounteban »... dann warte hier« sagte.

Dann schwang die Tür nach innen auf. Die Öffnung in der Wand war so klein, dass sich selbst die Gestalt mit dem Kapuzenmantel ducken musste, um hereinzukommen. In der einen Hand trug sie noch immer eine Laterne, deren rötlicher Schein die Schatten nur etwas dämpfte und in die Länge wachsen ließ.

»Das mit dem ›nur ein einfacher Dieb‹ gefällt mir nicht«, sagte ich. »Mein Selbstwertgefühl leidet darunter.«

»Wenigstens gibst du zu, ein Dieb zu sein.«

»Von Zeit zu Zeit bin ich Aktivitäten nachgegangen, die für einen unbedarften Beobachter vielleicht wie Stehlen ausgesehen haben.«

»Wir würdest du es nennen?«

»Ich habe mir meinen Lebensunterhalt verdient.«

Die Gestalt im Kapuzenmantel lachte. Es war ein angenehmes Geräusch in einer so düsteren Umgebung. »Na ja, vielleicht bist du mehr als ein ›einfacher Dieb‹. Wir werden sehen.«

Der Fremde hob die Hände zur Kapuze und strich sie zurück. Ich sah ein schmales Gesicht im Lampenschein, einen weichen Mund, große dunkle Augen und eine dichte Mähne aus noch dunklerem Haar, das bis über die Schultern reichte.

Ich starrte mit offenem Mund. »Du bist eine Frau«, brachte ich schließlich hervor.

»Ich beglückwünsche dich zu dieser Erkenntnis.«

»Und ich sehe dich nicht zum ersten Mal. Du warst gestern auf dem Schlachtfeld«, sagte ich und vergaß dabei, dass ich meine eigene Präsenz an diesem Ort geheim halten wollte. Das Erinnerungsbild zeigte sich mir mit plötzlicher Klarheit: der Reiter an der Spitze der fliehenden castovalanischen Streitmacht, mit über den Schultern wehendem schwarzem Haar. Plötzlich wurde mir klar, dass der Mann neben ihr Castilio Mounteban gewesen war. »Ich glaube sogar, dass ich dich bereits früher gesehen habe.«

»Marina Estrada«, stellte sie sich vor und deutete eine Verbeugung an.

Von einem Augenblick zum anderen passte alles zusammen.

»Du bist die Bürgermeisterin. Die Bürgermeisterin von Muena Palaiya.«

»Und du bist Easie Damasco, einstiger Bewohner meiner schönen Stadt und später ein Ärgernis für viele Menschen im Castoval. Vor kurzer Zeit hast du es fertiggebracht, auf der Seite unseres Feindes Moaradrid gegen deine eigenen Landsleute zu kämpfen.«

Mein Mund war plötzlich trocken. Estrada schien bestens informiert zu sein. Plötzlich war Mountebans Behauptung, alles zu wissen, ein ganzes Stück glaubwürdiger. »Man hat mich dazu gezwungen.«

»Das halte ich für wahrscheinlich. Du hattest es ziemlich eilig, dich von der Truppe zu entfernen, mit mehr als nur einem Objekt, das nicht dir gehörte. Seitdem zeigt Moaradrid großes Interesse an deinem Aufenthaltsort.«

Sie trat einen Schritt näher. Als sie erneut sprach, war ihre Stimme so fest und scharf, dass es mich nicht mehr wunderte, sie mit der eines Mannes verwechselt zu haben. »Du bist nur ein kleiner Teil eines größeren Bildes.«

»Das habe ich schon von Mounteban gehört. Für mich bin ich ein großer Teil eines Bildes, das nur wenig größer ist als ich selbst.«

Estrada lachte erneut, aber diesmal klang es weniger schön und weitaus humorloser. Sie stellte die Laterne mitten auf den Boden und nahm mir gegenüber Platz, neben der Tür. »Es steht mehr auf dem Spiel, als du ahnst, und das war von Anfang an der Fall. Wer weiß, was deine Dummheiten das Castoval gekostet haben.«

»Wie viel auch immer, ich komme dafür auf.« Damit es nicht ganz so überstürzt klang, fügte ich hinzu: »Es dauert allerdings eine Weile, weil ich nur in Raten zahlen kann.«

»Die Frage, die wir uns stellen müssen, lautet: War es wirklich nur Dummheit, oder stecken vielleicht Schläue und Schlitzohrigkeit dahinter? Warum wir uns das fragen, kannst du unschwer erkennen, wenn du die Angelegenheit aus unserem Blickwinkel betrachtest. Wir haben hier einen Mann, der Moaradrid höchstpersönlich begegnet ist, Zeit in seinem Heereslager verbracht hat, Münzen von ihm besitzt und jetzt, na so ein Zufall, bei uns Zuflucht sucht. Meinst du nicht, dass wir Verdacht schöpfen sollten?«

Mir gefiel nicht, in welche Richtung sich das Gespräch entwickelte. »Ich weiß nicht, wen du mit ›wir‹ meinst. Ich konnte nicht weiterlaufen, und deshalb bin ich nach Muena Palaiya gekommen. Mounteban habe ich nur deshalb um Hilfe gebeten, weil ich sonst niemanden kenne, der mir helfen könnte.«

»Das stimmt vielleicht.«

Estrada wandte den Blick ab und strich sich mit langen Fingern durchs Haar. Mir fiel auf, wie zerzaust es war, doch passte es zu ihrem ganzen Erscheinungsbild. Ihr Mantel, für die Reise bestimmt, war fleckig und an einigen Stellen aufgerissen. Schmutz zeigte sich an der einen Seite des Gesichts, unter einem blauen Fleck, den das Haar nur halb verbarg. Hinzu kamen dunkle Ringe unter den Augen und Falten in ihren Winkeln.

Marina Estrada schien das Verhör nicht weiterführen zu wollen, saß einfach nur da, starrte ins Leere und hing ihren Gedanken nach. Ich nutzte die Gelegenheit, um mich zu fragen, was mir eigentlich zur Last gelegt wurde. Die Annahme, dass ich gemeinsame Sache mit Moaradrid machte, war ebenso absurd wie die, dass ich mich all diesen Mühen unterzogen hatte, nur um einen ehemals kriminellen Kneipenbesitzer und eine Bürgermeisterin in welche Falle auch immer zu locken. Was hatte Mounteban und Estrada überhaupt zusammengeführt? Die Partnerschaft war mehr als ungewöhnlich. Konnte es sein, dass Estradas Maßnahmen gegen das Verbrechen nur eine Tarnung waren, mit der sie über ihre Korruption hinwegtäuschen wollte? Vielleicht bildeten Mounteban und sie ein Liebespaar, vereint von paranoidem Misstrauen und einer Vorliebe für Entführungen.

»Unter anderem bist du mit einem Riesen geflohen.« Ihre Stimme klang wieder normaler und melodischer. »Und dann hast du ihn verlassen.«

Diese Worte überraschten mich. »In gewisser Weise hat er mich verlassen.«

»Willst du das allen Ernstes behaupten?«

»Nun, ›verlassen‹ ist in diesem Zusammenhang vielleicht ein bisschen übertrieben. Es war so etwas wie eine Trennung in freundlichem Einvernehmen, in der Hoffnung, dass wir uns eines Tages wiedersehen. Ich befand mich in einer recht schwierigen Situation. In akuter Lebensgefahr kann ich nie klar denken.«

»Du hast den Riesen zurückgelassen und ein Pferd gestohlen, das du kurze Zeit später ebenfalls sich selbst überlassen hast. Anschließend haben wir für eine Weile deine Spur verloren. Als man dich das nächste Mal sah, warst du dabei, über die Felswand in die Stadt zu klettern. Zum Glück für dich waren die Wächter angewiesen, dich in Ruhe zu lassen. Du hast dich auf den Weg zu Castilio gemacht, wie wir hofften, und jetzt sind wir hier.«

»Und wo ist ›hier‹?«

»Das brauchst du nicht zu wissen. Bis kein Zweifel mehr daran besteht, dass wir dir trauen können, brauchst du gar nichts zu wissen. Bisher schließen wir nicht ganz aus, dass deine Behauptungen vielleicht der Wahrheit entsprechen, und dafür gibt es nur einen Grund: Du könntest nützlich für uns sein. Trotzdem gibt es Leute, die meinen, dass wir auf Nummer sicher gehen und dich hängen sollten.«

»Bürgermeisterin Estrada, Ihr habt recht«, sagte ich und hielt es für angebracht, besonders höflich zu sein. »Ich kann nützlich sein. Unter den richtigen Umständen kann ich sogar sehr nützlich sein. Wenn man es so sieht … Wie, glaubt Ihr, stehen dann die Chancen für mehr Brot, diesmal mit ein wenig Öl und vielleicht auch einem Becher Wein?«

Estrada stand auf und nahm ihre Laterne. »Komm, Damasco«, sagte sie. »Ich möchte dir etwas zeigen.«

Ich seufzte, stemmte mich hoch … und taumelte, als die tauben Beine unter mir nachzugeben drohten. Estrada bot mir den Arm an, um mich zu stützen, und ich nahm ihn. Ihr Verhalten erschien mir ausgesprochen großzügig einem mutmaßlichen Feind – sogar einem möglichen Mörder – gegenüber. Ich überlegte, wie echt ihr Argwohn sein mochte und wie viel davon nur Vorsicht war, die auf besondere Umstände zurückging.

Draußen wartete Mounteban und warf mir einen finsteren Blick zu. »Habe ich nicht gesagt, dass er alles leugnen würde?«

»Vielleicht weil er unschuldig ist.«

»Vielleicht.«

Wir standen in einem niedrigen Tunnel, in dem schwarze Balken die Decke stützten, wie in einem alten Bergwerksstollen. Estrada hob die Lampe und wandte sich nach links. Ich folgte ihr, und Mounteban setzte sich ebenfalls in Bewegung, blieb dabei dicht hinter mir. Bald gelangten wir zu einer Abzweigung, wo es erneut nach links ging, durch einen noch niedrigeren und schmaleren Tunnel, der viele Kurven beschrieb. Seinem Verlauf folgten wir eine ganze Weile, bis er schließlich in einer Sackgasse zu enden schien. Doch die Dunkelheit enthielt eine Leiter, und über sie verschwand Estrada nach oben. Als ich zögerte, knurrte Mounteban hinter mir: »Nun mach schon, Damasco.«

Die Leiter war stabiler, als sie aussah. Was nicht viel bedeutete. Unter dem Gewicht von uns dreien zitterte und schwankte sie bei jeder noch so kleinen Bewegung. Der Aufstieg dauerte ziemlich lange, und Estradas Körper schirmte dabei das Licht der Laterne ab, wodurch ich in tiefer Dunkelheit nach oben klettern musste. Als wir schließlich das Ende der Leiter erreichten, taten mir wieder alle Muskeln weh, und auch mit meinen Nerven stand es nicht zum Besten.

Wir befanden uns in einem weiteren Tunnel, der allerdings natürlichen Ursprungs zu sein schien und in dem Licht von phosphoreszierendem blauem Schimmel kam, der hier und dort an der Decke wuchs. Estrada schloss eine Klappe über dem Loch, durch das wir gerade heraufgestiegen waren, und verriegelte sie. Dann führte sie uns durch den Tunnel, bis wir eine Verbindungsstelle erreichten, die groß genug war, um Höhle genannt zu werden. Ich erschrak, als eine schattenhafte Gestalt aus der Dunkelheit kam, doch dann erkannte ich sie als älteren Mann, der eine geflickte Lederrüstung trug. Er grüßte Estrada und fragte: »Wie läuft's, Hauptmann?«

»So gut, wie man es erwarten kann«, erwiderte sie. »Irgendwelche Nachrichten?«

»Nichts Neues.«

Sie nickte, und der Mann verschwand wieder in der Düsternis.

Hauptmann? Ich erinnerte mich daran, einmal von einem Bürgermeister gehört zu haben, der die Bewohner seiner Stadt in Kriegszeiten anführen sollte. Aber damit konnte doch gewiss keine Frau gemeint sein, oder? Ich hatte Estradas Wahl immer für einen Scherz gehalten, und es war mir nie in den Sinn gekommen, dass andere dies vielleicht anders sahen. Sie als Hauptmann? Aber welche Erklärung gab es sonst dafür, dass ich sie auf dem Schlachtfeld gesehen hatte?

Estrada war zur gegenüberliegenden Wand der Höhle gegangen, wo es eine niedrige Öffnung gab. Sie drehte sich um und sagte zu Mounteban: »Du wartest hier.« Als er den Eindruck machte, widersprechen zu wollen, fügte sie hinzu: »Keine Widerrede. Du kannst lauschen, wenn du willst.«

Sie ließ sich auf Hände und Knie sinken und kroch durch die Öffnung. Mounteban winkte ungeduldig, als ich ihr nicht sofort folgte, und ich spürte den Blick des älteren Wächters im Nacken. Ich gab mir einen Ruck, sank ebenfalls auf alle viere und kroch durch das Loch.

Die kurze Reise war schlimmer als der Aufstieg über die Leiter. Ich konnte den Kopf nicht heben, ohne dass er über rauen Fels schrammte, und das Gestein unter meinen Händen war uneben und kantig. Beides fühlte sich kalt und feucht an, und wieder war ich inmitten tiefer Finsternis unterwegs. Es erleichterte mich immens, dass sich Estradas Gestalt vor mir in einem vagen Grau abzeichnete, und dieses Grau wurde nach und nach heller, bis Estrada schließlich zur Seite wich und mir Mondschein entgegenstrahlte. Dankbar kletterte ich ihm entgegen, und wenn mich die Bürgermeisterin nicht am Ellenbogen festgehalten hätte, wäre ich von der Klippe gefallen.

Denn dort waren wir aus dem Tunnel geklettert: schwindelerregend hoch auf einer Klippe, auf einem schmalen Vorsprung, mit Blick über das östliche Castoval. Direkt unter uns sah ich Muena Palaiya; vereinzelt waren Lichter von Laternen und Fackeln zu erkennen. Größere Feuer brannten in einem Dreieck vor dem nördlichen Tor, und in ihrem gelben Schein zeigten sich die Silhouetten von Zelten.

Estrada folgte meinem Blick und deutete zum Lager. »Dort hält Moaradrid deinen Freund fest.«

»Meinen Freund?«

»Den Riesen, mit dem du unterwegs gewesen bist.«

»Oh. Ich würde ihn nicht unbedingt als Freund bezeichnen.«

»Nein?«, fragte Estrada mit deutlicher Missbilligung.

»Wie dem auch sei, es ist bestimmt alles in Ordnung mit ihm. Er wird auf seine einsilbige Art erklären, dass alles meine Schuld ist, und dann bringen sie ihn zu seinen wahren Freunden zurück.«

»Selbst wenn das geschähe …«, sagte Estrada. »Es würde nicht zu unseren Plänen passen.«

»Schon wieder die geheimnisvollen Pläne. Warum sind wir den ganzen weiten Weg hierher gekommen, wo ich doch in der warmen kleinen Höhle schlafen könnte?«

Estrada sah mich an, als weigerte ich mich ganz bewusst, das Offensichtliche zu erkennen. »Weil du den Riesen wohl kaum befreien kannst, wenn du in einer Zelle steckst, oder?«

8

Ich beobachtete das Lager vor der Stadt.

Die Nacht war klar, der Mond schien hell, und wenn ich mich konzentrierte, konnte ich die einzelnen Zelte erkennen, die Olivenbäume zwischen ihnen und sogar einzelne Wächter, wenn sie an einem Feuer vorbeigingen oder durch einen vom Mondschein erhellten Bereich marschierten.

Nichts deutete darauf hin, wo Salzleck festgehalten wurde. Ich konnte mir kaum vorstellen, dass sie ein Zelt an ihn vergeudeten oder ihn in die Nähe eines Feuers ließen. Wahrscheinlich war er irgendwo festgebunden worden. Ich bezweifelte, dass er noch einmal den Mumm aufbrachte zu fliehen, aber Moaradrid kannte bestimmt nicht die Umstände seiner letzten Flucht, und trotz meiner früheren Behauptung glaubte ich nicht, dass Salzleck mir die Schuld geben würde. Dazu hätte er zu viele Worte aneinanderreihen müssen, und so etwas behagte ihm ganz und gar nicht, wie ich wusste.

Ich bemerkte eine unregelmäßig geformte dunkle Stelle, die kein Zelt und auch kein Baum sein konnte, obwohl ich so etwas wie Zweige zu erkennen glaubte. Irgendetwas an der undeutlichen Silhouette erschien mir vertraut. Ich hielt den Blick darauf gerichtet, blendete alles andere aus und versuchte, weitere Einzelheiten zu erkennen. Als sich der Schemen plötzlich bewegte, erschrak ich so sehr, dass ich heftig zusammenzuckte.

Ich streckte den Arm aus. »Das ist er, nicht wahr? Bei dem großen Baum?«

Estrada nickte.

»Es ist aussichtslos – er befindet sich mitten im Lager. Mindestens ein Dutzend Wächter patrouillieren dort, und bestimmt gibt es noch mehr Wachtposten. Es dürfte Moaradrid klar sein, dass er dort draußen verwundbar ist. Er muss mit einem Angriff rechnen.«

»Ja. Gestern hat er Reiter losgeschickt, die Verstärkung holen sollen. Morgen Abend wird sein halbes Heer hier sein.«

»Es ist unmöglich.«

»Du redest, als bliebe dir eine Wahl.« Estradas Stimme klang jetzt anders, kühl und unnachgiebig. »Mir gefällt es auch nicht, aber so ist es nun einmal. Wir möchten den Riesen da rausholen, und du hast vielleicht eine etwas größere Chance, ihn zu befreien, als andere. Wenn sie dich nicht töten, und wenn du nicht beschließt, dass du bei ihnen besser aufgehoben bist als bei uns … Dann vertrauen wir dir vielleicht.«

Das Sanfte war ganz aus Estradas Gesicht verschwunden. Zum ersten Mal wurde mir richtig klar, wieso man ihr gestattet hatte, Oberhaupt einer Stadt zu werden und sogar Männer in den Kampf zu führen. In diesem Moment erschien sie mir nicht weniger furchterregend als Moaradrid.

Sehr zu meiner Überraschung machte mich die Furcht mutig oder zumindest pragmatisch. »Vielleicht könnte ich zu ihm gelangen und ihn sogar losbinden. Aber wie sollen wir uns anschließend aus dem Lager schleichen? Falls es dir noch nicht aufgefallen sein sollte, Salzleck hat für unauffälliges Schleichen nicht unbedingt den richtigen Körperbau.«

Ein Teil der Strenge wich aus Estradas Zügen, und sie

deutete ein Lächeln an. »Oh, mach dir deshalb keine Sorgen, Damasco. Wir werden bereit sein, wenn es so weit ist.«

Wenn mich diese vage Antwort beruhigen sollte, so verfehlte sie ihre Wirkung. So oder so, nette Plaudereien oder auch nur ruhige Diskussionen schienen in dieser Nacht nicht mehr möglich zu sein. Eigentlich war ich froh darüber. Je mehr Ausflüchte ich machte, desto mehr Zeit hatte ich, über das Bevorstehende nachzudenken. Wenn mir wirklich keine Wahl blieb, war es vermutlich besser, keine Gedanken mehr daran zu verschwenden.

Doch es gab noch gewisse praktische Erwägungen. »Wie komme ich nach unten? Gehört Fliegen zu den Wundern, die du von mir erwartest?«

Estrada deutete nach rechts. Ein dicker Holzbalken ragte aus dem Fels bei der Tunnelöffnung. Daneben lag ein Seil und führte über den Mechanismus eines einfachen Flaschenzugs zu einer Rolle an der Felswand. Vermutlich handelte es sich um ein weiteres Relikt aus der Bergwerkszeit oder ein Werkzeug von Schmugglern, die sich bestimmt über eine Möglichkeit gefreut hätten, Waren an der hohen Felswand schnell nach oben oder nach unten zu bringen.

Natürlich wäre niemand auf den Gedanken gekommen, den Waren Menschen hinzuzufügen. »Soll das ein Witz sein?«

»Hast du einen besseren Vorschlag? Nein? Dann binde dir das Seil um die Taille.«

Ich zuckte die Schultern, kam der Aufforderung nach und dachte daran, dass ein schneller Tod unten auf dem Boden besser war als ein langsamer, qualvoller durch die Hände von Moaradrid. Allerdings ließ ich mir Zeit und ging vorsichtig zu Werke, mit dem Ergebnis, dass ein Dutzend feste Knoten meine Taille zierten, als ich schließlich fertig war. Estrada nahm das Seil, schlang es sich um den Leib, zog es stramm und ging in Position. »Ich sichere dich. Du kannst jetzt über den Rand treten.«

Ich hatte natürlich gewusst, dass dieser Moment kommen musste. Aber jetzt, da es wirklich so weit war, starrte ich Estrada so an, als hätte sie in einer fremden Sprache zu mir gesprochen, in einer, die nur Verrückte beherrschten.

»Runter mit dir, Damasco! Ich kann mit deinem Gewicht fertigwerden, glaub mir.«

Ich hatte keinen Grund, daran zu zweifeln. Die Vernunft sagte mir, dass der Flaschenzug den größten Teil der Arbeit leisten würde, und außerdem: Diese Frau war imstande, ein Schwert auf dem Schlachtfeld zu schwingen, und das konnte ich von mir nicht behaupten. Trotzdem, es ist eine ganze Menge Vertrauen nötig, sein Leben in die Hände einer anderen Person zu legen, was auch immer die Vernunft behauptet.

Ich wagte mich näher zum Rand und blickte in die Tiefe. Das Ende der Felswand lag in tiefer Dunkelheit, wo sich nur die Umrisse von Büschen zeigten, sonst nichts. Das Kliff selbst sah ich deutlich genug, und während ich beobachtete, wie steil es nach unten führte, bekam ich ein ziemlich flaues Gefühl in der Magengegend.

Ich schaute zu Estrada, die langsam die Geduld mit mir zu verlieren schien. Als sie meinen Gesichtsausdruck bemerkte, entspannte sich ihrer nur ein bisschen. »Du kannst ganz beruhigt sein«, sagte sie. »In den letzten beiden Tagen hast du bewiesen, dass du zu überleben verstehst.«

Ich musste lachen, ich konnte nicht anders, aber es klang hysterisch und zu laut.

»So habe ich das bisher noch nicht gesehen«, sagte ich und machte einen Schritt ins Leere.

Für einen schrecklichen Moment fiel ich – dann spannte sich das Seil.

»Halte nach dem Paket Ausschau!«, rief Estrada von oben.

Ich hatte keine Ahnung, was sie meinte, und es war mir auch schnuppe, denn eine unangenehme Pendelbewegung hatte begonnen und brachte mich in gefährliche Nähe der Felswand. Als ich gerade anfing, mich daran zu gewöhnen, ging es wieder nach unten, zuerst ruckweise, als Estrada noch lernen musste, mit meinem Gewicht klarzukommen, dann gleichmäßiger. Die Pendelbewegungen dauerten an, ließen Feld und Himmel um mich rotieren, was meinen Orientierungssinn in Gefahr brachte – ich bekam das Gefühl, in alle Richtungen gleichzeitig zu fallen.

Als das Baumeln und Drehen schließlich aufhörte, bekam ich plötzlich Bodenkontakt, so plötzlich, dass ich aufschrie, obwohl es gar nicht wehtat. Es dauerte eine Weile, bis ich begriff, dass ich auf dem Rücken lag, mit den Beinen in der Luft und dem Kopf halb in einem Busch. Das Seil war noch gespannt und hielt meine Taille über dem Gras. Mir fiel ein, dass ich keine Möglichkeit hatte, das Seil durchzuschneiden, und wenn es gespannt blieb, konnte ich die Knoten nicht lösen. Vielleicht merkte es Estrada früher oder später, aber bis dahin wurden meine Gliedmaßen taub.

Voller Sorge starrte ich in die Düsternis, auf der Suche nach einem scharfkantigen Felsen, einem spitzen Stock oder irgendetwas, das mir dabei helfen konnte, das Seil zu durchtrennen. Stattdessen entdeckte ich das Paket, auf das Estrada hingewiesen hatte. Wenn ich nicht so verwirrt und sogar der Panik nahe gewesen wäre, hätte ich es sofort bemerkt. Immerhin war es groß genug und außerdem auch noch bunt.

Ich musste ein wenig hin und her schwingen, bis es mir gelang, das Paket zu erreichen, aber es lohnte die Mühe, denn das erste Objekt, das herausfiel, war ein gekrümmtes Messer. Es erwies sich als verteufelt scharf. Zwei Schnitte genügten, um mich zu befreien, und ich blieb keuchend auf dem Rücken liegen, umgeben von feuchtem Gras.

Schließlich setzte ich mich mühsam auf und sah mir an, was das Paket sonst noch enthielt. Seine Hülle erwies sich als ein Mantel, der das blutige Rot von Moaradrid zeigte, was sich allerdings erst auf den zweiten Blick erkennen ließ, weil der Mantel so schmutzig und verblichen war. Im Innern des Pakets entdeckte ich eine Nietenjacke aus Leder mit einem langen Riss am Saum. Sie konnte nur als Tarnung gedacht sein. Mit einer solchen Jacke, die einmal Teil einer Lederrüstung gewesen sein mochte, wäre ich in Moaradrids bunt zusammengewürfeltem Heer nicht weiter aufgefallen. Das Messer war vermutlich Beutegut von der Leiche eines Nordländers.

War das Estradas Plan? Sollte ich als einer seiner Männer verkleidet Moaradrids Lager betreten, den Wächtern freundlich zuwinken, Salzleck losschneiden und dann mit ihm davonspazieren, ohne dass sich jemand was dabei dachte? Ich hatte mir in meinem Leben schon schlimmere Pläne einfallen lassen, aber nur unter dem Einfluss von ziemlich viel Alkohol. Dieser Plan hatte zweifellos den Vorteil von Dreistigkeit auf seiner Seite, und außerdem erwarteten die Wächter einen Angriff und keinen lächerlich schlecht vorbereiteten Dieb. Unglücklicherweise konnte ich keine weiteren Vorteile erkennen.

Allerdings hatte ich auch keine besseren Ideen. Mit ein bisschen Improvisation war diese Angelegenheit vielleicht etwas weniger selbstmörderisch, als es ein Sprung von der Klippe ohne Seil gewesen wäre.

Ich verbrachte einige Minuten damit, mich umzuziehen. Wenigstens war der Mantel wärmer als jener, den ich mir am vergangenen Tag besorgt hatte. Ich trug ihn offen, damit man die Lederjacke und das Messer am Gürtel sehen konnte. Als ich fertig war, hatte ich etwa ebenso große Ähnlichkeit mit einem Nordländer wie Costas und seine idiotischen Fischer. Ich hoffte, dass es genügte.

Ich brauchte eine Weile, um in der Dunkelheit einen Weg durch die Büsche und Bäume zu finden. Als ich sie schließlich hinter mir zurückließ, machte ich mich so sichtbar wie möglich. Die Straße wies ein leichtes Gefälle auf, und ich war auf dem halben Weg nach unten, als ein Ruf erklang: »Bleib stehen!«

Ich blieb stehen.

»Wer bist du?«

»Wer bist *du*, verdammt? Ein Mann geht los, um sich abseits aller anderen zu erleichtern, und nicht genug damit, dass er seltsame Sachen im Gestrüpp entdeckt – er kann nicht zurück, ohne angebrüllt zu werden.«

Eine Gestalt kam aus der Finsternis beim nächsten Baum. Zuerst sah ich nur einen undeutlichen Umriss, mehr nicht. Dann bemerkte ich das Schwert, als der Mondschein die breite Klinge fand.

»Seltsame Sachen?«

»Dieser Mantel«, sagte ich und hob meinen alten. »Hing an einem Zweig. Jemand hat ein Zeichen darin hinterlassen.« Dieser Jemand war ich selbst; mit dem Messer hatte ich hinten ein Kreuz hineingeschnitten. »Ich halte das für sehr verdächtig ...«

Die Gestalt kam näher und ließ das Schwert sinken. »Lass mich mal sehen.«

Ich zeigte ihm den Mantel. »Was könnte das sein? Vielleicht eine Art Signal?«

Der Soldat steckte das Schwert in die Scheide, da er

beide Hände brauchte, um den Mantel entgegenzunehmen.

»Ist ziemlich schmutzig. Und auch zerrissen. Gehörte wahrscheinlich einem Vagabunden.« Es klang unsicher.

Eine ruppige Stimme kam aus dem Innern des Lagers. »Haltet die Klappe, ihr Plappermäuler. Kehrt auf eure Posten zurück!«

Der vor mir stehende Mann wurde plötzlich nervös und drehte sich um. »Tschuldigung, Hauptmann.« Und zu mir: »Geh weiter. Bleib innerhalb des Lagers. Vielleicht fragt beim nächsten Mal niemand und schickt gleich einen Pfeil.« Er gab mir den schmutzigen Mantel zurück.

»Pass gut auf«, sagte ich. »Eine verdächtige Sache, meiner Meinung nach.«

Mit allem Selbstvertrauen, das ich aufbringen konnte, trat ich an dem Soldaten vorbei, der daraufhin wieder in der Dunkelheit verschwand. Ich fürchtete, dass der Hauptmann, den ich eben gehört hatte, vielleicht entschied, mir einige Fragen zu stellen. Bei ihm schien es sich um einen Mann zu handeln, der sich nicht so leicht zum Narren halten ließ.

Niemand erschien vor mir. Nichts bewegte sich. Ich sah nur die Zelte, die einen weiten Kreis bildeten, und zwischen ihnen Lagerfeuer, bei denen Männer lagen. Abgesehen von einem gelegentlichen Schnarchen oder Brummen herrschte gespenstische Stille. Es hatte geregnet, während ich in den Höhlen gewesen war, und die Luft roch frisch, nur wenig nach dem Schweiß ungewaschener Kämpfer und gekochtem Fleisch.

Es war zu schön, um wahr zu sein. Bestimmt wurde ich beobachtet. Alle meine Diebesinstinkte warnten mich. Dennoch ging ich weiter, in Richtung Lagermitte. Wenn die Soldaten versuchen würden, mich gefangen zu nehmen … Für den Fall beschloss ich loszurennen, damit sie von Pfeil und Bogen Gebrauch machten, denn ich wollte ihnen nicht lebend in die Hände fallen. Seit zwei Tagen war mir Moaradrid auf den Fersen. Diesmal würde er mich nicht mit dem Dienst in einer Freiwilligenbrigade davonkommen lassen.

Nach einer Weile glaubte ich Salzleck zu erkennen – er hockte noch immer neben dem Baum, den ich oben von der Felswand gesehen hatte, am Rand des Lagers, vielleicht wegen seines besonderen Geruchs, der mir oft aufgefallen war. Noch etwas weiter außerhalb sah ich Vorratszelte und Pferche, und dahinter erstreckte sich die Linie der Wächter und Wachtposten. Dort gab es freie Sicht und jede Menge Mondschein für die Bogenschützen, und ich fragte mich erneut, wie wir entkommen sollten. Der Plan erschien mir nicht weniger grotesk als zuvor.

Positiv zu vermerken war, dass ich in der Nähe von Salzleck keine Wächter erkennen konnte. Als ich näher kam, wurde mir klar, dass er auch gar nicht bewacht werden musste, denn er war mit großer Sorgfalt gefesselt. Man hatte ihm die Arme hinter dem Baum festgebunden und das Seil zahllose Male um den Körper geschlungen, von der Taille bis zum Hals. Er konnte den Kopf bewegen und vielleicht auch die Finger, aber mehr nicht. Ich fürchtete, den Rest der Nacht benötigen zu müssen, um ihn loszuschneiden.

Ich näherte mich ihm von vorn – für irgendwelche Listen war es jetzt zu spät. Niemand kam herbeigelaufen. Entweder hatte ich mich geirrt und es beobachtete mich niemand, oder meine Verkleidung funktionierte. Schon früh in meiner Karriere als Dieb hatte ich gelernt: Wenn man an einem bestimmten Ort nicht ganz und gar fehl am Platz wirkte, so nahmen die anderen in neun von zehn Fällen an, dass man sich zu Recht dort aufhielt. Selbst mein Interesse an Salzleck würde für sich genommen keinen Verdacht erregen. Nicht alle Männer in Moaradrids Diensten hatten jemals einen Riesen aus der Nähe gesehen; vermutlich wurde er immer wieder angestarrt.

Was mich mehr beunruhigte, war der Umstand, dass Salzleck kaum aufsah, als ich mich ihm näherte. Grässliche Möglichkeiten kamen mir in den Sinn. Hatten sie ihm die Augen ausgebrannt oder ihn so sehr geschlagen, dass er vollkommen stumpfsinnig geworden war? Als ich noch etwas näher kam, stellte ich fest, dass meine Vermutungen nicht so weit von der Wahrheit entfernt waren. Keine seiner Wunden war tief oder stellte eine Verstümmelung dar, aber nur deswegen, weil die Peiniger vor allem Schmerz im Sinn gehabt hatten und nicht unbedingt dauerhafte Schäden. Überall gab es Schnitte, an Armen und Beinen wimmelte es von blauen Flecken, und ich sah sogar einige scheußliche Verbrennungen. Es war ein halbherziger Versuch unternommen worden, die Wunden zu reinigen, aber Verbände fehlten völlig. Hier und dort quoll noch immer Blut hervor.

»Salzleck.«

Ihn so zu sehen … Mir kamen fast die Tränen. Es war ein schrecklicher Anblick, und damit meine ich nicht nur die Verletzungen, sondern auch seine Hilflosigkeit.

»Ich bin gekommen, um dich zu retten, Salzleck.«

Abgesehen vom kurzen Zucken eines Ohrs erfolgte keine Reaktion. Hatten ihm einige der Schläge das Gehör geraubt? War ihm gar die Zunge aus dem Mund geschnitten worden?

»Salzleck, alter Freund?«

Ich bildete es mir nicht nur ein: Der Riese neigte ein wenig den Kopf. Er hatte mich gehört!

»Alter Kumpel?«

»Geh weg.«

Die Worte begannen als tiefes Grollen und endeten in einem Flüstern, wie ein umgekehrter Erdrutsch.

»Salzleck?«

»Allein lassen.«

Ich konnte es nicht glauben. Hier war ich und riskierte mein Leben, und dafür bekam ich solchen Dank? Na schön, vielleicht war ich an seinem gegenwärtigen Zustand nicht ganz unschuldig, aber immerhin hatte ich ihn ganz zu Anfang aus der Sklaverei befreit. Verdiente ich dafür nicht ewige Dankbarkeit?

»Ich habe gesagt, dass ich gekommen bin, um dich zu retten, du potthässliches Monstrum!« Es platzte lauter als beabsichtigt aus mir heraus.

»Nicht will.«

Ich atmete tief durch und versuchte, ruhig zu bleiben. »Nun, es steht nicht zur Diskussion. Du bist jetzt still, damit mich hier niemand entdeckt. Ich schneide dich los, wir rennen weg und werden wahrscheinlich mit Pfeilen gespickt, bevor wir auch nur fünf Schritte weit kommen. Pech gehabt, es lässt sich nicht ändern.«

Salzleck starrte mich finster an. Diesen Eindruck gewann ich jedenfalls, obwohl es mir noch immer schwerfiel, den Ausdruck seines großen, irgendwie klumpigen Gesichts zu deuten. Oder es lag daran, dass er an Verstopfung litt, was weiß ich. Auf jeden Fall widersprach er mir nicht.

Ich eilte auf die andere Seite des Baums, zog das Messer vom Gürtel und nahm mir die Fesseln vor. Wer auch immer ihn festgebunden hatte – er schien nicht bereit gewesen zu sein, auch nur das kleinste Risiko einzugehen. Ich konnte es ihnen nicht verdenken, denn immerhin handelte es sich um einen Riesen. Aber für mich bedeutete es Schwerarbeit. Zum Glück hatte mir Estrada ein besonders scharfes Messer zur Verfügung gestellt.

»Es würde helfen, wenn du dich entspannst, Salzleck.«

Eine Antwort blieb aus, und er entspannte sich auch nicht. Ich brummte, setzte meine Bemühungen fort und dachte daran, wie leicht es geschehen konnte, dass die Klinge abrutschte und in etwas schnitt, in das sie nicht schneiden sollte. Ein Seil gab nach, und die anderen lockerten sich ein klitzekleines bisschen. Nach dem Durchtrennen eines weiteren Stricks stellte ich fest, dass ich das Messer ins Knotenknäuel stecken konnte, und daraufhin kam ich schneller voran.

Ich hatte es fast geschafft, als mich etwas innehalten ließ. Es war kein Geräusch, eher eine Veränderung in der Art der Stille. Ich legte den Kopf auf die Seite und lauschte aufmerksam.

Da war es wieder, ein Seufzen, das nicht vom Wind stammen konnte. Mir wurde der Grund für dieses Fast-Geräusch klar: Füße, die unglaublich leise durch feuchtes Gras strichen. Wer auch immer sich näherte, er kam von vorn und mit geradezu übernatürlich leichten Schritten. Ich fragte mich, was riskanter war, an Ort und Stelle zu bleiben und eventuell beim Durchschneiden der Fesseln erwischt zu werden, oder nach vorn zu gehen und mich auf meine Tarnung zu verlassen. Furcht gab den Ausschlag. Ich machte mich so klein wie möglich und duckte mich hinter dem Baum mit Salzleck.

Die Schritte verharrten.

»Du weißt, dass ich dir keine Befehle mehr erteilen kann.«

Ich kannte die Stimme. Nur ein einziges Mal hatte ich sie gehört, und bei der Gelegenheit hatte sie nicht mehr als ein halbes Dutzend Sätze gesagt, aber sie hatte sich in mein Gedächtnis eingebrannt. Niemand sonst sprach mit der kalten Präzision von Moaradrid.

»Aber du *wirst* mir Auskunft geben. Was du bisher erlitten hast, ist nichts im Vergleich mit dem, was dich erwartet. Ein erfahrener Folterer ist auf dem Weg hierher, ein Meister, der sein Handwerk versteht. Du wirst seine Fragen beantworten. Du wirst ihn anflehen, dir zuzuhören. Ich bin nicht grausam, Riese, aber wir sind zu weit gekommen, und ich stehe zu dicht vor dem Ziel. Deine Freunde kämpfen nur dann, wenn sie sehen, dass ich das Objekt habe. Ohne sie bleibt mir der Thron des Narren in Pasaeda verwehrt. Glaub mir also, wenn ich sage, dass ich dich jetzt zum letzten Mal frage: Wo ist der Stein?«

Salzleck schwieg. Ich hörte ihn nicht einmal atmen.

»Na gut. Du hast deine Wahl getroffen.«

Ich vernahm das Rascheln von Moaradrids Mantel, als er sich abwandte, und dann entfernten sich seine Schritte, die diesmal nicht ganz so leise waren. Einige Meter entfernt blieb er stehen.

»Wenn du nicht nachgibst, könnte ich mir deine Familie vornehmen«, sagte Moaradrid. »Vielleicht löst es deine Zunge, wenn du sie leiden siehst.«

Die Schritte entfernten sich.

Salzleck wollte losheulen, ich spürte es. Da er saß, konnte ich gerade so seinen Kopf erreichen. Ich drückte ihm beide Hände auf den Mund.

»Bleib still!«, zischte ich. »Ich helfe dir. Wir können uns auf den Weg machen und deine Familie suchen, wenn du willst. Aber wenn du jetzt laut wirst und er zurückkehrt, ist alles verloren.«

Ich fühlte die Anspannung in seinen Muskeln. Nach einem Moment ließ sie nach, aber nur ein wenig. Ich zögerte und nahm dann die Hände von seinem Mund.

»Gehen jetzt«, sagte Salzleck.

»Ja, lass mich nur …«

Der Riese bewegte die Arme. Sofort gaben die Stricke nach und sanken zu Boden. Er stand auf, und mit einem Knarren rissen die wenigen an seiner Brust verbliebenen Seile.

»Oh. In Ordnung.«

Salzleck trat zurück. Sein Gesicht glänzte, und die Brust hob und senkte sich. Durch die Anstrengung hatten sich einige Schnittwunden wieder geöffnet, und frisches Blut vermischte sich mit der Patina aus Schweiß. »Muss los. Muss gehen.«

»Klingt gut. Ich klettere nur schnell hoch und …«

Plötzlich fiel mir ein, dass man ihm vor dem Fesseln das Netz abgenommen hatte. »Oh, *Mist.*« Niemand würde mir je Heldenmut vorwerfen können, aber in dieser Nacht machte ich Pragmatismus zu einer Tugend. »Salzleck«, sagte ich und deutete in die Richtung, aus der ich gekommen war, »es geht dorthin, und du musst so schnell laufen, wie du kannst.«

Salzlecks Blick folgte meinem Finger und richtete sich dann auf mich. Seine Hände zuckten. Ich argwöhnte, dass er überlegte, ob er mich tragen konnte.

Das kam nicht infrage. Ich wollte nicht unter der Achsel eines Riesen zerquetscht werden. »Wag es bloß nicht! Lauf, so schnell du kannst, und bleib um nichts in der Welt stehen.«

Als er sich noch immer nicht rührte, ging ich ihm mit gutem Beispiel voran und lief los. Einen Moment später folgte mir Salzleck. Ich fluchte durch zusammengebissene Zähne. Wenn es vorher noch die Chance gegeben hatte, leise aus dem Lager zu entkommen, so war sie dahin, als die großen Füße des Riesen auf den Boden hämmerten. Es hörte sich an, als hätte eine ganze Viehherde beschlossen, mir zu folgen. Ich wusste, dass Salzleck in der Lage gewesen wäre, mich mit nur einem Sprung zu überholen, aber er hielt sich zurück. Ich hörte, wie seine nackten Füße dicht hinter mir ins feuchte Gras klatschten.

Wahrscheinlich war es überall im Lager zu hören.

Meine Befürchtungen wurden bestätigt, als ich einen gedämpften Ruf links von uns hörte, dort, wo die Zelte dichter beieinander standen. Ein zweiter folgte, etwas lauter. Ich hörte das Trampeln anderer Füße, die sich uns näherten. Fackeln wurden entzündet, und plötzlich war das Lager voll von flackerndem Licht und huschenden Schemen.

Voraus erschienen drei Gestalten wie aus dem Nichts. Eine saß auf einem Pferd und hielt einen Bogen in den Händen, mit einem Pfeil auf der Sehne. Die zweite hob einen Säbel, und die dritte trug eine Fackel. Sie wirkten besorgt, wozu sie auch allen Grund hatten, denn immerhin stand ihnen eine Konfrontation mit einem Geschöpf bevor, das doppelt so groß war wie sie, aber trotzdem wichen sie nicht zur Seite. Der Bogenschütze zielte. Er wusste genauso gut wie ich, dass ein gut platzierter Schuss Salzleck zu Boden schicken würde, bevor er nahe genug kam, um etwas gegen ihn zu unternehmen.

Doch plötzlich schrie er auf, ließ den Bogen fallen und kippte zur Seite. Der Fackelträger musste ihm mit einem Sprung ausweichen. Das Pferd scheute, trat aus und traf den dritten Mann – er taumelte zurück, und Blut strömte aus seiner zerschmetterten Nase. Und dann hatten wir sie erreicht. Der noch stehende Mann wollte die Fackel nach vorn stoßen, aber Salzleck wischte sie einfach beiseite, und dann auch den Mann, der sie gehalten hatte. Wir rannten weiter, und ich bemerkte einen Pfeil im Oberkörper des Bogenschützen.

Bevor ich mich noch fragen konnte, wie er dorthin gekommen war, erklangen weitere Rufe hinter uns. Sie kamen wieder von links, und zuerst waren es nur ein oder zwei, aber dann schien ein recht schriller Schrei alle Schleusentore zu öffnen. Plötzlich ging es in Moaradrids Lager drunter und drüber. Ich hatte nicht die geringste Ahnung, was hinter uns geschah, und ich wollte mir auch nicht die Zeit nehmen, es herauszufinden.

Hufe donnerten vor uns und kamen schnell näher. Es klang nach mindestens sechs Reitern, mehr als genug, um unsere Flucht zu beenden. Ich begann zu ahnen, dass das Chaos am Rand des Lagers etwas mit Estrada zu tun hatte. Wir waren der Felswand recht nahe – einige gute Bogenschützen konnten ziemlich viel Unheil anrichten, bis ihre Gegner begriffen, was die Stunde geschlagen hatte, alle Lichter löschten und sich durch Dunkelheit schützten.

Ein gutes Ablenkungsmanöver, das uns jedoch nicht retten würde.

Ich duckte mich in dem Versuch, noch ein bisschen länger am Leben zu bleiben. Die Reiter donnerten an uns vorbei, so nahe, dass ich die Hitze von den Flanken der Pferde fühlte. Ich hörte lautes Wiehern, als die Rösser hinter uns herumgerissen wurden und weitere Rufe erklangen. Hufe wühlten regenfeuchten Boden auf, als die Pferde wieder losliefen. Einen Moment später waren sie rechts und links neben uns, und wir liefen in einem Korridor aus Pferdekörpern. Ich duckte mich noch etwas tiefer und lief noch etwas schneller, obwohl meine überanstrengten Muskeln protestierten. Und ich wusste, dass es sinnlos war.

Ein Arm streckte sich mir entgegen. Ich wollte ihm ausweichen, stolperte und fiel der Länge nach ins Gras. Salzleck machte einen Bogen, um mir auszuweichen, kam dann rutschend zum Stehen und hinterließ dabei zwei lange Furchen im Boden. Ich war zu erschöpft, um mich zur Wehr zu setzen oder um Gnade zu flehen. Keuchend blickte ich zu dem Mann auf, der sich anschickte, mich zu töten.

Er sah überraschend vertraut aus.

»Verdammt, Damasco!«, rief Mounteban, beugte sich aus dem Sattel und streckte mir die Hand entgegen. »Willst du dich retten lassen oder nicht?«

9

Später fand ich heraus, dass nur ein Dutzend Bogenschützen das Lager unter Beschuss genommen hatten. Aber es waren allesamt besonders gute Schützen, und mit den robusten castovalanischen Bögen und ihrer guten Schussposition konnten zwölf Männer eine ganze Menge bewirken. Hundert Bogenschützen und ein Kavallerieangriff hätten Moaradrids zu kleiner Streitmacht den Garaus machen und den Krieg auf einen Schlag beenden können, aber solche Ressourcen standen Estrada nicht zur Verfügung. Sie war schon ein erhebliches Risiko eingegangen, indem sie ihre wenigen guten Bogenschützen zum Einsatz brachte.

Ein kühnes Unterfangen. Mounteban und seine Männer hatten dadurch die eine Minute Zeit gewonnen, die sie brauchten, um ins Lager vorzustoßen, uns zu finden und mit uns zu verschwinden.

Es genügte natürlich nicht.

»*Dies* ist der Plan? Die Bürgermeisterin ist vollkommen übergeschnappt, und mit dir steht es noch schlimmer, weil du ihr folgst!«

Mounteban hielt sich nicht mit einer Antwort auf. Er konzentrierte sich auf den Ritt zum Rand des Lagers und fragte sich vermutlich, wie er der kleinen Streitmacht entkommen sollte, die uns dort den Weg versperrte. Außerdem fiel ihm vielleicht das Sprechen schwer, weil ich mich so sehr an ihm festklammerte.

Mich machte es keineswegs sprachlos. »Ihr seid wahnsinnig, alle zusammen! Uns erwartet der sichere Tod. Genauso gut hätten wir versuchen können, das Lager zu Fuß zu verlassen.«

Ich hatte noch viel mehr zu sagen, aber leider keine Zeit dafür. Links von uns ging ein Reiter in einem unglaublichen Durcheinander aus wirbelnden Hufen und Dreck zu Boden. Der Schrei des Tiers schien ein ganzes Stück länger zu dauern, als es eigentlich der Fall sein sollte. Ich wandte den Blick ab, wodurch ich sah, wie der Mann rechts von uns plötzlich die Arme hochriss, für einen Moment in leerer Luft zu schweben schien und das Pferd unter sich verlor. Er lag auf dem Boden, alle viere von sich gestreckt, bevor ich den Pfeil in seiner Brust bemerkte.

Die Soldaten vor uns bildeten drei Reihen, und der flackernde Kerzenschein verlieh ihnen seltsame Farben. Niemand von ihnen zeigte Bereitschaft, den Weg freizugeben. Wir wären vielleicht imstande gewesen, die erste Reihe mit den Säbeln hinter uns zu bringen, aber dahinter fiel mir der schreckliche Glanz von Speeren auf.

Etwas sauste an uns vorbei, eine schemenhafte Bewegung vor dem Hintergrund der Sterne. Die anderen Reiter wichen gerade noch rechtzeitig aus. Ein Hämmern wie von Kriegstrommeln übertönte das Stampfen der Hufe unserer Pferde. Ich erkannte erst, dass der dunkle Koloss Salzleck war, als er auf die erste Reihe der Soldaten traf, wie ein Felsen, der in einen Heuhaufen rollte.

Die meisten von Moaradrids Männern waren vernünftig genug, zur Seite zu springen. Wer nicht genug Vernunft aufbrachte, wurde vom Riesen beiseitegestoßen. Einer flog an uns vorbei, mit blutiger Stirn und einem halb erstickten Schrei, der hinter uns verhallte. Ein Speerkämpfer war so tapfer und dumm, seine Waffe auf Salzleck zu richten. Der griff danach, ohne langsamer zu werden, hob Mann und Speer zusammen an und warf beide mühelos über seine Schulter. Er durchbrach die letzte Reihe, ohne einmal innezuhalten, und lief weiter, gleichgültig und erbarmungslos wie eine Lawine.

Die Nordländer, die noch bei Bewusstsein und einigermaßen heil waren, wollten ihre Reihen gerade schließen, als wir eintrafen. Einer schlug halbherzig nach uns und bekam als Dankeschön Mountebans Stiefel ins Gesicht.

Die Soldaten blieben hinter uns zurück, und am liebsten hätte ich einen Freudenschrei ausgestoßen. Immerhin … Wer hätte das gedacht? Doch dann warf ich einen Blick über die Schulter und beobachtete, wie der Rest unserer Gruppe auf den Rest der Verteidiger traf. Sie waren verwirrt und bestürzt, ihre Formation hatte sich aufgelöst, aber sie hatten auch einen Moment Zeit gehabt, sich von der Überraschung zu erholen, und das genügte ihnen. Wie aus dem Nichts bildete sich ein Wald aus Speeren, dem der erste Reiter zum Opfer fiel. Die anderen beiden zügelten ihre Pferde, um seinem sich aufbäumenden Ross auszuweichen, und verloren schnell hintereinander ihren Schwung, ihre Sättel und ihr Leben.

Die wilde Freude, die ich eben noch empfunden hatte, schmeckte plötzlich bitter.

Wenn Mounteban wusste, was gerade geschehen war, so ließ er sich nichts davon anmerken. Er wandte sich nach links, beugte sich dicht über den Hals seines Pferds und ritt an den Büschen vorbei, die die Straße rechts von uns säumten. Salzleck war dort stehen geblieben, setzte sich wieder in Bewegung und folgte uns. Kurz darauf änderte Mounteban erneut abrupt die Richtung, und diesmal ging es den Hang hinauf. Unser Pferd stolperte und wäre fast gefallen. Im letzten Moment fing es sich, lief weiter und brach durch die Baumlinie.

Vage konnte ich einen Weg durchs Unterholz erkennen, gerade breit genug für ein Pferd im Galopp. Salzleck lief direkt hinter uns. Zweige schlugen mir ins Gesicht, und ich wünschte, Mounteban wäre so klug gewesen, den Riesen vor uns laufen zu lassen.

Kurze Zeit später bemerkte ich Licht voraus. Seine Quelle blieb mir verborgen, bis wir sie fast erreicht hatten. Ein Riss durchzog hier die Felswand, und Männer mit Fackeln hielten dort Wache. Sie wirkten vor allem überrascht und nicht unbedingt erfreut, als sie Mounteban erkannten – wahrscheinlich hatten auch sie nicht mit unserem Überleben gerechnet.

»Was ist mit den anderen?«, rief jemand.

»Uns ergeht es wie ihnen, wenn ihr nicht sofort Platz macht«, erwiderte Mounteban scharf.

Als sich meine Augen an das Wechselspiel von Licht und Dunkelheit gewöhnt hatten, stellte ich fest, dass große Steine zu beiden Seiten des Spalts aufgestapelt und mit Zweigen bedeckt waren – der Zugang schien bis vor kurzer Zeit getarnt gewesen zu sein. Wir stiegen ab und kletterten in die Felsspalte, wo mir Seile an den Balken auffielen, die die Decke stützten.

Weiter im Innern fanden wir zwei missmutige Maultiere, an denen die Seile befestigt waren. Mountebans Leute versuchten, sie mit Schlägen aufs Hinterteil und lautem Gefluche anzutreiben. Das eine ließ sich schließlich dazu herab, einen Schritt nach vorn zu machen, während das andere weiterhin auf stur schaltete, sich nicht von der Stelle rührte und seine gelben Zähne zeigte. Das erste Maultier iahte anerkennend und beschloss, sich ein Beispiel am zweiten zu nehmen.

Rufe und lauter werdende Schritte hinter mir wiesen mich darauf hin, dass wir unseren Verfolgern nicht entkommen waren. Ein Pfeil bohrte sich in den Balken rechts von mir und bestätigte diese Annahme.

Salzleck stand gebeugt im Zugang und blickte starr geradeaus. Ich rief seinen Namen und rechnete damit, dass er nicht auf mich achtete, aber stattdessen senkte er den Blick. Erst jetzt wurde mir das Ausmaß seiner Verletzungen klar. Ein neuer Schnitt reichte von der Wange bis zur Schulter und verströmte reichlich Blut. Ähnlich schlimme Wunden zeigten sich an Oberkörper und Armen. Doch er hatte mehr ausgeteilt als eingesteckt, worauf das Blut an seinen Händen hinwies. Ich deutete auf den Balken an seiner Seite, auf das schlaff hängende Seil daneben. Zuerst schien er nicht zu verstehen. Sein Blick wanderte zu den Maultieren und blieb dort.

Ein weiterer Pfeil kam aus der Dunkelheit und bohrte sich ihm in die Schulter. Er schien es nicht einmal zu bemerken.

»Salzleck«, sagte ich in einem drängenden Ton.

Er schüttelte den Kopf, als erwachte er aus einem besonders unangenehmen Traum. Er sah erst mich an und dann den Balken. Schließlich hob er eine große Hand und schob den Balken so mühelos beiseite, als wäre er nur ein Bündel aus Zweigen. Ein Ächzen kam von der Decke, und sie gab nach. Erde rieselte herab, gefolgt von kleinen Steinen und dann von welchen so groß wie Melonen. Einige trafen Salzleck und hinterließen rote Flecken. Er versuchte nicht, ihnen auszuweichen, zuckte nicht einmal zusammen.

Den widerspenstigen Maultieren schienen Lärm und Staub nicht zu gefallen. Sie nahmen beides zum Anlass, ihren Standpunkt noch einmal zu überdenken, und stapften dann los, wodurch sich das am nächsten Balken befestigte Seil spannte. Das Holz brach mit einem lauten Knacken, und die Decke gab noch etwas mehr nach.

Ich bekam Salzlecks freie Hand zu fassen und zog. Er glotzte mich an – oder vielleicht durch mich hindurch.

Ich begriff, dass ich ihn wohl kaum bewegen konnte, wenn er nicht bewegt werden wollte. Von einem Augenblick zum anderen ging er los und zog mich mit sich. Gerade noch rechtzeitig. Einen Augenblick später stürzte dort alles ein, wo wir eben noch gestanden hatten.

Ich stand in einer Staubwolke, die so dicht war, dass sie fast das Licht der Fackel schluckte, und hustete hingebungsvoll. Um mich herum zitterte und bebte alles, auch nachdem der letzte große Stein gefallen war und sich nicht mehr rührte.

Jemand in der Nähe seufzte erleichtert, und eine Stimme erklang. »Kommt. Wir sind noch nicht zu Hause.«

Es war Mountebans Stimme, aber sie klang seltsam in dieser wie Suppe anmutenden Luft. Das Licht der Fackel, ohnehin nur ein schwaches orangefarbenes Glühen, schrumpfte und ließ mich in wachsender Dunkelheit zurück. Ich hörte Füße und Hufe in der Nähe, und beides machte sich zusammen mit dem Licht davon.

»Wartet!«, rief ich und bekam für meine Mühe reichlich Staub in die Kehle. Ich hustete erneut.

Noch immer hielt ich Salzlecks Finger, die unangenehm klebrig waren, was an seinem Blut lag, vermischt mit dem von Moaradrids Männern. Ich ließ nicht los. In der staubigen Düsternis war selbst die Gesellschaft eines blutbesudelten Riesen besser als gar nichts.

»Folgen wir ihnen«, brummte ich und versuchte, nicht noch mehr Staub einzuatmen.

Ich zog an Salzlecks Hand. Ebenso gut hätte ich versuchen können, eins von Mountebans störrischen Maultieren zu bewegen.

»Ich weiß, dass du verletzt bist, aber hier stehen zu bleiben hilft dir nicht.«

»Böses getan.«

Wie üblich sprach Salzleck die Worte so aus, als bereiteten sie ihm ebenso große Mühe wie das Erklettern eines Bergs oder das Schwimmen durch einen ganzen Ozean.

»Na schön, ich hätte dich nicht zurücklassen sollen. Aber ich *habe* dich gerettet, oder? Anstatt dich einfach deinem Schicksal zu überlassen.«

»*Salzleck* Böses getan.«

Ich starrte ihn fassungslos an, was ich mir hätte sparen können, denn inzwischen war der Fackelschein nur noch eine vage Andeutung in der Finsternis – Salzleck konnte meinen Gesichtsausdruck überhaupt nicht erkennen. »Bist du verrückt? Du hast uns das Leben gerettet.«

»Böse. Nicht wehtun. Nicht töten.«

»Du hast dich nur zur Wehr gesetzt! Und du hast mich und den dicken Gauner namens Mounteban geschützt. Hältst du das vielleicht für böse?«

Mir fiel ein, dass ich mein Leben riskierte, indem ich mit einem Riesen das Thema Moral erörterte, in einem finsteren Bergwerksstollen, in dem zumindest mir langsam die Luft ausging. Meine Mutter hatte oft gesagt, dass ich mich eines Tages um Kopf und Kragen reden würde, und ich wollte vermeiden, dass sie recht bekam.

Doch selbst das war vermutlich keine Rechtfertigung für meine nächsten Worte. »Salzleck, wenn du nicht mit mir kommst … Wer wird Moaradrid dann daran hindern, sich an deiner Familie zu rächen?«

Der Riese setzte sich in Bewegung, noch bevor ich den Satz beendet hatte, und ich musste mich sehr bemühen, um mit ihm Schritt zu halten. Dieser Weg durch den Stollen zerrte an meinen Nerven. Immer wieder stolperte ich über Steine, und die ganze Zeit über knarrte es um uns herum, als könnte die Decke auch hier jederzeit nachgeben. Schon bald wurde der Tunnel schmaler und niedriger, was Salzleck zwang, sich tief zu bücken – seine Körpermasse hielt das wenige Licht weiter vorn von mir fern.

Als der Stollen wieder größer wurde, trat ich in so helles Licht, dass ich meine Augen abschirmen musste. Nach einem Moment begriff ich, dass es nur Fackeln waren. Wir hatten zu Mounteban, seinen Leuten und den eigenwilligen Maultieren aufgeschlossen. Sie warteten in einem kleinen Raum, der mir nach dem Marsch durch den engen Tunnel allerdings riesig erschien. Auf einem Sockel in der Mitte stand eine Vorrichtung, die wie ein Karren mit hohen Seitenwänden aussah, und von der mit Balken abgestützten Decke führten Kettenbündel in die Dunkelheit empor. Ich gelangte zu dem Schluss, dass es sich um eine Art Aufzugplattform handelte.

»Habt nur keine Eile«, sagte Mounteban. »Wir haben nur fünf Männer dabei verloren, eure wertlose Haut zu retten.«

Es erschien mir unhöflich, darauf hinzuweisen, dass Rettung nur deshalb erforderlich gewesen war, weil er und Estrada mich praktisch in den sicheren Tod geschickt hatten. Ohne ein Wort trat ich auf die Plattform, und Salzleck folgte mir. Mounteban zog an einem Seil, und das Läuten einer Glocke weit oben hallte durch den Schacht über uns. Ein Ruck ging durch die Plattform, und Holz knirschte unter uns, als die Reise nach oben begann. Der Aufzug war dazu bestimmt gewesen, Erz und Schmuggelware zu befördern, vielleicht auch Menschen und Maultiere, aber ein erwachsener Riese stellte eine ganz neue Herausforderung für ihn dar, und die schien ihm nicht sonderlich zu gefallen. Quälend langsam ging es nach oben. Da ich nichts weiter als feuchten, fleckigen Fels und meine trübsinnigen Begleiter sah, erwog ich die Möglichkeit, der durch meinen Körper kriechenden Müdigkeit nachzugeben. Die ruhigen, friedlichen Stunden in meiner Zelle schienen eine Ewigkeit zurückzuliegen. Voller Sehnsucht erinnerte ich mich daran, und mir fielen die Augen zu.

Ein weiterer Ruck und ein lautes Rasseln weckten mich aus dem Halbschlaf – wir hatten eine Höhle erreicht, größer als die weiter unten. Ob sie natürlichen Ursprungs oder von Menschenhand geschaffen war, konnte ich nicht feststellen, aber sie erschien mir riesig und wies mindestens ein halbes Dutzend Ausgänge auf, die in verschiedene Richtungen führten. Die Decke wölbte sich über uns und fiel zum Rand hin steil ab, wie das Dach eines Pavillons. Offenbar diente die Höhle hauptsächlich als Lagerraum, denn Kisten und Fässer nahmen den größten Teil des Platzes ein, der nicht von der Plattform und dem Aufzugmechanismus beansprucht wurde. Das Licht stammte von Fackeln in Wandhalterungen. Etwa zwanzig Männer hatten sich umgedreht und unsere Ankunft beobachtet. Sie alle waren mit der einen oder anderen Arbeit beschäftigt gewesen: Waffen putzen, Rüstungen ölen, Rucksäcke und Satteltaschen packen, mit Dingen, die sie den Säcken und Kisten entnahmen.

Marina Estrada stand mit verschränkten Armen vor der Plattform des Aufzugs. »Du hast es geschafft«, sagte sie.

Es klang sowohl zufrieden als auch müde. Bei unserer letzten Begegnung hatte sie einen mitgenommenen Eindruck auf mich gemacht, aber jetzt sah sie aus, als könnte sie in starkem Wind zerbrechen. Es musste auch für sie eine anstrengende Nacht gewesen sein.

Ich wollte es nicht leichter für sie machen. »Ja, wir haben es geschafft, was wir allerdings nicht deinem hirnrissigen …«

Mounteban schob mich beiseite, so grob, dass ich fast

auf dem Boden gelandet wäre. Er warf mir einen Blick zu, in dem so viel Verachtung lag, dass Holz verfault wäre. »Ich habe sie alle verloren, Marina. Ich hoffe, das war dein Plan wert. Ich hoffe, *er* ist es wert.«

Er marschierte an mir vorbei und verschwand durch einen Ausgang. Alle sahen ihm verwundert nach.

Estrada seufzte – es klang mehr nach einem geräuschvollen Schaudern – und sagte so leise, dass ihre Worte für niemanden bestimmt sein konnten: »Aber du *hast* es geschafft.«

Sie wandte sich an mich. »Nichts ist jemals die Opfer wert, die man dafür bringt.« Sie schüttelte den Kopf. »Castilio versteht das. Oder er wird es verstehen, wenn er sich beruhigt hat. Du hast uns gute Dienste geleistet, Easie Damasco.«

»Mir blieb keine Wahl.«

»In den letzten Tagen habe ich gelernt, dass es immer eine Wahl gibt, aber sie kann manchmal schrecklich sein.« Estrada sah Salzleck an. »Meister Salzleck, nicht wahr? Es ist mir eine Ehre, Euch hierzuhaben. Ich bedauere sehr, dass Ihr so viel Leid ertragen musstet.«

Salzleck begegnete ihrem Blick für ein oder zwei Sekunden und ließ dann den Kopf hängen. Dass Estrada dem Riesen gegenüber die förmliche Anrede verwendete, erstaunte mich sehr, und hinzu kam etwas betont Würdevolles in ihrem Gebaren. Dann kehrte die Erschöpfung zurück, wie eine Welle, die ein elegantes Muster im Sand verwischte, und erneut sah ich nur eine Frau, die dringend Schlaf brauchte.

Ihrem Gesichtsausdruck entnahm ich, dass die Chancen dafür eher schlecht standen. Sie drehte sich zu den Männern in der Höhle um und rief: »Bis zum Morgen werden diese Tunnel in Moaradrids Hand sein. Alle versammeln sich draußen in zehn Minuten. Gebt es weiter.«

Ich fand es bemerkenswert, dass die Männer sofort Haltung annahmen und gehorchten. Ein Blitz schien in sie zu fahren, und schon wenige Momente später war die Höhle leer.

Estrada wandte sich wieder an Salzleck und mich. »Es tut mir leid, aber ihr könnt euch noch nicht ausruhen. Was ich den Männern gesagt habe, entspricht der Wahrheit: Diese Zuflucht ist so gut wie verloren. Ich habe einen Vorschlag für euch beide, aber ich glaube, zuerst solltet ihr die Worte hören, die ich an die anderen richten werde.«

»Nach meinen bisherigen Erfahrungen mit dir zu urteilen, lautet die Antwort vermutlich nein«, erwiderte ich.

»Vielleicht. Diesmal kann ich dich nicht zwingen. Ich bitte dich nur darum, mich zuerst anzuhören.«

»Nun ja, mir ist ein wenig schwindelig vom Blutverlust und weil ich halb verhungert bin, aber ich werde mir alle Mühe geben.«

Ich glaubte zu sehen, wie ein Lächeln über Estradas Lippen huschte, aber ganz sicher war ich mir nicht. »Die Kisten dort enthalten Nahrungsmittel. Wir können nicht alles mitnehmen, und deshalb: Bedient euch.« Sie deutete auf einen der Höhlenausgänge. »Folgt uns in zehn Minuten durch diesen Ausgang und hört euch an, was ich zu sagen habe.«

Der Gedanke an Essen beherrschte mich so sehr, dass ich vergaß, sarkastisch zu sein. Es gab Nahrung, in sagenhaften Mengen: Brot, Käse, Obst, Gemüse, Ziegen- und Hammelfleisch, sogar einige Hühner, die in einem Käfig dösten. Hinzu kamen Fässer mit Wasser und Wein und einige Flaschen mit scharf riechender Flüssigkeit.

Estrada hatte recht, es konnte nicht alles in Sicherheit gebracht werden. Offenbar waren die Vorräte in aller Eile hierher gebracht worden, ohne große Planung. Die meisten frischen Lebensmittel würden keinen weiteren Tag halten. Ich entschied mich für halbwegs frisches Brot, würzigen Käse, gut erhalten in seiner Wachshülle, und einige Streifen getrocknetes Fleisch. In letzter Zeit schienen meine Mahlzeiten hauptsächlich aus so elementaren Dingen zu bestehen, und unter den gegebenen Umständen erschien es mir sinnlos, daran etwas ändern zu wollen. Neben einem der Wasserfässer stand ein hölzerner Becher. Ich füllte ihn mit Wein, und dann noch einmal, spülte das Essen hinunter, bis mir erneut schwindelig wurde, diesmal aus einem anderen Grund.

Essen und Trinken hatten nicht mehr als zwei Minuten gedauert. Ein ausgehungerter Hund frisst vermutlich mit mehr Eleganz, als ich bei dieser Mahlzeit gezeigt hatte.

Als meinen unmittelbaren körperlichen Bedürfnissen Genüge getan war, richtete ich meine Aufmerksamkeit auf Salzleck. Er hatte sich nicht von der Stelle gerührt, seit Estrada gegangen war. »Hör auf, Trübsal zu blasen! Du hast ein paar Leute erledigt, die versucht haben, *dich* zu erledigen, das ist alles. Du wirst darüber hinwegkommen. Wir können losziehen und deine Familie retten, und dann wird alles gut.«

Salzleck hob den Kopf. »Retten?«

»Warum nicht? Aber du musst bei Kräften bleiben. In der Ecke dort drüben liegt trockenes Gras, also hau rein.«

Salzleck nickte nachdrücklich und beherzigte meinen Rat. Seine Schritte wirkten fast kraftvoll, als er die Höhle durchquerte, und ich fragte mich nach dem Grund für seinen so schnellen Stimmungswechsel. Wie auch immer die Antwort lauten mochte, es freute mich, ihn mit solchem Appetit essen zu sehen. Er hatte so viel Blut verloren, dass ein Ochse an seiner Stelle gestorben wäre, und er blutete noch immer aus den tieferen und längeren Schnitten. Wenn er erschöpft umkippte, half er niemandem. Wenn unsere Schicksale miteinander verbunden waren – und das schien immer mehr der Fall zu sein –, dann wollte ich, dass er so gesund und kräftig wie möglich war.

Während er sich mit Gras vollstopfte, machte ich mich auf die Suche nach neuer Kleidung. Ich legte das alte genietete Leder ab, das bereits zu scheuern begonnen hatte, und streifte ein schlichtes Hanfhemd über, das ich in einem Sack mit Kleidung entdeckte. Nach kurzem Überlegen trennte ich mich auch von dem Mantel und wählte einen dickeren grauen. Anschließend steckte ich so viel Proviant ein, wie ich in den Taschen unterbringen konnte, darunter auch einen Weinschlauch, den ich mir über die Schulter schlang. Estrada hatte kein Limit genannt; also bediente ich mich ohne falsche Zurückhaltung.

Die ganze Zeit über kamen immer wieder Leute von Estradas bunt zusammengewürfelter Truppe aus den Tunnelöffnungen, gingen an uns vorbei und verschwanden in die Richtung, die sie mir gezeigt hatte. Diese Parade ging zu Ende, als ich fertig war und Salzleck aus einem umgedrehten Wasserfass trank.

»Komm«, sagte ich. »Mir scheint, jetzt beginnt die Unterhaltung nach dem Essen.«

Der Tunnel war kurz, und an seinem Ende lockte bernsteinfarbenes Licht, das von Fackeln, die auf Dreibeinen steckten, und dem ersten Glimmen der Morgendämmerung stammte. Ein weiter offener Bereich erstreckte sich jenseits eines Überhangs, der aus der Flanke des Berges ragte. Reisende auf der von Norden nach Süden verlaufenden Bergstraße machten dort halt. Es war deutlich zu sehen, wie sich der Weg in beide Richtungen wand. Die Öffnung, durch die wir nach draußen traten, war offenbar verborgen gewesen und erst vor kurzer Zeit freigelegt worden.

Estrada stand am südlichen Rand des offenen Bereichs auf einer kleinen Bühne aus Kisten, den Rücken der dunstigen Leere des Castoval zugewandt. Etwa zweihundert Männer hatten vor ihr mehr oder weniger geordnet Aufstellung bezogen. Viele von ihnen trugen alte Rüstungsteile, die eigentlich gar nicht zusammenpassten; bei der Bewaffnung – von Schwertern über Bögen bis hin zu exotischeren Geräten – zeigten sich ähnliche Unterschiede. Einer hatte sich den Hammer eines Schmieds über die Schulter gelegt, und ein anderer stützte sich auf etwas, das eine Heugabel zu sein schien.

Ich schätzte, dass etwa zwei Drittel von ihnen Milizionäre oder Wächter irgendeiner Art waren. Die Übrigen wirkten so jung, dass sie eigentlich zu Hause bei ihren Müttern sein sollten, oder so alt, dass sie sich gar nicht mehr an ihre Mütter erinnerten. Vermutlich handelte es sich bei ihnen um Freischärler oder Freiwillige, die in den Rückzug der Truppen geraten oder in Muena Palaiya rekrutiert worden waren. Eine weitere Gruppe fiel mir auf, bestehend aus zwielichtigen Gestalten, die allem Anschein nach von militärischer Disziplin überhaupt keine Ahnung hatten – Kumpane von Mounteban, vermutete ich. Mounteban selbst stand vorn und beobachtete Estrada mit einem Gesichtsausdruck, den ich nicht erkennen konnte.

Salzleck und ich gesellten uns den Leuten hinzu, und daraufhin begann die Ansprache.

»Freunde«, sagte Estrada, »ich bin nicht hier, um euch zu trösten.«

Das klang für mich nach einem vielversprechenden Anfang.

»Ich bin nicht hier, um euch zu sagen, dass wir gewinnen. Ich will auch nicht behaupten, dass wir sicher sind. Vor zwei Tagen wurden wir besiegt, und vielleicht war es die entscheidende Schlacht um die Freiheit des Castoval. Moaradrid wird bald einen Weg hierher finden, zu dieser Zuflucht. Deshalb müssen wir diesen Ort verlassen.

Ich will nicht versuchen, euch Hoffnung zu machen. Es ist gefährlich zu hoffen, wenn wir bald alle tot sein könnten, und unsere Freunde und Angehörigen von einem Monstrum versklavt, das alles verachtet, was uns am Herzen liegt. Denn genau das wird passieren, wenn wir keine Möglichkeit finden, Moaradrid zu vertreiben. Er und seine Barbaren werden uns nicht einfach so verlassen. Sie werden nicht freiwillig gehen. Dies wird kein gutes Ende nehmen, es sei denn, wir kämpfen.«

Zustimmendes Gemurmel erklang. So richtig die Worte auch klangen, man konnte sie kaum ernst nehmen, wenn man sich umsah und feststellte, auf wen sich das »Wir« bezog.

Das schien Estrada klar zu sein. »Derzeit sind wir zu wenige. Selbst ein kleiner Teil von Moaradrids Streitmacht wäre uns weit überlegen. Deshalb fliehen wir ohne Schande. Wir teilen uns. Wir verstecken uns, wenn es nötig ist. Wenn es einen letzten Kampf geben wird – und es wird ihn geben –, wählen wir den richtigen Zeitpunkt dafür. Und auch den Boden, auf dem er stattfindet. Denn es ist *unser* Boden, *unser* Land.

Bis dahin habt ihr zwei Aufgaben. Ihr müsst am Leben bleiben und andere finden, die wie wir bereit sind, für ihre Heimat zu kämpfen. Wir besuchen jede Stadt und jedes Dorf im Castoval. Wir fragen alle, denen wir begegnen, ob sie frei sein und sich dafür einsetzen wollen. Unsere Zahl wird wachsen, denn Castovalaner sind nicht für das Joch geboren. Wir haben uns nie jemandem gebeugt, und damit fangen wir auch jetzt nicht an!«

Diesmal ertönte so etwas wie müder Jubel.

Fast hätte ich mit eingestimmt, aber im letzten Moment hielt ich mich zurück. Ich hatte nie dazu geneigt, mich irgendwelchen Gruppen anzuschließen oder für eine ach so ehrenvolle Sache einzutreten. Hier lag der Fall noch klarer als sonst, denn diese Leute hatten auch nicht den Hauch einer Chance. Wie sollte selbst ein Heer aus wohlmeinenden Bauern dort einen Erfolg erzielen, wo die Soldaten aller Städte im Castoval versagt hatten? Ich hielt es für absurd.

In einem Punkt hatten Estrada und Mounteban recht. Ich hatte den Krieg nur aus meiner eigenen kleinen Perspektive gesehen und kaum darüber nachgedacht, was geschehen würde, wenn Moaradrid triumphierte. Die Realität spritzte mir plötzlich wie Eiswasser ins Gesicht. Estrada hatte darauf hingewiesen, dass es keine Hoffnung gab, dies könnte ein gutes Ende nehmen, und genau darauf lief es hinaus.

Ich stand tief in Gedanken versunken da, als sich die Schar der Zuhörer auflöste. Nur mit halbem Ohr hörte ich, wie Mounteban und Estrada ihre armselige Streitmacht in kleine Gruppen aufteilten, Anführer ernannten, Ziele und Treffpunkte bestimmten. Wie viele von ihnen würden einfach nach Hause gehen? War es die Unterdrückung durch einen fremden Kriegsherrn wirklich wert, dass man deshalb die Familie daheim hungern ließ und das eigene Leben für einen hoffnungslosen Kampf opferte?

Ich verlor das Zeitgefühl. Irgendwann bot sich ein alter Mann in einem schmutzigen, blutbefleckten Poncho an, meine Wunden zu säubern und zu nähen. Ich blinzelte verwirrt und deutete auf Salzleck. »Du solltest dich um ihn kümmern.«

»Du hast geblutet«, erwiderte er.

»Er noch mehr.«

Der Arzt wandte sich dem Riesen zu, und ich kehrte in meinen Dämmerzustand zurück.

Es war Estrada, die mich schließlich daraus weckte. Plötzlich stand sie vor mir, und ich merkte, dass sie offenbar schon seit einer ganzen Weile sprach. Ich versuchte, mich auf ihre Worte zu konzentrieren, doch es gelang mir nicht.

»Entschuldigung«, sagte ich. »Ich habe nicht zugehört.«

Estrada unterbrach sich und musterte mich ein wenig besorgt. »Geht es dir schlecht?«

»Keine Ahnung. Vielleicht.«

»Du bist nicht schlimm verletzt.«

Ich dachte darüber nach. »Nein, wahrscheinlich nicht.« Mit jemandem zu reden, half mir dabei, mich von der Niedergeschlagenheit zu befreien, die mich plötzlich erfasst hatte. Plötzlich fühlte ich nur noch kolossale Müdigkeit. »Was hast du gesagt?«

»Ich bitte dich um deine Hilfe.«

»Ah. Darauf hast du bereits hingewiesen.«

Estrada nickte. »Und du hast geantwortet, dass du wahrscheinlich Nein sagen würdest.«

»Hab ich. Willst du mir jetzt verraten, was du dir für uns ausgedacht hast?«

»Nicht hier. Je weniger davon wissen, desto besser. Ich kann nur sagen, dass es in einer Woche vorbei sein wird, so oder so. Und ich glaube nicht, dass etwas davon ohne dich klappt.«

»Ich nehme an, es wird sehr gefährlich sein. Bestimmt geht es um Leben und Tod, und wir müssen dauernd damit rechnen, verfolgt und mit Pfeilen beschossen zu werden, was in der Art, ja?«

Estrada seufzte. »Wie ich schon sagte, ich kann dich nicht zwingen. Und selbst wenn ich es könnte … Ehrlich gesagt, ich bin zu müde, um es zu versuchen.«

Ich musterte sie. Marina Estrada, früher Bürgermeisterin eines Provinznestes, jetzt der letzte überlebende General des Castoval. Eine erschöpfte Frau, die dringend ein Bad und saubere Kleidung brauchte, die sich verzweifelt bemühte, das Richtige zu tun, obgleich sie wusste, dass es sinnlos war. Ich erinnerte mich an die Nacht, die ich vor der Schlacht in Moaradrids Heereslager verbracht hatte, an die Furcht in allen Augen, an die Hoffnungslosigkeit von Männern, die wussten, dass mit dem Morgengrauen der Tod kam. Schließlich dachte ich daran, was ich Moaradrid erst vor wenigen Stunden hatte sagen hören, ohne dass mir richtig bewusst geworden war, was seine Worte bedeuteten: Er beabsichtigte, mit seinem Heer zur Hauptstadt zu ziehen und den König zu stürzen.

Würde man ihn dort aufhalten? Und selbst wenn das gelang … Was würde nach all dem übrig bleiben?

Ich rang mir ein Lächeln ab, obwohl mir ganz und gar nicht danach zumute war. »Warum nicht?«, sagte ich. »Ich habe nichts Besseres vor.«

10

Vielleicht hätte meine neu entdeckte Bereitschaft den ganzen Morgen angedauert, wenn es jemandem gelungen wäre, mich wach zu halten. Schlafmangel stellt seltsame Dinge mit einem an, und dazu gehört unerklärliche Tapferkeit, wie ich bei mir feststellen musste.

Estrada wusste natürlich nicht, dass mein Ja rein symptomatischer Natur war. In ihren Augen zeigte sich ein besonderer Glanz, als hätte sie einen persönlichen Sieg errungen, als sie zu mir sagte: »Wir können noch nicht los. Erst müssen wir so viele Vorräte wie möglich zusammenpacken und sicherstellen, dass alle verstanden haben, worum es geht. Was ich vorhin gesagt habe, stimmt nicht ganz – es wird noch eine Weile dauern, bis Moaradrid ohne die Aufzugplattformen einen Weg in die Höhlen findet. Ihr beide solltet die Gelegenheit nutzen und schlafen.«

Der letzte Satz klang wie ein himmlischer Segen. Ich bekam noch »Das ist eine gute Idee« zustande, bevor mir das Kinn auf die Brust sank und mich die Dunkelheit eines tiefen Schlafs umfing.

Ich erwachte mit der vagen Erinnerung an herrliches Vergessen, das zu verlassen einer schrecklichen Sünde gleichkam. Ich fühlte mich besser als vorher, obwohl mir die Länge der Schatten mitteilte, dass ich kaum mehr als einige wenige Stunden geschlafen hatte. Salzleck schlummerte nicht weit entfernt, an der Felswand zusammengerollt, und schnarchte so laut, als wollte er Moaradrids Soldaten den Weg weisen.

Offenbar gingen die Vorbereitungen für den Aufbruch ihrem Ende entgegen. Ein Dutzend Karren war aus dem Nichts erschienen, gefährlich überladen mit Fässern und Kisten. Etwa vierzig der Männer, unter ihnen Mounteban und seine Kumpane, saßen auf Pferden, während die anderen zu Fuß blieben, Pfeife rauchten oder leise miteinander sprachen. Eine kleinere Gruppe, zu der auch Estrada gehörte, koordinierte die letzten Arbeiten mit lauten Rufen und gelegentlichen Flüchen, wenn eine Kiste herabfiel oder ein Seil riss.

Auf was hatte ich mich eingelassen? Die Szene, die sich meinen Augen darbot, sprach von Verzweiflung. Selbst wenn es diesen Leuten gelang, den Berg zu verlassen … Ihre Karawane der Schwachen und Verwundeten hatte gegen Moaradrid ebenso große Chancen wie eine Pferdebremse gegen einen Hengst. Aus einem bestimmten Blickwinkel betrachtet, mochte man es für heldenhaft halten, doch unter einem schiefergrauen Himmel, in den frühen Stunden eines verregneten Morgens, wirkte das alles jämmerlich und hoffnungslos.

Jeder Gedanke an heroische Selbstaufopferung verschwand in diesem einen Moment, wie ein Glas Wein, das man in einen Mühlenteich goss. Moaradrid würde siegen. Er *hatte bereits gesiegt*. Wollte ich mich wirklich mit dem kläglichen Rest der Rebellion verbünden, der sich gleich auf den Weg machen würde? Weitaus vernünftiger wäre es gewesen, eine möglichst große Entfernung zwischen mich und diese Leute zu bringen. Selbst Salzleck schien ein Blitzableiter für Schwierigkeiten zu sein. Zweifellos stand dem Castoval eine trostlose Zeit bevor. Zweifellos waren unter Moaradrid die Tage sorgloser Unabhängigkeit vorbei. Trotzdem würde es immer eine Ecke geben, wo jemand wie ich seinem Beruf nachgehen konnte.

Es würde immer irgendein Loch geben, in dem ich mich verkriechen konnte.

Ich bekam keine Gelegenheit, mich zu fragen, woher dieser Gedanke kam, denn Estrada – die vorn bei der Karawane beschäftigt gewesen war – bemerkte mich. »Bist du wach, Damasco?«, rief sie. »Komm, du kannst hier oben sitzen.«

Genau das wollte ich nicht hören. Der Plan, der langsam in mir Gestalt angenommen hatte, setzte mich hinten auf den letzten Wagen, damit ich mich unbemerkt aus dem Staub machen konnte. Die Straße, auf der wir uns befanden, führte nach Norden und Süden und schlängelte sich durch die östlichen Berge. Im Norden führte sie weiter ins Gebirge und hinter dem Pass zum Hafen von Goya Mica. Einige Meilen im Süden teilte sich der Weg: Über die eine Abzweigung gelangte man zur recht großen Küstenstadt Goya Pinenta, und die andere neigte sich ziemlich steil nach unten, bis sie ein ganzes Stück hinter Muena Palaiya die Ebene erreichte. Ich vermutete, dass wir diese Richtung einschlagen wollten. In beiden Häfen konnte ich mich an Bord eines Schiffes schleichen, und das eröffnete ganz neue Möglichkeiten. Vielleicht würde ich das Castoval ganz verlassen. Immerhin, was bedeutete es mir schon?

Estrada wurde immer ungeduldiger. Ich zog an Salzlecks Arm und rief: »Wach auf, du hässlicher Kerl! Es geht weiter.«

Er hob den großen Kopf, öffnete ein wässriges Auge und gähnte. »Ghhrnrr?«

»Auf die Beine mit dir. Sieh nur, die Bürgermeisterin wartet auf uns.«

Salzleck entfaltete seine Gliedmaßen mit einem Seufzen, das von den Felsen um uns herum widerhallte. Die Ruhepause schien auch ihm gutgetan zu haben. Der alte Arzt hatte gute Arbeit beim Verbinden von Salzlecks Wunden geleistet – keiner der Verbände zeigte Flecken von neuem Blut. Er wirkte nicht mehr ganz so blass wie zuvor, und seine Bewegungen schienen weniger schmerzhaft zu sein als noch vor einigen Stunden.

Ich führte ihn zum vorderen Wagen, wo Estrada damit beschäftigt war, einige Seile zu verknoten. Als sie uns kommen hörte, drehte sie sich um und lächelte. »Ihr seht besser aus, Salzleck«, sagte sie. »Leider haben wir nicht genug Platz auf dem Wagen für Euch. Könnt Ihr nebenherlaufen?«

Zwar bekam sie nur ein Nicken, aber ich spürte, dass Salzleck die höfliche Anrede zu schätzen wusste. Er blieb stehen und nahm die für ihn typische Ruheposition ein: Beine auseinander, Füße gespreizt, den Blick in die Ferne gerichtet. Ich gewann den Eindruck, dass er tagelang so stehen konnte, wenn es notwendig sein sollte. Was mich persönlich betraf … Mir gefiel die Vorstellung, auf einem Wagen zu sitzen. Ich war auf dem Rücken eines Pferds unterwegs gewesen, auf dem eines Riesen und auf meinen eigenen wunden Füßen, und deshalb war die Reise mit einem Wagen eine willkommene Abwechselung, die an Luxus grenzte. Ich kletterte hinauf und nahm mit einem zufriedenen Brummen Platz. Wenn ich Estrada und ihrem Haufen bis auf Weiteres Gesellschaft leisten musste, so konnte ich es wenigstens bequem haben.

Estrada blickte an der Karawane hinter uns entlang und gelangte offenbar zu dem Schluss, dass alles bereit war. »Abmarsch!«

Es stellte sich bald heraus, dass von »Marschieren« keine Rede sein konnte. Zweihundert Betrunkene, die sich durch einen Sumpf den Weg nach Hause suchten, hätten einen ähnlichen Anblick geboten. Die Alten und Verwundeten wurden schnell von den Jungen und Kräftigen überholt, und dadurch geriet alles durcheinander. Die mit den Eigenarten des Bergweges konfrontierten Wagenlenker liefen ständig Gefahr, dass ihre Karren umkippten oder über zu nahe Füße rollten. Die meisten Pferde waren ganz offensichtlich nicht an die Nähe so vieler Menschen gewöhnt und scheuten immer wieder.

Während der ersten beiden Stunden fanden keine Gespräche statt, weil nur gerufen und geflucht wurde. Alle Anstrengungen waren darauf konzentriert, die Karawane einigermaßen in Bewegung zu halten und zu verhindern, dass jemand ernsthaft zu Schaden kam.

Ich für meinen Teil genehmigte mir das eine oder andere Nickerchen; wenn der Wagen zu sehr wackelte, beobachtete ich die chaotische Karawane hinter uns. Ich nahm gelegentlich einen Schluck aus meinem Weinschlauch, knabberte an einem Stück Ziegenkäse und stellte im Großen und Ganzen fest, dass sich meine Stimmung besserte. Seit meiner kurzen Gefangenschaft war ich nicht mehr so nahe daran gewesen, mich zu entspannen. Diesen angenehmen Zustand wollte ich nicht durch Gedanken an eine ungewisse Zukunft ruinieren.

Estrada hingegen schien einem Nervenzusammenbruch nahe zu sein. Alles deutete darauf hin, dass sie kaum Erfahrung im Umgang mit einem Wagen hatte und auch nicht das Temperament von Arbeitstieren verstand. Es dauerte nicht lange, bis die beiden Pferde vor uns – sie waren starrsinnig genug, um Verwandte der beiden Maultiere zu sein, die ich zuvor kennengelernt hatte – Worte zu hören bekamen, die eigentlich nicht aus dem Mund einer Dame kommen sollten. Wenn Estrada nicht fluchte, saß sie mit zusammengebissenen Zähnen da und starrte wie gebannt auf den Weg, als befürchtete sie, er könne von einem Augenblick zum anderen verschwinden.

Nach einem besonders leidenschaftlichen Wortschwall sagte ich: »Soll ich übernehmen?«

»Ich werde schon damit fertig.«

»Du kannst kaum noch die Augen offen halten. Wenn du so weitermachst wie bisher, stürzt unser Wagen als erster in die Tiefe.«

Sie warf mir einen Blick zu, der darauf hinwies, dass sie mich am liebsten mit den Zügeln erdrosselt hätte.

»In Ordnung, ich sollte dein Geschick als Wagenlenkerin vielleicht nicht infrage stellen. Du kommst ganz gut klar für eine Frau, die seit wer weiß wie lange nicht geschlafen und nichts gegessen hat. Glaub mir, das kann man nur für eine gewisse Zeit durchhalten, und ich möchte lieber nicht neben dir sitzen, wenn du schließlich zusammenklappst.«

»Du kannst gerne gehen.« Dann seufzte Estrada und fügte etwas sanfter hinzu: »Na schön. Nur für eine Stunde. Dann weckst du mich, und wir halten an. Hinter uns gibt es reichlich Leute, die noch dringender Ruhe brauchen als ich.«

Sie gab mir die Zügel und hatte sich kaum zurückgelehnt, als ihr Kopf auch schon zur Seite kippte und sie zu schnarchen begann.

Zuerst hatte ich mit den widerspenstigen Pferden nicht mehr Glück als Estrada, aber nach einer Weile merkte ich: Wenn man sie sich selbst überließ, stapften sie zufrieden in die richtige Richtung. Ich musste nur etwa alle zehn Minuten eingreifen, wenn sie langsamer wurden und stehen bleiben wollten, weil sie glaubten, ich hätte sie vergessen.

Auf dem Weg durch den Pass nach Goya Pinenta würde es um diese Jahreszeit recht viel Verkehr geben, aber Goya Mica im Norden hatte als Fischereihafen an Bedeutung verloren, und deshalb verfiel dieser Teil der Straße immer mehr. Dennoch kam man auf ihr einigermaßen sicher voran, wenn man aufpasste. Steile Abschnitte waren selten, und eine Felskante trennte uns von der Leere dahinter.

Der Tag wurde angenehm. Der trübe Sonnenschein war überraschend warm, aber lebhafter Wind sorgte dafür, dass die Temperatur selbst gegen Mittag nicht zu weit anstieg. Da ich nichts anderes zu tun hatte, als auf der Sitzbank eine bequeme Position zu finden, vertrieb ich mir die Zeit damit, Gesprächsfetzen zu lauschen. Die allgemeine Stimmung schien recht gut zu sein, denn die Männer erzählten sich Witze, und einige von ihnen sangen. Mounteban schien von dieser Fröhlichkeit nicht viel zu halten, denn wenn es zu laut wurde, rief er: »O ja, seid ruhig lustig, immerhin geht es nicht um unser Leben!« oder: »Es ist ja nicht so, dass wir auf der Flucht wären!«

Er hatte nicht ganz unrecht. Ohne seine Rufe wären wir noch langsamer vorangekommen. Trotzdem ärgerte ich mich darüber und hielt ihn für einen Spaßverderber. Ich war froh, als Estrada schließlich erwachte, sich benommen umsah, halb aufstand und rief: »Alle anhalten! Wir rasten eine halbe Stunde.«

Das Anhalten war noch chaotischer als der Aufbruch. Pferde stießen gegen die Wagen vor ihnen, und manche Karren kamen dem Rand der Straße und dem Abgrund dahinter gefährlich nahe. Es dauerte fünf Minuten, bis Ruhe einkehrte. Estrada stieg ab, kümmerte sich um die Verteilung von Lebensmitteln, sah nach den Verwundeten, vergewisserte sich, dass die Ladungen sicher verstaut waren, und spielte ganz allgemein die Glucke für ihre Truppe. Sie ging dabei schnell und geschickt zu Werke, ohne dass es zu eilig wirkte und ohne jemanden zu vernachlässigen – ihrer Rolle als Anführerin konnte sie kaum besser gerecht werden.

Ich musste mich daran erinnern, dass sie sich anschickte, all diese Leute in den Tod zu führen.

Da er zu schüchtern war, um zu fragen, verbrachte ich eine Minute damit herauszufinden, wo Salzleck Stroh und genug Wasser finden konnte, um seinen enormen Durst zu löschen. Dann machte ich mich an meine eigene Mahlzeit, bei der ich auf die Vorräte der Karawane zurückgriff und nicht meine eigenen, denn die würde ich vermutlich noch dringend brauchen, wie auch immer dies ausging.

Als ich dasaß und getrocknetes Fleisch kaute, fühlte ich mich seltsam losgelöst, wie ein Besucher in einer fremden Stadt, deren Bräuche und sogar Sprache er nicht kennt. Estrada hatte in der vergangenen Nacht recht gehabt, trotz meiner Einwände. Ich *war* nur ein einfacher Dieb. Bei diesen Leuten hatte ich nichts verloren. Heldentaten und heroische Gesten waren schön und gut für jene, die etwas zu gewinnen hatten, aber ich wäre in jedem Fall unwillkommen gewesen, wer auch immer letztendlich an der Spitze stand. Estrada brauchte mich jetzt vielleicht. Würde sie sich immer noch über meine Präsenz freuen, wenn ich mich im befreiten Castoval wieder meinem Beruf widmete?

Wir rasteten erst seit fünfzehn Minuten, als Mounteban zur Mitte der Karawane ritt und rief: »Auf die Beine mit euch! Versucht euch daran zu erinnern, dass wir uns beeilen müssen, wenn wir überleben wollen.«

Überall erklangen protestierende Stimmen, insbesondere weiter hinten, wo sich die Älteren und Schwächeren versammelt hatten. Einige wenige von ihnen standen auf, doch die meisten blieben sitzen. Mounteban lief rot an, als er das sah.

Estrada hatte dem alten Arzt beim Anlegen der Verbände geholfen, wandte sich von ihm ab und ging mit langen Schritten zu Mounteban. »Es ist nicht gleich unser Verderben, wenn sich die Leute noch etwas länger ausruhen können, Castilio.«

»Jeder vergeudete Moment vergrößert die Gefahr, dass man uns wie Schweine abschlachtet.«

»Die Kranken und Verwundeten sind erschöpft. Einige von ihnen haben noch nichts gegessen. Wenn wir so weitermachen, ist es gar nicht nötig, dass uns Moaradrid den Rest gibt.«

Mounteban wirkte, als wollte er Estrada sagen, was sie seiner Meinung nach mit den Kranken und Verwundeten machen konnte. Stattdessen schluckte er die Worte hinunter, gab dabei ein würgendes Geräusch von sich und brummte: »Es geht auf deine Kappe, Marina.«

»Glaubst du vielleicht, das wüsste ich nicht?«

Estrada ließ den Rastenden noch zehn weitere Minuten Zeit, bevor sie zu ihrem Wagen zurückkehrte und rief: »Es geht weiter!«

Diesmal klagte niemand. Alle standen auf und setzten sich in Bewegung, als wollten sie Estrada auf diese Weise unterstützen. Ich fragte mich, ob sie und Mounteban sich abgesprochen und diese Szene vorbereitet hatten, als eine schlaue Version von »Guter Wächter, böser Wächter«. Aber um so etwas durchzuziehen, hätte sie eine außergewöhnlich gute Schauspielerin sein müssen, und angesichts der dunklen Wolke über ihrem Gesicht hielt ich das für unwahrscheinlich.

Im Lauf des Nachmittags kamen weitere Wolken hinzu, allerdings am Himmel. Der Wind ließ nach, und die schwüle Hitze kündigte ein Unwetter an. Die Karawane hatte es ohnehin schon schwer genug; die Aussicht, auch noch in ein Gewitter zu geraten, trieb die Leute stärker an, als es Mounteban mit all seinen zornigen Worten möglich gewesen wäre.

Mir wurde immer langweiliger, und meine gute Stimmung löste sich auf. Estrada schwieg die meiste Zeit über, und Salzleck stapfte mit gesenktem Kopf dahin, war ebenso interessant und gesellig wie die Felsen am Straßenrand.

Erneut bekam ich das Gefühl, mich in der falschen Gesellschaft zu befinden. Ich begann zu grübeln, und plötzlich schien es mir, als sei es vor allem Mounteban, mit dem mich viel verband. Vor noch nicht allzu langer Zeit waren wir Freunde gewesen, oder zumindest gute Bekannte und Gefährten bei dem einen oder anderen gemeinsamen Unterfangen. Für sein jüngstes Verhalten mir gegenüber gab es nur die Erklärung, dass er damit zeigen wollte, wie ehrlich und rechtschaffen er geworden war.

Der Gedanke daran und die Schwüle, die immer mehr auf mir lastete, setzten mir so sehr zu, dass ich schließlich meinen Platz aufgab und vom Wagen sprang. Ich stieß fast gegen Salzleck, verfluchte ihn laut und bahnte mir einen Weg durch die Masse der schwitzenden und schwankenden Körper. Schließlich erreichte ich Mounteban und seine Kumpane. »Wie sieht's aus, Mounteban?«

»Verzieh dich, Damasco.«

»So redet man nicht mit einem alten Freund.«

»Daran werde ich denken, wenn ich einem begegne.«

Ich widerstand der großen Versuchung, ihn vom Pferd zu ziehen und ihm die Faust ins Gesicht zu rammen. Er war von Leibwächtern umgeben, jeder davon fähig und auch bereit, mich auf ein Dutzend interessante Arten ins Jenseits zu befördern, ohne dass sie dabei ihre Phantasie übermäßig strapazieren mussten. Unter solchen Umständen war es vermutlich besser, wenn ich mich zurückhielt. »Was ist dein Problem mit mir, Mounteban? Na schön, wir sind nie richtige Freunde gewesen, aber ich wusste nicht, dass wir Feinde geworden sind.«

»Du gehörst zu meiner Vergangenheit. Und dort solltest du besser bleiben.«

»Oh, klar. Weil du jetzt der große Held bist. Ich habe gehört, dass du all deine Missetaten hinter dir gelassen hast, aber ich konnte es nicht ganz glauben.«

»Und was denkst du jetzt?«

»Ich denke: ›Einmal ein Dieb, immer ein Dieb.‹ Aber das ist nur meine Meinung.« Die Erschöpfung verdrängte einen Teil meiner Gereiztheit, und ich fügte nicht ganz ehrlich hinzu: »Hör mal, ich bin nicht zu dir gekommen, um mit dir zu streiten. Bald trennen sich unsere Wege, und ich hatte gehofft, dass wir bis dahin unsere Differenzen begraben könnten.«

Mounteban spuckte auf den Boden. Seine Stimme klang nur etwas weniger aggressiv, als er erwiderte: »Du kannst wahrscheinlich nicht verstehen, dass ein Mann seine Vergangenheit hinter sich lassen möchte.«

»Meine Vergangenheit enthält nichts, das es wert wäre, in einem Brief nach Hause erwähnt zu werden. Ich gebe zu, dass ich gern auf sie verzichten würde.«

Vermutlich entsprach das durchaus der Wahrheit, aber dass ich diese Worte an Mounteban richtete, hatte eher mit einer plötzlichen Erkenntnis zu tun. Sie lautete: Ich war neugierig geworden. Was hatte ihn veranlasst, sich mit diesem Haufen von Verlierern einzulassen? In seiner Glanzzeit hätte er solche Leute getötet, um ihnen die Goldfüllungen aus dem Mund zu stehlen.

»Aber du …«, fuhr ich fort. »Man braucht Mut, um aus dem Schatten der eigenen traurigen Berühmtheit zu treten.«

Ich war stolz auf diese Formulierung, obwohl ich nicht genau wusste, was sie bedeutete.

Mounteban schien es ähnlich zu gehen – er fragte sich offenbar, ob es eine Beleidigung oder ein ehrliches Kompliment gewesen war. Mit gedämpfter Stimme erwiderte er: »Vor einigen Wochen trat Marina an mich heran. Moaradrids Angriff war damals noch nicht mehr als Tavernengerede, aber sie sah ihn kommen und erzählte mir, dass sie mit wichtigen Leuten in Stadt und Land sprach, welchem Gewerbe auch immer sie nachgingen. Denn eine Bedrohung des Castoval sei eine Gefahr für uns alle.«

»Wirklich scharfsinnig von ihr. Ich habe gehört, dass Moaradrids Heer schon seit einer ganzen Weile an den Grenzen des Castoval entlanggezogen war, bevor man in den Städten und Dörfern bemerkte, dass etwas nicht mit rechten Dingen zuging.«

»Marina *war* scharfsinnig. Aber es dauerte eine Weile, bis mir das klar wurde. Zum Glück erwies sie sich auch als sehr beharrlich. Trotzdem: Die meisten Leute, mit denen sie sprach, verkriechen sich derzeit unter ihren Tischen in Muena Palaiya.«

»Es war tapfer von dir, dich ihr anzuschließen«, sagte ich und reichte Mounteban die Hand.

»Na ja, vielleicht bist du selbst nicht ganz und gar ein Feigling.« Er klang nicht sehr überzeugt, nahm meine Hand aber.

Als ich an die Spitze der Karawane zurückeilte, beglückwünschte ich mich zu meiner guten Arbeit. Mountebans Feindschaft hatte mir das Leben schwer gemacht, und es war ein falsches Lob wert gewesen, mich von ihr zu befreien. Ihn auf meiner Seite zu haben, bedeutete weniger Probleme für mich, bis ich Gelegenheit fand zu entwischen. Außerdem hatte es mir einen gewissen Einblick in die Ereignisse der letzten Tage gewährt. Vor allem sah ich einen Verdacht bestätigt: Castilio war hoffnungslos in die gute Bürgermeisterin verliebt.

Ich kletterte wieder auf den Kutschbock des Wagens und schenkte Estrada ein Lächeln, die es mit einem finsteren Blick erwiderte. Ich fühlte mich wie ein Kind mit einem Geheimnis und spürte den fast unwiderstehlichen Drang, den einen oder anderen Hinweis fallen zu lassen. Doch Estradas Miene trübte meine Freude ein wenig.

Eigentlich hatte sie allen Grund, nervös zu sein: Erste dicke Tropfen fielen, und über uns bildeten die Wolken eine unheilvolle dunkle Masse. Die Straße mochte nicht schlecht sein, wenn sie trocken war, aber wenn sie nass und rutschig wurde, ließen sich Verluste nicht vermeiden.

Ich seufzte erleichtert, als wir die nächste Ecke hinter uns brachten, und von Estrada kam eine ähnliche Reaktion. Dicht voraus sah ich die Stelle, wo der Ost-West-Pass begann – ich konnte die Lücke im Berg erkennen, wo der Weg nach Goya Pinenta seinen Anfang nahm. Beide Wege trafen sich an einer breiten Kreuzung, und dahinter führte die Straße, auf der wir uns befanden, in die Richtung zurück, aus der wir gekommen waren. In engen Serpentinen schlängelte sie sich am Hang entlang nach unten ins Castoval. Hinter der Kreuzung war sie in einem besseren Zustand und hier und dort sogar von Zäunen geschützt. Dort sollten wir einigermaßen sicher sein, auch wenn ein Unwetter über uns hereinbrach.

Doch bei unserer derzeitigen Geschwindigkeit würde es noch eine Weile dauern, bis wir die Kreuzung erreichten. Es gab dort Verkehr, wie ich mir schon gedacht hatte, hauptsächlich zornige Fischhändler von der Küste, die ihre Ware nach Muena Palaiya bringen wollten, solange sie noch frisch war. Wir kamen noch langsamer voran, als wir uns den anderen Reisenden hinzugesellten, die nicht sonderlich begeistert waren, sich plötzlich von zweihundert schmutzigen Bewaffneten bedrängt zu sehen. Einige fluchten. Andere hielten uns vielleicht für Räuber und versuchten, uns mit Gaben aus ihrer stinkenden Fracht gnädig zu stimmen. Estrada bat mich, erneut die Zügel zu übernehmen, ging einige Minuten zu Fuß und versuchte, die Ordnung aufrechtzuerhalten und unsere neuen Weggefährten zu besänftigen.

Ich fand mich in der ungewohnten Rolle des Anführers wieder. Für einen Moment dachte ich daran, die Pferde anzutreiben und zu fliehen. Aber wenn ich nicht bereit gewesen wäre, den Wagen über den Straßenrand zu lenken und in die Tiefe stürzen zu lassen, hätte mich Mounteban in null Komma nichts eingeholt. Also konzentrierte ich mich auf ein ruhiges, gleichmäßiges Tempo, als wir uns der Kehre näherten, hinter der der lange Weg nach unten begann. Sie war beunruhigend eng. Die Flüche hinter mir wurden immer lauter, während ich den Wagen ganz langsam durch die Kurve lenkte.

Als der Weg wieder gerade wurde, sah ich das Castoval ausgebreitet unter mir. Muena Palaiya mit seinen kalkweißen Dächern lag vor uns am Hang – aus dieser Entfernung gesehen wirkte die Stadt trotz ihrer hohen Mauern winzig. Auf ihrer südlichen Seite erstreckten sich die Terrassen von Weinbergen und kleinen Bauernhöfen. Hinter der Straße auf der westlichen Seite reichte der Hang steiler nach unten, zum Waldland und dem Casto Mara, der grau und schäumend im prasselnden Regen dahinfloss.

Ich hob den Blick und richtete ihn nach rechts. Der hinter uns liegende Weg war nur teilweise zu sehen: ein dunkles Band, das sich an den Berg klammerte. Auf diesem Band erkannte ich ein ganzes Stück entfernt kleine Gestalten, die in unsere Richtung krochen. Einzelheiten blieben mir verborgen, aber die waren auch gar nicht nötig. Ich wollte der Karawane hinter mir gerade eine Warnung zurufen, als mich eine Art Vorahnung veranlasste, den anderen, nach Muena Palaiya führenden Abschnitt der Straße zu beobachten. Daraufhin blieb mir der Ruf im Halse stecken. Auch dort zeigten sich Gestalten, die uns entgegenkrochen.

Estrada wählte genau diesen Moment, wieder neben mir Platz zu nehmen. Sie sah mich verwundert an – der Wagen war fast zum Stehen gekommen – und folgte dann meinem Blick.

»Sie haben uns gefunden!«

Es war erstaunlich, was diese vier Worte mit Estradas kleiner Streitmacht anstellten. Man konnte kaum glauben, dass es dieselben Männer waren, die noch vor einigen Minuten gesungen und gescherzt hatten und sich gegenseitig auf die Füße getreten waren. Der Ärger der Fischhändler verwandelte sich in Sorge, als aus dem langsamen Geschlurfe des ungeordneten Haufens plötzlich eine marschierende Kolonne wurde, als sich Reiter und Wagenlenker beeilten, die langsamen Verwundeten hochzuheben.

Genau in diesem Augenblick flackerte ein Blitz am dunklen Himmel über uns, und ihm folgte ein so gewaltiges Donnern, dass der Boden unter uns erbebte. Eine flüssige Wand fiel so abrupt wie ein Vorhang. Plötzlich reduzierte sich die Welt auf die Straße unter uns und den Regen, der so heftig fiel, dass man meinen konnte, wir stünden in einem Fluss.

Estrada trieb die Pferde an, die den Wagen daraufhin etwas schneller zogen. Weiter vorn ließ sich überhaupt nichts mehr erkennen. Die beiden von Moaradrid ausgeschickten Soldatengruppen waren nicht mehr zu sehen, ebenso wenig der hintere Teil unserer Karawane. Zwar dauerte es noch eine Weile bis zum Abend, aber plötzlich war es so dunkel wie in einer Nacht ohne Sterne – wenn nicht gerade blauweiße Blitze gleißten.

Als das Donnern verhallte, hörte ich das Poltern der Wagen, das Wiehern der Pferde und Salzlecks stapfende Schritte neben uns. Wir waren nicht sehr schnell, aber ich befürchtete trotzdem, dass wir jeden Moment über den Rand des Weges stürzten. Ich schloss die Finger fest um die Kante der Sitzbank, starrte in die Dunkelheit und zuckte bei jedem Blitz und Donnern zusammen.

Es erschien mir wie ein Wunder, dass wir den Talboden heil erreichten. Noch seltsamer war es zu beobachten, wie unsere Gruppe hinter uns aus dem Regen kam, ein Bataillon nasser Geister. Alle hatten es in einem Stück geschafft, soweit ich das feststellen konnte. Es dauerte nicht lange, bis sie uns alle umringten und die Kreuzung mit der Bergstraße von Muena Palaiya und den übrigen Gebieten des Castoval blockierten. Mounteban ragte neben uns auf und schüttelte sich Wasser aus dem Bart.

»Moaradrids Halunken sind nahe!«, rief er.

»Ich weiß. Jetzt oder nie.«

»Die Leute sind nicht bereit. Es wird nicht klappen.«

»Uns bleibt keine Wahl.«

Mounteban nickte nur.

Estrada stand auf – ihre Silhouette, von Regen gepeitscht, zeichnete sich vor dem dunklen Himmel ab. So laut wie möglich rief sie: »Wenn wir warten, erwischen sie uns! Wir müssen uns hier aufteilen. Ihr habt eure Anweisungen. In vier Tagen treffen wir uns am vereinbarten Ort – oder das Castoval ist verloren. Von jetzt an ist jeder auf sich allein gestellt. Viel Glück!«

Die Jubelrufe, die Estradas Worten folgten, klangen seltsam wild in diesem Unwetter. Fast sofort zerstreuten sich die Leute, wie von unsichtbaren Kräften fortgezogen. Estrada setzte sich wieder, griff nach den Zügeln und trieb erneut die Pferde an. Mounteban, seine Reiter und die meisten Leute in der Nähe folgten uns.

In der Ferne, vom Prasseln des Regens kaum zu unterscheiden, hörte ich das Pochen von Hufen.

Moaradrids Soldaten näherten sich – und wir hier waren praktisch hilflos.

11

Für einen Beobachter auf der vom Unwetter heimgesuchten Straße hätten wir einen sonderbaren und beunruhigenden Anblick geboten.

Zuerst hätte er eine Gruppe von Reitern und überladenen Wagen vorbeikommen sehen, zu schnell unterwegs auf dem regennassen Weg, mit knirschenden Rädern und klappernder Ladung. Das flackernde Licht eines Blitzes hätte die Anspannung in allen Gesichtern gezeigt. Zweifellos wäre der Beobachter über den Riesen weiter hinten erstaunt gewesen, der dem strömenden Regen überhaupt keine Beachtung schenkte und versuchte, nicht den Anschluss zu verlieren.

Dann sauste der letzte Reiter vorbei, und anschließend verklangen die Geräusche, das Knarren der Räder, das Ächzen von Holz und das Stampfen der Hufe.

Nicht mehr als eine Minute später hätte der Beobachter die nächsten Reiter gesehen, mit Waffen auf dem Rücken oder an der Hüfte. Auch sie ritten gefährlich schnell und trieben ihre Pferde an, obwohl die gar nicht schneller laufen konnten. Wie ein Mondschatten huschten sie vorbei, und nicht einer von ihnen warf einen Blick zur Seite.

Nicht nur Moaradrids Männer hatten einen anstrengenden Tag hinter sich, sondern auch ihre Pferde. Die Tiere waren so erschöpft, dass sie uns nicht einholen konnten. Wenn sie uns zu Anfang näher gewesen wären, hätten sie es vielleicht geschafft. Aber in den vergangenen beiden Stunden war unsere Gruppe um mehr als die Hälfte geschrumpft. An jeder Abzweigung hatten sich Männer von uns getrennt, insbesondere die Verwundeten und Alten, und waren allein weitergezogen, um auf abgelegenen Bauernhöfen oder in kleinen Dörfern Unterschlupf zu suchen. Als die Soldaten herankamen, gab es bei uns niemanden mehr, der zu Fuß unterwegs war. Wir ritten ebenso schnell wie die Verfolger, die nur hoffen konnten, dass wir schneller ermüdeten als sie.

Und so ging es eine ganze Weile weiter. Die Soldaten kamen näher, dann vergrößerten wir wieder den Abstand, und die ganze Zeit über fiel kalter, unaufhörlicher Regen.

Mounteban behauptete, dass es die Streitmacht von Muena Palaiya auf uns abgesehen hatte, während die andere Gruppe jenen folgte, die nach Süden flohen. Abgesehen von ihm hielt das niemand für wichtig. Estrada redete kaum mit ihm. Kurz nachdem sich ihre Leute an der Kreuzung aufgeteilt hatten, war es zwischen ihr und Mounteban zu einem Streit gekommen. Sie hatte ihn gefragt, warum er bei uns geblieben war und nicht wie geplant die andere Gruppe begleitete, und er hatte eine Entschuldigung gebrummt und behauptet, im Regen die falsche Abzweigung gewählt zu haben.

»Lüg mich nicht an.«

»Na schön. Ich bin hier, um dich zu beschützen.«

»Wieso glaubst du, dass ich jemanden brauche, der mich beschützt?«

»Wenn du stirbst, ist alles verloren.«

»Und die anderen? Was ist mit ihnen?«

Das waren die letzten Worte, die Estrada an Mounteban richtete, abgesehen von der einen oder anderen Anweisung. Kurze Zeit später wies Mounteban darauf hin, dass unsere Verfolger vermutlich nur Aufklärer und

Kundschafter waren, nicht mehr als dreißig Mann. Wenn er recht hatte, so bedeutete es, dass wir sie in einem Kampf vermutlich besiegen konnten.

»Natürlich haben die meisten unserer Bogenschützen den anderen Weg genommen, in diesem Punkt sind uns die Verfolger also überlegen. Aber wenn wir einen Hinterhalt vorbereiten …«

»Wir setzen die Flucht fort«, sagte Estrada, und damit hatte es sich.

Anschließend fanden stundenlang keine Gespräche mehr statt. Es gab nichts zu besprechen. Es gab nur die Flucht und ihre gedämpften Geräusche, vage Eindrücke von schattenhaften Gestalten hinter uns und endlose Furcht. Manchmal kamen die Verfolger näher, und bei anderen Gelegenheiten vergrößerte sich der Abstand. Immer wieder sahen die Fliehenden über die Schulter, um festzustellen, wie groß – oder klein – der Abstand war. Ich hatte von allen am wenigsten zu tun und hielt deshalb vielleicht besonders oft Ausschau. Immer wieder reckte ich den Hals, bis er wehtat und mir die Augen brannten. Hinter uns konnte ich weder Männer noch Pferde erkennen. Ich sah nur einen einzelnen dunklen Fleck, der mal größer wurde und mal kleiner, und es schien nichts anderes in der Welt zu geben.

Dann plötzlich war er nicht mehr da. Ich konnte es kaum glauben. Dass mit meinen Augen etwas nicht stimmte, hielt ich für wahrscheinlicher. Ich strengte sie noch mehr an, bis Lichter in der Dunkelheit zu tanzen schienen. Und noch immer sah ich nichts, nur eine leere Straße in regennasser Nacht.

Jemand rief: »Sie haben aufgegeben!«

Ich starrte weiterhin. Es musste ein Trick sein, eine Falle. Jeden Moment würde der Fleck erneut erscheinen, vielleicht noch näher als zuvor.

Dann erreichten wir eine Steigung, die uns über die Straße hinter uns brachte, und gleichzeitig kam ein bisschen Mondschein durch die Wolken. Und dort waren die Verfolger, weit hinter uns zurückgefallen; es konnte kein Zweifel daran bestehen.

Mounteban schickte einen seiner Leibwächter mit dem Auftrag los, nach dem Rechten zu sehen. Es handelte sich um einen kleinen, sehr stillen Mann, den ich bis dahin kaum bemerkt hatte. Etwas an ihm weckte den Wunsch in mir, ihn nicht anzusehen, und als mein Blick auf ihm verweilte, brachten seine Bewegungen etwas zum Ausdruck, bei dem sich mir die Nackenhaare aufrichteten. Er kehrte bald zurück und flüsterte Mounteban etwas zu, der daraufhin berichtete, dass die Soldaten kehrtgemacht hatten und in die Richtung zurückkehrten, aus der wir gekommen waren.

»Es ist nicht unbedingt eine gute Nachricht«, fügte er hinzu. »Wir haben einige Stunden Frieden gewonnen, das ist alles. Die Soldaten haben die Verfolgung nur deshalb aufgegeben, weil sie Moaradrid unsere Position melden und Verstärkung holen wollen.«

Es folgte eine schnelle Besprechung, um zu entscheiden, ob wir den Weg fortsetzen oder aber lagern sollten. Ein Blick in die Runde machte deutlich, wie die Antwort lauten musste. Alle waren zum Umfallen müde und einige bereits in ihren Sätteln eingeschlafen. Doch Estrada beschloss, noch bis zur nächsten Kreuzung zu reiten. Dort teilten wir uns erneut auf und blieben noch eine weitere Stunde in Bewegung, damit der Abstand zwischen uns groß genug wurde. Wenn ein Angriff in der Nacht erfolgte, sollten wenigstens einige von uns entkommen können.

An Estradas Logik gab es nichts auszusetzen. Trotzdem war der Rest der Reise eine wahre Tortur. Nach den Ereignissen der vergangenen Tage lagen bei allen die Nerven blank. Wir wären nass bis auf die Haut, und das Klappern von Zähnen übertönte selbst das Stampfen der Hufe. Mir ging es etwas besser als den anderen, denn ich hatte geschlafen und gegessen. Doch selbst ich wäre am liebsten an Ort und Stelle zu Boden gesunken, auch wenn die Gefahr bestand, von einem Wagenrad überrollt zu werden – das hätte mein Elend wenigstens beendet. Estradas Gesicht war eine Maske, weiß wie ein Knochen. Was hinter dieser Maske vor sich ging, konnte ich nicht einmal erahnen.

Als wir schließlich die Kreuzung erreichten, wartete dort ein Galgen auf uns, der sich wie ein Gerippe vor dem Himmel abzeichnete. Zwar hatte man ihn seit Jahren nicht mehr benutzt, aber er erinnerte mich an die Schlinge um meinen Hals, in der Nähe von Moaradrids Heereslager, an meine verzweifelten Tritte ins Leere. Die Männer um mich herum wirkten geisterhaft, als sie im schwachen Mondschein davonschlichen. Ihre Pferde und Wagenräder, die zuvor so laut gewesen waren, erschienen mir plötzlich sehr leise.

Mir fiel ein, dass die Männer den Kampf vielleicht gar nicht überlebt hatten, dass ich mich in der Gesellschaft von Phantomen befand, die zu stur waren, um sich mit ihrem Tod abzufinden. Selbst wenn es nicht stimmte, es war eine durchaus angemessene Beschreibung für Estrada und ihren eisernen Durchhaltewillen. Stocksteif saß sie neben mir, das Haar zerzaust, ihr Gesicht hohlwangig. Man hätte sie für eine Gesandte des Jenseits halten können, die ausgeschickt worden war, um uns zu holen.

Ein anderer Gedanke ließ mich schaudern: War ich wirklich im letzten Augenblick vor dem Tod durch den Strang gerettet worden? Oder gehörte dies alles zu einem letzten Delirium, während ich starb?

Ich fühlte mich etwas besser, als wir die Kreuzung hinter uns ließen und Wald zu beiden Seiten des Weges hatten. Seine gelegentlichen nächtlichen Geräusche wirkten vertraut und beruhigten mich. Da es nichts anderes zu sehen gab als dicht an dicht stehende Bäume, wusste ich nach einer Weile kaum mehr, ob ich wach war oder schlief. Wenn der Wagen durch eine besonders tiefe Furche rumpelte, zuckte ich zusammen, als erwachte ich aus einem Albtraum, nur um dann festzustellen, dass alles genau so war wie in meiner Erinnerung.

Dass wir angehalten hatten, bemerkte ich erst, als Estrada sagte: »Dies sollte weit genug sein.«

Ihre Stimme war kaum mehr als ein Krächzen. Ob weit genug oder nicht: Ich bezweifelte, dass sie in der Lage gewesen wäre, den Weg noch länger fortzusetzen.

Links von uns erstreckte sich eine Lichtung. Es gelang uns, die Pferde dorthin zu führen, obwohl sie heftig protestierten. Die Wagen stellten wir hintereinander an die Baumgrenze; dort sollten sie bis zum Sonnenaufgang verborgen bleiben. Wir spannten die Pferde ab und führten sie unters Baumkronendach, wo sie müde zu grasen begannen.

Es kam natürlich nicht infrage, ein Lagerfeuer anzuzünden. Leider hatten wir nicht die Möglichkeit, unsere nassen Sachen gegen trockene zu tauschen. Es hätte ohnehin keinen Sinn gehabt, denn zwar regnete es nicht mehr, aber der Boden war noch immer nass. Estrada konnte nur einige wenige dünne Decken anbieten. Niemand hatte die Kraft zu essen, mit Ausnahme von Salzleck, der sofort damit begann, Blätter von Ästen zu reißen und sie in sich hineinzustopfen. Lange Zeit lag ich vor Kälte zitternd da, nicht ganz wach und nicht ganz eingeschlafen, und hörte, wie der Riese kaute und mampfte. Das Geräusch erinnerte mich ans Meer, dessen

Brandung immer wieder gegen eine felsige Küste schlug und sie langsam, ganz langsam, zerrieb.

Ich erwachte mit einem schrecklichen Dröhnen im Kopf und von Dunkelheit umgeben. Es war völlig still; ich hörte nicht einmal die Rufe von Nachtvögeln oder das Zirpen von Grillen. Als sich meine Augen an die Finsternis gewöhnt hatten, bemerkte ich jenseits der Baumwipfel die ersten schwachen Andeutungen des Morgengrauens. Alle Muskeln in meinem Leib schmerzten, und mir lief die Nase in der Kälte.

Direkt voraus sah ich Salzlecks Rücken. Jemand hatte ihm die Plane eines Wagens übergestreift, obwohl sie nur bis zum Bauch reichte. Der Anblick hatte nichts, das in mir den Wunsch weckte, wach zu bleiben. Ich schloss die Augen in der vagen Hoffnung, erneut einzuschlafen.

Etwas klopfte an meine Schulter, und ich begriff: Genau dieses Gefühl war es gewesen, das mich geweckt hatte. Ich drehte mich auf die Seite und sah in Mountebans schmutziges Gesicht. Er kniff das eine Auge zusammen und hielt einen warnenden Zeigefinger vor die Lippen.

Ich setzte mich ganz vorsichtig auf, zum einen Teil deswegen, weil ich möglichst leise sein wollte, und zum anderen, weil ich fürchtete, das Hämmern in meinem Kopf könnte noch lauter werden. Das Licht reichte gerade aus, um zu erkennen, dass bis auf Salzleck und mich alle wach waren und in der Mitte der Lichtung kauerten. Nein, nicht alle. Es fehlte der stille Mann, der mir am vergangenen Tag solches Unbehagen beschert hatte.

Als Mounteban sicher sein konnte, meine Aufmerksamkeit zu haben, deutete er zur Straße. Aus dem Augenwinkel sah ich Estrada, die mit wenig Erfolg versuchte, Salzleck zu wecken.

Mit stummen Lippenbewegungen fragte ich Mounteban: »Was ist los?« Und dann: »Soldaten?«

Er nickte.

Genau in diesem Moment trat sein Späher hinter einer nahen Birke hervor, kaum zwei Schritte von uns entfernt. Er deutete zur Straße, wie zuvor Mounteban, und winkte dann in Richtung Westen.

»Weg?«, flüsterte Mounteban, und der stille Mann nickte kurz.

Estrada, die es inzwischen geschafft hatte, Salzleck zu wecken, kroch auf uns zu. »Es werden noch mehr kommen. Wir müssen die Straßen meiden.«

»Ich kann dich durchs Gelände führen«, sagte Mounteban. Eine Andeutung von Triumph lag in seiner Stimme.

»Dazu bleibt keine Zeit.«

»Wir sind etwa einen Tag vom Fluss entfernt. Vielleicht finden wir dort ein Boot.«

»Und dann?«

»Dann … Ich weiß nicht. Wir könnten den Eigentümer fragen, ob er bereit wäre, uns das Boot zu verkaufen. Was hast du geglaubt, dass ich vorhabe? Wenn du meine Vergangenheit so widerlich findest, Marina, hättest du mich vielleicht gar nicht erst für deine Sache rekrutieren sollen.« Mounteban sprach immer lauter, und zum Schluss schrie er fast. Mit rotem Gesicht sah er sich um, gefangen zwischen Verlegenheit und Zorn. Estrada und er starrten sich an, und die Stille zwischen ihnen hatte etwas Eisiges.

Diesmal machte sie einen Rückzieher. »Du hast recht«, sagte sie. »Wir sollten aufbrechen.«

Die nächsten Minuten verbrachten wir damit, Vorräte von den Wagen zu entladen und sie auf Rucksäcke und die Satteltaschen der beiden Pferde zu verteilen. Unter den Bäumen war es dunkel wie in einem tiefen Keller. Die Baumstämme ragten wie Säulen auf, und Regenwasser tropfte von den knisternden und raschelnden Wipfeln. Ein muffiger Geruch stieg vom nassen Boden auf und verstärkte den Eindruck von einem finsteren Gewölbe. Als wir von einem Baum zum nächsten huschten und dabei immer wieder zur Straße sahen, stieg unsere Anspannung, bis jeder knackende Zweig eine unmittelbar bevorstehende Katastrophe zu prophezeien schien.

Als wir aufgebrochen waren, wurde es etwas besser. Wir aßen unterwegs, und auch wenn der Proviant kaum essbar sein mochte: Das Kauen lenkte uns wenigstens ab. Im Osten zeigte sich das erste Licht des neuen Tages, als ich den letzten Bissen schluckte, und das Gehen hatte mich ein wenig aufgewärmt. Außerdem schienen meine Sachen nicht mehr ganz so nass zu sein.

Wir gaben eine seltsame Truppe ab. Salzleck blieb hinten, stapfte behäbig dahin und konzentrierte sich ganz darauf, möglichst leise zu sein. Estrada begann den Marsch vorn an Mountebans Seite, ließ sich aber nach einer Stunde zurückfallen und leistete dem Riesen Gesellschaft.

Ich gab mir alle Mühe, zwischen den beiden und Mountebans Leuten zu bleiben, dem einzigen Überbleibsel unserer ursprünglichen Truppe. Ich hatte versucht, nicht auf sie zu achten, aber mein Blick kehrte immer wieder zu ihnen zurück, vielleicht deshalb, weil uns die Umstände zu Gefährten machten.

Und weil ich einen von ihnen wiedererkannte: Der bullige Kerl unter ihnen war der Nordländer, der an der Tür des Rotäugigen Hunds gestanden hatte. Darüber hinaus hatte ich mir den einen oder anderen Gedanken über den Stillen gemacht, Mountebans Späher. Das mochte seine gegenwärtige Tätigkeit sein, aber er hatte sie nicht immer ausgeübt. Er war zu klein, zu leicht gebaut, und seine Haut hatte nicht den dunklen, bronzefarbenen Ton, den sie von einem Leben im Freien haben müsste.

Mir fiel nur ein Beruf ein, der seine besonderen Fähigkeiten erforderte, und das war einer, bei dem selbst Berufsverbrecher nervös wurden. Bevor Mounteban angeblich ehrlich geworden war, hatte ich gelegentlich gehört – nur in geflüsterten Gesprächen –, wie man ihn mit einem Mann namens Synza in Verbindung brachte. Diesen Synza hatte man diskret Mountebans Problemlöser genannt, wobei dem Tonfall zu entnehmen war, dass sich niemand wünschen konnte, besagtes Problem zu sein.

Ich bekam das schreckliche Gefühl, dass Synza und ich jetzt Reisegefährten waren.

Am Nachmittag des vergangenen Tages hatten wir die Terrassen verlassen, die den Buckel und Muena Palaiya mit dem Talboden verbanden. In der Nacht waren wir durch das Waldland vorgestoßen, das bis zum Fluss reichte und schließlich in den Wald von Paen Acha im Süden überging. In dieser Region gab es überall Bauernhöfe und Dörfer, sogar einige kleine Städte, und zahlreiche Straßen und Wege führten in alle Richtungen. Dennoch war sie nur dünn besiedelt, und es fiel Reisenden nicht sonderlich schwer, unbemerkt zu bleiben, erst recht dann, wenn es die Reisenden in dieser Hinsicht zur Meisterschaft gebracht hatten.

Mounteban kannte die Gegend gut, zweifellos aus seiner Zeit als Schmuggler, während der er häufig zwischen Muena Palaiya und dem Fluss unterwegs gewesen war. Den größten Teil des Morgens folgten wir dem Verlauf einiger schmaler Pfade, die durch lichten Wald, dichtes Gebüsch und gelegentlich über Wiesen mit hohem Gras, Disteln und wilden Blumen führten. Die Sonne schien trüb an einem teilweise bedeckten Himmel und spendete nur wenig Wärme. Wenigstens regnete es nicht, und das Marschieren hielt mich warm. Es schien keinen Sinn zu haben, meine Vorräte zu rationieren, und so fuhr ich damit fort, im Gehen zu essen und zu trinken.

Nach meiner Schätzung lag gegen Mittag das halbe Tal hinter uns, und ich stöhnte, als Mounteban unsere Gruppe anhalten ließ und verkündete: »Ein Drittel des Weges zum Fluss haben wir geschafft.«

Meine Waden taten höllisch weh, ein Schmerz, der allmählich in den Beinen aufstieg und das Rückgrat zu erreichen versuchte. Deshalb war ich erleichtert, als Mounteban fragte: »Braucht jemand eine Rast?«

Ich wollte gerade antworten, als Estrada sagte: »Es geht uns allen gut, Castilio.«

Ich warf ihr einen finsteren Blick zu.

»Ausgezeichnet. Wenn wir dieses Tempo bis zum Einbruch der Dunkelheit halten können, haben wir Gelegenheit, für einige Stunden zu lagern. Inzwischen dürfte man den Wagen und die Pferde entdeckt haben. Aber selbst wenn die Soldaten unsere Spur finden – sie kennen das Tal nicht so gut wie ich.«

Den zurückgelassenen Wagen hatte ich ganz vergessen. Und nicht nur ihn. Dass wir verfolgt wurden, war in meinem Bewusstsein irgendwie in den Hintergrund gerückt. Plötzlich erschien mir eine Rast weniger erstrebenswert, trotz der Schmerzen in den Waden.

Der Nachmittag brachte neue Hinweise auf Moaradrids Präsenz. Der erste bestand aus einer pechschwarzen Rauchsäule links von uns, einige Meilen entfernt, so nahe, dass ich den scharfen Geruch von brennendem Holz wahrnahm, vermischt mit anderen, weniger leicht zu identifizierenden Gerüchen. Vielleicht gab es eine harmlose Erklärung dafür. Mounteban achtete kaum darauf; seine einzige Reaktion bestand darin, uns noch mehr anzutreiben. Aber ich musste an die Zerstörung von Reb Panza denken. Unsere Verfolger würden nicht zögern, die Hütten und Häuser eines Dorfes niederzubrennen, wenn sie glaubten, dass einer der Dorfbewohner wusste, wo wir uns befanden. Was auch immer der Fall sein mochte, ich schauderte beim Anblick der Rauchsäule.

Der nächste Zwischenfall zwei Stunden später war fast ebenso schwer einzuordnen, doch er weckte zumindest Mountebans Aufmerksamkeit. Wir liefen über einen Weg, der am Kamm eines Hügels entlangführte, mit dicht an dicht stehenden Kiefern auf der Kuppe und verkümmerten Espen am Schieferhang rechts von uns, als uns ein Geräusch erstarren ließ: das plötzliche Bellen von Hunden.

Mounteban warf einen Blick über die Schulter, als rechnete er damit, dass eine Hundemeute herangelaufen kam. Dann rief er: »Lauft!«

Er beherzigte seinen Rat als Erster, und wir anderen folgten ihm dichtauf. Das Bellen hatte etwas Beharrliches, als ob die Hunde versuchten, unsere Aufmerksamkeit zu gewinnen. Ich war überrascht, wie leicht das Laufen meinen gemarterten Muskeln fiel – eben noch wäre mir die Vorstellung, einen solchen Sprint einzulegen, vollkommen absurd erschienen. Jedes Bellen schien meine Füße noch etwas schneller werden zu lassen.

Eine Minute später ließ meine Panik nach, und die Beine wurden schwer – der Sprint verwandelte sich in ein müdes Taumeln. Der Schmerz kehrte mit erbarmungsloser Intensität zurück, und die Luft, die ich atmete, schien aus einem Ofen zu stammen. Ich konnte nicht feststellen, ob die Hunde näher kamen. Ihr wildes Bellen dauerte an, aber ein anderes Zeichen von ihnen gab es nicht.

Zuerst hatte ich gedacht, dass wir ziellos flohen, aber das war offenbar nicht der Fall; Mounteban führte uns in eine ganz bestimmte Richtung. Voraus zwischen den Bäumen sah ich einen felsigen Einschnitt. Als ich seinen Rand erreichte, fiel mein Blick auf einen breiten Bach, der durch die Lücke plätscherte und sich über den Hang schlängelte. Mounteban und seine Männer wateten bereits hindurch; das klare Wasser reichte ihnen bis zu den Knien. Ich sprang ebenfalls in den Bach und unterdrückte einen Aufschrei – das Wasser war eiskalt.

Fünf Minuten später ließ Mounteban uns anhalten und führte uns in den Schatten einer Trauerweide, deren weit ausladende Zweige auf halbem Wege durch die Schlucht eine Art Zelt bildeten. Mit Salzleck blieb uns dort nicht viel Platz, aber ich war vor allem froh, dass wir nicht mehr laufen mussten; der Rest interessierte mich weniger.

Mounteban wartete, bis er wieder zu Atem gekommen war, und sagte dann: »Ich glaube, es droht keine Gefahr mehr.«

»Sind sie hinter uns her?«

Er schüttelte den Kopf. Ob er damit meinte, dass sie nicht hinter uns her waren oder ob er es einfach nur nicht wusste, blieb unklar. »Wir folgen eine Zeit lang dem Bach, nur um sicher zu sein. Dann wäre ein sehr guter Fährtenleser nötig, um unserer Spur zu folgen.«

Was auch immer der Fall sein mochte, die Hunde blieben verschwunden, obwohl wir sie noch eine Stunde lang hörten. Ihr Gebell wurde allmählich zu einem dumpfen Grollen in der Ferne. Niemand schlug vor, zu den beiden Pferden zurückzukehren, die wir bei der Hügelkuppe zurückgelassen hatten, zusammen mit zwei Dritteln unserer Vorräte. Wir ließen jetzt größere Vorsicht walten, als wären wir alle der Überzeugung, dass es vor allem Glück gewesen war, das es uns ermöglicht hatte, den Hunden zu entkommen.

Diese Vorsicht rettete uns vermutlich das Leben, als es zur ersten Begegnung mit Moaradrids Soldaten kam. Es geschah kurz nach der Abenddämmerung, und wir schritten über einen schmalen Pfad, der durch einen dichten Wald führte, als Mounteban plötzlich die Hand hob und damit das vereinbarte Zeichen gab. Wir alle duckten uns ins Gebüsch. Glücklicherweise waren die zu beiden Seiten des Pfades wachsenden Rhododendronsträucher groß genug, um selbst Salzleck zu verbergen. Ein aufmerksamer Blick hätte zweifellos nackte Zehen bei den Wurzeln und die Spitze eines Ellenbogens zwischen den Zweigen bemerkt, aber Moaradrids Männer sahen nicht genau genug hin, und sie gaben sich auch keine Mühe, unauffällig zu bleiben. Sie sprachen leise miteinander, und ihre Kettenhemden rasselten bei jedem Schritt. Ich zählte sechs Mann, die an uns vorbeistapften.

Wir warteten, bis es vollkommen still geworden war, und erst dann verließen wir unser Versteck. Ich fühlte mich durch die Begegnung mit dem Feind sogar erleichtert, insbesondere nach dem Schrecken, den uns die Hunde eingejagt hatten. Es war viel zu leicht gewesen, sich Moaradrids Heer als eine unerbittliche Faust vorzustellen, die sich um uns schloss. Zu wissen, dass seine Streitmacht aus Menschen bestand, die Fehler machten, empfand ich als seltsam beruhigend.

Dennoch, die Patrouille bestätigte, dass Moaradrids Soldaten nach uns suchten und dass sie sich in der Nähe befanden. Nach dieser Begegnung sprach niemand von uns, als wir den Weg fortsetzten. Wir wählten die schmalsten Pfade durchs Gebüsch, kaum mehr als solche zu erkennen, und dabei kamen wir so langsam voran, dass wir genauso gut hätten kriechen können. Aus dem Abend wurde Nacht, während wir durch den Wald schlichen, durchs Dickicht aus feuchten Blättern und spitzen Dornen. Manchmal öffneten sich unerwartete Mulden und Gruben vor uns, und mehr als einmal wären wir fast gestürzt. Ich wagte nicht stehen zu bleiben, aus Furcht, den Anschluss zu verlieren. Ich wagte auch nicht, etwas zu essen – das kleinste Geräusch konnte Moaradrids Horden auf uns hetzen.

Schließlich machten wir zwischen zwei Hügeln halt, umgeben von Brombeersträuchern und Weißdorn, die weniger kühnen Reisenden als undurchdringliche Barriere erscheinen mussten. Zehn Minuten lang krochen wir durchs dichte Gestrüpp, und ich dachte schon, dass Mounteban diese Route aus Dummheit oder reinem Sadismus wählte. Doch auf der anderen Seite der natürlichen Barriere merkte ich, wie gut dieser Ort vor Beobachtern und den Elementen geschützt war. Einen Ort, der mehr Sicherheit und Komfort bot, hätten wir kaum finden können.

Trotzdem bestand Mounteban auf der Einteilung von Wachen und fügte hinzu, dass er die erste übernahm. »Leistest du mir Gesellschaft?«, fragte er Estrada. »Wir könnten unsere Pläne für morgen besprechen.«

»Natürlich«, erwiderte sie und folgte ihm in die Dunkelheit.

Ich war froh, als sie verschwanden. Die Pläne für den nächsten Tag hätten mir kaum gleichgültiger sein können. Ich legte mich auf den Boden und nahm mir gerade noch Zeit genug, den Mantel um mich zu wickeln, bevor mir die Augen zufielen. Den Geräuschen nach zu urteilen, folgten die anderen meinem Beispiel; Salzleck fiel wie eine gefällte Eiche. Eine Minute später übertönte sein Schnarchen das Rascheln der Blätter im Wind. Ich lag da, lauschte und hatte das sonderbare Gefühl, dass sich mein Körper noch immer bewegte, obwohl ich auf dem Boden lag.

Nach einer Weile stellte ich entsetzt fest, dass ich nicht

einschlief. Ich war fix und fertig, doch der Schlaf wollte einfach nicht kommen. Je mehr ich mich bemühte, desto weiter rückte er fort. Viel zu deutlich spürte ich die Kühle, den Mondschein auf den Lidern und die vielen harten Stellen im Rücken – das alles hielt mich wach.

Schließlich öffnete ich die Augen und setzte mich auf. Mir fiel ein, dass auch Mounteban und Estrada wach waren, irgendwo in der Finsternis saßen und miteinander sprachen. Fünf Minuten in ihrer Gesellschaft würden mich vielleicht schläfrig machen. Vielleicht hielten sie nichts davon, dass ich sie störte, aber Takt war die letzte meiner Sorgen.

Es blieb die Schwierigkeit, sie zu finden. Der von oben durchs Blätterdach filternde Mondschein zeigte mir kaum mehr als unterschiedliche Schattierungen von Schwarz, das dort etwas dichter wurde, wo die Büsche und Sträucher wucherten. Auf keinen Fall wollte ich riskieren, über einen von Mountebans Männer zu stolpern und ein Messer in den Bauch zu bekommen. Ich entschied, auf Händen und Knien zu kriechen, und zwar an den Büschen lang. Es war ziemlich viel Mühe für ein bisschen Gesellschaft, aber inzwischen war ich so wach, dass mir alles andere hoffnungslos erschien. Wenn die Aussicht bestand, dass mich ein Gespräch müde genug werden ließ, um doch noch einzuschlafen, so war es die feuchten Knie wert.

Nach einer Minute glaubte ich, gedämpfte Stimmen zu hören. Ich kroch weiter und erkannte Mountebans ruppigen Ton – er sprach so leise, dass ich keine Worte verstehen konnte. Ich ließ mir davon den Weg weisen und blieb in Bewegung. Eine Zeit lang blieb alles still, und ich befürchtete schon, das Ziel verfehlt zu haben.

Dann erklang Estradas Stimme in der Nähe. »Ich habe es nie gewollt«, sagte sie.

»Ach?«

»Im Ernst. Ich habe nur getan, was *nötig* ist.«

»Was war nötig?«

Es lag eine gewisse Schärfe in beiden Stimmen. Ich beschloss, nicht auf meine Präsenz hinzuweisen, blieb still liegen und lauschte.

»Castilio, ich habe wirklich nie beabsichtigt, dich zu täuschen.«

»All die Besuche ... Haben auch alle anderen in Muena Palaiya so viel Aufmerksamkeit bekommen? Zuerst verstand ich es nicht. Ich fragte mich, warum eine Frau wie du solchen Aufwand betreibt, um die Unterstützung eines Halunken zu bekommen.«

»Wir brauchten deine Hilfe.« Estrada schien den Tränen nahe zu sein. »Es hat keinen Sinn, noch länger darüber zu reden. Ich gehe jetzt schlafen und hoffe, du schlägst es dir aus dem Kopf.«

Ich hörte das Rascheln ihres Mantels, als sie aufstand. Dann kam ein anderes Geräusch, das ich mit plötzlicher Bewegung in Verbindung brachte. Estrada schrie auf, verstummte dann aber plötzlich. Es folgte ein lautes Plumpsen, wie von zwei Körpern, die auf den Boden fielen, das Knacken von Zweigen und weitere halb erstickte Schreie von Estrada.

Mounteban stöhnte schmerzerfüllt, und Estrada schluchzte. »Hör auf!«

Ich war auf den Beinen, noch bevor ich einen klaren Gedanken fassen konnte.

»Lass sie in Ruhe!«

Stille senkte sich auf uns herab. Ich wusste noch immer nicht genau, wo sich Mounteban und Estrada befanden. Momente vergingen. Die Dunkelheit schien sich um mich herum zu verdichten, und die Stille lastete schwer auf mir.

»*Oder was?*«

Ich drehte mich um und starrte in die Richtung, aus der Mountebans Stimme gekommen war.

»Was willst du tun, du kleiner, armseliger Dieb?«

Gute Frage. Die offensichtliche Antwort lautete, dass ich ihn kurz dadurch ablenken würde, mir von ihm den Schädel zertrümmern zu lassen, bevor er sich wieder Estrada widmen konnte. Warum hatte ich nicht die Klappe gehalten? Allein hatte ich nicht die geringste Chance gegen Mounteban.

Aber ich war nicht allein.

»Was ich tun will?«, erwiderte ich mit mehr Mut, als in mir steckte. »Ich rufe Salzleck. Und ich sage ihm, was du mit seinem Freund machen wolltest. Wie wär's damit, Mounteban? Es dürfte ihm wohl kaum gefallen.«

»Er wird dich nicht hören.«

»Vielleicht hast du recht. Sollen wir es ausprobieren?«

Ich hörte ein kleines Platschen, als Mounteban ins kurze Gras spuckte. »Ihr drei habt euch verdient.« Und damit stapfte er durch die Dunkelheit davon.

Als ich sicher sein konnte, dass er nicht mehr da war, fragte ich: »Ist alles in Ordnung mit dir?«

»Nein, Easie. Es ist nicht alles in Ordnung.«

»Zum Glück bin ich rechtzeitig hier gewesen.«

»Er hätte mir nichts getan.« Estrada schien doch tatsächlich zornig auf mich zu sein. Dann brach ihre Stimme, und sie begann leise zu weinen.

Ich wollte etwas sagen, das sie tröstete oder zumindest still werden ließ, aber mein Vorrat an Feingefühl war aufgebraucht. Wortlos setzte ich mich, und mit nach vorn gebeugtem Kopf bemerkte ich, wie der Schock darüber, fast zusammengeschlagen worden zu sein, die Müdigkeit ganz plötzlich zurückkehren ließ. Mir blieb gerade noch Zeit genug, mich hinzulegen und den Mantel über mich zu ziehen.

Das Wiegenlied von Estradas leisem Schluchzen begleitete mich in den Schlaf.

Schwaches Tageslicht und Estradas Hände, die an meinen Schultern rüttelten, weckten mich aus tiefem Schlummer. Ich blinzelte, brummte etwas, das wie »Lass mich in Frieden, du verrückte Frau« klingen sollte und rollte mich herum.

Dann wurde mir das Seltsame an der Szene klar. Die Sonne stand viel zu hoch und war auch noch zu warm für den frühen Morgen. Erneut öffnete ich die Augen und sah erneut in Estradas von Panik gezeichnetes Gesicht.

»Was ist los?«

»Sie sind weg.«

»Was? Wer ist weg?«

»Mounteban. Seine Männer. Sie haben uns verlassen. Sie sind alle weg, Damasco.«

12

Dies alles ist deine Schuld.«

Estrada schien ob meines Vorwurfs nicht nur verletzt, sondern auch verärgert.

»Ich meine nicht das, was letzte Nacht passiert ist«, fügte ich schnell hinzu. »Ich meine … die ganze Sache. Was hast du dir nur dabei gedacht, einen der fünf berüchtigtsten Verbrecher von Muena Palaiya um Hilfe zu bitten?«

»Die anderen vier ließen mich nicht einmal durch die Tür.«

Ich schwieg verblüfft.

»Nicht dass ich mich dir gegenüber rechtfertigen müsste«, fuhr Estrada fort, »aber Castilio zählte zu den tapfersten und zuverlässigsten Verteidigern des Castoval. Ohne ihn wäre ich nicht mehr am Leben, und das gilt auch für dich.«

»Jetzt kennen wir auch den Grund.«

»So siehst du das, Damasco? Du hältst all seine guten Taten für einen Trick? Wäre es nicht möglich, dass der Zwischenfall in der vergangenen Nacht ein Ausrutscher gewesen ist?«

Ich setzte mich ins Gras und fühlte einen größeren Groll, als ich erklären konnte. »Und dass er uns dem Feind ausliefert? Ein weiterer ›Ausrutscher‹? Es entspricht genau dem Bild, das ich über die Jahre hinweg von Mounteban gewonnen habe.«

»›Einmal ein Dieb, immer ein Dieb.‹ In deiner Welt verändern sich die Menschen nicht, oder?«

Dass Mounteban Estrada von unserem Gespräch am Berg erzählt hatte, machte mich noch zorniger. All der Ärger und die Mühen der letzten Tage kochten in mir hoch. Ich konnte es nicht unter Kontrolle halten, und ich wollte es auch gar nicht. Mounteban und Estrada hatten mich in diesen Schlamassel gebracht. Jetzt war Mounteban verschwunden, zu nachtschlafender Zeit, und Estrada verhielt sich so, als wäre es meine Schuld.

Ich sprang wieder auf. »Nein, in meiner Welt versuchen die Menschen zu überleben, und sie versuchen es so lange, wie sie damit durchkommen. Sie bringen andere Leute nicht mit irgendwelchen Manipulationen dazu, ihr Leben zu riskieren, und sie geben nicht vor, jemanden zu schätzen, den sie in Wirklichkeit verachten.«

Ich wusste, dass meine Worte einen wunden Punkt berührten. Erneut hatte ich vergessen, dass Estrada bis vor kurzer Zeit nur Bürgermeisterin eines Provinznestes gewesen war. Sie hatte nicht über Leben und Tod entscheiden müssen, höchstens darüber, auf welche Weise die jährliche Parade stattfinden sollte. Während der letzten Tage hatten die besonderen Umstände Entscheidungen ganz anderer Art von ihr verlangt, was eine enorme Belastung für sie gewesen sein musste.

Es war eine Schwäche, die geradezu danach schrie, ausgenutzt zu werden.

»Wie viele Männer müssen sterben, bevor du zugibst, dass du nicht weißt, was du tust? Was ist mit mir? Oder Salzleck – soll er der Nächste sein? Du hast uns tiefer und tiefer in diesen Mist verwickelt, ohne ein Wort der Erklärung. Jetzt, da nur noch wir drei übrig sind, solltest du es vielleicht mit ein bisschen Ehrlichkeit versuchen. Was *machen* wir hier eigentlich, Estrada?«

Wenn ich mir eine dramatische Reaktion erhofft hatte, so erlebte ich eine Enttäuschung. Estradas Gesichtsausdruck blieb unergründlich. Sekunden verstrichen. Schließlich sagte sie leise: »Du bist ein Köder.«

»Was?« Ich glaubte, meinen Ohren nicht trauen zu können.

»Du bist ein Köder!« Diesmal schrie sie.

Und dann, zu meiner großen Überraschung, brach Estrada in Tränen aus. Ich konnte den Anblick nicht ertragen, wandte mich ab und lief zur anderen Seite der Lichtung, empört über diese unfaire Strategie. Den Rücken ihr zugewandt, setzte ich mich erneut ins Gras, direkt vor den Weißdornbüschen. Der Zorn war zu einem kalten, harten Knoten in meiner Magengrube geworden. *Köder?* Ich war für Estrada nicht mehr als ein Wurm, der sich am Haken wand.

Natürlich ergab es einen Sinn. Welches bessere Lockmittel existierte für Moaradrid, der ganz versessen darauf war, Salzleck und mich zu erwischen? Doch ich fühlte mich nicht besser, nur weil ich die Logik darin erkannte. Aber ein Rest von Ruhe inmitten der Wut ermöglichte es mir zu erkennen, wie absurd es war, dass ich mich verraten fühlte – immerhin hatte Estrada nie behauptet, mich *nicht* zu benutzen. Ich überhörte diese mahnende Stimme. Sie hatte mir etwas versprochen. Na ja, vielleicht nicht direkt versprochen, aber angedeutet. Ja, es hatte die Andeutungen von Versprechen gegeben.

Etwas Schweres berührte mich an der Schulter, so unerwartet, dass ich fast ins Gras gekippt wäre.

»Salzleck?«

Der Riese ragte direkt neben mir auf, wie ein aus der Erde gewachsener bizarrer Monolith.

»Was willst du? Siehst du denn nicht, dass ich …« Ich

ließ das Ende des Satzes offen, weil ich nicht »schmolle« sagen wollte, und starrte wieder auf die Büsche.

Erneut klopfte mir Salzleck auf die Schulter, diesmal mit solchem Nachdruck, dass ich es bis ins Schlüsselbein fühlte.

»*Leid tut.*«

»Du willst dich entschuldigen? Salzleck, dies ist nun wirklich nicht deine Schuld.«

Er streckte den Arm aus, und ich blickte daran entlang. Salzleck zeigte auf Estrada, die am anderen Ende der Lichtung auf und ab ging. Ob sie noch immer weinte, ließ sich nicht feststellen.

»Leid tut.«

»Du möchtest, dass *ich* mich entschuldige? Von wegen. Hast du nicht gehört? Sie wollte, dass wir Moaradrid in irgendeine Falle locken.«

Salzleck seufzte laut und verzog verärgert das Gesicht. Die Hand, die zur anderen Seite der Lichtung gezeigt hatte, kam wie ein großer fleischiger Vogel herangeflogen und packte meinen Mantel. Einen Moment später baumelte ich in der Luft, gut und gern zwei Schritte über dem Boden.

»Was soll das? Lass mich runter!«

Ich zappelte wütend, bis mir klar wurde, dass ich dadurch in meinem Mantel zu ersticken drohte. Daraufhin gab ich auf.

»Wenn du mich runterlässt, können wir diese ganze Sache vergessen«, sagte ich durch die Kapuze, die mir inzwischen übers Gesicht hing.

Doch Salzleck plante offenbar etwas anderes. Ich hörte seine schweren Schritte und spürte, wie ich hin und her schwang. Mit einem Ruck, der meine Genitalien kurz dorthin zu bringen schien, wo normalerweise die Nieren stecken, fand ich mich auf festem Boden wieder. Rasch zog ich die Kapuze zurück und starrte ins Gesicht einer verwirrten Estrada.

Hinter mir wiederholte Salzleck: »*Leid tut.*«

»Also gut, verdammt. Hör mal, vielleicht war es falsch, dir die ganze Schuld zu geben. Vielleicht wusstest du nicht, was für eine abscheuliche Kakerlake Mounteban ist. Ich meine, es stecken bestimmt gute Absichten hinter diesem absurden Versuch, das Castoval zu befreien.«

Ein kleines Lächeln verscheuchte einen Teil des Ärgers aus Estradas Gesicht. »Das ist die schlimmste Entschuldigung, die ich jemals gehört habe.«

»Wirklich? Für mich war sie ziemlich gut. Kannst du es besser?«

Estrada sah mich verwundert an.

»Deine Entschuldigung. Ich würde sie gern hören. Und Salzleck ebenfalls, glaube ich.«

Sie blickte zu ihm hoch. Entweder hatte ich recht, oder er war dem Gespräch nicht gefolgt. Jedenfalls widersprach er mir nicht.

»Vielleicht hast du recht.« Estrada hüstelte und schaute kurz auf ihre Füße. Ich hätte schwören können, dass sich ihre Wangen ein wenig röteten. »Vielleicht hätte ich euch beiden von Anfang an trauen sollen. Und es ist möglich, dass mein Vertrauen in Castilio … nicht ganz gerechtfertigt war und … na ja …«

»Und du hättest uns nicht als Köder benutzen sollen, ohne uns etwas davon zu sagen?«

»Ja, das auch.«

»Entschuldigung akzeptiert.« Ich spuckte in die Hand und streckte sie ihr entgegen.

Diesmal war Estradas Lächeln größer. »Lass es nicht darauf ankommen, Damasco.«

Als wir die Situation mit kühlerem Kopf einschätzten, gelangten wir beide zu dem Schluss: Ein lauter Streit war nicht unbedingt die beste Methode, unsere Präsenz geheim zu halten. Wir konnten von Glück sagen, dass Moaradrids Soldaten nicht über uns hergefallen waren. Mit unserer stark geschrumpften Gruppe – nur Estrada und ich und ein Riese, der nichts von Gewalt hielt – hätten wir bei einem Kampf kaum Chancen gehabt. So ungern ich es auch zugab: Ohne Mounteban und seine Kumpane sah es für uns ziemlich finster aus.

Estrada, die offenbar gar nicht fähig war aufzugeben, nannte schnell die positiven Aspekte. Mounteban hatte uns mehr als genug Vorräte zurückgelassen; und er hatte ihr am vergangenen Tag erklärt, wo wir uns in Bezug auf unser nächstes Ziel befanden, dem Fährhafen von Casta Canto. Er lag zwei Reisestunden südwestlich von uns und sollte von der Kuppe des nächsten Hügels aus zu sehen sein. »Wenn wir ein schnelles Boot finden, sind wir eine Weile sicher.«

Fast hätte ich gefragt, ob sie mit »finden« vielleicht »stehlen« meinte; vermutlich hatte sie in Hinsicht auf dieses Thema schon genug Spott von Mounteban geerntet. Außerdem war das nicht unsere Hauptsorge. Die sah so aus: Ein Boot, das schnell genug war, um uns die Flucht zu gestatten, konnte vermutlich nicht Salzlecks Gewicht tragen. Ich fragte mich, ob Estrada bereit war, den Riesen zurückzulassen, wenn es notwendig werden sollte.

Und was das betraf … Wäre ich bereit gewesen, sie beide zurückzulassen, wenn sich eine Gelegenheit ergab?

Aber noch waren wir nicht in Casta Canto, und es schien kaum einen Sinn zu haben, sich schon jetzt den Kopf über eventuelle zukünftige Probleme zu zerbrechen. Estrada übernahm die Führung, deutete zum

Kamm eines bestimmten Hügels und verkündete: »Das müsste die richtige Richtung sein.«

Nach dem Stand der Sonne zu urteilen hatte sie vermutlich recht. Ich erinnerte mich daran, wie wir in der letzten Nacht durch die Barriere aus Brombeer- und Weißdornbüschen gekrochen waren, wandte mich an den Riesen und fragte: »Kannst du einen Weg für uns schaffen, Salzleck?«

Er sah Estrada an und erwartete eine Bestätigung von ihr.

»Sei dabei nicht zu laut«, sagte sie und klang ein wenig schuldbewusst, weil sie mir zustimmte.

Salzleck streckte die Hand ins Dornendickicht, riss einen Strauch aus dem Boden und warf ihn mit einer fließenden Bewegung über die Schulter – mit lautem Rascheln landete er auf der anderen Seite der Lichtung. Ein zweiter Busch teilte kurz darauf das Schicksal des ersten.

Wir marschierten durch die Lücke, und dahinter erwartete uns ein steiler Anstieg. Bald stellte sich heraus, dass für Salzleck der Aufwand zu groß war, alle Hindernisse – jeden Dornenstrauch und umgestürzten Baumstamm – aus dem Weg zu räumen. Leichter war es, die Sammlung an Kratzern, blauen Flecken und Abschürfungen zu vergrößern, die wir uns am vergangenen Tag zugelegt hatten.

Ohne Mounteban wussten wir nicht, wo wir nach Pfaden Ausschau halten sollten, wenn es überhaupt welche gab. Wir kamen nur langsam und unter großen Mühen voran. Mit einer leichteren Route hätte es vielleicht tatsächlich nur zwei Stunden gedauert, aber der Weg durchs Dickicht kostete Zeit. Es wurde Mittag, bis wir schließlich den Hügel erklommen.

Als wir den Casto Mara sahen – ein fernes blaugraues Band tief unten –, war selbst Salzleck schweißgebadet.

Dass wir keinen ausgetretenen Pfaden gefolgt waren, hatte wenigstens den Vorteil, dass wir Moaradrids Soldaten fernblieben.

Wir saßen geduckt hinter einigen Kiefern und bemühten uns, unsichtbar zu bleiben, obwohl Salzleck fünfmal breiter war als der Baum, der ihn verbergen sollte. Vor uns reichte ein bewaldeter Hang wie der, den wir gerade hinter uns gebracht hatten, bis zum Fluss hinab. An dieser Stelle war der Casto Mara breit und floss recht schnell. Hier und dort bildeten sich über verborgenen Felsen und Kiesbänken weiße Schaumkronen.

Casta Canto schmiegte sich in eine Flussbiegung: eine Ansammlung großer Holzhäuser, zwischen denen Türme aufragten, die ebenfalls aus Holz bestanden. Diese kleine Stadt lieferte den größten Teil des Holzes, das aus den Wäldern von Paen Acha stammte und für das Castoval bestimmt war. Einige Flachboote waren im einfachen Hafen vertäut, und keins von ihnen schien sich besonders gut für unsere Zwecke zu eignen. Die Fähre war näher, eine von einer Reling umgebene rechteckige Plattform, die von einer Kette zwischen den beiden Ufern gehalten wurde. Wie ein sterbender Fisch tanzte sie mitten in der Strömung.

Ich war oft in Casta Canto gewesen. Man konnte die Stadt kaum umgehen, denn sie stellte eine der Hauptverbindungen zwischen den beiden Hälften des Castoval dar. Meistens blieb es hier ziemlich ruhig, aber gelegentlich versammelten sich dort die Holzfäller, und dann ging es heiß her, während sie einige Tage und Nächte lang die Stadt leer tranken. Für die meisten Leute war es ein Ort der Durchreise; kaum jemand blieb länger in Casta Canto. Deshalb erschienen mir die Zelte am östlichen Stadtrand umso verdächtiger.

Ich sah Estrada an, die mit einem Nicken antwortete.

Ihre Augen schienen schärfer zu sein als meine, denn sie deutete auf einen braunen Fleck bei der Anlegestelle. Ich konzentrierte mich und sah, dass sie recht hatte: Dort lag ein Einmast-Skiff – genau das, was wir brauchten.

»Ich glaube, wir können es erreichen. Wenn wir uns von Norden nähern, sind wir von den Zelten aus nicht zu sehen.«

Wir begannen mit dem Abstieg und wählten als Ziel nicht direkt Casta Canto, sondern eine Stelle etwa eine halbe Meile oberhalb der Stadt. Ein trockenes Flussbett erleichterte das Vorankommen und brachte uns ein ganzes Stück nach unten. Einfach war es trotzdem nicht. Manchmal kam es mir wie ein surreales Spiel vor, als wir zwischen Felsen, Gestrüpp und durch Mulden kletterten, um einen Weg zu finden, auf dem der große Salzleck möglichst gut verborgen blieb. Wo es für Estrada und mich genug Deckung gab, musste er auf Händen und Knien kriechen. Als wir uns schließlich dem Fluss näherten, war er ziemlich weit zurückgefallen, und mit meiner Geduld stand es nicht mehr zum Besten.

Was man mir offenbar ansah. Ich stand kurz davor, endgültig die Beherrschung zu verlieren, als Estrada flüsterte: »Erinnerst du dich, was du zuvor gesagt hast?«

»›Zuvor?‹ Ich habe in meinem Leben vieles gesagt.«

»Du hast gesagt, du würdest keine Intrigen spinnen, niemanden manipulieren oder vorgeben, jemanden zu schätzen, den du in Wirklichkeit verachtest.«

»Ja, ich erinnere mich.«

»Das stimmte nicht ganz, oder?«

Ich überlegte. »Vielleicht nicht ganz. Vielleicht habe ich ein bisschen übertrieben, um meinen Standpunkt zu verdeutlichen.«

Estrada blickte demonstrativ zu Salzleck, der gerade versuchte, sich hinter einem Busch zu verstecken, der ihm nur bis zur Brust reichte. »Du hast ihn manipuliert. Du hast ihn benutzt und dann allein zurückgelassen. Anschließend hast du ihn erneut belogen und behauptet, du würdest ihm dabei helfen, seine Familie zu schützen.«

»Das habe ich nie gesagt.« Dann fiel es mir wieder ein. Ich *hatte* es gesagt, mit anderen Worten, in der Höhle nach unserer Rettung. Und ich hatte es ihm auch in Moaradrids Lager zu verstehen gegeben. »Das lässt sich wohl kaum damit vergleichen.«

»Ach? Weil er ein Riese ist?«

»Weil er ein Idiot ist.«

Estrada nickte, und ihre Lippen formten eine Art halbes Lächeln. »Du hast nie richtig versucht, mit ihm zu reden, oder?«

»Ich hatte keinen ganzen Tag frei, seit wir uns begegnet sind.«

»Ich glaube, er kommt gut zurecht, wenn man bedenkt, dass er unsere Sprache erst seit zwei Wochen lernt, und zwar ganz allein.«

Das erstaunte mich. Ich hatte Salzleck immer für einen großen Dummkopf gehalten, und jetzt fragte ich mich: Wie musste er sich fühlen, weit von zu Hause entfernt, in einer Welt, in der selbst das einfachste Wort unverständlich war?

Salzleck wählte diesen Moment, um zu uns aufzuschließen und einen verwunderten Blick auf uns zu richten.

»Ich will keinen neuen Streit, Damasco«, flüsterte Estrada. »Ich bitte dich nur um etwas mehr Geduld.« Laut sagte sie: »Es ist nicht mehr weit.«

Sie hatte recht. Wir hatten praktisch den Fuß des Hügels erreicht, und um uns herum erstreckte sich ein Labyrinth aus Kiefern. Im Süden war Casta Canto gerade so zwischen den Baumstämmen zu erkennen. Wir wahrten einen sicheren Abstand zur Stadt und machten einen Bogen um sie. Als der Fluss in Sicht geriet – breit und braungrau, hier und dort weiß schäumend –, war sein Rauschen laut genug, unsere Stimmen zu übertönen. Wir kletterten zum schmalen Kiesstrand hinab und setzten den Weg dann in Richtung Stadt fort, durch die Büsche und Sträucher an der Uferböschung vor Entdeckung geschützt.

Nicht nur wir näherten uns dem Ort, sondern auch die Fähre; an ihrer Kette entlang glitt sie dem Ufer entgegen. Was menschliche Fracht betraf, war sie fest leer. Nur zwei Männer standen vorn, vermutlich Händler; sie lehnten an der Reling und rauchten Pfeifen. Den übrigen Platz beanspruchten Pferde, die mit panischen Blicken aufs Wasser starrten und wieherten. Ein Steuermann war nicht nötig, denn bewegt wurde das Gefährt mithilfe von Flaschenzügen und der Kraft von sechs Ponys an der Uferstation. Ein durchaus beeindruckendes, wenn auch langsames Transportmittel, und damit ein Ärgernis für alle, die es eilig hatten. Diesen Eindruck machten die beiden Händler nicht, und glücklicherweise sahen sie auch nicht in unsere Richtung.

Doch ihre Präsenz wies auf eine schwache Stelle in unserem Plan hin. Von Casta Canto und den Zelten vor der Stadt aus waren wir hier zwar nicht zu sehen, aber für Beobachter auf dem Fluss oder am gegenüberliegenden Ufer waren wir ebenso auffällig wie Bauchtänzerinnen bei einer Beerdigung. Estrada ließ uns anhalten, als die Fähre das letzte Stück zum Hafen kroch – wir waren nahe genug, die Stimmen der beiden Händler vom Wiehern der Pferde zu unterscheiden. Einer öffnete das Tor in der Reling, und der andere versuchte, die verängstigten Tiere von Bord zu treiben. Es sah nach einer unmittelbar bevorstehenden Katastrophe aus, denn die Pferde schienen vom nahen Fluss ebenso wenig zu halten wie von der Gesellschaft ihrer Artgenossen, aber die Händler verstanden ihr Handwerk und brachten die Tiere unter lautem Gewieher sicher an Land.

»Hier ist unsere Chance«, sagte ich. »Selbst wenn wir gesehen werden, niemand kommt an den Pferden vorbei.«

Estrada nickte, und wir liefen den Rest der Strecke zur Anlegestelle. Einige Holzstufen führten vom Ufer auf die wacklige Plattform. Ich eilte als Erster hoch und sah zur Stadt. Der Geruch schwitzender Pferde hing schwer in der Luft. Eine Straße führte vom Hafen und einem kleinen, mit Brettern ausgelegten Platz zum Hauptteil der Stadt. Zu beiden Seiten standen Schuppen und Hütten, und zwischen ihnen gab es nichts als Pferde.

Der Anblick verwirrte mich. So viele Pferde konnten sich nicht auf der Fähre befunden haben.

Dann verstand ich.

Einige der Tiere waren beim Eintreffen der Fähre bereits hier gewesen, und auf ihnen saßen Männer, die offenbar von Casta Canto kamen. Die beiden Gruppen hatten sich hier getroffen und blockierten sich gegenseitig, sehr zum Ärger der brüllenden und gestikulierenden Reiter.

Wir konnten von Glück sagen, denn wenn die Pferde von der Fähre nicht gewesen wären, hätten uns Moaradrids Männer innerhalb weniger Sekunden erreicht.

»Lauft!«

Ich beherzigte meinen eigenen Rat und sah nicht zurück, um festzustellen, ob Estrada und Salzleck ihn ebenfalls befolgten. Das von uns ausgewählte Boot war das letzte an der Anlegestelle. Ich dachte daran, dass es vielleicht besser gewesen wäre, wenn wir uns versteckt hätten, aber ich wusste nicht, ob wir gesehen worden waren. Selbst wenn die Reiter Estrada und mich nicht bemerkt hatten – es wäre ihnen wohl kaum möglich gewesen, Salzleck zu übersehen. Und es gab noch ein anderes Problem. Je näher wir dem Boot kamen, desto mehr zweifelte ich daran, dass es Salzlecks Gewicht tragen konnte.

Als wir keuchend am Ende des Piers standen, erkannte ich eine weitere Schwierigkeit. Wie sollten wir Salzleck ins Boot schaffen? Ein Blick zurück teilte mir mit, dass Moaradrids Männer sich einen Weg durchs Gewühl gebahnt hatten. Es war ein Dutzend, und sie schienen so beschäftigt zu sein, dass sie uns gar nicht bemerkten. Ich beobachtete, wie sie abstiegen und sich daranmachten, ihre Pferde auf die Fähre zu führen, was den Tieren ganz und gar nicht gefiel – offenbar hielten sie genauso wenig von einer Flussüberquerung wie die Pferde der beiden Händler.

Bisher hatten wir Glück gehabt, doch das würde vermutlich nicht mehr lange vorhalten.

»Du gehst als Erster, Salzleck.«

Wenn er das Boot zum Kentern brachte, dann besser bevor wir eingestiegen waren. Und genau das schien zu geschehen, als Salzleck einen ersten Versuch unternahm, ins Skiff zu klettern – es begann sofort zu schaukeln, und Wasser schwappte über den Rand. Er probierte es erst mit dem einen Fuß aus, dann mit dem anderen, im Stehen und gebückt. Ich sah, wie seine Sorge immer mehr zunahm. Jeder Versuch von ihm führte dazu, dass sich unsere Hoffnung auf Flucht mit mehr Wasser füllte.

Trotz meiner wachsenden Unruhe behielt ich Estradas Worte in Erinnerung. Während ich den großen Kerl beobachtete, tat er mir ein bisschen leid, obwohl er uns mit seiner Schwerfälligkeit in große Gefahr brachte.

Schließlich war es Estrada, die die Geduld verlor. »Verdammt, Salzleck, steig endlich ein!«

Selbst ein wuchtiger Schlag hätte keine heftigere Reaktion bewirken können. Salzleck fiel mit einem Krachen ins Boot, dessen andere Seite bedrohlich weit nach oben kam, bevor sie mit einem lauten Platschen wieder auf der Wasseroberfläche aufschlug. Das Skiff schaukelte noch stärker als zuvor und nahm jedes Mal mehr Wasser auf. Sein Schicksal schien endgültig besiegelt zu sein. Die ganze Zeit über schöpfte Salzleck verzweifelt Wasser, mit gewölbten Händen groß wie ein Eimer. Ich konnte nicht feststellen, ob es half oder ob er alles noch schlimmer machte.

Fast eine Minute dauerte es, bis sich die Lage beruhigte. Salzleck saß patschnass in einer Handbreit Wasser, aber das Boot schwamm noch, und zwar mit der richtigen Seite nach oben. Estrada und ich gingen ebenfalls an Bord. Ich war sicher, dass es jetzt sinken musste, aber irgendwie blieb das Skiff über Wasser, wenn auch nur um Haaresbreite.

Ich wagte es, einen Blick über die Schulter zu werfen. Moaradrids Soldaten befanden sich inzwischen auf der Fähre, die ein Viertel des Weges zum gegenüberliegenden Ufer hinter sich gebracht hatte und mit der für sie typischen Lethargie am Kabel entlangkroch. Die Männer standen vorn, wo die Gefahr geringer war, von einem nervösen Pferd getreten zu werden.

»Ich glaube, sie haben uns nicht gesehen«, sagte ich – und genau in diesem Augenblick deutete einer der Soldaten in unsere Richtung. »Oh, Mist«, fügte ich hinzu. »Wir sind sicher, solange sie …«

Der erste Pfeil fiel neben uns ins Wasser.

»Salzleck!«, rief Estrada und warf ihm die Ruder zu.

Er starrte die beiden Schäfte an, als hätte ihm Estrada zwei lebende Schlangen gereicht. Ein zweiter Pfeil zerbrach an unserem Heck, und die Bruchstücke flogen an uns vorbei.

»Ruder!«

Estrada schien der Verzweiflung nahe zu sein. Salzleck wirkte zwar ebenfalls sehr beunruhigt, rührte aber nicht einen Finger. Ein dritter Pfeil streifte den Mast dicht über uns.

Ich blickte auf Salzlecks große Hände, die sich um die Ruder geschlossen hatten, und dachte dabei an Estradas Worte.

Wie oft geschah es, dass Riesen ruderten?

»Man macht es so.« Ich ahmte die Bewegungen nach. Weitere Pfeile verschwanden um uns herum im Fluss, während Salzleck mich anstarrte. Dann verstand er offenbar. Sein erster Ruderzug hätte fast die Dollen aus dem Holz gerissen, und das Skiff *sprang* nach vorn. Beim zweiten ging Salzleck etwas vorsichtiger zu Werke, und beim dritten hatte er gelernt, seine Kraft richtig zu nutzen.

»Sie sind noch immer zu nahe«, stöhnte Estrada.

Das stimmte. Unsere plötzliche Bewegung machte den Bogenschützen zu schaffen, aber es dauerte bestimmt nicht lange, bis sie sich eingeschossen hatten. Wir waren zu schwer für das Skiff; es lag zu tief im Wasser. Deshalb konnten wir trotz Salzlecks Kraft nicht schnell genug werden.

Aber warum schoss niemand mehr auf uns?

Ich wagte einen neuerlichen Blick, und was ich sah, war so überraschend, dass ich mich umdrehte, trotz des Risikos, dass wir dadurch sanken. Chaos herrschte auf der Fähre. Auf der einen Seite hatten die Pferde die Reling in Kleinholz verwandelt; zwei von ihnen waren bereits in den Fluss gefallen. Auf der anderen hatte es weniger als die Hälfte von Moaradrids Männern geschafft, an Bord zu bleiben. Die anderen schwammen zwischen den Pferden oder klammerten sich am Rand der Fähre fest.

Ich fragte mich verwundert, was der Grund für ein solches Durcheinander sein mochte – bis mir auffiel, dass die Kette durchhing und die Fähre in der Strömung schwer daran zog. Mein Blick folgte der Kette bis zum schwarzen Rauch, der hinter den Hafengebäuden aufstieg. Ich erinnerte mich an den Holzturm mit dem Flaschenzug-Mechanismus. Ein gewaltiges Krachen hallte plötzlich über den Fluss, und es stieg noch mehr Rauch auf. Die Kette sackte durch und fiel ins Wasser. Von ihr befreit, wählte die Fähre den Weg des geringsten Widerstands und glitt mit der Strömung nach Norden, zehnmal schneller als zuvor. Die wenigen noch an Bord verbliebenen Passagiere, Menschen wie Pferde, gelangten zu dem Schluss, dass es besser war, zum nächsten Ufer zu schwimmen.

In weniger als einer Minute war alles vorbei. Ich hatte gerade erst begriffen, was geschehen war, als die Kette auf dem Grund des Flusses lag und die Fähre hinter der nächsten Biegung verschwand. Ich sah nur noch den aufsteigenden Rauch und die zum Ufer schwimmenden Menschen und Tiere im Fluss. Konnte dies alles Zufall sein? Wohl kaum.

Ich bemerkte Reiter und verstand. Es waren sechs, und sie ritten hintereinander, die Schwerter gezogen, hielten direkt aufs Ufer zu. Dort, wo Casta Canto an den Wald grenzte, wandten sie sich zur Seite, ohne dabei langsamer zu werden, und einen Moment später waren sie zwischen den Bäumen verschwunden.

Sie waren ziemlich schnell gewesen, und ein ganzes Stück entfernt. Ohne ein ganz bestimmtes Detail hätte ich sie vermutlich nicht erkannt. Nur für eine Sekunde hatte der Anführer in unsere Richtung gesehen, lange genug, um mir eine schwarze Augenklappe zu zeigen.

Castilio Mounteban hatte uns erneut das Leben gerettet.

13

Hinter Casta Canto wurde das Wasser klar und ruhig. Am Ufer streckten Weiden ihre Zweige dem Fluss entgegen. Wasservögel schwammen dort, verschwanden an einer Stelle hinter den grünen Vorhängen und kamen an einer anderen wieder zum Vorschein. Gelegentlich begegneten wir anderen Booten, vor allem Lastkähnen mit Fracht von und nach Altapasaeda. Der Anblick von zwei Personen in einem Skiff, das sich nur knapp über Wasser hielt und von einem Riesen gerudert wurde, brachte uns erstaunte Rufe oder nur verblüfftes Glotzen ein.

Wenn wir den Fluss für uns ganz allein hatten, hörten wir nur den Wind in den Baumkronen und das rhythmische Platschen der Ruder. Nach dem Zwischenfall mit der Fähre hatte niemand von uns etwas zu sagen, und das Ergebnis war ein unangenehmes Schweigen voller Anspannung.

Salzleck schien von seiner neuen Beschäftigung so entzückt zu sein, dass er für nichts anderes Aufmerksamkeit vergeudete. Oder vielleicht versuchte er nur, das überlastete Boot nicht ganz untergehen zu lassen. Er hätte selbst dann nicht intensiver in die Ferne starren können, wenn er bestrebt gewesen wäre, das Skiff allein mit Willenskraft zu bewegen. Estrada beobachtete den Wald, seit Mounteban und seine Kumpane zwischen den Bäumen verschwunden waren – sie schien es für möglich zu halten, dass sie jeden Moment zurückkehrten. Vermutlich konnte sie sich keinen Reim darauf machen, dass uns Mounteban nach seinem Verrat gerettet hatte, und um ehrlich zu sein: Ich fand es auch sehr verwirrend.

Die letzten beiden Minuten hatte ich nur daran gedacht. Mounteban schien in der Nähe von Casta Canto gewartet zu haben, in der Annahme, dass wir aus Mangel an Alternativen am ursprünglichen Plan festhielten. Für seine groteske, melodramatische Aktion gab es meiner Meinung nach nur eine Erklärung: seine Besessenheit hinsichtlich Estrada. Ich fragte mich, ob er entschieden hatte, uns weiterhin zu folgen. Wenn ja, so gab es ein Problem für ihn, denn immerhin lag die ganze Breite des Casto Mara zwischen uns.

Und ganz abgesehen davon ... Eigentlich konnte mir der Mistkerl völlig schnurz sein. Mich oder Salzleck hätte er nicht gerettet. Wahrscheinlich würde er nicht einmal auf mich pinkeln, wenn ich in Brand stünde und er eine Blasenentzündung hätte. Außerdem wären wir vermutlich ohnehin entkommen, auch ohne ein derartiges Spektakel, das sicher das eine oder andere Leben gekostet hatte. Alles in allem: Es fiel mir nicht weiter schwer, den ganzen beschämenden Zwischenfall beiseitezuschieben.

Zuerst hatte ich versucht, es mir etwas bequemer zu machen, doch ich war zu verkrampft, um dabei große Fortschritte zu erzielen. Es genügte, einen Fuß zu strecken oder die Hand zu bewegen, um das Boot gefährlich schaukeln zu lassen. Ich begnügte mich damit, die über uns dahinziehenden Wolken zu beobachten, und nach einer Weile döste ich ein. Wenn ich erwachte, wusste ich zunächst nicht, wo ich war, und blickte erschrocken übers Wasser. Jedes Mal stand die Sonne tiefer am Himmel, und die Luft war noch etwas kühler. Nur an Salzleck und Estrada änderte sich nichts; sie starrten weiterhin ins Leere. Beim vierten Erwachen sah ich erste Dunkelheit über den Himmel kriechen, und der Wind war eindeutig frisch. Ansonsten war alles wie vorher, im Boot ebenso wie außerhalb. Estrada hatte die Augen geschlossen, Salzleck ruderte gleichmäßig, und Enten und Sumpfhühner schwammen geschäftig umher. Die Strömung war etwas stärker geworden. Die Wellen trugen Schaumkronen und waren so groß, dass der braune Fluss im schwächer werdenden Licht Ähnlichkeit mit einem gepflügten Acker bekam. Wir mussten inzwischen ein ganzes Stück zurückgelegt haben und tief im Innern von Paen Acha sein. Am östlichen Ufer setzte sich der Wald mehr oder weniger lückenlos bis zum Ende des Tals fort. Im Westen bildete er nur einen breiten Streifen, der dort zu Ende ging, wo …

»Salzleck«, sagte ich, und es gelang mir nicht, die Besorgnis aus meiner Stimme zu verbannen. »Wir sollten anhalten.«

Estrada öffnete die Augen. »Wir haben noch eine Stunde Tageslicht.« Sie klang ein wenig benommen.

»Das hat nichts damit zu tun. Salzleck, bring uns zum Ufer.«

»Ruder weiter.« Estrada war jetzt hellwach. »Lass ihn in Ruhe, Damasco.«

»Wir nähern uns Altapasaeda.«

»Und?«

»Es gibt vielleicht nicht viele Orte im Castoval, wo ich willkommen bin, aber es gibt einen, in dem man mir sofort den Kopf abhackt, ohne sich vorher auch nur mit einer offiziellen Verhaftung aufzuhalten. Je weiter ich von Altapasaeda und den dortigen seltsamen Vorstellungen von Recht und Ordnung entfernt bleibe, desto besser für meinen Hals und auch den Rest von mir.«

Estrada sah mich groß an. Dann sagte sie wie zu einem Kind, das schwer von Begriff war: »Damasco, wohin, glaubst du, sind wir die ganze Zeit unterwegs gewesen?«

Im Nachhinein musste ich eingestehen, dass es nicht unbedingt die beste meiner Ideen war, im Boot aufzustehen. Im Lauf der Nacht erschien mir die Sorge aufgrund Estradas Enthüllung immer weniger als eine einigermaßen akzeptable Rechtfertigung. Zwar hatte ich damit erreicht, was ich wollte, aber es waren gewisse Unannehmlichkeiten damit verbunden gewesen, zum Beispiel der Sturz in den Fluss, mein verzweifeltes Bemühen, mich irgendwie über Wasser zu halten, und schließlich das Herauswürgen von grünlichem Wasser, als ich im Uferschlamm lag.

Für meine Gefährten hingegen war alles halb so schlimm. Estrada erwies sich als ausgezeichnete Schwimmerin, nachdem sie ihre anfängliche Panik überwunden hatte, was ziemlich schnell der Fall war. Und Salzleck marschierte einfach mit seinen großen Füßen über den Grund. Der Anblick seines nach oben gerichteten Gesichts, das von Wellen umspült zum Ufer wippte, wäre unter anderen Umständen vielleicht komisch gewesen. Er schaffte es sogar, unser Boot zu retten: Mit einer Hand zog er es hinter sich her.

An Land drehten sie es um, setzten sich darauf und straften mich mit Missachtung.

Da eigentlich gar kein Schaden angerichtet war, hielt ich solche Rachsucht für übertrieben. Estrada gab ihr Schweigen erst auf, als ich entschied, ein Feuer anzuzünden, weil ich es satt hatte, in meinem nassen Mantel auf den Resten eines Baumstamms zu sitzen und zu frieren.

»Bist du verrückt?«

Ich starrte sie an. »Wie bitte? Ich habe dich nicht verstanden, weil meine Zähne zu laut klappern. Wenn du mich gefragt hast, ob ich nass bin und friere, so lautet die Antwort: ja.«

»Du weißt, dass wir kein Feuer anzünden dürfen.«

»Ich weiß, dass die Soldaten in Casta Canto Späher waren, und inzwischen dürften wir weit vor ihnen sein. Einen ebenso großen Vorsprung haben wir auch den anderen Soldaten Moaradrids gegenüber gewonnen. Deshalb schlage ich vor: Wenn es eine Möglichkeit gibt, nicht zu erfrieren, sollten wir Gebrauch davon machen.«

»Du redest so, als wäre dies überhaupt nicht deine Schuld.«

»Und du redest so, als wäre dies nicht geschehen, weil du mich zu Leuten bringen willst, die nichts lieber täten, als mir den Kopf abzuhacken.«

Estrada seufzte und strich sich mit der Hand durch nasses, schmutziges Haar. »Na schön, meinetwegen, nur zu. Wie dumm von mir zu glauben, du würdest auf jemand anderen hören als dich selbst.«

»Wenn ich das gelegentlich mache, geht es immer schlecht aus!«, rief ich ihr nach, als sie fortging.

Verärgert wandte ich mich wieder meinen Bemühungen zu, ein Lagerfeuer zu entzünden. Es war schwer gewesen, trockenes Holz zu finden, und es dauerte ziemlich lange, bis der Haufen aus Gras und Zweigen mehr hervorbrachte als Rauch. Ich juchzte fast vor Freude, als eine erste kleine Flamme zwischen zwei Holzstücken hervorleckte. Ich gab vor, dass das genau meinen Erwartungen entsprach, denn ich fühlte Estradas Blick auf mir ruhen. Anschließend war es nicht weiter schwer, dem hungriger werdenden Feuer mehr Holz hinzuzufügen, bis die Flammen hüfthoch züngelten.

Ich hatte mich gefragt, was stärker sein würde, Estradas Sturheit oder ihr Wunsch nach Wärme. Zufrieden nahm ich zur Kenntnis, dass sie schließlich näher kam, gefolgt von Salzleck, der erneut das Boot hinter sich herzog. Der abgebrochene Mast folgte dem Skiff wie ein Schwanz.

»Bist du sicher, dass du am Feuer sitzen möchtest?«, fragte ich und kaute ein Stück nasses Brot, das ich in einer meiner Manteltaschen gefunden hatte. »Ich rechne jeden Augenblick mit dem Eintreffen von Moaradrids Heer.«

»Ja, Damasco, ich möchte mich an deinem Feuer wärmen, wenn es dir recht ist.«

»Natürlich ist es das, Bürgermeisterin Estrada.«

»Und vielleicht«, fügte Estrada mit einem Blick auf Salzleck hinzu, »können wir alles andere auf später verschieben.«

Damit meinte sie: *Lass uns vor dem Riesen nicht streiten.*

Ihr Tonfall rief in mir eine Erinnerung an meinen Vater wach, wie er zu meiner Mutter sprach, wenn sie nach einer durchfeierten Nacht heimkehrte und sich über irgendetwas Unwichtiges aufregte. Der kleine, schüchterne Mann hatte ihr zugehört und dann sanft gesagt: »Lass uns später darüber reden, Schatz.«

Der ersten Vision folgte eine zweite und zeigte mir Estrada und mich selbst, wie wir mit den freudigen Gesichtern stolzer Eltern an einer riesigen Krippe standen, in der ein sabbernder Salzleck lag.

Ich schauderte.

Wie dem auch sei, mir stand nicht der Sinn nach weiteren erzwungenen Versöhnungen – der Mund tat mir noch von der letzten weh. Ich rang mir ein Lächeln ab und sagte: »Natürlich.«

Außerdem hatte ich ganz andere Sorgen. Das aufgeweichte Brot hatte mich erst richtig hungrig gemacht, und leider waren meine Vorräte im Fluss verschwunden. Ich fühlte mich nicht besser, als ich beobachtete, wie Salzleck Blätter von einem nahen Busch mampfte.

»Hast du was zu essen?«, fragte ich Estrada.

»Ich habe meinen Rucksack im Hafen von Casta Canto zurückgelassen«, erwiderte sie ein wenig schuldbewusst.

»Mal sehen, ob ich was auftreiben kann.«

Es vergingen zwei elende Stunden, bevor ich zurückkehrte. Die Früchte meiner Bemühungen waren eine Handvoll schrumpeliger Äpfel und ein Kaninchen, so alt, dass es in jener Nacht vermutlich an Altersschwäche gestorben wäre, wenn es von mir nicht einen Stein auf den Kopf bekommen hätte. Das Lagerfeuer hatte mich die ganze Zeit über mit seinem fernen gelblichen Schein gelockt, während ich den Wald durchstreifte, und bei meiner Rückkehr stellte ich deprimiert fest, dass kaum mehr als glühende Asche davon übrig geblieben war, weil Estrada sich nicht darum gekümmert hatte. Ich legte Zweige nach, setzte mich daneben und begann damit, das greise Kaninchen auszunehmen. Estrada beobachtete mich voller Abscheu, sagte aber nichts.

Mir lief bereits das Wasser im Mund zusammen, als meine Beute an einem improvisierten Spieß über dem Feuer briet. Doch als das Fleisch gar und unter uns aufgeteilt war, blieb für jeden so wenig, als hätte ich lediglich eine Spitzmaus erlegt. Energisches Kauen machte das Fleisch einigermaßen genießbar, und zusammen mit den Äpfeln vertrieb es meine Magenkrämpfe. Als Salzleck schnarchend neben dem Boot lag, hielt ich die Gelegenheit für gekommen, ein ernstes Wort mit Estrada zu reden und ihr zu sagen, was ich von ihrem Plan hielt, mich hinrichten zu lassen.

Vielleicht bemerkte sie das Funkeln in meinen Augen. »Ich weiß, was du davon hältst, nach Altapasaeda zu gehen. Das wurde sehr deutlich, als du das Boot zum Kentern gebracht hast.«

»Das war ein Unfall. Was nicht bedeutet, dass ich es nicht absichtlich getan hätte, um den Kopf auf den Schultern zu behalten.«

»Ich weiß, wie streng man in Altapasaeda auf die Einhaltung der Gesetze achtet. Aber es ist sehr wichtig, dass wir dorthin gehen. Schreckliche Dinge würden passieren, wenn wir *nicht* dorthin gingen. Bevor du dich wieder aufregst … Wie wär's, wenn du dir die Gründe anhörst? Ich sage dir die Wahrheit – die ganze Wahrheit.«

Sie sprach in einem fast flehentlichen Ton, und damit hatte ich nicht gerechnet. »Na schön, ich höre mir alles an. Aber was auch immer du mir sagen willst, ich garantiere dir, dass ich meinen Kopf deshalb nicht weniger zu schätzen weiß.«

Estrada nickte und sah nachdenklich ins Feuer. »Ich weiß nicht genau, wo ich anfangen soll. Alle anderen hätten sich inzwischen den größten Teil zusammengereimt. Du verstehst es gut, die großen Fragen einfach nicht zu beachten.«

»Das stimmt nicht. Ich bin der Erste, der fragt, was es zum Essen gibt und wo die nächste Taverne ist. Vielleicht sind wir nur unterschiedlicher Meinung, was die großen Fragen sind.«

»Du hast dich nicht gefragt, wie Moaradrid die Riesen rekrutiert hat, oder?«

Ich dachte daran, was ich ihn in jener Nacht in seinem Heereslager hatte sagen hören. »Das Warum liegt auf der Hand. Nach der Unterwerfung des Castoval will er weiter nach Norden ziehen, gegen den König. Um dabei Erfolg zu haben, braucht er mehr als einen Haufen ungewaschener Flachländer.«

Estrada wirkte beeindruckt. »Du *hast* aufgepasst, zumindest ein bisschen. Aber wundert es dich nicht, dass die Riesen ihm folgen, obwohl sie den Kampf so sehr hassen? Es ist nicht etwa so, dass sie ihrem Standpunkt keinen Nachdruck verleihen könnten.«

»Ich habe darüber nachgedacht, aber dann hat die Flucht meine ganze Aufmerksamkeit beansprucht – immerhin ging es um mein Leben.«

Estrada senkte die Stimme zu einem Flüstern. »Und der Stein? Hast du dich nie gefragt, welchen Zweck der Stein erfüllt?«

Meinte sie den Edelstein, den ich in Reb Panza zurückgelassen hatte? Nein, sie sprach vermutlich von dem anderen Stein, dem rot gestreiften, den ich in Moaradrids Beutel gefunden und nicht weiter beachtet hatte. Man hatte ihn mir abgenommen, während ich in den Höhlen gefangen gewesen war, und ich hatte den Verlust kaum bemerkt. Als ich jetzt daran zurückdachte … Moaradrid hatte auch den gestreiften Stein erwähnt, oder?

»Na schön, da muss ich passen. Was hat es mit ihm auf sich?«

»Er ist die Antwort, Damasco.«

Estrada sprach noch leiser. Ich musste mich vorbeugen, um sie zu verstehen.

»Einer unserer Agenten fand dies heraus, nachdem wir erfuhren, was Moaradrid aus dem Süden mitgebracht hat. Weißt du, die Gesellschaft der Riesen ist ganz einfach aufgebaut. Man könnte sie als Wahlmonarchie bezeichnen. Sie wählen ein Oberhaupt, und der betreffende Riese ist dann für den ganzen Stamm verantwortlich. Da alle Riesen mehr oder weniger gleichgestellt sind, sie kaum miteinander streiten und normalerweise nichts Ungewöhnliches unternehmen, ist es keine sehr schwere Aufgabe, ihr Oberhaupt zu sein, obwohl sie natürlich sehr ernst genommen wird.

Jedenfalls, die Riesen halten nicht viel von Allüren und dergleichen, aber ihr Anführer hat einen Stab, gewissermaßen als Statussymbol. Dabei handelt es sich einfach nur um ein Stück Holz, das im Lauf der Jahrhunderte vermutlich mehrmals ausgetauscht wurde. Wichtig ist der Stein am Ende dieses Stabs. Einfach ausgedrückt: Wer diesen Stein hat, ist der Anführer, das Oberhaupt, und zwar Zeit seines Lebens. Man gehorcht ihm ohne Widerrede.«

»Das gestreifte Ding ist also der … Anführer-Stein der Riesen? Und Moaradrid hat ihn gestohlen.« Das erschien mir sehr komisch, aus Gründen, die ich nicht erklären konnte.

»Und dann hast du ihm den Stein gestohlen.«

»Und er ist hinter mir her, weil er den Stein zurückhaben will.« Plötzlich passte alles zusammen. Und dann musste ich lachen, ich konnte nicht anders. »Deshalb hast du uns also als Köder verwendet. Moaradrid wird mir kreuz und quer durchs Castoval folgen, solange es auch dauern mag, denn wenn er den Stein nicht zurückbekommt, hat er es bald mit einem Haufen sehr ungemütlich werdender Riesen zu tun.« Ich schüttelte verwundert den Kopf. »Und das alles wegen eines Steins. Ich wäre bereit gewesen, ihn zurückzugeben. Er hätte mich nur darum bitten müssen.«

»Es ist gut für das Castoval und das ganze Land, dass du ihm den Stein nicht zurückgegeben hast. Andernfalls säße Moaradrid vielleicht schon im königlichen Palast.«

»Und ich würde in einem Bett schlafen, anstatt mitten im Nichts auf einem Baumstamm zu sitzen und mit dir zu reden. Klingt als Alternative nicht unbedingt schlecht.« Bevor mir Estrada sagen konnte, was sie von meinen Prioritäten hielt, fügte ich hinzu: »Aber das alles erklärt nicht, warum ich nach Altapasaeda gehen muss, damit man mir dort den Kopf abhackt.«

»Darauf wollte ich gerade zu sprechen kommen. Als

Bürgermeisterin verfüge ich über diplomatische Privilegien, und Prinz Panchetto würde es nicht einmal jetzt wagen, sie zu missachten. Solange du zu meinem Gefolge gehörst, bist du sicher. Ich habe meine eigenen Gründe, nach Altapasaeda zu reisen, aber soweit es den Plan betrifft: Unser dortiger Aufenthalt wird Moaradrid Gelegenheit geben, zu uns aufzuschließen.«

»Und das ist gut?«

»Das ist es, wenn wir ihn in einen Hinterhalt locken wollen. Aber nichts davon kann klappen, solange du nicht in der Stadt bist, denn Moaradrid ist fest davon überzeugt, dass du den Stein hast. Du siehst also, Easie: Ich muss dich schützen, um das Castoval zu retten.«

»Ich verstehe.«

Was ich nicht sagte, war dies: *Du gehst bei all dem davon aus, dass du mich schützen kannst.* Marina Estrada, Bürgermeisterin eines Ortes, der sich vermutlich bereits in feindlicher Hand befand, Anführerin einer so kleinen und armseligen Widerstandsbewegung, dass der größte Teil des Castoval überhaupt nichts von ihrer Existenz wusste. Wie konnte der diplomatische Status einer ehemaligen Bürgermeisterin und Anführerin einer gescheiterten Widerstandsbewegung beschaffen sein?

Die Frage spielte letztendlich keine Rolle, denn ich hatte überhaupt nicht die Absicht, Altapasaeda einen Besuch abzustatten. Der wichtige Punkt, den Estrada offenbar übersah, war der, dass ich mich nicht mehr im Besitz des Steins befand. Vermutlich hatte sie ihn. Wenn das der Fall war, so gab es zwei Möglichkeiten: Sie musste ihn zeigen, um Moaradrid anzulocken, oder ihr Plan schlug fehl und sie geriet in Gefangenschaft – dann würde Moaradrid den Stein auf diese Weise bekommen. Wie auch immer, ich musste es nur etwa eine Woche lang vermeiden, von ihm geschnappt zu werden; dann würde sich sein Interesse an mir in Luft auflösen. Dann war diese verrückte Jagd vorbei.

Um ganz sicherzugehen, sagte ich mit erzwungener Unschuld: »Es wird nicht klappen. Ich habe den Stein vor Tagen verloren. Ich wusste nicht, dass er wichtig war, und deshalb habe ich kaum einen Gedanken an ihn vergeudet.«

Estrada hob die Hand und zog am Ausschnitt ihres Unterhemds. Für einen schrecklichen Moment dachte ich, sie wollte mich verführen. Dann sah ich den Beutel, den sie an einem Halsband trug.

»Wir haben ihn dir abgenommen, als du in den Höhlen geschlafen hast. Zu jenem Zeitpunkt wussten wir wirklich nicht, auf welcher Seite du stehst. Dann schlug Castilio vor, dich mit der Rettung von Salzleck zu beauftragen, um dich auf die Probe zu stellen und Moaradrid auf unsere Fährte zu locken. Es wäre lächerlich gewesen, dir den Stein zurückzugeben und zu sagen: ›Versuch bitte, dies nicht zu verlieren, während du in Moaradrids Lager bist.‹ Und nachher ergab sich keine Gelegenheit dazu.«

»Prächtig. Ich will das verdammte Ding ohnehin nicht zurück.«

»Solange Moaradrid glaubt, dass du ihn hast, ist alles in Ordnung. Wir könnten den Stein Salzleck geben, ohne dass es einen großen Unterschied macht.«

Ich lachte. »Salzleck, Oberhaupt der Riesen! Was würde er tun? Ich glaube nicht, dass es ihm liegt, Anweisungen zu erteilen.«

Estrada lächelte. »Ich bin froh, dass wir darüber gesprochen haben. Schade, dass ich nicht schon früher ehrlich zu dir sein konnte. Jetzt verstehst du sicher, warum du mich nach Altapasaeda begleiten musst.«

»Ja.«

Was nicht bedeutete, dass ich sie dorthin begleiten würde. Aus ihrem verrückten Plan herauszukommen, war eine andere Angelegenheit, die mindestens bis zum nächsten Morgen warten konnte.

»Wir sollten versuchen, ein wenig zu schlafen. Ein langer Tag erwartet uns.«

»Ja.« Estrada legte sich neben dem Feuer auf den Boden, mit dem Rücken zum Baumstamm. »Gute Nacht, Damasco.«

Rufe weckten mich. Mein erster Gedanke war, dass ich mich geirrt hatte, dass Moaradrids Männer das Feuer gesehen hatten – jeden Augenblick würden sie über mich herfallen, mich fesseln und irgendwohin bringen, wo mich unbeschreibliche Qualen erwarteten. Ich blinzelte benommen im Licht des Morgens und empfand weniger Furcht als Ärger darüber, mich geirrt zu haben. Als ich mir Estradas hämische Freude vorstellte, schnitt ich eine Grimasse.

Dann fiel mir auf, dass es ihre Rufe waren, die ich hörte, und nur ihre. Entweder gingen die Angreifer erstaunlich leise zu Werke, oder es fand etwas ganz anderes statt. Ich stand auf, rieb mir die Augen und sah mich um. Salzleck hob gerade den Kopf, offenbar ebenfalls von den Rufen geweckt. Durch die Lücken zwischen Blättern und Zweigen sah ich Estrada am Ufer stehen. Sie sprang von einem Fuß auf den anderen und winkte mit den Armen. Wem ihre Signale galten, konnte ich nicht feststellen. Vorausgesetzt, es waren überhaupt Signale. Ich hielt es auch für möglich, dass sie den Verstand verloren hatte.

Wem konnte sie hier mitten im Nirgendwo zuwinken? *Bitte nicht Mounteban*, dachte ich. *Moaradrid wäre mir lieber als der aufgeblasene Mistkerl*. Ich stieg über den Baumstamm hinweg, der uns als Sitzgelegenheit gedient hatte, und lief zum Ufer. Estrada stand hinter dem Vorhang aus Weidenzweigen, und deshalb konnte ich den Grund für ihr Winken erst erkennen, als ich direkt hinter ihr stand. Ein Kahn lag am Ufer, so nahe, dass die Besatzung an Land springen konnte, ohne nasse Füße zu bekommen. In einem besonders guten Zustand befand er sich nicht: Der Name war unter all dem Dreck nicht mehr zu lesen, und schmutzige Planen bedeckten die Fracht. Ein fransiges, derzeit zusammengefaltetes Segel hing am Mast. An Deck befanden sich zwei Jungen und ein bärtiger Mann, der einen einst teuren, inzwischen aber längst fadenscheinigen scharlachroten Mantel trug und sich über die Reling zu uns beugte.

Estrada bemerkte mich und sagte: »Damasco, das ist Kapitän Anterio. Ich habe ihn zufällig vorbeifahren sehen und dachte mir, dass er uns vielleicht helfen kann. Kapitän, dies ist mein Reisegefährte Easie Damasco.«

»Es ist mir ein Vergnügen«, sagte ich ohne große Überzeugung.

»Der Kapitän hat sich gerade bereit erklärt, uns mitzunehmen.«

»Vorausgesetzt, wir können uns auf einen angemessenen Preis einigen«, fügte Anterio rasch hinzu. Dann wurden seine Augen groß, und er trat einen Schritt zurück. »Was um alles in der Welt ist das?«

Ich folgte seinem bestürzten Blick und sah Salzleck, der durch den Wald pflügte.

»Ah«, sagte Estrada. »Salzleck wollte ich gerade erwähnen.«

Ich erfuhr nie, wie viel Estrada für die Reise mit dem Lastkahn bezahlte. Zweifellos war es eine beträchtliche Summe, als klar wurde, dass auch Salzleck zu den Passagieren zählte. Zwar erklärte sich Anterio schließlich bereit, ihn an Bord zu lassen, doch er bestand darauf, dass der Riese im Heck saß, mit dem Rücken zu uns. Diese Vorsichtsmaßnahme erschien mir seltsam, aber Salzleck hatte nichts dagegen, und bald waren wir unterwegs.

Kapitän Anterios Schiff stank schlimmer als es aussah. Missmutig und unaufgefordert erklärte er, dass er eine Ladung Rüben zur Stadt brachte.

»Warum riechen sie so schlimm?«, fragte ich. Meine Stimme klang gedämpft, weil ich beim Sprechen versuchte, mir die Nase zuzuhalten.

»Weil sie verfault sind«, antwortete Anterio und sah mich erstaunt an. »Ist doch ganz klar.«

So übel riechend und marode der Kahn auch sein mochte, eine steife Brise aus dem Süden machte ihn recht schnell auf dem Fluss. Insgeheim verfluchte ich Wind und Schiff. Ich brauchte Zeit, um meine Flucht zu planen, und die Zeit wurde immer knapper. Schon bald würden wir erste Zeichen der Zivilisation sehen, vereinzelte Bauernhöfe und Rauch von Dörfern weiter landeinwärts. Wenn ich Einfluss auf meine Zukunft nehmen wollte, musste ich schnell handeln.

Estrada saß zusammen mit Anterio im Bug, und einigen Gesprächsfetzen entnahm ich, dass sie sich vom Kapitän auf den neuesten Stand der Dinge bringen ließ. Vielleicht versuchte sie herauszufinden, was man sich über Moaradrid und den Widerstand erzählte. Erst nach einer Stunde stand sie auf, ging zum Heck und nahm neben Salzleck Platz. Inzwischen kamen wir an Weiden und Kornfeldern vorbei, und ich bemerkte erste Bauernhäuser und Scheunen. Kein Zweifel, wir näherten uns Altapasaeda.

Ich wartete einige Minuten, schlenderte dann zum Bug und setzte mich neben den Kapitän. Es gelang mir nicht, sein Alter zu schätzen. Zahlreiche Falten durchzogen sein sonnengebräuntes Gesicht – er konnte vierzig oder auch sechzig sein. Der abgetragene Mantel stammte von Altapasaedas Stadtwache, und ich fragte mich, was Anterio veranlasste, ihn auf diesem schmutzigen Kahn zu tragen.

Zuerst bemerkte er mich nicht. Er konzentrierte sich darauf, seinen Bart mit einer kleinen Schere zu schneiden. Ganz offensichtlich nahm er die Sache sehr ernst, obwohl es ihm an Geschick mangelte. Aus der Nähe konnte man deutlich erkennen, wie ungleichmäßig der Bart geschnitten war. Als er schließlich den Kopf drehte und mich ansah, sagte ich: »Ich habe einen Vorschlag, Käpt'n.«

Anterio verstaute die Schere in einem Lederbeutel, den er dann unter seinem Mantel verschwinden ließ. »Ein guter Kapitän nimmt Vorschläge immer gern entgegen. An manchen Tagen kommt er nur mit guten Vorschlägen über die Runden.«

»Stimmt haargenau. In diesem Fall«, ich streckte die Hand aus, die fünf der mir verbliebenen Onyx-Münzen hielt,» könnte der Vorschlag für uns beide profitabel sein.«

Anterio blinzelte. »Ich will doch stark hoffen, dass die junge Dame dort drüben nicht zu Schaden kommen soll, oder?«

»Ganz und gar nicht.«

»Es wäre vielleicht besser für alle, wenn du das Ungeheuer da hinten ertränken würdest«, fügte er vehement hinzu.

»Niemand muss ertränkt werden. Ich bitte dich nur um dies: Setz meine Reisegefährten wie geplant bei Altapasaeda ab. Anschließend fahren wir weiter flussaufwärts, bis wir ein anderes Boot für mich finden, eins, das sich von der Stadt entfernt. Das ist alles. Fünf Onyxe für eine Stunde Arbeit.«

»Ist das wirklich alles?«

»Ja.«

Kapitän Anterio reichte mir eine schmutzige Hand. »Dann akzeptiere ich deinen Vorschlag.«

Der Geruch von fauligem Gemüse hatte etwas Beharrliches, das sich schwer ignorieren ließ. Nachdem ich eine Zeit lang damit gerungen hatte, beschloss ich, mich damit abzufinden. Ich streckte mich auf einem schmalen Streifen des Decks aus, der von verfaulenden Rüben frei war, und erwog die Möglichkeit, ein Nickerchen zu machen.

Nach unserem kurzen Gespräch hatte Kapitän Anterio seine Aufmerksamkeit einigen kleinen Arbeiten an Bord gewidmet, wobei ihm die beiden Jungen zur Hand gingen – sie sahen ihm ähnlich genug, um seine Söhne sein zu können. Estrada und Salzleck saßen noch immer zusammen und sprachen gelegentlich miteinander. Ich hatte nicht die geringste Ahnung, worüber sie redeten.

Nachdenklich beobachtete ich die vorbeigleitenden Ufer und fragte mich, ob mein Plan funktionieren konnte. Anterio war zweifellos ein Mann, der ein paar zusätzliche Münzen gut gebrauchen konnte, und eine kleine Verlängerung der Reise würde seine Fracht nicht noch mehr verderben. Wenn ich ein Boot fand, das nach Norden unterwegs war, konnte ich es vielleicht bis nach Aspira Nero schaffen. Selbst wenn Moaradrid noch immer nach mir suchte – es würde ihm schwerfallen, mich einzuholen. Und wahrscheinlich würde es gar nicht dazu kommen, denn Estrada musste sich als Besitzerin des Steins zu erkennen geben, wenn ihr Plan nicht in die Binsen gehen sollte.

Im Großen und Ganzen sah eigentlich alles recht vielversprechend aus. Ich stellte fest, dass ich mich sogar auf Altapasaeda freute. Je eher ich dort eintraf, desto eher konnte ich die Stadt wieder verlassen. Aufregung und Gestank hielten den Schlaf von mir fern, und ich begnügte mich damit, in die Ferne zu starren und nach den ersten Anzeichen der Stadt Ausschau zu halten.

Schließlich sah ich die Brücke, die längste und prächtigste im ganzen Castoval. Ihre Bögen waren so hoch, dass selbst Schiffe mit besonders hohen Masten darunter hindurchfahren konnten. Man nannte sie »Säbel«, vermutlich wegen der Form und weil sie den Casto Mara zerschnitt. In der Ferne zeigte sich die Brücke als eine vage dunkle Linie über dem Wasser, und die Mauern davor bildeten nur undeutliche Flecken.

Das Gelände in dieser Region war flach. Man konnte den weiten Wald hinter uns sehen, und sogar die Berge, als violette Begrenzung des Blickfelds. Unsere Reise führte noch immer an Ackerland vorbei, doch die Plantagen wirkten jetzt üppiger und dienten dem Anbau von Früchten, die vor allem für die wohlhabenderen Bürger der Stadt bestimmt waren. Ich beobachtete Weinstöcke, Bienenhäuser, Olivenbäume und Bereiche, die allein der Versorgung des Tempelviertels mit Blumen, Weihrauch, Vögeln, Stoffen und Statuen dienten. Ein Durcheinander aus Farben bot sich dort meinem Blick dar, und der Wind trug uns berauschende Düfte entgegen. Auf der Straße am westlichen Ufer herrschte dichter Verkehr, und wir kamen an mehr Booten vorbei als am vergangenen Tag.

Kurze Zeit später erreichten wir die Vororte von Altapasaeda – eine höfliche Bezeichnung für nicht ganz so arme Armensiedlungen, die sich wie ein zweiter Schatten entlang der nördlichen Mauern erstreckten. Ich konnte nicht anders, als nach Hinweisen auf Moaradrids Heer zu suchen, aber aus der Ferne ließ sich nicht feststellen, ob es am Rand der Stadt mehr Zelte gab als sonst.

Ich konzentrierte meine Aufmerksamkeit auf die Stadt

selbst. Altapasaeda war einzigartig im Castoval, ein Vorstoß der nördlichen Zivilisation in unser einfacheres und weitaus ruhigeres Leben. Verglichen mit den anderen Städten des Castoval war Altapasaeda wie eine wundervolle, aber allmählich in die Jahre kommende Hure, deren Schönheit zwar atemberaubend sein mochte, aber zum größten Teil nur Fassade. Hinter den Mauern ragten hohe Türme auf, die einfach nur imposant sein sollten, und praktisch alle Häuser wiesen irgendwelche architektonischen Besonderheiten auf. Es war schwer, von Altapasaeda nicht beeindruckt zu sein, und noch schwerer, die Stadt ernst zu nehmen.

Erst als wir den rechten Bogen des Säbels passierten, kamen die Hafenanlagen in Sicht. Ich blinzelte in der plötzlichen Dunkelheit. Zunächst sah ich nur Schemen, die Konturen von Rechtecken und Dreiecken, die im Sonnenschein jenseits der Brücke glänzten. Als wir ins Licht zurückkehrten und die graue Decke der Brücke hinter uns blieb, ließen sich Einzelheiten erkennen. Der Hafen von Altapasaeda unterschied sich sehr von Casta Cantos Anlegestellen. Hier bestand alles aus Stein und bildete zwei lange Reihen mit Treppen und Rampen. Die Poller bestanden aus Metall, und es gab sogar zwei Kräne, dazu bestimmt, die größeren Schiffe zu entladen.

Überall herrschte so rege Betriebsamkeit, auf dem Wasser wie an Land, dass wir zehn Minuten nach einem geeigneten Anlegeplatz suchen mussten. Der Kapitän und seine beiden Jungen riefen die ganze Zeit über unverständliche Worte, die den Besatzungen anderer Kähne und Hafenarbeitern galten. Ich wurde ungeduldig und auch ein bisschen nervös. Wächter patrouillierten am Kai, und vielleicht erkannte mich einer von ihnen. War all dieses Geschrei, das nur unnötige Aufmerksamkeit erregte, für einen kurzen Aufenthalt wirklich nötig?

Unser dreckiger, stinkender Kahn glitt in eine Lücke zwischen zwei ähnlich mitgenommen wirkenden Kähnen, was nicht ganz einfach war und offenbar noch mehr Geschrei erforderte. Ich beobachtete Anterio, als er einem jungen Burschen am Kai ein Seil zuwarf. Kurz darauf waren wir vertäut, und der Kapitän ließ den Landungssteg herab.

»Da sind wir!«, rief er. »Altapasaeda, prächtige Dame des Südens.«

Jetzt würde er Estrada und Salzleck von Bord gehen lassen, um anschließend den Landungssteg zurückzuziehen und wieder abzulegen. Wir würden weg sein, bevor Bürgermeisterin und Riese begriffen, was geschah. Aber Anterio stand einfach nur da, mit den Händen an den Hüften. Als die beiden Jungen an Land flitzten, unternahm er nichts, um sie daran zu hindern.

Ich wurde argwöhnisch, schob mich an ihn heran und flüsterte: »Was hat das zu bedeuten? Was ist mit unserer Vereinbarung?«

Anterio sah mich voller Abscheu an. »Was für ein Mann würde versuchen, seine schwangere Frau und ihren armen, missgestalteten Bruder zu verlassen? Die Dame hat mich darauf hingewiesen, dass du etwas in dieser Art versuchen würdest.« Er drückte mir vier Münzen in die Hand und fügte hinzu: »Eine behalte ich, damit es dir eine Lehre ist.« Er gab mir einen Stoß in Richtung Laufsteg.

Ich taumelte an Land, und als ich mich umdrehte, kam Salzleck über den Steg und versperrte mir den Weg zurück.

Ich saß in Altapasaeda fest und konnte nichts daran ändern.

14

Wir befanden uns erst seit drei Minuten in Altapasaeda, als die Probleme begannen.

Kapitän Anterio hatte sich respektvoll von Estrada verabschiedet sowie Salzleck und mir einen finsteren Blick zugeworfen, bevor er sich zwei Hafenarbeitern zuwandte. Ich überlegte, ob ich versuchen sollte, einfach wegzulaufen.

Es wäre sicher nicht weiter schwer gewesen, unter all den Schiffen an den Anlegestellen eins zu finden, das mich als zahlenden Passagier an Bord nahm. Vor Estrada keinen Hehl aus meiner Flucht zu machen, zeigte allerdings einen Mangel an Finesse, und ich konnte wohl kaum hoffen, Salzleck zu Fuß zu entkommen, sollte er entscheiden, mich zu verfolgen. Woraus sich jede Menge Unruhe ergeben hätte, was wiederum der Aufmerksamkeit der Wächter nicht entgangen wäre.

Gerade als ich zu diesem Schluss gelangte, fand uns die Aufmerksamkeit trotzdem. Zwei Wächter – in den Grau- und Brauntönen des Hafens fielen sie mit ihren langen scharlachroten Mänteln und Dreispitzen sofort auf – inspizierten weiter oben einen Kistenstapel, und einer von ihnen deutete zum gegenüberliegenden Ufer. Als er dorthin sah, ging sein Blick über uns hinweg, und er stieß den anderen Wächter mit dem Ellenbogen an. Sie starrten beide in unsere Richtung, erst auf Salzleck und dann auf mich. Ich beobachtete, wie sich die Lippen des ersten

Wächters bewegten – vermutlich nannte er meinen Namen.

»Estrada«, murmelte ich.

»Was ist?«

Ich versuchte, ihr mit einer knappen Kopfbewegung zu zeigen, was ich meinte. »Wir kriegen Gesellschaft.«

»Oh.«

Die beiden Wächter kamen jetzt die Treppe herunter und hielten dabei den Blick auf uns gerichtet. Es konnte nicht der geringste Zweifel daran bestehen, dass sie zu uns wollten.

»Wir könnten laufen.«

»Und dann?«

»Wir könnten in den Fluss springen.«

»Damasco …«

Ich verfluchte sie wortlos dafür, meinen Namen laut genug genannt zu haben, dass der nächste Wächter ihn hören konnte. Der Mann lief die letzten Meter und blieb vor uns stehen. »Aha … Easie Damasco.«

Über seine Schulter hinweg sah ich, wie der zweite Wächter Verstärkung heranwinkte und dabei misstrauisch Salzleck beobachtete. Beide Männer hielten ihre Hände in unmittelbarer Nähe des Schwertgriffs.

»Ihr irrt euch. Ich bin sein Bruder Santo. Die Leute sagen, dass wir uns ähneln, aber ich fürchte, Easie sieht besser aus als ich.«

Estrada verzog das Gesicht und gab mir damit besser als mit Worten zu verstehen, dass ich die Klappe halten sollte. »Ich bin Marina Estrada, amtierende Bürgermeisterin von Muena Palaiya. Diese Herren sind meine Reisegefährten, und wir möchten zu Prinz Panchetto.«

Estrada versuchte, Autorität in ihre Stimme zu legen, was sicher besser funktioniert hätte, wenn sie nicht so schmutzig gewesen wäre und nach faulen Rüben gerochen hätte. Eine kleine Gruppe von Wächtern versammelte sich um uns herum, und niemand von ihnen wirkte sehr überzeugt. Der erste Wächter teilte den anderen mit: »Das ist Easie Damasco.«

»Das stimmt«, sagte Estrada, und es gelang ihr, ein wenig verärgert zu klingen. »Bestimmt lassen sich alle Fragen klären, wenn wir mit Prinz Panchetto reden können.«

»Sie möchte zum Prinzen«, fuhr der Wächter fort, als hätten die anderen nicht alles gehört. Vielleicht war er ein geborener Idiot, oder ein Offizier.

Wie auch immer, es war sein Kollege, der die Sache in die Hand nahm. Mit einem kurzen Blick zu Salzleck sagte er: »Ich glaube, Ihr solltet mit uns kommen, gnädige Frau.«

»Ich verabscheue es, ›Ich habe es dir ja gesagt‹ zu sagen. Nein, warte. Eigentlich sage ich es ganz gern.«

»Es wird bestimmt alles gut.«

»Für dich vielleicht. Der einzige Vorteil, den ich für mich entdecken kann, besteht darin, dass ich vermutlich keinen neuen Hut kaufen muss.«

»Mach dir keine Sorgen.«

»Ach? Glaubst du, dass man mich vielleicht mit ein bisschen leichter Folter und anschließend lebenslanger Haft in irgendeinem dunklen Verlies davonkommen lässt? Oh, da du es erwähnst … Ich *habe* davon gehört, dass der Prinz eine Schwäche für Berufsverbrecher hat.«

»Sei still«, sagte der nächste Wächter und gab mir eine Kopfnuss. »Sprich nicht über Seine Hoheit.«

Der Schlag hielt mich davon ab zu erwidern: Wie sollten wir mit dem Prinzen sprechen können, wenn wir ihn nicht erwähnen durften? Selbst Estrada musste inzwischen begriffen haben, dass diese Männer kaum beabsichtigten, uns zum Palast zu bringen.

Wir ließen die Rastlosigkeit des Hafens hinter uns und marschierten durch das im Westen angrenzende Untere Marktviertel. Dabei sorgten wir für mehr Aufsehen, als mir lieb war. Die Rufe der Straßenhändler und ihrer Kunden verklangen, und alle drehten sich nach uns um. Es tröstete mich kaum, dass ihr Interesse vor allem dem Riesen hinter uns galt; Estrada und mich streifte nur der eine oder andere flüchtige Blick. Ich wusste, wie schnell sich Neues in Altapasaeda herumsprach. Selbst wenn es Estrada gelang, uns irgendwie aus diesem Schlamassel herauszureden – Moaradrid würde schon bald von unserer Ankunft in der Stadt erfahren.

Den Wächtern schien all die Aufmerksamkeit, die wir auf uns zogen, ebenfalls nicht zu behagen. Sie hatten ein lockeres Oval um uns gebildet und wahrten nun einen respektvollen Abstand, der bei Salzleck besonders groß war, wodurch die eiförmige Formation eher zu einer birnenförmigen wurde. Sie hätten nicht viel tun können, wenn er auf den Gedanken gekommen wäre, Widerstand zu leisten. Dass er sich ganz ruhig verhielt, stand im Gegensatz zu ihren Erfahrungen mit verhafteten Verbrechern und machte sie nervös.

Durch einen Torbogen verließen wir das Untere Marktviertel. Den Verkaufsständen auf den Straßen folgten mit Stuck verzierte Läden, die metallene Balkone und Fensterläden aus schwarzem Holz besaßen. Hier gab es Parfümerien, Feinkostgeschäfte, Blumenhändler, Weinläden und mehr als ein großes Aviarium mit Käfigen, die zahlreiche Vögel mit bunten Gefiedern präsentierten. In diesen Straßen herrschte nicht ganz so dichter Verkehr, und die Leute, die hier unterwegs waren, trugen bessere Kleidung. Die Männer zeigten sich in langschwänzigen Gehröcken, die Frauen in weiten Gewändern, fast ebenso bunt wie die Vögel. Diese Leute übten mehr Zurückhaltung als die im Unteren Marktviertel, obwohl sie ebenso neugierig waren, und um über ihr Glotzen und Gaffen hinwegzutäuschen, bewegten sie Fächer und drehten ruckartig den Kopf. Das Unbehagen der Wächter schien dadurch noch größer zu werden – sie wirkten, als wollten sie uns gehen lassen, nur um nicht mehr im Mittelpunkt der allgemeinen Aufmerksamkeit zu stehen.

Ich wollte ihnen gerade einen entsprechenden Vorschlag unterbreiten, als wir die Hauptstraße verließen und den Weg durch eine Gasse fortsetzten. Sie endete auf einem großen Platz, den ich nur zu gut kannte. Der Rote-Nelke-Platz verdankte seinen Namen nicht besagter Blume, sondern einem Sockel in der Mitte und dem vielen Blut, das von ihm geflossen war. Zwei Ängste hatten mir den kurzen Aufenthalt in Altapasaeda verdorben. Die erste galt dem hölzernen Rechteck in der Mitte jenes Platzes, zerfurcht von den vielen Armen, Beinen und Köpfen, die darauf abgehackt worden waren. Die zweite bezog sich auf das Gebäude aus weißem Stein dahinter. Es hatte viele Fenster, aber alle waren vergittert, und durch die Tür kamen nur wenige Leute, die nicht auf dem Block endeten.

Zu eben dieser Tür führte man uns, zu einer kleinen Pforte aus dunklem Holz, mit metallenen Beschlägen verstärkt. Sie wirkte enttäuschend harmlos, wenn man bedachte, dass sie die einzige Möglichkeit darstellte, das gefürchtetste Gefängnis des Castoval zu betreten oder zu verlassen. Der Wächter ganz vorn klopfte auf das dunkle Holz, und die Tür schwang geräuschlos auf. Ich merkte, dass ich den Atem anhielt und meine Knie plötzlich weich geworden waren.

Doch hinter dem Eingang erwartete uns nur ein kleines Büro. Der Türwächter – ein älterer Mann, der einen Zwicker und eine gewöhnliche Uniform trug – trat hinter einen abgenutzten Schreibtisch. Fünf Minuten verbrachte er damit, unseren Besitz in Listen einzutragen sowie unsere Namen zu notieren und ihnen eine kurze Beschreibung hinzuzufügen. Salzleck schien das Katalogisierungssystem dieses Mannes zu überfordern, denn er verbrachte viel Zeit damit, verärgert zu brummen und nachdenklich am Ende seines Federkiels zu kauen. Er schien zu glauben, dass man den Riesen nur zu ihm gebracht hatte, um ihn zu verwirren.

Ich war fast erleichtert, als uns die Wächter schließlich durch einen Torbogen und dann eine Treppe hinunter in die unheilvollen Tiefen des Gebäudes brachten. Draußen war es noch nicht ganz Mittag, aber das Tageslicht blieb schnell hinter uns zurück, und wir verdankten es nur einigen wenigen Fackeln, dass es in dieser Unterwelt nicht völlig finster war. Soweit ich das feststellen konnte, bestand diese Welt aus Fluren, die im rechten Winkel zueinander verliefen und quasi ein Gitter formten, von dem die einzelnen Zellen abgingen. Es roch nach Rauch, aber leider gelang es diesem Geruch nicht, die anderen Gerüche zu überlagern, die von Menschen und ihrem Leid stammten.

Unsere Gruppe wurde von zwei Wärtern in Empfang genommen, deren Uniformen nicht scharlachrot waren wie die der Wächter, sondern schwarz. Es folgte ein mit leisen Stimmen geführtes Gespräch, bei dem ich unsere Namen hörte und den des Prinzen, gefolgt von Gelächter. Dann schlossen sich die Wärter unserer Prozession an; es ging durch einen weiteren düsteren Flur, und schließlich erreichten wir eine der äußeren Zellen.

»Hinein mit euch«, sagte der erste Wächter. Dass Salzleck nicht einmal aufgemuckt hatte, machte ihn ganz offensichtlich nervös; er schien eine Falle zu befürchten.

Salzleck versuchte, sich durch die schmale Zellentür zu schieben, aber die ersten Versuche schlugen fehl. Einige Sekunden lang wand er sich hin und her, und schließlich schaffte er es doch noch, sich seitlich durch die Tür zu quetschen. Während seiner Bemühungen kroch immer mehr Panik in die Gesichter der Wächter, und ich musste mich sehr beherrschen, um nicht zu lachen.

»Gut, und jetzt ihr beide. Macht bloß keinen Ärger.«

»Ich versuche nie, Ärger zu machen. Der Ärger geschieht immer um mich herum«, sagte ich und betrat die Zelle.

Ich sah zurück, als Estrada mir nicht folgte. Sie leistete nicht in dem Sinne Widerstand, aber in ihrer Haltung gab es etwas, das mir inzwischen vertraut war. Dieses Etwas sagte mir, dass der schlechte Tag der Wächter noch schlechter zu werden drohte.

Der erste Wächter schien nach geeigneten Worten zu suchen. »Ihr ebenfalls, gnä' Frau.«

»Ihr wollt dem Prinzen nicht mitteilen, dass ich hier bin, oder?«

Er dachte darüber nach. »Nein, ich glaube nicht.«

»Darf ich nach dem Grund dafür fragen?«

»Weil der Mann dort Easie Damasco ist, ein bekannter und gesuchter Verbrecher, und weil Euer zweiter Begleiter eine Art Ungeheuer ist. Das lässt mich vermuten, dass Ihr nicht unbedingt die Art von Person seid, die der Prinz gern empfangen würde.« Er bemerkte Estradas Gesichtsausdruck und fügte rasch hinzu: »Außerdem bin ich nur ein Feldwebel und bezweifle, dass Seine Hoheit mich anhören würde.«

»Ich weiß Eure Ehrlichkeit zu schätzen.«

Das erleichterte den jungen Wächter offenbar. »Wenn Ihr also bitte in die Zelle gehen würdet …«

»Nur noch eine Sache, Feldwebel.«

Er verzog das Gesicht.

»Was ist, wenn Ihr Euch irrt?«

»Wie bitte?«

»Ich meine, was wäre, wenn ich wirklich die bin, die ich zu sein behaupte, die Bürgermeisterin einer Stadt, mit der sich Prinz Panchetto verbündet hat? Und was wäre, wenn er erfährt, dass Ihr mich in eine Gefängniszelle gesteckt habt, ohne dass ich gegen irgendein Gesetz verstoßen habe?« Ich spürte, dass ihr dies zu gefallen begann. »Was würde dann wohl passieren?«

Der Feldwebel schluckte, öffnete den Mund und schloss ihn wieder. Schließlich zuckte er mit den Schultern, eine Bewegung, die den ganzen Körper zu erfassen schien. »Ich weiß es nicht, gnä' Frau. Aber wenn Ihr so gütig seid und ein bisschen in diesem Raum wartet ... Ich informiere den Hauptmann der Wache über diese Angelegenheit, und dann kann er entscheiden.«

Estrada lächelte glückselig und betrat die Zelle. Hinter ihr schloss der Feldwebel die Tür so sanft wie möglich, während er gleichzeitig den Eindruck zu erwecken versuchte, sie entschlossen zufallen zu lassen.

Das Spektakel war vorbei, und ich wandte meine Aufmerksamkeit der Umgebung zu. Ich hatte schon schlimmere Zellen gesehen. Diese war einigermaßen sauber und enthielt nicht nur einen Eimer, sondern auch einen Haufen Stroh in der Ecke, das Salzleck offenbar für einen geeigneten Imbiss hielt; er machte sich sofort daran, es zu vertilgen. Es war nicht einmal völlig dunkel – ein bisschen Tageslicht kam über unseren Köpfen durch ein vergittertes Fenster in der Außenwand.

Was sich jedoch bald mehr als Fluch denn als Segen erwies. Das Fenster diente nicht etwa dem Zweck, dass wir uns ein wenig besser fühlten. Vielmehr gab es Passanten Gelegenheit, uns nach Belieben zu verspotten und zu bespucken, sollte ihnen der Sinn danach stehen. Wir befanden uns kaum fünf Minuten in der Zelle, als sich einige

Jugendliche am Fenster einfanden, anzügliche Bemerkungen über Estrada machten und Salzleck verhöhnten. An einem besseren Tag hätte ich die Herausforderung angenommen, aber diesmal fehlte mir der Nerv dazu. Ich setzte mich in die Ecke, die am weitesten vom Fenster entfernt war, schlang die Arme um die Knie und starrte einfach nur, bis die Jugendlichen das Interesse verloren und gingen.

Als wir wieder allein waren, sagte ich zu Estrada: »Du weißt doch, wer der Hauptmann der Wache ist, oder?«

»Natürlich weiß ich das.«

»Und dein Plan sieht vor, ihn hierher zu holen? Wahrscheinlich will er selbst die Axt schwingen.«

»Es wird alles gut, Damasco.«

»Das hast du schon einmal gesagt.«

»Ja. Hab ein bisschen Vertrauen. Altapasaeda ist genau der richtige Ort dafür.«

Ich schwieg. Wahrscheinlich kannte sie Hauptmann Alvantes' Ruf nicht annähernd so gut wie ich, aber welchen Sinn hatte es, jetzt darüber zu reden? Estrada würde bald merken, dass sich niemand darum scherte, ob sie Bürgermeisterin irgendeines abgelegenen Kaffs gewesen war. Einige Wochen in diesem Loch würden sie in jeder Hinsicht eines Besseren belehren.

Die Schatten der Gitterstäbe im Fenster hatten bei unserer Ankunft gerade durch die Zelle gereicht, und jetzt zeigten sie zu der Ecke, in der Salzleck noch immer Stroh mampfte. Es musste kurz nach Mittag sein, wenn mich mein Orientierungssinn nicht täuschte. Es war warm genug in der Zelle, und wir hatten es nicht allzu unbequem. Vielleicht würde man uns bald etwas zu essen bringen. Oder man vergaß uns einfach. Vielleicht würde der Feldwebel sein Wort nicht halten, und Alvantes hielt diese Sache für unter seiner Würde. Vielleicht …

Ich hatte die schnellen Schritte im Flur gerade erst bemerkt, als auch schon die Tür aufsprang. Ich wich zur Seite, und als ich den Kopf hob, sah ich mich dem markanten Gesicht von Alvantes gegenüber, des Hauptmanns der Stadtwache von Altapasaeda. Er wirkte älter als bei unserer letzten Begegnung. Dünne Falten durchzogen seine kantige Kieferpartie, und hier und dort zeigte sich erstes Grau in seinem kurzen braunen Haar. Die Uniform spannte sich noch immer über breiten Schultern, und in den Augen funkelte der alte Enthusiasmus. Alvantes der Keiler, der Hammer von Altapasaeda ... Natürlich wollte er sich persönlich mit dem berüchtigten Easie Damasco befassen.

Woraus sich die Frage ergab: Warum achtete er kaum auf mich? Sein Blick streifte mich nur, glitt über Salzleck und kehrte sofort zu Estrada zurück. »Marina.«

»Hauptmann.«

»Dies ist ... bedauerlich. Ich habe mit meinen Männern gesprochen.«

»Sie konnten es nicht wissen.«

»Natürlich. Das habe ich berücksichtigt. Wie auch den Umstand, dass Ihr in solcher Gesellschaft unterwegs seid ...« Bei diesen Worten *sah* er mich an, voller Abscheu. »Nun, Ihr versteht sicher, dass sich daraus Missverständnisse ergeben können.«

»Ja. Dennoch muss ich darauf hinweisen, dass Easie Damasco mein Reisegefährte ist und somit unter meinem Schutz steht.«

»Und ...?« Alvantes nickte in Richtung Salzleck.

»Salzleck ebenfalls. Ohne seine Hilfe hätten wir es nicht bis hierher geschafft.«

Ich kam nicht umhin zu bemerken, dass die dicken Lippen des Riesen ein Lächeln formten.

Alvantes wirkte alles andere als beeindruckt. »Das respektieren wir natürlich. Vorausgesetzt, der Dieb benimmt sich während seines Aufenthalts in der Stadt.«

Hier ging etwas vor sich, das ich nicht verstand. Die betonte Förmlichkeit zwischen Alvantes und Estrada sprach Bände, aber ich wusste nicht, was in diesen Bänden geschrieben stand. Dass Estrada hier als Flüchtling auftauchte, begleitet von einem Monstrum auf der einen Seite und einem gesuchten Verbrecher auf der anderen, war ihrer Glaubwürdigkeit eher abträglich. Doch ich fühlte, dass es um mehr ging.

Wie dem auch sei, von mir aus konnten der Hauptmann und die Bürgermeisterin zusammen tanzen, wenn uns das aus der Zelle brachte. »Mein Verhalten wird tadellos sein«, sagte ich. »Ich hoffe, wir können alle Missverständnisse zwischen uns klären.«

Alvantes bedachte mich mit einem so hasserfüllten Blick, dass ich zusammenzuckte. »Zwischen uns hat es keine Missverständnisse gegeben. Wenn du auch nur einen Zeh an die falsche Stelle setzt, hilft dir kein Schutz dieser Welt.« Dann wandte er sich wieder an Estrada, als wäre nichts gewesen. »Sollen wir gehen? Seine Hoheit wartet.«

Unsere zweite Reise durch Altapasaeda war diskreter als die erste. Diesmal beschränkte sich unsere Eskorte auf zwei Wächter, und das war nur der Anfang. Irgendwie mieden die Blicke aller anderen Alvantes, und irgendwie wichen die Passanten beiseite, ohne dass sie zu erkennen gaben, den Hauptmann überhaupt bemerkt zu haben. Wir bekamen so wenig Aufmerksamkeit, als wären wir in einer Blase der Unsichtbarkeit unterwegs. Wenn für Alvantes jemals ein Berufswechsel nötig werden sollte, hätte er in Erwägung ziehen können, Taschendieb zu werden. Dieser Gedanke ließ mich laut lachen.

Unsere Route brachte uns kurz zum eleganten Teil des Marktviertels zurück, bevor wir den breiten Boulevard des Tausend-Götter-Wegs erreichten, die Hauptstraße des Tempelviertels.

Der Rest des Castoval stand den Religionen des Nordens mit ihren ebenso bizarren wie zahlreichen Gottheiten eher skeptisch gegenüber, aber es konnte kein Zweifel daran bestehen, dass sie spektakulär waren. Überall wölbten sich große Torbögen mit Blumengirlanden. In Stein gemeißelte Gestalten, halb Mensch und halb Tier, blickten herab, schwangen sonderbare Waffen, grinsten irre oder lächelten geheimnisvoll. Keinem Gebäude mangelte es an Säulen und anderen Verzierungen, in immer neuen Kombinationen angeordnet.

Es war überwältigend, und für mich kam es einer Erleichterung gleich, als wir den Boulevard verließen. Doch diese Erleichterung währte nicht lange. Voraus erhob sich ein Palast, und so prächtig all die Tempel auch gewesen sein mochten, ihre Pracht verblasste im Vergleich mit diesem Gebäude.

Dies war die Residenz des Prinzen Panchetto, einziger Sohn des Königs Panchessa, und seines nicht gerade kleinen Hofes. Es hieß, dass der König seinen hirnlosen Sohn mit diesem Palast von den Geschäften der Politik ablenken wollte – sollte er sich Belanglosigkeiten widmen, die seinem Temperament besser entsprachen. Wenn diese Gerüchte stimmten, so war die Ablenkung gut gewählt. Man konnte sich kaum vorstellen, dass es möglich war, von solch prunkvoller Herrlichkeit umgeben ernsten Dingen nachzugehen.

Alvantes führte uns nicht durchs kolossale Haupttor, sondern durch ein kleineres Kutschenportal auf der Seite. Zwei Turbane tragende Palastgardisten lösten die Wächter ab, die uns bis hierher begleitet hatten. Sie schritten vor uns durch lange Flure, deren Boden aus eierschalenfarbenem Marmor bestand, und ihre azurblauen Umhänge raschelten bei jedem Schritt. Treppenstufen führten zu einem offenen Hof hinauf, wo sich das Wasser von vier großen, mit Mosaiken geschmückten Springbrunnen in einem zentralen Becken sammelte. Dahinter erstreckten sich weitere Flure, jeder von ihnen so breit, dass es möglich gewesen wäre, nebeneinander zu gehen, mit Salzleck in unserer Mitte, ohne dass der Platz knapp wurde.

Wir blieben in einem Vestibül stehen, wo zwei weitere Gardisten warteten und mit ihren Hellebarden den Zugang zu einem Torbogen blockierten, der sich hinter einem Vorhang verbarg. Alvantes trat vor und führte ein kurzes, leises Gespräch mit dem Gardisten auf der linken Seite. Kurz darauf kamen die beiden Hellebarden nach oben.

Der Hauptmann winkte uns nach vorn. »Er hat mir gesagt, dass Seine Hoheit derzeit einen anderen Gast hat, euch aber trotzdem eine kurze Audienz gewährt.«

Estrada trat vor mir durch den Torbogen, und ich hörte, wie sie nach Luft schnappte. Behutsam schob ich den Vorhang beiseite, folgte ihr und erreichte einen Raum so groß wie eine Scheune. Darin erhob sich ein Podium, auf dem ein verzierter, mit Kissen ausgelegter Thron stand. Vor dem Podium sah ich eine kleine, dickliche Gestalt, die so sehr mit Juwelen behängt war, dass es sich nur um den Prinzen handeln konnte.

Ein Mann stand neben ihm, größer, weniger protzig und weitaus imposanter. Ich erkannte ihn und glaubte zu fühlen, wie mir das Blut in den Adern gefror.

»Willkommen, willkommen!«, rief der Prinz. »Ich glaube, ihr kennt bereits meinen großen Freund und Bruder Moaradrid, nicht wahr?«

15

Wie großzügig vom Schicksal, uns alle zusammenzubringen.«

Die Andeutung eines Lächelns zupfte an Moaradrids dünnen Lippen. Er verbeugte sich und fuhr fort: »Bürgermeisterin Marina Estrada, es ist mir eine Ehre. Ich glaube, in der Ebene bei Aspira Nero wären wir uns fast begegnet. Bei jener Gelegenheit habt Ihr Euch auf den Weg gemacht, bevor ich Gelegenheit erhielt, Euch kennenzulernen.«

Moaradrid sah mich an, und ich krümmte mich innerlich zusammen. Für einen Moment zeigte sich etwas hinter der Maske der Höflichkeit. Ich hatte das Gefühl, vor einem eleganten Stadthaus zu stehen und plötzlich zu erkennen, dass es hinter den Fenstern lichterloh brannte.

»Du musst Easie Damasco sein, der …« Moaradrid zögerte und schien nach dem richtigen Wort zu suchen. »Sollen wir ›Abenteurer‹ sagen? Habe ich dich nicht vor dem Tod durch den Strang bewahrt? Ein wenig Dankbarkeit wäre vielleicht angemessen gewesen.«

Er richtete den Blick auf Salzleck. »Zu guter Letzt mein auf Abwege geratener Krieger. Ich kann mich nur für eventuelle … Missverständnisse während deiner Zeit als Gast bei mir entschuldigen.«

Nie zuvor hatte ich jemanden gehört, der Folter so überzeugend als Missverständnis beschreiben konnte. Es war seltsam zu sehen, wie Salzleck den Kriegsherrn weit überragte, aber fast aus Furcht vor ihm zitterte.

»Kein Kampf.«

Es war mehr eine Bitte als eine Stellungnahme. Würde Salzleck noch immer Befehlen gehorchen, wenn er glaubte, dass sich Moaradrid nach wie vor im Besitz des Anführer-Steins befand? Estrada konnte natürlich darauf hinweisen, wer ihn wirklich besaß, doch sobald das letzte Geheimnis enthüllt war, wäre unser Leben nichts mehr wert gewesen.

»Wer redet denn hier von Kampf?«

Wir alle drehten uns zu Prinz Panchetto um. Bisher hatte er uns fröhlich angelächelt, als hielte er dies für ein Treffen alter Freunde. Mit seinen zwei Worten war es Salzleck gelungen, dieses Lächeln in eine erschrockene Grimasse zu verwandeln.

»Ich bitte um Entschuldigung, Prinz«, sagte Moaradrid rasch. »Das Geschöpf ist verwirrt.«

»Das Geschöpf«, warf Estrada ein, »ist unser Freund und Reisegefährte.«

»Fürwahr.« Moaradrid verbeugte sich erneut und versuchte diesmal nicht, seine Ironie zu verbergen. »Und wir müssen unsere Freunde klug wählen.« An die Adresse des Prinzen gerichtet fügte er hinzu: »Ist es nicht so, Hoheit?«

»Oh, natürlich. Und wie der Riese klugerweise sagte: Wir sollten nicht gegeneinander kämpfen. Ich fühle Anspannung bei meinen Gästen, und das gefällt mir gar nicht.«

»Das Problem könnte leicht gelöst werden.«

»Tatsächlich?«

»Es ist nur eine Frage von …«

»Ein Bankett!«, rief der Prinz mit der Begeisterung eines Philosophen, der eine plötzliche Inspiration erfuhr. »O ja, heute Abend versammeln wir uns alle bei einem Bankett. Nichts vertreibt Sorgen besser als mit Honig gesüßter Wein und gutes Essen. Und Musikanten, denke ich, ein paar Akrobaten, vielleicht auch noch ein oder zwei tanzende Bären …«

»Hoheit, ich wollte vorschlagen …«

»Ja! Wir speisen zusammen und sprechen dabei über amüsante Dinge. Auf diese Weise lassen wir die Probleme ruhen. Seid ihr einverstanden? Ich wäre gekränkt, wenn ihr es nicht wäret.« In den letzten Worten lag so viel kindliches Flehen, dass ich die Hand heben musste, um mein Grinsen zu verbergen. Moaradrids Gesicht ähnelte mehr einer Gewitterwolke, aus der jeden Moment Blitze zucken konnten. Er sah aus, als hätte er den Prinzen am liebsten einen Kopf kürzer gemacht.

Estrada antwortete als Erste. »Es wäre uns eine Ehre und ein Vergnügen, Prinz. Ihr habt recht. Wir sollten unsere Meinungsverschiedenheiten auf zivilisierte Art und Weise beilegen.« Sie betonte das Wort »zivilisiert«.

»Wundervoll! Spricht die Dame für euch alle?«

»Sie hat meine Stimme«, sagte ich. »Eine Einladung zu kostenlosen Getränken habe ich noch nie abgelehnt.«

»Eine gute und lobenswerte Einstellung. Was ist mit dir, Riese?«

»Essen gut«, antwortete Salzleck scheu.

»In der Tat. Moaradrid, Ihr gönnt uns doch einen heiteren, unbeschwerten Abend, oder?«

»Es käme mir nie in den Sinn, Euch einen vergnüglichen Abend zu verderben«, erwiderte Moaradrid.

Der Prinz klopfte mit den Fingerknöcheln an einen in der Nähe hängenden Gong, und vier Palastwächter erschienen, jeweils zwei aus den nahen Fluren. Wir verbeugten uns, der Prinz nickte, und man geleitete uns in einen Nebenraum. Moaradrid wurde in eine andere Richtung geführt – der einzige Hinweis darauf, dass Panchetto zumindest eine Ahnung von den besonderen Umständen hatte, die zwischen uns herrschten. Es verriet viel über seinen Hof, dass ein ganzer Krieg stattfinden konnte, ohne dass es jemand bemerkte. Vielleicht verriet es auch viel über den Krieg.

Jemand, der fast ebenso prächtig gekleidet war wie der Prinz, wartete hinter dem Vorhang auf uns. Er verbeugte sich tief und sagte: »Es ist mir eine Ehre, Stimme und Hände des Prinzen Panchetto zu sein.« Er reichte Estrada ein verziertes Medaillon an einer Kette. »Dies weist Euch auf dem Palastgelände als Würdenträgerin aus. Wohin Ihr auch geht, man wird Euch den größten Respekt entgegenbringen. Wenn Ihr irgendeinen Wunsch habt … Nennt ihn, und er wird Euch sofort erfüllt.«

»Der Prinz ist sehr großzügig«, sagte Estrada, nahm das Medaillon und legte es sich um den Hals.

Der Mann nickte ernst, als hätte Estrada etwas überaus Kluges gesagt. Er griff in eine Tasche und holte drei Ringe hervor, mit breiten Goldbändern, die das Reiher-Symbol des Hofes von Altapasaeda trugen. »Der Prinz erlaubt euch auch, gewisse Dinge zu erwerben: Lebensmittel, Kleidung, Unterhaltung, Schmuck und andere Güter des täglichen Bedarfs. In der Stadt braucht ihr nur diese Ringe zu zeigen, dann müsst ihr nicht bezahlen.«

Estrada und ich schoben uns die Ringe auf einen geeigneten Finger. Salzleck hätte seinen nicht einmal am kleinen Finger tragen können und hielt ihn deshalb in der Hand.

»Zimmer sind für euch vorbereitet«, fuhr der Mann fort. »Der Prinz wünscht euch einen angenehmen Tag und freut sich auf eure Gesellschaft beim Bankett.«

Er verbeugte sich noch einmal, drehte sich um und verschwand durch den Vorhang hinter dem Thronraum.

Woraufhin uns die Wächter durch einen weiteren Torbogen hinausführten. Fünf verwirrende Minuten liefen wir durch den Irrgarten des Palastes, bis wir in einen langen Flur mit überdachten Portiken zu beiden Seiten gelangten. Ein komplexes Mosaik aus Bernstein und Lapislazuli kroch die Wände empor zur Decke, wo es prächtige Blumenmuster bildete. Den Boden zierten Rauten aus weißen und grauen Fliesen, und die Vorhänge an jedem Torbogen zeigten ein wundervolles Himmelblau. Kaum hatten wir unsere Zimmer erreicht, ließen uns die Wächter allein; uns blieb nicht einmal Zeit genug, sie zu verabschieden.

Was mir durchaus in den Kram passte, denn ich wollte mit niemandem reden. Ich fühlte mich seltsam wund, als wäre jede Silbe aus Moaradrids Mund ein Schlag gewesen, und ich war dankbar für die Stille in meinem Zimmer. Ohne großes Interesse sah ich mich um und sank aufs Bett.

Es war ein wundervolles Bett.

Es schien etwa so groß zu sein wie Kapitän Anterios Kahn. In jeder anderen Hinsicht stellte es das Gegenteil davon dar, denn es war weich wie Moos und duftete nach Flieder und Patschuli. Außerdem war es nicht durch einen stinkenden Fluss vom Rest der Welt getrennt, sondern durch einen seidenen Baldachin. Ich dachte mir, hier zu sterben hätte bedeutet, dass mein Leben nicht ganz vergeudet war. Ich würde schlafen, bis Moaradrids Mörder zu mir kamen, und damit hatte es sich.

»Damasco.«

Estradas Stimme. Ich achtete nicht darauf.

»Wir müssen reden, Damasco.« Sie klang unsicher, sogar ein wenig besorgt. Das war neu, aber nicht interessant genug, meinen Kopf vom herrlichen Kissen fortzulocken.

»Damasco!«

Widerstrebend öffnete ich die Augen. »Hinaus mit dir, Estrada. Wenn ich schon sterben muss, will ich mich vorher wenigstens ausschlafen.«

Sie setzte sich ans Fußende des Bettes. »Dazu wird es nicht kommen.«

»Es *ist* bereits dazu gekommen. Oder willst du etwa leugnen, dass wir in der Klemme stecken? Warum gehst du nicht einfach zu Moaradrid und gibst ihm den verdammten Stein? Dann kann einer von uns vielleicht die Nacht überleben.«

»Ich weiß, dass es schlimm um uns zu stehen scheint, Damasco. Du musst nur noch etwas länger Vertrauen zu mir haben.«

In ihrer Stimme gab es einen klagenden Ton, der mir auf die Nerven ging. »Ich habe dir nie vertraut, Estrada. Du warst nur die beste von vielen schlechten Möglichkeiten. Und jetzt bist du nicht einmal mehr das.«

Sie stand so plötzlich auf, als hätte das Bett unter ihr Feuer gefangen. »Du … Na schön. Was ich dir sagen wollte … Du wirst heute Abend an dem Bankett teilnehmen und dich benehmen. Andernfalls ziehe ich meinen Schutz schneller zurück, als du blinzeln kannst. Sollen sich Panchetto und Moaradrid anschließend um deine Leiche streiten, was kümmert es mich.«

Ich war so verblüfft, dass Estrada bereits mein Zimmer verlassen hatte, bevor mir eine Antwort einfiel.

Eine Zeit lang war ich vor Zorn wie taub, und hinzu kam wachsende Furcht. Ich lag zwischen weichen Kissen und glänzenden Decken, starrte an die Wand und versuchte, meine Gedanken und Gefühle zu sortieren. Vor allem fühlte ich mich verraten. Moaradrid hatte uns eingeholt, und in diesem kritischen Moment wandte sich Estrada von mir ab.

Ich war auf mich allein gestellt.

Der geistige Wirbelwind ließ allmählich nach und hinterließ einige verstreute Gewissheiten. Estrada hatte uns in eine Falle geführt und war zu stolz oder zu dumm, ihren Fehler einzugestehen. Ich hatte versucht, sie zu warnen, und sie hatte damit gedroht, mir ihren Schutz zu entziehen, und das nach all dem, was ich für sie und ihre absurde Sache getan hatte. So sah es aus.

So war es immer gewesen.

Ich bemühte mich, die positiven Aspekte zu sehen. Vielleicht lebte ich noch einen weiteren Tag, mit ein wenig Glück. Der Prinz hatte Moaradrid seinen »großen Freund« genannt, und ich vermutete, dass es sich dabei um kaum mehr als eine höfliche Bezeichnung handelte. Nachdem ich sie zusammen gesehen hatte, konnte ich mir nicht vorstellen, dass es irgendwo im Castoval zwei Männer gab, die sich weniger dazu eigneten, Freunde zu sein. Andererseits hatte Panchetto mehr mit dem Kriegsherrn als mit Salzleck und mir gemeinsam. Nördliches Blut verband sie – das hatte der Prinz mit der Bezeichnung »Bruder« vermutlich gemeint –, und beide waren Herrscher, in gewisser Weise. Das mochte den Ausschlag geben. Und wenn nicht, wenn er uns nicht in Ketten legen ließ und unserem Feind als Abschiedsgeschenk übergab … Dann war es durchaus denkbar, dass Moaradrid versuchen würde, die Stadt zu stürmen.

Ich musste aus Altapasaeda verschwinden. Ich brauchte Geld, damit ich untertauchen und sicherstellen konnte, dass mich niemand finden würde, weder Moaradrid noch Estrada oder sonst jemand. Außerdem brauchte ich Hilfe, zumindest solange ich mich in der Stadt befand. Und ich musste schnell sein, das war der wichtigste Punkt.

Ein Plan formte sich in meinem Hinterkopf, wie ein Jucken, bei dem ich mich nicht zu kratzten wagte. Ich blieb im Bett liegen und wartete darauf, dass er reifte.

Nach einer Stunde war ich einigermaßen sicher, was unternommen werden musste. Zugegeben, die Verzögerung hatte viel mit dem Paradies des Bettes zu tun. Während ein kleiner Teil meines Gehirns plante, schlief der Rest. Gelegentlich holten mich Geräusche aus dem Halbschlaf – recht laute Stimmen, einmal ein nicht weit entferntes Krachen –, aber es gelang mir, ihnen keine Beachtung zu schenken. Doch der Drang, das Zimmer zu verlassen, wurde immer größer, während mein Plan Gestalt gewann, und schließlich zwang er mich erbarmungslos auf die Beine.

Bevor ich mich auf den Weg machte, sah ich mir das Zimmer genauer an. Nach den Maßstäben des Palastes galt es wahrscheinlich als schlicht und einigermaßen gemütlich, mit einer Einrichtung, die sich auf das Bett und ein mit Wasser gefülltes marmornes Waschbecken beschränkte, aber für mich war dies purer Luxus. Hinter dem Vorhang neben der Tür befand sich eine Nische mit sauberer Kleidung: eine graue Hose und ein hellgrünes Hemd mit einer Doppelreihe Pailletten auf der Brust, im eher strengen Stil des Nordens geschnitten. Ich beschloss, beides zu klauen, und dann fiel mir ein, dass Hemd und Hose vermutlich ohnehin für mich bestimmt waren.

Ich hatte mich halb umgezogen, als ich daran dachte, dass ich mich vielleicht vorher waschen sollte. Erst dabei stellte ich fest, wie enorm schmutzig ich war. Dreck klebte an jedem Quadratzentimeter meines Körpers, und das Haar glich einem Vogelnest.

Ohne all den Schmutz schien ich plötzlich eine neue Haut zu tragen. Wie sich herausstellte, passte die Kleidung perfekt, und der Stoff, aus dem sie bestand, war herrlich weich. Sauber und stilvoll gekleidet, fühlte ich mehr Zuversicht. Hier stand ein neuer Easie Damasco, bereit, sich ganz oben in der castovalanischen Gesellschaft zu bewegen und die Pläne von grausamen Diktatoren und ehemaligen Bürgermeisterinnen zu vereiteln.

Salzlecks Zimmer befand sich am Ende des Flurs und das von Estrada auf halbem Weg dorthin. Als ich auf Zehenspitzen an ihrer Tür vorbeischlich, hörte ich, dass sie mit jemandem sprach, und zwar so leise, dass ich kein Wort verstand. Ein Mann antwortete ihr, ebenso leise, und ich erkannte seine Stimme.

Was machte Hauptmann Alvantes in Estradas Zimmer?

Nun ja, vielleicht war es gar nicht so seltsam. Alvantes wusste sicher über den Krieg im Castoval Bescheid, auch wenn der Prinz keine Ahnung davon zu haben schien. Wahrscheinlich kannte er auch Estradas Rolle bei dem Konflikt. Er musste daran gedacht haben, dass Moaradrid vielleicht gegen sie aktiv wurde, wenn sich die Dinge nicht nach seinen Wünschen entwickelten. Sosehr ich den Hauptmann auch verabscheute, ich musste einräumen, dass er das Castoval in seinem Schwarz-Weiß-Denken besser verstand als die meisten Altapasaedaner. Jedenfalls, solange er sich mit Estrada beschäftigte, beschäftigten sich beide nicht mit mir. Wenn sie den Tag mit Diskussionen verbrachten … umso besser für mich.

Eine weitere Überraschung erwartete mich, als ich Salzlecks Zimmer erreichte. Am Vorhang vor der Türöffnung hing ein Zettel mit dem handschriftlichen Hinweis: *Der Riese ist im Stall untergebracht worden.* Ein kurzer Blick ins Zimmer ließ mich den Grund dafür erkennen. So bequem die Betten auch waren, sie hielten offensichtlich das Gewicht eines Riesen nicht aus. Das große Himmelbett war in der Mitte durchgebrochen, und die beiden Hälften lagen aufeinander – dies erklärte das Krachen, das ich vor einer Weile gehört hatte. Ich grinste bei der Vorstellung, wie Panchettos Diener Salzleck inmitten der Trümmer gefunden hatten. Kein Wunder, dass sie der Ansicht gewesen waren, der Riese sei im Stall besser aufgehoben.

Ich verbrachte die nächsten fünf Minuten damit, durchs Labyrinth des Palastes zu irren. Wenn ich jemals Prinz werden sollte, dachte ich währenddessen, würde ich die Anordnung geben, in meinem Domizil in regelmäßigen Abständen Lagepläne auszuhängen, damit sich Besucher zurechtfanden. Schließlich begegnete ich einem Dienstmädchen, das einen geradezu riesigen Wäschekorb trug.

»Kannst du mir den Weg zum Stall zeigen?«

Sie starrte mich an, als hätte ich nach dem Weg zum Unterwäscheschrank des Prinzen gefragt. Plötzlich erinnerte ich mich an den Ring, den ich bekommen hatte. Ich hielt der jungen Frau die Hand vors Gesicht und sagte: »Ich bin Gast. Noch einmal: Kannst du mir erklären, wie ich zum Stall komme?«

Sie stellte den Korb ab, deutete durch den Flur und stammelte: »Da runter, dritter Torbogen rechts, die Treppe hinab, dann nach links, nach rechts, ganz bis zum Ende, wieder nach links, über den Hof, und du bist da.«

Ich dankte ihr und ging los, froh über mein gutes Gedächtnis. Die von dem Dienstmädchen erwähnte Treppe führte in den unteren Bereich des Palastes, in die laute, stinkende Welt der Gesindequartiere, Küchen, Lagerräume und Werkstätten. Dort fühlte ich mich sofort zu Hause und musste ein wenig zerknirscht zur Kenntnis nehmen, dass meine neue Kleidung die geschäftigen Dienstmädchen und rotgesichtigen Köche veranlasste, vor mir zu knicksen oder sich zu verbeugen.

Der in der Wegbeschreibung erwähnte Hof erwies sich als kleiner ummauerter Garten, in dem Kräuter, Gewürze und Gemüse wuchsen. Ein greiser Gärtner zog den Hut vor mir und murmelte etwas Unverständliches.

Aus reinem Unbehagen fragte ich: »Ist das der Stall?«, obwohl man blind, taub und ohne Nase sein musste, um ihn nicht als solchen zu erkennen.

Offenbar war es genau die Art von Dummheit, die man von Adligen erwartete, denn der Gärtner nickte energisch, brummte einige weitere unverständliche Silben und wandte seine Aufmerksamkeit dann einem Beet mit Kopfsalat zu.

Ich musste nicht lange nach Salzleck suchen. Er saß zwischen zwei großen Heuhaufen und mampfte zufrieden, umgeben von einigen faszinierten Stalljungen.

»Hallo, Salzleck«, sagte ich.

Er sah mich an und strahlte. Auch er war sauber – vermutlich hatten ihn die Stallarbeiter gewaschen. Außerdem waren seine Wunden frisch verbunden worden. So fröhlich und zufrieden wie jetzt hatte ich Salzleck nie zuvor gesehen, und ich fühlte mich ein wenig schuldig für das, was ich vorhatte.

Ich schob den Gedanken beiseite. Es war Estrada, die uns in diese Situation gebracht hatte, und was auch immer ich unternahm, ich konnte es kaum schlimmer machen.

»Was hältst du davon, wenn wir ein bisschen einkaufen gehen, Salzleck?«, fragte ich.

Es war später Nachmittag, als wir loszogen, und wahrscheinlich blieben die Läden nur noch zwei Stunden offen. Gerade Zeit genug für das, was mir vorschwebte. Ich ging voraus, und Salzleck folgte mir wie ein monströses Hündchen. Zwar war ich schon seit einer ganzen Weile nicht mehr in Altapasaeda gewesen, aber ich kannte mich noch immer gut in der Stadt aus. Klar abgegrenzte Bereiche und viele Wahrzeichen erleichterten die Orientierung.

Ohne Wächter, deren Präsenz Gaffer zu Zurückhaltung mahnte, erregten wir mehr Aufmerksamkeit. Die meisten Leute, an denen wir vorbeikamen, waren wohlhabende Nordländer – viele von ihnen kamen nach Altapasaeda, weil sie wussten, dass ihr Geld hier mehr wert war als in ihrer Heimat. Die Einheimischen begegneten ihren seltsamen Bräuchen und noch seltsameren Gottheiten mit amüsierter Toleranz. Die Einwanderer galten größtenteils als harmlos und hatten oft mehr Geld als Verstand, weshalb man sie willkommen hieß.

Doch ich vermutete, dass nicht alle Leute um uns herum harmlose Einkäufer waren. Bestimmt verfolgte man uns.

»Ich habe nachgedacht, Salzleck«, sagte ich laut. »So wie du jetzt aussiehst, kannst du nicht an dem Bankett teilnehmen. Du brauchst neue Kleidung, wenn wir vermeiden möchten, dass eine der erlauchten Damen aus lauter Verlegenheit stirbt.«

Salzleck sah mich besorgt an und nickte.

Ich wählte ein Bekleidungsgeschäft mit besonders breitem Eingang. Es war dennoch nicht leicht, Salzleck hineinzumanövrieren, und der Inhaber schien über unseren Besuch nicht besonders erfreut zu sein. Ich hielt ihm meinen Ring vors Gesicht und rief: »Wir sind Gäste des Prinzen!«

Sofort verschwand sein Missmut. Er trat vor und verbeugte sich.

»Wir müssen meinem Begleiter hier ein zivilisierteres Erscheinungsbild geben«, sagte ich. »Glaubst du, dabei helfen zu können?«

Es folgte langes Gefeilsche um das Geld des Prinzen. Schließlich erklärte sich der Ladeninhaber bereit, meine Bestellung bis zum Ende des Tages fertig zu haben, obwohl er zuvor mehrmals betont hatte, das sei unmöglich.

Wir hatten uns auf ein weites Gewand geeinigt, das unter einem ebenfalls weit geschnittenen Mantel getragen wurde, beides mit einigen Änderungen versehen, auf denen ich bestand, als Salzleck außer Hörweite war. Der Inhaber gab seine anfänglichen Bedenken auf, als ich ihm erklärte, Preis und Qualität spielten keine Rolle. Die Kleidungsstücke würden vermutlich mehr kosten als einige Teile in der Garderobe des Prinzen, und wahrscheinlich würden sie nicht einmal eine Woche halten, doch mich störte weder das eine noch das andere.

Die Verhandlungen hatten länger gedauert, als mir lieb war, und einige der besonders teuren Geschäfte schlossen bereits. Zum Glück fand ich mein nächstes Ziel schon nach einigen Minuten: eine kleine Apotheke an der Einmündung einer Gasse.

»Einen Moment«, sagte ich, als wäre mir gerade etwas eingefallen, und flitzte hinein.

Als ich zurückkehrte, beäugte Salzleck neugierig das von mir erworbene Fläschchen.

»Für Verdauungsstörungen«, sagte ich und zeigte die kleine Flasche, die tatsächlich Magenlikör enthalten hatte. Doch ihr ursprünglicher Inhalt war durch den Abfluss der Apotheke verschwunden. »Die letzten Tage haben wir uns von Wurzeln und Beeren ernährt. Ich fürchte, unsere Mägen bescheren uns die eine oder andere unangenehme Überraschung, wenn sie plötzlich mit üppigem Essen fertigwerden müssen.«

Salzleck wirkte ein wenig verwirrt – vermutlich gab es kein Essen, das üppig genug war, *seinen* Magen in Schwierigkeiten zu bringen –, fand sich aber mit der Erklärung ab.

»Jetzt bleibt nur noch eine Sache«, sagte ich. »Ich möchte eine Rechnung mit einem gewissen Kapitän begleichen.«

Als sich der Tag dem Ende entgegenneigte, ließ die rege Betriebsamkeit im Hafen nach. Das Durcheinander, das wir dort am Morgen gesehen hatten, bestand nur noch aus einigen lauten Streitereien, Ladung schleppenden Arbeitern und rumpelnden Karren, die keine Rücksicht auf andere Passanten nahmen. Ich atmete erleichtert auf, als ich den Lastkahn, mit dem wir gekommen waren, an der Anlegestelle sah. Der Kapitän saß am Heck, ließ die Beine über dem Wasser baumeln und rauchte seine Pfeife.

»Da ist er«, sagte ich. »Estrada hat mir gesagt, dass sie Kapitän Anterio zu wenig bezahlt hat, und sie hat mich gebeten, ihm den Rest zu geben. Ich schlage vor, du wartest hier. Ich glaube, der alte Narr hat ein wenig Angst vor dir.«

Das schien den Riesen ein wenig zu verletzen, aber er blieb an Ort und Stelle und schuf mit seiner Präsenz sofort eine große Insel im Hafenverkehr.

Als der Kapitän uns sah, stand er nervös auf, was aber vermutlich nichts mit Salzleck zu tun hatte. Ich näherte mich dem Laufsteg, und er konnte nirgendwohin fliehen, es sei denn in den Fluss. Diese Möglichkeit schien er tatsächlich in Erwägung zu ziehen.

»Kapitän Anterio!«, rief ich herzlich. »Du brauchst nicht besorgt zu sein.«

»Besorgt? Ich? Du bist ein Schurke und Halunke, und ich würde mich freuen, wenn ich dir das Leben auch nur ein bisschen schwerer machen könnte.«

»Zweifellos. Aber du bist falsch informiert, Kapitän.« Ich schritt über den Laufsteg, und als ich nahe genug herangekommen war, zeigte ich ihm den Ring. »Easie Damasco, Offizier der Palastwache von Altapasaeda, zu deinen Diensten.«

Es war ein kalkuliertes Risiko. Anterios abgetragener Mantel teilte mir mit, dass er einst in der Stadtwache gedient hatte, und es war allgemein bekannt, wie sehr die Stadtwächter die Gardisten des Palastes fürchteten, die nur Panchetto gegenüber verantwortlich waren und sich immer wieder in Angelegenheiten der Justiz einmischten. Nach seiner anfänglichen Verblüffung musterte mich Anterio skeptisch und sah sich dann den Ring aus der Nähe an.

Bevor er etwas sagen konnte, fuhr ich fort: »Die Frau, die du heute Morgen mitgenommen hast, ist Eigentümerin eines gewissen Etablissements in Muena Palaiya, und man legt ihr zur Last, ihre Freier im Schlaf bestohlen zu haben. Ein Freund des Prinzen ist … sagen wir, auf diese Sache aufmerksam geworden. Da es in jenem Schlammloch weder Recht noch Gesetz gibt, haben wir die Frau hierher gebracht, damit sie … verhört werden kann.«

Anterio mochte noch nicht überzeugt sein, aber ich hatte seine Aufmerksamkeit.

»Der Riese ist so etwas wie ein Haustier Seiner Hoheit. Eingepfercht im Palast wird er unruhig, und deshalb darf er uns gelegentlich helfen.« Ich deutete auf Salzleck. »Für einfache Aufgaben ist er klug genug, und deshalb habe ich ihn gebeten, die Frau zu begleiten, während ich die Reise flussabwärts fortsetzen wollte, um mich um eine andere Angelegenheit zu kümmern. Damit sie ihre Würde wahren konnte, gestatteten wir ihr, so zu tun, als hätte sie das Kommando. Natürlich fand die verdammte Hure einen Weg, unsere Pläne zu ruinieren, und jetzt können gewisse Feinde des Prinzen ungestört ihre unheilvollen Pläne gegen ihn schmieden, weil ich hier festsitze. Das konntest du natürlich nicht wissen.«

»Warum hast du mir dies nicht sofort gesagt?«

»Um ehrlich zu sein: Die Pause kam mir gelegen. Die Angelegenheit, um die ich mich kümmern muss, ist ziemlich scheußlich. Wie dem auch sei, ich bin nur ein demütiger Diener Seiner Hoheit und muss mich auf meine Pflichten besinnen.«

»Das glaube ich nicht.« Anterio sagte es mit fester Stimme, aber ich hörte einen Hauch von Zweifel.

»Ich bitte dich, Käpt'n«, sagte ich. »Du hast doch bestimmt gesehen, wie wir die Frau heute Morgen mithilfe der Stadtwache abgeführt haben. Wir wollten kein Aufsehen erregen, aber die Dirne hat dafür gesorgt, dass uns im Marktviertel alle sahen. Halb Altapasaeda weiß, dass sie in Eisen gelegt wurde. Hat nicht den geringsten Anstand, diese Frau.«

Anterio schüttelte den Kopf. »Und sie schien eine richtig feine Dame zu sein …«

»Du bist nicht der Erste, der sich von ihrem hübschen Gesicht täuschen ließ«, sagte ich und klopfte ihm mitfühlend auf die Schulter. »Jetzt, da du die Wahrheit kennst, können wir vielleicht auf unsere frühere Vereinbarung zurückkommen. Da ich schon einmal hier in Altapasaeda bin, erledige ich das eine oder andere, aber ich muss bald wieder aufbrechen.«

Wir regelten alles, und ich gab Anterio die vier Onyxe zurück, wandte mich dann zum Gehen. Die Versuchung war groß, dem Kapitän vorzuschlagen, dass wir sofort aufbrechen sollten, aber ich wusste, dass ich nicht weit kommen würde. Inzwischen war ich ganz sicher, dass man mich beobachtete. Ein halbes Dutzend Gesichter waren mir vertraut geworden, seit wir den Palast verlassen hatten. Ich hoffte, dass sie meine an Salzleck gerichtete Erklärung gehört hatten, wonach es mir nur darum gegangen war, dem Kapitän ausstehendes Geld zu bringen. Jedenfalls, ich konnte mir kaum vorstellen, dass sie eine Ahnung von meinen wahren Plänen bekommen hatten.

Salzleck schien es inzwischen ziemlich satt zu haben,

von den Hafenarbeitern begafft und auch verflucht zu werden. Als ich zu ihm zurückkehrte, sagte ich laut für die Ohren der Beobachter: »Alles erledigt. Kapitän Anterio hat das Geld bekommen, das ihm zustand, ich habe meine Magenmedizin, und jetzt können wir uns auf den Weg machen und deine neuen Sachen abholen.«

Es klang recht überzeugend. Doch als ich meinen eigenen Worten lauschte, ertönte plötzlich eine Stimme des Zweifels.

Anschließend besuchen wir das Bankett des Prinzen, bei dem auch Moaradrid zugegen sein wird.

Und dann – vorausgesetzt, er springt nicht über den Tisch, um mir an Ort und Stelle das Herz aus der Brust zu schneiden – werde ich mein Leben beim gefährlichsten Verbrechen meiner ganzen kriminellen Karriere riskieren.

16

Meine Befürchtungen und Zweifel lösten sich nach und nach auf, als wir den Hafen verließen, und nach einer Weile war ich fast fröhlich. Zum ersten Mal seit langer Zeit blieb ich nicht allein den Launen anderer ausgeliefert, sondern nahm das Heft des Handelns selbst in die Hand. Es lag ein gewisser Trost darin, dass all die Irrungen und Wirrungen der letzten Tage bald überwunden sein würden. Und ganz abgesehen von all diesen Überlegungen: Es fühlte sich gut an, einfach nur zu gehen. Ich hatte mich so sehr daran gewöhnt, auf der Flucht zu sein und um mein Leben zu rennen, dass gemütliches Schlendern zu einem Vergnügen wurde.

Die meisten Verkaufsstände waren vom Marktplatz verschwunden, und es gab nur noch einige Holzgerüste ohne Planen. Weiter vorn räumten die letzten Ladeninhaber ihre Waren ein, klappten Vordächer zurück, schlossen Fensterläden und verriegelten Türen. Die Sonne stand noch ein ganzes Stück über dem Horizont; für ein Nachtleben war es viel zu früh. Die Straßen leerten sich schnell. Nur noch wenige Einkäufer waren unterwegs und achteten kaum auf uns. Da wir nicht auf Karren oder Pferde Rücksicht nehmen mussten, konnten wir in der Straßenmitte gehen und wichen dabei verfaulendem Obst und Gemüse, Dung und anderen, weniger leicht zu identifizierenden Dingen aus.

Leider ergaben sich schon nach kurzer Zeit neue Sorgen, die meine Fröhlichkeit vertrieben, sosehr ich sie auch festzuhalten versuchte. Zuvor im dichten Verkehr hatte mich das Wissen um die Beschatter kaum belastet, zumal es mir durchaus in den Kram passte, Zeugen zu haben, die ihren Auftraggebern bestätigen konnten, dass es mir nicht um Flucht gegangen war. Doch seit dem Verlassen des Hafens folgten uns zwei Männer, die sich immer weniger Mühe gaben, nicht als Verfolger erkannt zu werden. Sie trugen weite Mäntel, unter denen sich Waffen verbergen ließen, bewegten sich mit zwanghafter Verstohlenheit und wirkten im Großen und Ganzen wie üble Kriminelle. Vielleicht stand es mir nicht unbedingt zu, solche Urteile zu fällen, aber ich hatte wenigstens immer versucht, Gewaltanwendung zu vermeiden. Etwas sagte mir, dass diese beiden Burschen keine derartigen Bedenken hatten.

Als sich die letzten Ladentüren schlossen und wir immer weniger Leuten auf der Straße begegneten, wurden die Schritte der beide Verfolger schneller. Mehrmals warf ich einen Blick über die Schulter und musste dabei feststellen, dass die Männer nicht sehr freundlich lächelten. Vielleicht gehörten sie gar nicht zu einer der an uns interessierten Gruppen, dachte ich. Es konnten einfache Halsabschneider sein, die glaubten, einen wohlhabenden Touristen entdeckt zu haben, und ihr Glück bei ihm versuchen wollten. Aber das ergab kaum einen Sinn. Kein noch so verzweifelter Dieb konnte jemanden in Salzlecks Gesellschaft für leichte Beute halten.

Ein Teil von mir sah in vorgetäuschter Gleichgültigkeit die beste Chance, doch es fiel mir immer schwerer, weiterhin ruhig zu bleiben und nicht einfach loszulaufen. Wenn wir etwas schneller gingen, wurden auch die Verfolger schneller. Sie kamen näher, und ich brachte es einfach nicht mehr fertig, Desinteresse zu heucheln.

Hypothetische Beobachter hätten sich vermutlich gefragt, warum jemand mit einem Riesen an seiner Seite vor zwei schäbigen Vagabunden floh. Wahrscheinlich boten wir einen komischen Anblick.

Mir war nicht komisch zumute.

Ich musste mich zwingen, nicht zu laufen. Die ganze Zeit über zermarterte ich mir das Gehirn und kramte in meinem Gedächtnis nach einem Weg, der uns so schnell wie möglich in belebtere Teile der Stadt brachte. Wir hatten inzwischen das Ende des oberen Marktviertels erreicht und näherten uns dem Tempelviertel, das um diese Zeit ebenfalls nahezu menschenleer war. Der Palast blieb unerreichbar fern. Bestimmt drohte uns keine Gefahr, wenn wir auf den Hauptstraßen blieben, oder? Die beiden Halunken würden es sicher nicht wagen, uns mitten auf der Straße zu überfallen, wo jederzeit jemand vorbeikommen konnte, oder?

Drei Gestalten lösten sich aus den Schatten einer Nische vor uns, und einen Moment später hatten sie sich auf der Straße verteilt. Sie wirkten lässig und ungezwungen, als gehörte es zu ihrer täglichen Routine, jemandem den Weg zu versperren. Ihre Selbstsicherheit jagte mir mehr Angst ein als alles andere.

Rechts von uns zweigte eine Gasse ab. »Dort entlang, Salzleck!«

Der Riese schien die Gefahren hinter und jetzt auch vor uns noch gar nicht bemerkt zu haben. Er richtete einen verwunderten Blick auf mich, folgte mir aber, als ich in die Gasse huschte. Sie war breiter, als ich gedacht hatte, breit genug für meinen ziemlich breiten Begleiter. Leider war sie auch länger, als ich gehofft hatte. Und sie war nicht leer. Zwei weitere Gestalten erschienen vor uns, ihrem Erscheinungsbild nach zu urteilen gute Freunde der beiden Burschen, die uns vom Hafen gefolgt waren.

Sie wirkten sogar noch etwas gemeiner, und ihr Lächeln deutete darauf hin, dass sie sich über die Begegnung mit uns freuten. Die Schritte hinter uns verrieten, dass der Rückweg abgeschnitten war.

»Ihr seht aus wie Leute, die sehr beschäftigt sind, und deshalb erspare ich euch Zeit. Wir haben kein Geld.«

»Ich denke, wir sehen selbst nach«, sagte der Mann auf der linken Seite.

»Das könntest du versuchen. Aber würde es dir gefallen, wenn Salzleck hier dir mit deiner eigenen Milz den Schädel zertrümmert?«

Der Mann richtete einen nervösen Blick auf den Riesen, und seine Selbstsicherheit bröckelte ein wenig.

Hinter uns sagte jemand: »Das Monstrum wird niemandem wehtun, Pedero. Also los.«

»So etwas sehe ich gern: Mutige Männer, die nicht zögern, ihr Leben aufs Spiel zu setzen.«

Ich hörte in meinen Worten mehr Sorge, als mir recht sein konnte. Der Mann hinter uns hatte sehr überzeugt geklungen. Er wusste offenbar, dass Salzleck keine Gefahr darstellte. Mit Bluffen kam ich hier nicht weiter.

»Salzleck, diese Männer wollen uns wehtun«, sagte ich. »Sie wollen uns daran hindern, heimzukehren und Estrada zu helfen. Das lässt du doch nicht zu, oder?«

»Kein Kampf.« So nervös er auch klang, er meinte es ernst.

»Was habe ich gesagt«, brummte der Mann hinter uns. »Er würde nicht mal auf eine Ratte treten. Also los.« Und dann, offenbar an unsere Adresse gerichtet, obwohl ich nicht sicher sein konnte, da ich den Blick nicht von Pedero abzuwenden wagte: »Niemand muss zu Schaden kommen.«

»Niemand hat gesagt, dass wir ihnen kein Haar krümmen dürfen.«

Pedero legte mir die Hand auf die Brust und drückte. Ich wankte zurück, verpasste nur knapp die Säule von Salzlecks linkem Bein, stieß gegen die Wand und ging zu Boden. Als ich aufsah, hielt Pedero ein Messer mit gezackter Klinge in der Hand – solche Messer gehörten zur Standardausrüstung des lokalen Packs. Sein Kumpel zog ebenfalls eins. Mit einem schlangenartigen Zischen glitt es aus einer geölten Lederscheide.

»Zuerst die Arbeit, dann das Vergnügen.« Diese Worte kamen vom Anführer. »Leer deine Taschen, und keine Tricks.«

Ich fragte mich, welcher Trick mich aus einer solchen Situation bringen konnte. Ein gewöhnlicher Überfall war dies nicht, so viel stand fest, und das musste ich bei jedem Versuch berücksichtigen, mich aus der aktuellen Zwickmühle herauszuwinden. Doch sosehr ich auch überlegte, mir fiel nichts ein.

Ich zog Panchettos Ring vom Finger und warf ihn auf den Boden. »Das ist alles, was ich habe.«

»Oh, sicher. Nur weiter so.«

Ich begriff etwas, das mir sofort hätte klar sein müssen – die Männer suchten etwas Bestimmtes. Ich tippte auf den Stein, was bedeutete, dass Moaradrid sie geschickt hatte. Es waren nicht seine eigenen Männer, denn alles an ihrem Gebaren sagte mir, dass ich es mit Gesindel aus dieser Stadt zu tun hatte. Aber zweifellos stammte ihr Auftrag von ihm. Wie sonst konnten sie wissen, dass sich Salzleck nicht zur Wehr setzen würde?

Ich nahm meinen Dolch und das Fläschchen und setzte beides neben den Ring.

»Was ist das?«, fragte Pedero und beäugte die kleine Flasche argwöhnisch.

»Medizin«, sagte ich. »Für meinen Magen.«

Pedero strich mit dem Daumen über die flache Seite

seines Messers. »Vielleicht brauchst du mehr als nur Medizin«, erwiderte er.

»Hört mal, ich habe nicht das, was ihr sucht.« Ich reckte den Hals, hielt nach dem Anführer und seiner Truppe Ausschau. Es waren insgesamt fünf, und sie standen im Zugang der Gasse, schirmten Pedero und mich vor den Blicken von Passanten ab. »Ich weiß, was ihr für Moaradrid holen sollt. Aber ich habe es nicht.«

Wenn ich gehofft hatte, ihn mit der Nennung des Auftraggebers durcheinanderzubringen, so musste ich eine Enttäuschung hinnehmen. »Es wäre besser für dich, wenn du den Gegenstand hättest. Und welche Diebe wären wir, wenn wir dich beim Wort nähmen? Wir suchen und suchen, und wenn wir das Objekt nicht *an* dir finden, so vielleicht *in* dir, wer weiß.«

Mit einem erschrockenen Satz kam ich auf die Beine. Pedero trat vor, und ich wich zurück. Die anderen näherten sich wie die Finger einer Faust, die sich um mich schloss. So dicht standen sie bei mir, dass ich kaum mehr Salzleck sehen konnte. Dafür sah ich das Glänzen von Messern umso deutlicher. Die letzten Reste meines Mutes schmolzen dahin. »Ich habe den Stein nicht«, schluchzte ich. »Aber ich kann euch sagen, wo er sich befindet!«

Plötzlich brach Chaos aus.

Um mich herum geriet alles in Bewegung, der Halbkreis aus Körpern zerbrach, und ich hob instinktiv die Arme vors Gesicht. Ein Schlag warf mich zur Seite. Einen Sekundenbruchteil später hob mich etwas hoch, und ich versuchte, mich an den Pflastersteinen festzukrallen, als könnten sie mich irgendwie retten. Ich sah den wertvollen Ring, langte danach und bekam stattdessen das Fläschchen zu fassen.

Ein neuer Ruck brachte den Boden aus meiner Reichweite. Für einen Moment starrte ich in Pederos Gesicht, das sich seltsamerweise direkt vor mir befand, in Augenhöhe. Er wirkte ebenso überrascht wie ich, bevor er abrupt nach hinten flog. Eine Sekunde später begriff ich, dass ich es war, der sich bewegte, und dann gerieten auch die anderen Männer in Sicht.

Sie begannen zu reagieren. Einer rief: »Du hast doch gesagt, dass der Riese nicht …« Er unterbrach sich und schien nicht genau zu wissen, was der Riese machte.

Mein verwirrtes Gehirn setzte alles zusammen, wenn auch ein wenig spät. Ich fühlte Salzlecks Finger, die meinen Mantel hielten, und mich darin. Seinen Arm hatte er ausgestreckt, und er rannte so schnell, dass die Halunken hinter uns zurückblieben, bevor sie begriffen, was geschah. Die langen Schritte des Riesen schufen schnell Abstand.

»Nach links«, brachte ich hervor, und er kam der Aufforderung nach, verließ die Gasse und bog auf die Straße. Wir befanden uns am nördlichen Rand des Marktviertels; hier gab es kleine Lagerhäuser, die bis zu den Hafenanlagen im Osten reichten. In diesem Bereich herrschte noch immer Verkehr, der hauptsächlich aus überladenen Karren bestand. Rufe und raues Gelächter quittierten unser Erscheinen.

Zuerst scherte ich mich nicht darum – besser lebend und komisch als ernst und tot. Ich änderte meine Meinung, als wir ein gutes Stück zurückgelegt hatten und klar wurde, dass uns niemand folgte.

»Das reicht, Salzleck.«

Er blieb so abrupt stehen, dass mein Kopf gegen seinen Oberschenkel stieß.

»Au! Ich meine, setz mich ab, verdammt.«

Er setzte mich ab, und ich brach prompt zusammen, weil mein Gleichgewichtssinn hinüber war. Im schmutzigen Rinnstein saß ich und wartete darauf, dass die Welt aufhörte, sich um mich zu drehen. Als sie so weit zur Ruhe gekommen war, dass ich aufzustehen wagte, holte ich aus und verpasste Salzleck einen Schlag, in den ich all meine Kraft legte. Sehr weit nach oben reichte meine Faust nicht, aber es fühlte sich trotzdem gut an.

Er starrte mich an, vor allem in seinen Gefühlen verletzt. »Falsch getan?«

»Nicht falsch. Zu spät! Warum hast du nicht sofort gehandelt? Bevor das Geschubse und die Drohungen losgingen, bevor ich einen aufgeschlitzten Bauch riskierte?«

Er ließ den Kopf hängen. »Nicht gedacht habe.«

»Und warum konntest du sie nicht ein bisschen hauen? Niemand hat von dir verlangt, ihnen die Rübe abzureißen. Aber einfach nur dazustehen wie ein großer Pudding …«

»Kein Kampf.«

»Du hast gekämpft, als wir Moaradrids Lager verließen!«

Es war immer schwer, Salzlecks Gesichtsausdruck zu deuten, aber diesmal konnte ich die Schuld in seiner großen Visage deutlich erkennen. Natürlich war er bei jener Gelegenheit gerade gefoltert worden und deshalb vermutlich nicht ganz klar im Kopf gewesen …

Mein Ärger löste sich auf, und ich rang mir ein Lächeln ab. »Du hast richtig gehandelt. Beim nächsten Mal solltest du nur nicht so lange warten. Jetzt machen wir uns besser auf den Rückweg und … Oh, *Mist*!«

Salzlecks neue Kleidung! Vor der Begegnung mit den Schurken waren wir, ohne dass ich groß darüber nachgedacht hatte, auf dem Weg zu dem Laden gewesen. Ich fragte mich, ob er noch geöffnet hatte. Das sollte er besser, dachte ich; immerhin ließ mein Auftrag die Kasse des Inhabers ordentlich klingeln.

»Komm«, sagte ich und ging los. Dann fiel mir etwas ein. »Wenn wir dem Pack noch einmal begegnen, hast du meine Erlaubnis, erneut das zu tun, was du vorhin getan hast.« Vielleicht suchten sie nach uns, und ich wollte mich nicht noch einmal demütigen lassen.

Bald erreichten wir die Kreuzung, wo unsere Straße auf den breiten Weg traf, der vom Nordtor der Stadt bis zu ihrem südlichen Rand reichte. Wir wandten uns nach links und kehrten damit ins bessere Marktviertel zurück. Lautes Gezeter von Vögeln in goldenen Käfigen unter einem weiß getünchten Torbogen kündigte uns an. Hier sahen wir einige Passanten, elegante Paare, die selbst nach Ladenschluss noch einkaufen wollten. Zwei Stadtwächter standen an einer Ecke, und vielleicht hatten wir es ihrer Präsenz zu verdanken, dass sich unsere neuen Freunde, die verhinderten Bauchaufschlitzer, nirgends blicken ließen.

Der Schneiderladen hatte tatsächlich geschlossen, wie befürchtet. Ich hämmerte an die Tür und wollte es gerade mit Rufen versuchen, als der Inhaber öffnete. Er wirkte besorgt, und nur ein Teil der Sorge wich aus seinem Gesicht, als er uns erkannte.

»Oh«, sagte er. »Ich habe dir ja gesagt, dass es unmöglich ist.«

»Ist es noch nicht fertig?«

»Doch, doch. Aber die Maße, der Schnitt … Du musst wissen, ich habe nicht viele Kunden von der, äh, Statur dieses Herrn.«

Er verschwand kurz in seinem Laden und brachte mir dann ein mit Stoffstreifen verschnürtes Paket. »Es sollte alles passen. Vielleicht halten die Sachen sogar eine Woche, wenn er aufpasst.« Mit einem nervösen Lachen fügte er hinzu: »Nimm ihn nur nicht zu irgendwelchen Partys mit.«

Dunkelheit kroch über den Himmel, als wir den Palast erreichten. Im letzten Moment fiel mir ein, in welchem Zustand sich meine eigenen Sachen befanden, nachdem ich im Rinnstein gesessen hatte. Ich konnte es den Wächtern nicht verdenken, dass sie Grimassen schnitten, als ich ihnen sagte, wir seien Gäste des Prinzen.

Sie mussten allerdings von Salzleck gehört haben, denn ihm blieb kaum Zeit genug, seinen Ring hervorzuholen, als sie uns auch schon passieren ließen. Ich war froh, dass sie nicht nach meinem fragten. Ein Wächter führte uns hinein und übergab uns der Obhut von Bediensteten, die uns zu unseren Zimmern führen sollten.

»Kommst du allein damit zurecht?«, fragte ich Salzleck und deutete auf das Paket.

Er nickte.

»Na gut. Dann sehen wir uns beim Bankett.«

Ich ließ mich weiter durch den Palast führen und bekam allmählich ein Gefühl für die gesamte Anlage. Diesmal achtete ich genau auf den Weg und versuchte, meiner geistigen Karte jede Abzweigung und jeden neuen Flur hinzuzufügen. Ich gewann den Eindruck, dass das Gebäude oft verändert worden war – vermutlich weil der Prinz hier eine zusätzliche Küche wollte und dort ein Schwimmbecken –, und dass es der allgemeinen Struktur an Logik mangelte. Dennoch glaubte ich, eine recht gute Vorstellung vom Grundriss zu haben, als wir schließlich mein Zimmer erreichten.

Sofort stellte ich fest, dass es durchsucht worden war. Niemand hatte es *durchwühlt;* nichts war beschädigt, nur mein sechster Sinn warnte mich. Als ich dann gezielt Ausschau zu halten begann, bemerkte ich die Hinweise sofort. Am deutlichsten war es daran zu erkennen, dass die schmutzigen Kleidungsstücke, die ich auf dem Boden zurückgelassen hatte, jetzt an anderer Stelle lagen. Natürlich hätte es dafür auch andere Erklärungen geben können, aber Bedienstete hätten das Bett gemacht und aufgeräumt. Und niemand, der mich suchte, hätte sich alle Ecken und Winkel vorgenommen. Nein, nach der unliebsamen Begegnung in der Stadt war ich sicher, dass dies erneut Moaradrids Werk war. Vielleicht hatte er vermutet, dass ich den Stein nicht bei mir trug. Möglicherweise hatten die Halunken nur dafür sorgen sollen, dass ich längere Zeit unterwegs blieb, damit mein Zimmer in aller Gründlichkeit durchsucht werden konnte.

Ich fragte mich, ob Estrada auf eine ähnliche Art und Weise belästigt worden war. Vielleicht befand sich Moaradrid bereits im Besitz des Steins, was ein Ende dieses Albtraums bedeutet hätte. Es erschien mir zu schön, um wahr zu sein, und ich erinnerte mich an Alvantes' Stimme in ihrem Zimmer. War Estrada so vernünftig gewesen, sich an die eine Person in Altapasaeda zu wenden, die ihre Sicherheit garantieren konnte?

Ich dachte an die Einstellung des Hauptmanns mir gegenüber und hielt es für unwahrscheinlich, dass er mir helfen würde, auch wenn ich ihn noch so freundlich darum bat. Weitere Überfälle waren also nicht auszuschließen. Von diesem beunruhigenden Gedanken durfte ich mich allerdings nicht ablenken lassen – ich hatte zu viel zu tun, und die Zeit wurde knapp.

Die nächsten fünf Minuten verbrachte ich damit, meine Kleidung so gut es ging zu säubern, und dann machte ich mich wieder auf den Weg. Inzwischen wusste ich, dass der Nordflügel des Palastes den Bediensteten des Prinzen vorbehalten war, ihnen und allem, was damit zusammenhing: Ställe, die Unterkünfte des Personals und Gästezimmer. Unser Flur befand sich am Rand dieses Bereichs, was vielleicht bedeutete, dass hier Besucher von niederem Status untergebracht wurden. Ich hatte eine ungefähre

Vorstellung davon, wo die anderen Grenzen des Flügels verliefen, aber es gab eine entscheidende Frage, die geklärt werden musste.

Ich orientierte mich mithilfe meiner geistigen Karte und fand eine nach unten führende Treppe. Ein Stockwerk tiefer entdeckte ich wie vermutet die eleganteren Quartiere, für Besucher bestimmt, die der Prinz mehr zu schätzen wusste als politische Flüchtlinge und ihre Begleiter. Jedes dieser Zimmer war etwa doppelt so groß wie meins, soweit ich das feststellen konnte. Auch die Flure boten mehr Platz und waren mit Wandteppichen und Topfpflanzen geschmückt, bei denen es sich wahrscheinlich um teure Importware handelte. Während ich mich vergewisserte, dass mein Orientierungssinn zuverlässig funktionierte, vergingen ein oder zwei Minuten, und ich fürchtete die ganze Zeit über, von einem Wächter überrascht zu werden. Als ich sicher war, wählte ich eine Türöffnung und schob den Vorhang beiseite.

Sofort weckte ein großes Becken im Boden meine Aufmerksamkeit. Angenehm duftender Dampf stieg dort auf und wirkte recht einladend. Weniger einladend war der Anblick des kleinen, aber enorm dicken Mannes, der bis zum Dreifachkinn im Wasser lag. Als er mich sah, setzte er sich mit einem Platschen auf, das Wellen über den Rand des Beckens hinweg in die Ecken des Zimmers schickte. Unsere Blicke trafen sich. Seine Augen waren klein, rund und ein wenig blutunterlaufen. Eine Weile starrten wir uns einfach nur an, wobei meine vorgetäuschte Überraschung ebenso übertrieben war wie sein Erschrecken.

»Ich erinnere mich nicht an ein solches Becken in meinem Zimmer«, sagte ich.

Der Dicke stand auf und schien sich erst dann daran zu erinnern, dass er nackt war. Rasch griff er nach einem

Handtuch auf einem Stuhl neben dem Becken und schlang es sich um die schwabbeligen Hüften. »Dies ist mein Zimmer!«

»Seid Ihr sicher?«

»Absolut.«

Ich nickte nachdenklich. »Nun ja, so was fehlt in meinem Zimmer, das steht fest.« Ich lächelte. »Mein Fehler. Übrigens, ich bin Easie Damasco.«

Der Mann sah mich groß an.

»Ich begleite Bürgermeisterin Estrada.«

Das brachte ein bisschen Interesse in seine Knopfaugen. »Ach, ja? Ich hätte gedacht … Ich meine, Ihr seid etwas klein für einen …«

»Für einen was?«

»Nun, ich dachte, ein Riese wäre etwas, äh, *riesiger.*«

»Oh. Nein, ich bin der andere.«

»Ah, der … andere.«

Ich beobachtete, wie seine Lippen das Wort »Dieb« formten. Panchetto hatte sich bei der Ankündigung seiner ungewöhnlichen Gäste nicht zurückgehalten.

»Bitte verzeiht, dass ich Euch gestört habe. Sehen wir uns vielleicht beim Bankett heute Abend?«

»O ja, bei den Partys des Prinzen bin ich immer dabei. Sitze als Erster am Tisch und verlasse ihn als Letzter.«

»Eine ausgezeichnete Einstellung. Ich bitte noch einmal um Entschuldigung.«

Ich wich durch die Türöffnung zurück. Der Dicke winkte und verlor dadurch das Handtuch. Ich sah noch, wie er hastig versuchte, seine Weichteile zu bedecken, obwohl es da nicht viel zu sehen gab.

Dann eilte ich durch den Flur, die Treppe hoch, durch einen vertrauten Korridor … und wäre fast mit Estrada und Salzleck zusammengestoßen. Zwei Palastwächter eskortierten sie.

»Wo bist du gewesen, Damasco?«, fragte Estrada. »Wir haben auf dich gewartet. Das Bankett hat bereits begonnen.«

17

Über Panchetto konnte man sagen, was man wollte, aber er verstand es, eine ordentliche Party zu schmeißen.

Wir waren ein weiteres Mal durch das Labyrinth aus Fluren geführt worden, diesmal zu einem Saal im Südflügel, der selbst nach den Maßstäben des Palastes groß war. Hohe Bögen durchzogen ihn, und offene, sichelförmige Fenster reichten zu einer kuppelförmigen Decke empor, in der blutrotes Glas funkelte. Die Tische waren kniehoch, was der nördlichen Tradition entsprach, und nicht von Sitzbänken umgeben, sondern von zahlreichen bestickten Kissen. Entlang der Arkaden standen Kohlenpfannen, in denen Flammen züngelten, und die gläserne Decke reflektierte diesen flackernden Schein.

Es wurde bereits für Unterhaltung gesorgt, obwohl es noch an Publikum mangelte. Eine große Kapelle spielte auf einer Bühne, die sich in den Schatten am Ende des Saals erhob. Ihre Musik war sinnlich und komplex, aber auch so subtil und gedämpft, dass man sie kaum bewusst zur Kenntnis nahm. Akrobaten und Jongleure tanzten umher und zeigten mit ausdruckslosen Mienen atemberaubende Kunststücke. Es gab sogar einen der versprochenen tanzenden Bären, obwohl seine Darbietung kaum etwas mit dem Murmeln der Pfeifen und Gitarren zu tun hatte und eher phlegmatisch wirkte. Lieber sah ich mir die Dienstmädchen an, die geschäftig umhereilten und kaum mehr trugen als Halstücher und ein freundliches Lächeln.

Panchetto hatte keine Kosten und Mühen gescheut. Dieser Saal diente allein dem Wohlbefinden von Körper und Geist, und ich war beeindruckt vom Ausmaß der Opulenz.

Doch leider konnte ich den ganzen Aufwand nicht genießen. Für mich hätte das Bankett ebenso gut in einer Grube mit tollwütigen Hunden stattfinden können, denn dort stand Moaradrid, flankiert von zwei Leibwächtern, die beide keinen Hehl aus ihren Aufgaben machten. Ebenso klar war, dass der Kriegsherr einen Platz gewählt hatte, von dem aus er alles im Auge behalten konnte. Sein einziges Zugeständnis an die Party bestand darin, dass er keine Rüstung mehr trug, sondern ein schlichtes cremefarbenes Gewand mit breiter violetter Schärpe. Für einen Moment dachte ich, er sei unbewaffnet gekommen, doch dann bemerkte ich den Dolch dort, wo zuvor sein Säbel gewesen war.

Da noch kaum jemand da war, zeigte Moaradrid seine Verachtung ganz offen. Aber dann trafen immer mehr Gäste ein. Es dauerte nicht lange, bis Moaradrid in dem allgemeinen Durcheinander verschwand, was eine große Erleichterung für mich war; endlich konnte ich an etwas anderes denken als an seinen durchdringenden Blick. Salzleck, Estrada und ich waren bis dahin zusammen geblieben. Ich überlegte, ob ich ein Gespräch beginnen sollte, als Estrada sich plötzlich einen Weg durchs Gedränge bahnte, in Richtung Eingang. Hauptmann Alvantes stand dort, sah sie kommen und nickte ihr zu. Er trug keine Uniform, sondern Hemd und Hose, wirkte darin irgendwie fehl am Platz. Ein Teil von mir wollte, dass Estrada ihn zu unserer Gruppe holte, aber dieser Wunsch ging nicht in Erfüllung. Sie blieben in der Nähe des Eingangs stehen und sahen nicht einmal zu uns.

Ich blickte mich um und hoffte, jemanden zu entdecken, zu dem ich wenigstens Hallo sagen konnte. Abgesehen von Salzleck und vielleicht Estrada hätten mich vermutlich alle Anwesenden gern tot gesehen, und das wurmte mich – ich hatte mit ihnen ebenso viel gemeinsam wie Rattenkot mit Gold. Die neue Kleidung, die mir in meinem Zimmer so elegant erschienen war, genügte jetzt gerade, mich von den Bediensteten zu unterscheiden.

Meine Verzweiflung wuchs, und ich dachte ernsthaft daran, Salzleck in ein Gespräch zu verwickeln. Ein auf der Bühne erklingender Gong ersparte mir diese Mühe, ein dumpfer Ton, der den ganzen Saal vibrieren ließ. Die Akrobaten und Jongleure verschwanden, zwei Betreuer brachten den Bär hinaus, und die Dienstmädchen führten uns zu unseren Plätzen. Stille breitete sich aus, und alle Blicke richteten sich auf das Kopfende des langen Tisches, wo nur noch Panchetto stand.

Der Prinz hob die Arme, und seine Hände bewegten sich, als wollten sie fortfliegen. »Tausendmal willkommen, meine lieben Gäste! Ihr ehrt mich mit eurer Präsenz. Die meisten von euch haben bereits an früheren bescheidenen Versammlungen dieser Art teilgenommen, aber einige sind zum ersten Mal dabei, und über ihre Gesellschaft freue ich mich besonders. Ich meine natürlich die Würdenträger Moaradrid von Shoan sowie Bürgermeisterin Marina Estrada und ihre Begleiter.« Panchetto deutete fast unmerklich auf Salzleck, und ein leises Lachen ging durch den Raum. »Ich hoffe, ihr erweist ihnen den Respekt, der ihnen gebührt.«

Ich konnte es kaum glauben – Panchetto hatte uns gerade verspottet. Bisher hatte ich in meiner Naivität geglaubt, das Bankett fände zu unseren Ehren statt. Zu spät fiel mir ein, dass wir vielleicht die leichte Lösung für ein schwieriges Dilemma sein sollten, oder schlimmer noch:

Unterhaltung für die gelangweilten Freunde des Prinzen. Ich hatte ihn unterschätzt, und fast wäre ich beeindruckt gewesen, aber er unterschätzte Moaradrid, und ich wusste aus eigener Erfahrung, wie katastrophal das sein konnte. Im Gesicht des Kriegsherrn zeichnete sich jedenfalls ein herannahendes Gewitter ab. Ich mochte zu empfindlich sein, aber offenbar ging es nicht nur mir so.

Vielleicht hatte es damit zu tun, dass wir nahe genug waren, um uns gegenseitig zu bespucken. Wir saßen am Ende des Tisches: Salzleck, Estrada und ich auf der einen Seite, Moaradrid und seine finster dreinblickenden Leibwächter auf der anderen. Alvantes war ein Platz in Moaradrids Nähe zugewiesen worden, was als ein weiterer Affront verstanden werden konnte. Wollte Panchetto auf diese Weise dem Barbaren seinen wahren Platz in der größeren Ordnung der Dinge zeigen?

Wenn das stimmte … Ich konnte mir einfachere Methoden des Selbstmords vorstellen.

Jemand schien eine Linie in den Tisch geschnitten zu haben, um die beiden Seiten wie durch eine tiefe Kluft voneinander zu trennen. In der Nähe des Prinzen fanden zahlreiche Gespräche statt; dort herrschte unbeschwerte Ausgelassenheit. Ich bemerkte den Dicken, dem ich zuvor einen Besuch in seinem Zimmer abgestattet hatte – er saß bei Panchetto, legte gerade den Kopf nach hinten und lachte laut. Die anderen Männer waren ebenfalls recht füllig, wohingegen die Frauen dazu neigten, dunkelhäutig zu sein und mit sanften Stimmen zu sprechen. Ihre Kleidung war sehr elegant, fast extravagant. Sie trugen Schmuck, aber auf eine zurückhaltende Art und Weise, sodass ein Nicken oder eine Geste plötzlich einen bis dahin verborgenen rot funkelnden Edelstein zeigte.

Auf der anderen Seite der Kluft saßen wir. In unserer einfachen Kleidung mussten wir einen geradezu komischen Anblick bieten. Estrada hatte ein leichtes Leinengewand gewählt, das unter anderen Umständen zweifellos elegant gewesen wäre, in der Nähe von so viel Prunk jedoch derb und bäurisch wirkte. Die Stille bei uns war drückend wie ein heißer Sommertag. Jeden Augenblick rechnete ich damit, dass Moaradrid über den Tisch sprang und jemandem das Messer in die Brust stieß. Je öfter ich mir das vorstellte, desto mehr glaubte ich, dass es eine Erleichterung gewesen wäre.

Als das erste Dienstmädchen mit Speisen erschien, hätte ich es am liebsten umarmt. Ihr Erscheinen verscheuchte die Anspannung nicht, sorgte aber für Ablenkung; wir konnten jetzt vorgeben, auf das Essen zu warten, nicht darauf, dass Gewalt losbrach. Die Prozession aus Töpfen und Tellern erinnerte mich an die Eimerkette bei einem Feuer, und bald ächzte der Tisch unter ihrer Last.

Dankbar für ein Thema, das vielleicht kein Blutvergießen provozierte, fragte ich Estrada: »Ist dies alles für heute Abend?«

Sie sah mich überrascht an. »Dies ist nur der erste Gang, Damasco.«

Alvantes bemerkte mein Erstaunen und sagte: »Stimmt was nicht, Damasco? Verwirrt dich die Vorstellung von Essen, das du nicht stehlen musst?«

»Wenigstens bin ich nicht eingeladen, um den Pöbel unter Kontrolle zu halten«, brummte ich. Dann begriff ich, dass ich gerade Moaradrid beleidigt hatte – und auch mich selbst –, beugte mich über meinen Teller und gab vor, dass er meine volle Aufmerksamkeit beanspruchte, was mich keine große Anstrengung kostete. Eigentlich, so musste ich mir eingestehen, lag Alvantes mit seinen Worten nicht so sehr daneben. Nach meinem miserablen Leben in den vergangenen Wochen verblüffte mich die Vorstellung, dass sich so viele so unterschiedliche Speisen in meiner Reichweite befanden. Um von meiner ungeschickten Bemerkung abzulenken, und auch aus Neugier, deutete ich auf einen Teller und fragte Estrada: »Was ist das?«

»Gewürzte Fischeier, Damasco.«

»Oh. Und das da?«

»Gefüllte Haselmäuse, nehme ich an.«

»Wirklich? Und dies?«

»Damasco«, sagte Estrada, »wann soll ich etwas essen, wenn ich den ganzen Abend damit verbringen muss, dir die Speisen zu erklären?«

Ich wurde wieder still und sah mich am Tisch um. Offenbar war ich nicht der Einzige, der der Großzügigkeit unseres Gastgebers mit Skepsis begegnete. Moaradrid aß nur wenig und rührte nichts an, das nicht zuvor seine Leibwächter probiert hatten. Die Paranoia war vermutlich angemessen für einen Mann seines Standes, aber ich sah mich keinen derartigen Zwängen ausgesetzt – wer mich tot sehen wollte, machte sich bestimmt nicht die Mühe, mich zu vergiften. Ich entschied, ein bisschen von allem in Reichweite zu probieren, bis mein Teller randvoll war. Ich schob den Löffel in die überquellende Masse, und im gleichen Augenblick erklang eine näselnde Stimme. »Inzwischen haben sich unsere neuen Gäste sicher an unsere Gesellschaft gewöhnt. Vielleicht können wir nun die Gelegenheit nutzen und über diesen unsinnigen Krieg reden.«

Zum Glück hatte ich den Mund nicht voll; andernfalls wäre ich vielleicht erstickt. Neben mir prustete Estrada.

»Angeblich hat das alles etwas mit einem Stein zu tun. Das kann doch nicht wahr sein, oder? Moaradrid, Lady Estrada, meine lieben Freunde, bitte sagt mir, dass ihr keine Feindseligkeit hegt, nur weil ihr etwas so Dummes wie einen Stein vermisst.«

Ich wäre am liebsten im Erdboden versunken. Da das kaum möglich zu sein schien, begnügte ich mich damit, so tief wie möglich in die Kissen zu kriechen. Mit einem kurzen Blick zur Seite versuchte ich festzustellen, wie Salzleck auf die Erwähnung des Riesen-Steins reagierte. Die Antwort lautete: überhaupt nicht. Entweder hatte er nicht verstanden, worum es ging, oder er hörte nicht zu, denn seine Aufmerksamkeit galt der vor ihm stehenden großen Gemüseschüssel.

Weder Moaradrid noch Estrada machten Anstalten, die Frage des Prinzen zu beantworten. Mit gespielter Verzweiflung fügte er hinzu: »Könnt ihr mir wenigstens sagen, wie dieser Unsinn begonnen hat?«

»Die Einzelheiten spielen keine Rolle«, sagte Moaradrid. Es klang wie fernes Gewittergrollen. »Der Dieb hat gestohlen, was mir gehört.«

»Aber das ist doch bestimmt nicht Grund genug, einen solchen Groll zu hegen, oder?«

Wenn ich bisher gehofft hatte, dass meine schlimmsten Befürchtungen nicht zutrafen, so sah ich mich nun eines Besseren belehrt. Das von Panchettos Tischende kommende Gekicher wies mich deutlich darauf hin, wie sehr die Freunde des Prinzen seinen Spott genossen.

Es überraschte mich, dass es Moaradrid nicht weiter schwerzufallen schien, seine kühle Ruhe zu bewahren. »Vielleicht nicht, Hoheit. Aber es gibt so etwas wie Ehre. Es wäre besser für alle Beteiligten, wenn ich den gestohlenen Gegenstand so bald wie möglich zurückbekäme.«

»Ihr habt ihn selbst gestohlen.« Ich konnte die Worte nicht zurückhalten; sie platzten aus mir heraus. Am liebsten hätte ich sie sofort zurückgenommen, aber da das nicht möglich war, fuhr ich fort: »Ich sage nicht, dass ich den Stein habe, aber wenn ich ihn hätte, würde ich ihn vielleicht dorthin zurückbringen, wo er hingehört.«

»Na so was, ein altruistischer Dieb«, quiekte Panchetto. »Was haltet Ihr davon, Freund Moaradrid?«

»Diese Kinderei langweilt mich.«

Daraufhin wurde es still am Tisch. Ob die Bemerkung nun mir oder dem Prinzen galt, sie war eklatant genug, selbst Panchetto zum Schweigen zu bringen.

Die Bediensteten verstanden die Stille – und vielleicht auch den Umstand, dass nur noch Salzleck aß – falsch und begannen mit dem Abräumen. Wie zuvor vertrieb ihr Erscheinen einen Teil der Anspannung, und wie zuvor wusste ich, dass wir nur eine Atempause erhielten.

Der Prinz wählte ein anderes Thema und wandte sich dabei demonstrativ an die in seiner Nähe sitzenden Personen. Moaradrid saß reglos da, die Augen fast geschlossen und die Hände flach auf den Tisch gelegt, wie bei einer Meditation. Ich konnte ihn atmen hören, jeder Atemzug scharf wie ein zustoßendes Messer. Ich sah zur Seite und bemerkte den besorgten Blick, den Estrada auf Alvantes richtete, als wollte sie ihn fragen: *Wie weit wird dies gehen?*

Die Frage ließ sich relativ leicht beantworten. Panchetto würde nicht damit aufhören, Moaradrid zu provozieren, und Moaradrid würde nicht immer und ewig still sitzen bleiben und die Provokationen des Prinzen über sich ergehen lassen.

Ich konnte nicht länger warten.

»Sie bringen unser Essen weg«, klagte ich so kummervoll, als versuchte das erschienene Dienstmädchen mir einen Bissen aus dem Mund zu nehmen. »He, was soll das? Ich habe noch gar nichts davon probiert.« Ich langte nach einigen Fleischstreifen am Rand von Estradas Teller und stieß dabei gegen ihr Glas, dessen Inhalt über den Tisch spritzte.

»Verdammt! Keine Sorge, ich hole dir ein anderes.«

Ich schnappte mir den Kelch, sprang auf und jagte dem Dienstmädchen hinterher. Sechs halbnackte Schönheiten hatten nur die eine Aufgabe, die Gläser aller Gäste mithilfe einer Amphore gefüllt zu halten. Ich stellte das wieder volle Glas vor Estrada ab, die es mir mit einem finsteren Blick dankte.

Die Bediensteten arbeiteten mit geradezu brutaler Tüchtigkeit. Nach kaum einer Minute war der erste Gang, den wir kaum angerührt hatten, verschwunden. Unmittelbar darauf kam der Hauptgang: ein riesiger Keiler, der nach heißem Fett und süßem Wein roch. Es folgten: Schüsseln mit Reis, ein Teil davon mit eingelegtem Obst oder Meeresfrüchten vermischt; Servierplatten beladen mit Gemüse von jeder Sorte, auf jede nur mögliche Art zubereitet; außerdem eine Menge Gebäck, Brot und Zuckerwerk. Mir war danach, diese ungeheure Verschwendung und Völlerei zu verdammen, ich sah mich aber nicht dazu imstande, denn immerhin saß ich mittendrin. Ich beschränkte mich auf Ehrfurcht und überlegte, wie ich jemals zu einem Leben in Armut zurückkehren sollte.

Ich zog meine Lehren aus dem verpassten ersten Gang, hörte auf die Stimme meines knurrenden Magens, nahm mir ein ordentliches Stück Fleisch und haute rein. Dies war ohne jeden Zweifel die beste und üppigste Mahlzeit meines Lebens, und ich wollte versuchen, von möglichst vielen Köstlichkeiten zu probieren, bevor der Prinz seine unkonventionelle Unterhaltung fortsetzte.

Normalerweise hätte meine wilde, wölfische Fresserei Kommentare herausgefordert, aber an diesem Abend hätte ich mir vermutlich den Inhalt eines Tellers auf den Kopf schütten müssen, um Aufmerksamkeit zu erregen. Alle, die nicht mit dem Prinzen sprachen, starrten Salzleck an, der sich halb durch eine mit Gemüse gefüllte Terrine gearbeitet hatte, die für ein halbes Dutzend normale

Leute gereicht hätte. Seit dem ersten Gang aß er mit ruhiger Ausdauer und wurde nicht langsamer. Es lag etwas schrecklich Faszinierendes in der Art und Weise, wie er sich eine Handvoll nach der anderen in den Mund stopfte. Viele Gäste des Prinzen, vor allem die Frauen unter ihnen, waren so hingerissen, dass sie vergaßen, selbst etwas zu essen.

Panchetto hielt Salzleck offenbar für ausreichend Unterhaltung, denn er beschränkte seine Gespräche auf die bei ihm sitzenden Leute. Zuerst freute ich mich darüber, dass er uns in Ruhe ließ, aber als die Stille unter den anderen Gästen andauerte, wuchs erneut die Anspannung, bis selbst das Kauen an meinen Nerven zerrte. Ich bekam Magenschmerzen und wünschte, das Fläschchen in meiner Tasche hätte tatsächlich Medizin enthalten.

Ich schob meinen Teller beiseite und lehnte mich zurück. Andere Gäste am Tisch verhielten sich ähnlich, hörten ganz mit dem Essen auf oder nahmen nur noch den einen oder anderen kleinen Bissen. Der Blick des Prinzen huschte am Tisch entlang, registrierte hier ein Gähnen und dort ins Leere starrende Augen. Ich ahnte Schlimmes.

»Ich verstehe wirklich nicht, warum ihr alle nach Altapasaeda gekommen seid«, sagte Panchetto, als wären nicht Minuten vergangen, sondern nur einige wenige Sekunden. »So entzückend eure Gesellschaft auch sein mag, ihr wisst bestimmt, dass wir hier nichts von Zank halten.«

»Wir wollten unsere Probleme nicht zu Euch tragen, Prinz«, erwiderte Estrada. Es waren die ersten Worte, die sie an diesem Abend an den Prinzen richtete, und sie sprach ein wenig undeutlich. »Unser Leben war in Gefahr, und es gab keinen anderen Ort, der uns Sicherheit bot.«

»Euer Leben war in Gefahr? Moaradrid, sagt mir, dass das nicht stimmt.«

»Der Dieb hat mir etwas gestohlen. Die Frau beschützt ihn. Das ist ihr Fehler.«

»Ein Fehler, den ich wiederhole, wie?« Panchettos Stimme enthielt eine Schärfe, die ich nicht erwartet hätte. Vielleicht hätte es ihm – und auch seinem Vater – ganz gut gepasst, Moaradrid ohne viel Aufhebens loszuwerden. Wenn sich eine Gelegenheit ergab, Moaradrid zu verhaften … In den dunklen Tiefen der Palastverliese konnte ihm viel widerfahren, das ihn daran hinderte, seine Generäle zu erreichen, bevor Verstärkung eintraf.

Daran musste auch Moaradrid gedacht haben, noch bevor er seinen Fuß in die Stadt gesetzt hatte. Er spielte ein gefährliches Spiel, das durch sein Temperament noch riskanter wurde. Diesmal gelang es ihm, sich zu beherrschen, obwohl es ihn Mühe kostete. »Solche Vergleiche haben nur wenig Sinn, Hoheit. Allein Ihr habt zu entscheiden, wem Ihr Eure Gastfreundschaft schenkt.«

»Stimmt haargenau. Und dies gilt sicher auch für die hübsche Bürgermeisterin, nicht wahr?«

»Es gibt einen Unterschied zwischen Großzügigkeit und der Aufnahme eines Flüchtlings.«

»Wie kann er ein Flüchtling sein? Ihr bestimmt nicht, was Recht und Gesetz sind.« Diesmal platzten die Worte aus Estrada heraus, und sie hatte die Hände auf den Tisch gelegt, wie zum Aufspringen bereit.

»Ich wiederhole es noch einmal: Mir wurde ein Objekt gestohlen. Diese Ungerechtigkeit muss beseitigt werden.«

»Wie Easie vorhin schon sagte … Ihr habt es ebenfalls gestohlen. Ihr habt es sogar *zuerst* gestohlen.« Estrada stieß sich vom Tisch zurück, und ihr Oberkörper schwankte. »Es ist alles Eure Schuld.« Sie hob eine Hand und starrte sie an, wie verwundert darüber, woher sie plötzlich kam. »Ihr seid ein sehr böser Mann«, sagte sie, kippte nach hinten und rollte über den Boden.

Ich war mit einem Satz auf den Beinen.

»Marina? Was ist los mit dir?«

Ich kniete neben ihr und machte eine Schau daraus, ihre Atmung zu überprüfen.

»Sie ist nur ohnmächtig geworden«, sagte ich mit der Selbstsicherheit von jemandem, der sich sein ganzes Leben mit Medizin beschäftigt hatte. Ich warf Panchetto einen verärgerten Blick zu und dann auch Moaradrid. »Ihr solltet euch was schämen.«

Zustimmendes Murmeln erklang am Tisch. Mir war es völlig schnuppe, was diese verwöhnten Herrschaften dachten, aber es war wichtig, dass niemand von ihnen eingriff.

Bevor jemand auf den Gedanken kam – und das schien bei Alvantes der Fall zu sein –, wandte ich mich an Salzleck. »Wir sollten sie zu Bett bringen. Bitte hilf mir, sie zu tragen.«

Salzleck nickte und hob Estrada hoch. Es war seltsam ergreifend zu sehen, wie sanft er sie in den Armen hielt. Nur der Speichel, der ihr aus dem einen Mundwinkel rann, störte dieses rührende Bild ein wenig.

»Komm«, sagte ich und eilte zum Ausgang. Salzleck folgte mir pflichtbewusst. Panchetto stand im letzten Moment auf, und es gelang ihm nicht ganz, über seinen Versuch hinwegzutäuschen, die Initiative zurückzugewinnen. »Möchtest du nicht warten, bis mein Leibarzt kommt?«

»Das ist nicht nötig. Ich bin sicher, sie braucht nur ein wenig Ruhe.«

»Dann beauftrage ich einen meiner Männer, dich zu begleiten.« Panchetto winkte einen Wächter hinter mir her.

»Wir finden den Weg auch allein«, erwiderte ich knapp und verließ den Saal, bevor der Prinz noch etwas hinzufügen konnte.

Es stimmte, ich fand den Weg allein – weil ich ihn mir gut gemerkt hatte. Ohne große Probleme kehrten wir zu unserem Flur zurück und betraten Estradas Zimmer, wo ich Salzleck bedeutete, die Bürgermeisterin aufs Bett zu legen. Dabei murmelte sie etwas Unverständliches und rollte sich auf die Seite, kaum lag sie auf der Matratze. Einen Moment später begann sie zu schnarchen.

Salzleck stand neben dem Bett und sah auf die Schlafende hinab. Dann wandte er sich mir zu und flüsterte: »Marina krank?«

»Nein. Ich habe ihr was ins Glas gegeben, als ich es nachfüllen ließ. In ein oder zwei Stunden lässt die Wirkung nach.«

»Du *was*?«, donnerte Salzleck.

»Bleib ruhig! Ich hab ihr was ins Glas gegeben, ja, aber nur ein bisschen. Wie sonst hätten wir die verrückte Party verlassen können?«

Das brachte ihn zum Schweigen. Ich sah das Durcheinander in seinem Gesicht, eine Mischung aus Verwirrung und Ärger, doch so interessant dies auch sein mochte, ich musste mich auf die anstehende Aufgabe konzentrieren. Zuerst nahm ich Estrada das Medaillon ab, das sie von Panchetto erhalten hatte, und hängte es mir selbst um den Hals. Schwieriger war es, die Schnur des Beutels aufzuknoten, aber schließlich gelang es mir, und der Beutel rutschte mir in die Hand.

Als ich mich umdrehte, begegnete ich Salzlecks finsterem Blick. »Aufhören stehlen!«

»Ich glaube nicht«, erwiderte ich. »Nicht wenn es einen ganzen Palast voller Reichtümer gibt, in dem man sich bedienen kann.« Ich nahm den Anführer-Stein aus dem Beutel und hob ihn in die Höhe. »Und nicht, solange ich einen Riesen habe, der mir hilft.«

18

Innerhalb weniger Sekunden huschten mehr Gefühle über Salzlecks Miene als in all der Zeit zuvor, die wir uns kannten. Die Parade begann mit Freude, als hätte er gerade einen lange vermissten Freund wiedergefunden. Es folgten Verdutztheit und Sorge, woraufhin die Freude kurz zurückkehrte, um sofort Bestürzung zu weichen. Den Abschluss bildete vages, verwirrtes Entsetzen.

»Wie …«, begann er, brachte die Frage aber nicht zu Ende und streckte stattdessen die Hand nach dem Stein aus. Ich überlegte, was ich tun sollte, wenn er versuchte, ihn mir wegzunehmen – an diese Möglichkeit hatte ich bis dahin gar nicht gedacht. Aber Salzlecks Hand verharrte, bevor sie den Stein berühren konnte. »Wie?«, wiederholte er im Tonfall von jemandem, der fragte, auf welche Weise eine geliebte Person gestorben war.

»Wichtig ist, dass ich ihn habe, und das macht mich zu deinem Anführer. Habe ich recht? Du musst tun, was ich dir sage, auch wenn es dir nicht passt?«

Salzleck nickte und ließ die Schultern hängen, was vermutlich bedeutete, dass er wusste, worauf dies hinauslief.

»Ausgezeichnet. Jetzt hör gut zu …«

Ich gab ihm seine Anweisungen so langsam und genau wie möglich, und anschließend wiederholte ich sie noch einmal, um ganz sicherzugehen. Mit jedem Wort wirkte er noch niedergeschlagener und geknickter, und ich kann ehrlich sagen, dass er mir ein bisschen leid tat. Moaradrid, Mounteban, Alvantes, der Idiot namens Panchetto und vor allem Estrada, sie alle hatten mich auf die eine oder andere Art getäuscht und manipuliert. Salzleck hatte in meiner Gegenwart nie Schlimmeres getan als seine Fußnägel gereinigt.

Doch ich wollte mich nicht von Mitgefühl behindern lassen. Nicht an diesem Abend, nicht da ich es schon so weit gebracht hatte. »Hast du alles verstanden? Bist du sicher? Dann geh los und vermassele die Sache nicht.«

Nach einem letzten kummervollen Blick auf die schlafende Estrada wankte Salzleck hinaus. Ich hörte seine Schritte im Flur, als er in Richtung Ställe stapfte, setzte mich aufs Bett und wartete. Estrada gab ein leises protestierendes Geräusch von sich und rollte sich auf die andere Seite. Der Schlaftrunk hatte ihre Vorbereitungen fürs Bankett zunichte gemacht. Ihr Haar war zerzaust, und es rann ihr noch immer Speichel übers Kinn. Andererseits wirkte ihr Gesicht jetzt völlig unschuldig. Zusammen mit dem durchs Fenster fallenden Mondschein bekam sie dadurch etwas Weiches und Sanftes. Ich konnte fast erkennen, warum Mounteban sie so attraktiv fand.

Ich schauderte. Besser er als ich!

Ich stand auf und trat in den Flur. Die Lampen an den Wänden brannten nicht, wahrscheinlich deshalb, weil die Party erst viel später enden sollte. Ich glaubte, eine Bewegung am Ende des Flurs zu bemerken, aber was auch immer es war, es verschwand in dem Moment, als ich den Blick darauf richtete. Ein Spion in Panchettos Diensten? Das hoffte ich. »Ich sehe später noch einmal nach dir, Marina«, flüsterte ich laut genug, damit mich verborgene Lauscher hörten. »Keine Sorge. Ich bin gleich nebenan.«

Ich kehrte zu meinem eigenen Zimmer zurück und schaute unterwegs überallhin, nur nicht dorthin, wo ich die Bewegung gesehen hatte. Drinnen vergewisserte ich mich, dass der Vorhang ganz zugezogen war und niemand vom Flur hereinspähen konnte. Als ich sicher war, dass mich niemand beobachtete, ging ich zum Bett, zog so leise wie möglich die Laken ab und legte sie auf den Boden.

Die nächsten Minuten verbrachte ich damit, Bettlaken miteinander zu verknoten, ohne dabei verdächtige Geräusche zu verursachen. Schließlich hatte ich ein Seil so lang wie das Zimmer. Ich band das eine Ende ans Bettgestell, das aus massivem Holz bestand und schwer genug war, um mein Gewicht zu tragen. Dann legte ich das Laken-Seil aufs Bett – falls man mich überraschte, wurde es vielleicht nicht sofort erkannt.

Es war nicht unbedingt der originellste Plan, den ich mir je ausgedacht hatte. Aber manchmal sind die alten Tricks am besten, und die Alternative hätte darin bestanden, ein Seil in den Palast zu schmuggeln, was kaum möglich gewesen wäre.

Jetzt kam der schwierige Teil. Warten war mir immer schwergefallen, und die nächsten Minuten verstrichen mit der Geschwindigkeit einer durch Sirup kriechenden Maus. Ich hatte mir den Kopf darüber zermartert, wie ich Salzleck von den Ställen dorthin bringen konnte, wo ich ihn brauchte. Es wäre sicher nicht annähernd so viel Dramatik nötig gewesen, wenn ich einen bereitwilligen Helfer gehabt hätte, vor allem aber einen, der nicht so groß war wie ein Nebengebäude. Mir blieb nichts anderes übrig, als Salzleck möglichst viel Zeit zu lassen, so schwer es mir auch fiel. Ich ging davon aus, dass Panchetto den Riesen nicht für interessant genug hielt, um ihn zu bewachen. Hoffentlich ließ er sich von der Präsenz eines berüchtigten Diebs in seinem Palast dazu verleiten, seine Aufmerksamkeit auf mich zu konzentrieren.

Ich fuhr fast aus der Haut, als ich hörte, wie die Tempelgongs Mitternacht schlugen. Das war das mit Salzleck vereinbarte Zeichen. Alles in mir drängte danach, zum Fenster zu laufen, obwohl er sicher eine Weile brauchte, um die Ställe zu verlassen und sich zurechtzufinden. Schließlich stand ich auf, schlich zum Fenster und zog das improvisierte Seil hinter mir her. Ich zählte bis dreißig. Als noch nichts von Salzleck zu sehen war, zählte ich erneut, und zwar etwas langsamer. Noch immer nichts. Ich versuchte, mich an die Namen aller Frauen zu erinnern, mit denen ich geschlafen hatte, und als ich begriff, dass es nicht annähernd so lange dauerte, wie ich mir erhofft hatte, fügte ich individuelle Haarfarbe und Eigenarten hinzu.

Nichts. Salzleck ließ sich nicht blicken. Er hatte mich verraten, seinen Freund und Anführer. Oder man hatte ihn gefasst, und in dem Fall musste ich jeden Moment mit dem Erscheinen von Wächtern rechnen. Vielleicht war der Dummkopf eingeschlafen, oder …

Ein großer Schatten fiel unten auf den Hof, und einen Moment später erschien Salzleck. Einmal mehr fiel mir auf, wie wenig er sich für Heimlichkeiten eignete. Als ich ihn beim Schleichen beobachtete, musste ich an einen Baum denken, der leise umzustürzen versuchte.

Dennoch war ich froh, als er mich sah und winkte. Ich bedeutete ihm, genau unter meinem Fenster stehen zu bleiben.

Es war eine mondlose, finstere Nacht, wie es meinen Erwartungen entsprach. Was ich bisher von Panchettos Sicherheitsmaßnahmen gesehen hatte, ließ mich vermuten, dass er die Gefahren eines Einbruchs und Diebstahls für vernachlässigenswert hielt. Oder er vertraute zu sehr darauf, dass niemand die Außenmauern erklettern und am Wachhaus vorbeigelangen konnte. Soweit ich bisher festgestellt hatte, gab es keine Patrouillen. Wenn doch irgendwo Wächter unterwegs waren, so mussten wir darauf vertrauen, dass die Finsternis genügte, um Salzleck zu verbergen.

Ich warf das Seil aus dem Fenster und beobachtete, wie es fiel, in der Hoffnung, dass die Nacht auch die zusammengebundenen Laken verbarg. Glücklicherweise waren sie violett gefärbt und nicht weiß. Sie reichten nur halb bis zum Boden, was für meine Zwecke aber völlig genügte. Ich kletterte auf den Fenstersims und schnappte in der Kühle nach Luft, als mich kurzer Schwindel erfasste. Das Seil gab ein Stück nach und hielt dann. Vom Bett kam ein leises Knarren, doch es blieb an Ort und Stelle.

Ich erlaubte mir ein erleichtertes Seufzen, ließ mich langsam zum nächsten Fenster hinab und fühlte dabei Salzlecks Blick auf mir ruhen. War er um meine Sicherheit besorgt, oder wünschte er sich vielleicht, dass ich zu Tode stürzte? Ich erreichte den Fenstersims, sprang leise auf den Boden des Zimmers und holte das restliche Seil ein.

Das Zimmer unter meinem war genau so, wie ich es in Erinnerung hatte. Zwei Schritte mehr, und ich wäre ins Becken gefallen, das jetzt kein Wasser mehr enthielt. Panchettos dicker Gast weilte offenbar noch beim Bankett, und hoffentlich blieb er dort noch eine Weile.

Was nicht bedeutete, dass ich mir viel Zeit lassen konnte.

Meine Augen hatten sich bereits an die Dunkelheit gewöhnt, und so machte ich mich sofort ans Werk. Es gab nicht viele Möbel: ein eingebauter Schrank wie der in meinem Zimmer, eine Kommode mit geschwungenen Beinen und Griffen aus geschmiedetem Metall und Nachtschränkchen zu beiden Seiten des Bettes. Ich fand ein paar Münzen, ein silbernes Karneolamulett und zwei Schals aus Seide. Nicht viel, aber wenigstens ein Anfang.

Ich schlich zum Vorhang in der Tür und spähte hinaus. Dieser Flur war ebenso wenig beleuchtet wie der ein Stockwerk darüber. Ich schnippte eine Münze zur gegenüberliegenden Wand und wartete. Eine ganze Minute verstrich, ohne dass jemand nach dem Rechten sah, und daraufhin war ich überzeugt, dass sich keine Wächter in der Nähe befanden. Warum sollte der Flur auch bewacht werden? Immerhin rechnete niemand damit, dass jemand im Innern des Palastes auf Diebestour ging. Vom einzigen bekannten Dieb weit und breit nahm man an, dass er im Bett lag und schlief.

Jeweils vier Zimmer grenzten auf beiden Seiten an den Flur, und ich durchsuchte sie alle. Nach einigen ähnlichen Funden wie denen im Quartier des Dicken und einem Raum, der nichts von Wert enthielt, machte sich Niedergeschlagenheit in mir breit. Dann entdeckte ich in Nummer sechs einen prall gefüllten Geldbeutel und mit Edelsteinen besetzte Ohrringe, die mich für meine nächtlichen Mühen entlohnten. Ich warf einen kurzen Blick in die letzten beiden Zimmer, dachte an die bereits verstrichene Zeit und kehrte in die Unterkunft des Dicken zurück. Ich hatte meine Beute vor dem Fenster abgelegt, und das Ergebnis bestand aus einem glitzernden Haufen, der sich dort angesammelt hatte.

Ich beugte mich aus dem Fenster und klopfte an die Mauer, bis Salzleck hochsah. Zuerst nahm ich den Geldbeutel und gab dem Riesen zu verstehen, dass ich ihn fallen lassen wollte. Er machte sich bereit und hob die Hände. Ich ließ den Beutel los und rechnete halb damit, dass der Riese danebengriff, der Geldbeutel auf dem Boden landete und lautes Klimpern und Klirren den ganzen Palast alarmierte. Aber dem war nicht so. Salzleck fing den Beutel auf und legte ihn zu Boden, wie ich es ihm gesagt hatte. Auch bei den nächsten beiden Gegenständen erwies er sich als recht geschickt, und den übrigen Kram steckte ich ein.

Ich hatte geplant, die Laken des Dicken mit meinem Seil zu verbinden, nahm aber Salzlecks Erfolg und die verstrichene Zeit zum Anlass, so schnell wie möglich nach unten zu klettern und mich das letzte Stück fallen zu lassen. Salzleck fing auch mich auf, und zwar erstaunlich sanft. Ich sah ihn mit neuem Respekt an, denn der Riese hatte sich als tüchtiger Partner erwiesen. Fast hätte ich es mir noch einmal überlegt, ihn zurückzulassen, wenn dies alles hinter uns lag.

Nein, es war besser für uns beide, wenn wir uns nach dieser Nacht nie wiedersahen. Salzleck konnte zu seinem Volk zurückkehren und ich zu meinem Leben, aus dem man mich vor all diesen Tagen herausgerissen hatte.

Ich betrachtete den Schatzhaufen zu unseren Füßen. Diesmal würde alles anders sein – ich war reich.

Eine Minute verbrachte ich damit, Geldbeutel, lose Münzen, Schmuck, Schal und einen silbernen Kerzenhalter, der mir gefiel, in den zahllosen Taschen zu verstauen, mit denen der Schneider Salzlecks Mantel ausgestattet hatte. Die weite Kleidung und die massige Gestalt täuschten über verdächtige Ausbuchtungen hinweg, wenn man nicht zu genau hinsah. Und die Polster, auf die ich bestanden hatte, dämpften verdächtiges Klimpern. Alles lief nach Plan.

»Wird Zeit, dass wir von hier verschwinden«, flüsterte ich – und erstarrte, als ich Schritte hörte.

Für einen Moment verharrte ich in völliger Reglosigkeit, und dann merkte ich plötzlich, dass mein rechtes Bein halb aus den Schatten ragte. »Zurück!«, zischte ich lauter als beabsichtigt und zog Salzleck mit mir in die Dunkelheit.

Ich drückte mich an die Wand und hielt Salzleck mit einer Hand neben mir fest. Konnte man uns sehen? Wie dumm von mir. Nur ein Blinder hätte einen Riesen im Halbdunkel nicht bemerkt.

Die Schritte kamen näher. Meine Furcht machte sie vielleicht lauter, als sie in Wirklichkeit waren, denn ich glaubte fast, dass sich uns ein Zugpferd näherte – bis ich schließlich den Wächter bemerkte. Mit steifen Schritten patrouillierte er zwischen Palast und Außenmauer. Er trug keine Fackel, aber seine Rüstung war so gut poliert, dass sie regelrecht schimmerte.

Immer näher kam er. Ich konnte erkennen, dass die Finger um den Griff des Schwerts an seiner Hüfte geschlossen waren. Suchte er uns? Würde Salzleck ihn erledigen, wenn ich ihn dazu aufforderte? Wegzulaufen kam nicht infrage. Unter dem Helm zeichneten sich vage die Züge eines markanten Gesichts ab. Die Entfernung schrumpfte weiter, als er einen Fuß vor den anderen setzte und in die Nacht starrte, ohne einen Blick nach rechts und links …

Es gibt einen Unterschied zwischen einem disziplinierten und einem guten Wachsoldaten. Der Bursche marschierte an uns vorbei, ohne auch nur einmal zu den Mauern zu sehen, und das Geräusch seiner Schritte wurde schnell leiser. Schließlich herrschte wieder Stille, und ich hörte nur noch Salzlecks heiseren Atem und das heftige Trommeln meines Herzens.

»Na schön«, sagte ich, als ich mich einigermaßen beruhigt hatte. »Gehen wir.«

Diesmal achtete ich darauf, in den Schatten des Palastes zu bleiben, als ich Salzleck hinter mir herzog. Wir brauchten einige Minuten, um die nordöstliche Ecke hinter uns zu bringen und zum vorderen Bereich zu gelangen. Dort ging ich schneller – zuvor hatte ich festgestellt, dass vom Wachhaus aus ein großer Teil des Hofes nicht einzusehen war – und wurde erst wieder langsamer, als wir uns dem großen Haupteingang näherten. Dort gab es einen von Fackeln geschaffenen Lichtkreis, und an seinem Rand hielt ich an. Ich sah nur einen Wächter, der uns den Rücken zukehrte. Rasch flüsterte ich Salzleck eine letzte Anweisung zu und trat ins Licht.

Wir waren nur zwei Gäste, keine Eindringlinge. Ich begann zu torkeln, hätte mir die Mühe aber sparen können. Der Wächter sprach mit einem Kollegen, der auf der anderen Seite des Wachhauses außer Sicht gewesen war. Bis zum letzten Moment achteten sie nicht auf uns.

»Hallo«, sagte ich zu laut. »Wir … äh, mein Freund hier und ich, wir wollten nur …« Den meisten Leuten gelingt es nicht, glaubwürdig Trunkenheit zu heucheln. Sie verstehen nicht, dass man so klingen muss, als versuchte man verzweifelt, nüchtern zu klingen. »Nun, wir haben das eine oder andere Gläschen getrunken, in Gesellschaft Seiner Hoheit, und wir wollten ein bisschen in die Stadt, um dort, ihr wisst schon, Unterhaltung *anderer Art* zu suchen. Ich meine nicht, dass wir nach leichten Damen suchen, obwohl, wenn ihr welche kennt …« Ich winkte schwerfällig.

Der nächste Wächter trat vor. »Um diese Zeit? Wir sind angewiesen, jeden zu durchsuchen, der den Palast nach Einbruch der Dunkelheit verlässt.« Er klang unsicher, und ich merkte, dass er das Medaillon an meinem Hals betrachtete. Vermutlich lauteten die Anweisungen: *Durchsucht jeden, der wie Easie Damasco aussieht.* Das war so weit in Ordnung, solange die Wächter nicht auch aufgefordert waren, uns zu verhaften.

»Natürlich, mein Bester«, erwiderte ich. »Bin gern zu Diensten.«

Salzleck nahm diese Worte wie vereinbart zum Anlass, drohend näher zu rücken. Sein Gesicht zeigte dabei einen Ausdruck, der auf eine Mischung aus Zorn, Zahnschmerzen und Verstopfung hinwies. Es war nicht unbedingt das, worum ich ihn gebeten hatte – offen gesagt, es fiel mir schwer, ein Lachen zu unterdrücken –, aber die beiden Wächter wirkten plötzlich sehr nervös.

Derjenige, der mich angesprochen hatte, verbrachte einige Momente damit, mich zu durchsuchen – von den Füßen bis zum Hals klopfte er mich ab und zeigte dabei routiniertes Geschick. Dann wandte er sich Salzleck zu, dessen Gesicht nicht mehr ganz so grimmig wirkte, aber immer noch recht eindrucksvoll war. Der Wächter schluckte zwar, hielt jedoch an seiner Pflicht fest. »Wenn Ihr bitte niederknien würdet«, sagte er und machte sich dann an die Durchsuchung des Riesen.

Ich hielt den Atem an.

Ich hätte mir keine Sorgen machen müssen. Selbst als Salzleck kniete, blieben die verborgenen Taschen außer Reichweite, solange derjenige, der ihn abklopfte, nicht außergewöhnlich groß und besonders entschlossen war. Auf den Wächter traf weder das eine noch das andere zu. Ich verglich sein Verhalten mit dem eines Blinden, der versuchte, die Größe einer mit Scheiße bedeckten Statue abzuschätzen. Seine erfahrenen Händen flogen über Salzlecks Leib, und kaum war er fertig, wich er mit einem erleichterten Seufzen zurück.

»Nun, äh … es scheint alles in Ordnung zu sein. Für den Rest der Nacht wünsche ich euch viel Spaß.«

»Danke«, sagte ich und wandte mich dem Tor zu. »Wir sind fest entschlossen, jede Menge Spaß zu haben.«

Ich entspannte mich erst, als wir um die nächste Straßenecke bogen und die beiden Wächter außer Sicht gerieten. Selbst dann erwies es sich als Fehler. Mein ganzer

Körper fühlte sich gummiweich an, beziehungsweise wie Gummi, das jemand mit einem Hammer weich geklopft hatte, wenn das möglich war. Ich lehnte mich an einen Fenstersims, atmete mehrmals tief durch und wartete, bis das Zittern meiner Knie aufhörte.

Wir hatten es geschafft!

Wenn die Torwächter ihr Handwerk verstanden, würden sie ihre Vorgesetzten von dem seltsamen Paar berichten, das den Palast verlassen hatte, und vielleicht würde dann jemand nach uns suchen. Andererseits: Es war spät in der Nacht, Prinz und Hauptmann der Wache befanden sich bei einem Bankett, und die Räder würden sich langsam drehen, wenn überhaupt. Ich sollte längst fort sein, bevor jemand kam, um der Sache auf den Grund zu gehen.

»Wir haben es geschafft«, sagte ich zu Salzleck und grinste.

Er antwortete nicht.

»Du kannst aufhören, eine finstere Miene zu schneiden«, fuhr ich fort. »Das sollte nur die Wächter einschüchtern.«

Die Grimasse wurde noch etwas grimassiger. »Schlimm.«

»Was? Die Flucht?«

»Stehlen schlimm.«

»Die Entnahme einiger Kinkerlitzchen aus der Obhut von Reichen, die sie leicht ersetzen können? Was soll daran schlimm sein?«

Ich spürte, dass Salzleck anderer Meinung war. Mir blieb nicht genug Zeit, ihn von meinem Standpunkt zu überzeugen, und das war auch gar nicht nötig, solange ich den Anführer-Stein hatte. »Deine Einwände sind hiermit zur Kenntnis genommen und beiseitegeschoben, Salzleck. Komm jetzt.«

Ich ging los. Der Riese zögerte kurz und folgte mir dann.

Mir wäre es lieber gewesen, das Tempelviertel zu meiden. Die Straßen dort waren breit – schmale Gassen schienen eine Beleidigung für die Götter zu sein. Überall hingen Laternen, und in offenen Kohlepfannen brannten Feuer mit seltsamen blauen und grünen Flammen. Unsere Schritte weckten die Vögel in den über uns hängenden Käfigen; zahllose Flügel schlugen, und ein Pfau schickte seinen Schrei durch die Nacht. Von Diskretion konnte kaum die Rede sein, aber es war der kürzeste Weg, und vor allem darauf kam es an.

Ich war erleichtert, als wir das Marktviertel erreichten. Auch hier folgten wir dem Verlauf der breiten Straßen, aber sie waren wenigstens still und nicht beleuchtet. Wir hatten den gepflegten Teil fast hinter uns gebracht und der Marktplatz war in Sicht, als ich bemerkte, dass Salzleck erneut stehen geblieben war. Ich drehte mich um und sah ihn ein Dutzend Schritte hinter mir.

»Was soll das, Salzleck? Es geht hier entlang.«

»Nicht stehlen.« Er wirkte noch zorniger als vorher, aber es war der Zorn eines getretenen Hunds, der den Stiefel seines Herrn kennt. »Zurückkehren.«

»Kommt nicht infrage. Mir liegt etwas an meiner Haut, zumal ein angenehmes Leben auf mich wartet, und ich brauche deine Hilfe.« Zwar hätte ich es jetzt sehr wahrscheinlich allein schaffen können, aber es war viel leichter, wenn Salzleck mitkam, denn dann brauchte ich all die Klunker nicht selbst zu schleppen. Ich hob den Anführer-Stein so weit wie möglich nach oben. »Muss ich dich daran erinnern? Ich bin dein Boss. Und das bedeutet, du hilfst mir.«

»Nicht mehr.« Doch er klang hoffnungslos unsicher und kam sogar einen Schritt näher.

Vielleicht wurde es Zeit, die Taktik zu wechseln. »Hör mal … du brauchst mich nur bis zu Kapitän Anterios Kahn zu begleiten. Dann kommt der Teil, der dir gefallen wird. Sobald ich an Bord bin, erhältst du den Stein. Dann kannst du nach Hause gehen und der große Herr und Meister aller Riesen werden oder von mir aus deine Freunde retten, die von Moaradrid beschwindelt werden. Wie gefällt dir das?«

Salzleck wirkte bestürzt. »Nicht gut genug!«

»Es ist das beste und einzige Angebot, das du von mir bekommst.« Plötzlich wurde mir klar, was er meinte. »Du hältst *dich* für nicht gut genug? Mach dich nicht lächerlich! Du bist stark, tapfer und einfallsreich. Nach den Maßstäben von euch Riesen bist du vielleicht sogar intelligent. Wie kommst du darauf, dass du kein guter Anführer sein kannst?«

Er schüttelte den Kopf. »Nicht gut genug.«

»Na schön. Dann suchst du dir jemanden, der gut genug ist, und gibst ihm den Stein. Wie wär's damit? Oder, wenn dir das lieber ist, ich werfe den verdammten Stein in den Fluss, damit ihn niemand bekommt.«

Das gab den Ausschlag. Vielleicht konnte Salzleck die Vorstellung ertragen, dass ein Mistkerl wie Moaradrid Oberhaupt der Riesen war, und vielleicht konnte er sogar mich als den großen Macker akzeptieren. Aber keinen Anführer zu haben, und auch keine Hoffnung, jemals einen zu bekommen … das war zu viel für ihn. Er wankte auf mich zu. Der Zorn verschwand aus seinem Gesicht und machte einem Ausdruck der Gebrochenheit Platz.

Ich tröstete mich mit dem Gedanken, dass ich es ernst gemeint hatte. Salzleck würde den für die Riesen so kostbaren Stein von mir zurückerhalten, und vielleicht konnte er damit sogar seine Freunde retten. »Mach dir keine Sorgen. Wenn du morgen an diesen Moment zurückdenkst, wirst du davon überzeugt sein, die richtige Entscheidung getroffen zu haben.«

Die Worte klangen selbst für mich hohl. Ich fügte ihnen keine weiteren hinzu und setzte mich wieder in Bewegung. Diesmal folgte mir Salzleck sofort, ohne zu zögern. Mit langen Schritten ging ich über den leeren Marktplatz, und es dauerte nicht lange, bis wir den Hafen erreichten.

Dort blieb ich stehen, legte die Hände auf ein eisernes Geländer und vergewisserte mich, dass an den Anlegestellen alles so war, wie es sein sollte. Es erschien mir seltsam, sie so ruhig, dunkel und leer zu sehen. Nichts regte sich dort. Nirgends torkelten betrunkene Seeleute herum, die zu ihren Schiffen zurückwollten, und abgesehen von einigen großen Kisten auf dem nächsten Kai war nirgends Fracht zu sehen. Bei den meisten Schiffen, Booten und Kähnen leuchtete nur eine kleine Laterne am Heck. Nach der regen Betriebsamkeit, die ich zuvor an diesem Ort beobachtet hatte, erschien mir die Szene unwirklich. Ich hatte das seltsame Gefühl, einen Schiffsfriedhof vor mir zu sehen.

Anterios heruntergekommener Kahn lag dort am Kai, wo wir ihn zurückgelassen hatten. Eine Gestalt an Bord blickte in unsere Richtung, und als ich winkte, hob sie ebenfalls den Arm.

Das war es also. In einigen wenigen Minuten würde ich Altapasaeda verlassen. Bis zum nächsten Morgen hatte mich Anterio in irgendeinem Dorf abgesetzt, wo ich mir ein Pferd kaufen und für immer verschwinden konnte. Ich lief los und hörte die wuchtigen Schritte des Riesen hinter mir. Noch vor einem Tag hätte ich es nicht für möglich gehalten, mich so sehr über den Anblick eines schmutzigen, stinkenden Lastkahns und seines verschrobenen Kapitäns zu freuen.

Ich hatte fast den Laufsteg erreicht, als ich feststellte, dass es nicht Anterio war, der dort an Bord stand.

»Ich schätze, ich sollte dir wenigstens dafür danken, dass wir nicht lange auf dich warten mussten.«

»Hauptmann Alvantes ... das *ist* eine Überraschung.« Ich brachte es gerade so fertig, nicht an den Worten zu ersticken.

»Tatsächlich? Offenbar hältst du nicht viel von uns. Anterio war zu seiner Zeit ein erbärmlicher Wächter, aber er ist nie ein Narr gewesen. Er setzte sich mit mir in Verbindung und berichtete von einem verdächtigen Mann, der behauptete, in geheimer Mission für die Palastwache unterwegs zu sein. Es passte gut zu den Berichten über deine Bewegungen.«

»Und du hast das Bankett verlassen, um mich hier in Empfang zu nehmen? Solche Mühe wäre nicht nötig gewesen.«

Zuvor hatte eine gewisse Verspieltheit in Alvantes' Stimme gelegen, sogar so etwas wie für ihn völlig untypische hämische Freude. Beides verschwand, als er sagte: »Ich hätte dich schon vor Stunden verhaftet, Damasco. Aber du genießt diplomatische Immunität, und Seine Hoheit wollte sicherstellen, dass du auf frischer Tat ertappt wirst. Genau das ist gerade geschehen, und deshalb gehörst du jetzt mir. *Wachen, hierher!*«

Die letzten Worte rief er über meine Schulter, und ihr Echo von den Hafenmauern war kaum verklungen, als ich das Klappern von Hufen hinter mir hörte. Ich drehte mich um und sah, dass sich die großen Kisten am Kai geöffnet hatten – aus jeder von ihnen kam ein Reiter. Wenige Momente später hatte ein halbes Dutzend berittener Wächter einen Halbkreis um uns gebildet.

Für den Hauch eines Augenblicks war ich fast stolz darauf, der Grund für so viel Anstrengung und Durchtriebenheit zu sein, doch die sehr kurze Zufriedenheit darüber wich sofort Entsetzen. Meine Zukunftsaussichten bestanden plötzlich darin, den Rest meines Lebens im Gefängnis zu verbringen, wenn ich Glück hatte. Für wahrscheinlicher hielt ich es, dass der Prinz mich Moaradrid auslieferte.

Alvantes winkte einem der Reiter zu, und der Mann ritt zu den Laderampen am Ende des Hafens. Weniger als eine Minute später kehrte er an der Spitze eines kleinen Konvois zurück. Er hatte irgendwo eine Kutsche aufgetrieben, und sechs weitere Reiter begleiteten ihn. Ich hielt sie für Verstärkung, vielleicht dazu bestimmt, Salzleck unter Kontrolle zu halten, bis ich die Gestalt an der Spitze erkannte.

Ich hatte recht, auf einen gemütlichen Gefängnisaufenthalt durfte ich offenbar nicht hoffen. Hinter den Wächtern ritt Moaradrid, jetzt wieder auf die übliche Art gekleidet, und ich bemerkte Panchettos Wappen an der Tür der Kutsche. Als sie angehalten hatte, stieg der Prinz aus, in einen Pelzmantel gehüllt, der ihm bis zu den Füßen reichte.

»Ich hätte Euch vielleicht verziehen, meine Gäste zu bestehlen, Damasco, aber von einem guten Bankett wegzulaufen, ist absolut verwerflich. Was dich betrifft, Riese … Ich habe dich für vernünftig gehalten. Schäm dich!«

Salzleck ließ den Kopf hängen.

»Wenn Ihr jetzt bitte so freundlich wärt, Eure neu erworbenen Objekte zurückzugeben … Dann können wir alle in unsere weichen, warmen Betten zurückkehren.«

Moaradrid brachte sein Pferd nach vorn. »Schluss mit den Spielchen, Panchetto. Der Dieb hat sein wahres Gesicht gezeigt und damit seine Immunität verloren. Ich verlange seine Auslieferung.«

Panchetto wirkte betroffen. »Offenbar liegt hier ein Missverständnis vor. Ich bin so höflich gewesen, Euch auf dieses nächtliche Unterfangen hinzuweisen und Euch zu erlauben, mich zu begleiten. Es kommt natürlich nicht infrage, einen altapasaedanischen Verbrecher Eurer Obhut zu übergeben. Unsere Justiz ist für diese Angelegenheit zuständig.«

»Ich werde nicht zulassen, dass er mir erneut entwischt.«

»Ich fürchte, da bleibt Euch keine Wahl.«

Die Stimme des Prinzen klang fast so eisig wie die des Kriegsherrn. Ärger lag in seinem fleischigen, aufgedunsenen Gesicht, doch das war nichts im Vergleich mit dem in Moaradrid brodelnden Zorn.

»Ihr hattet genug Gelegenheit und seid gewarnt gewesen«, sagte er. Seine Stimme war dabei kaum mehr als ein Flüstern. »Gebt mir diesen Mann.«

»Ich denke nicht daran.«

»Na schön.«

Die Bewegung war so schnell, dass ich ihr nicht folgen konnte und zunächst nicht verstand, was geschah. Selbst wenn Panchetto etwas geahnt hätte, ihm blieb nicht Zeit genug für eine Reaktion. Moaradrids Hand flog zu seinem Gürtel und holte dann aus. Etwas blitzte silbern, wie der Schweif einer Sternschnuppe, und ich hörte ein Geräusch so klar und scharf wie brechendes Glas.

Panchettos Körper fiel aufs Kopfsteinpflaster.

Der Kopf folgte einen Moment später.

19

Moaradrids Säbel hing in der Luft und glänzte feucht im Fackelschein. Nichts bewegte sich, abgesehen vom Blut auf dem Boden, das eine größer werdende Lache bildete – ohne Ende strömte es aus Panchettos Leiche. Sein Kopf wirkte wie eine Insel in einem scharlachroten See, und Überraschung zeigte sich in dem Gesicht. Der Mund war geöffnet, als hätte er selbst im Tod noch etwas zu sagen.

Es war Alvantes, der den Bann brach. Er sprang vom Kahn an Land, bückte sich und hob Panchettos Leichnam hoch. Seine Männer reagierten sofort: Der Halbkreis aus Reitern schloss sich um den Hauptmann, der den ermordeten Prinzen in seinen Armen hielt.

Doch niemand unternahm etwas gegen Moaradrid, der zusammen mit seinen Leuten auf eine sichere Distanz zurückwich. Ich konnte nicht behaupten, Panchetto gemocht zu haben, aber es war schrecklich, mit anzusehen, wie er mit so gleichgültiger Verachtung umgebracht wurde. Warum hatte Alvantes nicht die Gelegenheit genutzt, ihn zu rächen?

Weil er im Gegensatz zum Prinzen und zu mir nicht so dumm war, Moaradrid zu unterschätzen. Auf der höher gelegenen Hafenmauer waren einige dunkle Gestalten erschienen, vermutlich noch mehr Halunken in Diensten des Kriegsherrn. Sie blockierten den Weg in die Stadt, was jedoch unsere geringste Sorge war – das begriff ich, als ein Pfeil mit Unheil verkündendem Klacken aufs Kopfsteinpflaster fiel.

Alvantes legte die Leiche des Prinzen in die Kutsche und schwang sich dann auf den Kutschbock, während der Kutscher versuchte, das Gefährt zu drehen. Die Reiter bemühten sich unterdessen, die Kutsche abzuschirmen. Zwei von ihnen hatten bereits Pfeile abbekommen, aber es waren Elitesoldaten, die sich von so etwas kaum beeindrucken ließen.

Nur Salzleck und ich standen reglos am Rand des Kais, wo wir gerade so außer Reichweite der Bogenschützen waren. Wir hatten jedoch nur eine Atempause, mehr nicht. Ich sah, dass sich Moaradrid uns näherte, aber ich brachte es noch immer nicht fertig, mich zu bewegen. Wohin sollte ich laufen? Ich überlegte, auf Anterios Kahn zu springen, aber selbst wenn ich es irgendwie geschafft hätte, die Leinen rechtzeitig zu lösen – ich wäre bestimmt nicht weit gekommen. Die einzige andere Möglichkeit war die Kutsche. Alvantes war vielleicht etwas weniger als Moaradrid gewillt, mich umzubringen, aber um die Kutsche zu erreichen, musste ich durch den See aus Blut, und diese Vorstellung hielt mich fest.

Der Kutscher hatte das Wendemanöver gerade erfolgreich hinter sich gebracht, als einer der Wächter einen erstickten Schrei von sich gab und aus dem Sattel kippte. Mit einem grässlich knirschenden Geräusch landete er auf dem Pflaster.

»Ihr beiden – kommt!«

Mir war nicht sofort klar, dass Alvantes Salzleck und mich meinte.

»Und bring das mit.«

Ich stellte entsetzt fest, dass der Hauptmann auf den Kopf des Prinzen zeigte.

Ein weiterer Wächter schrie und schwankte, konnte

sich aber im Sattel halten, obwohl ein Pfeil in seiner Schulter steckte. Die Kutsche bekam allmählich Ähnlichkeit mit einem Nadelkissen. Ich begriff plötzlich, dass diese Männer, die tapfer und dumm genug waren, ihr Leben allein aus Pflichtgefühl aufs Spiel zu setzen, sterben würden, wenn ich mich nicht endlich bewegte. Nach den jüngsten Ereignissen wäre es mir vielleicht schwergefallen, damit zu leben.

Ich lief los.

Nichts lag mir ferner, als Panchettos Kopf aufzuheben und mitzunehmen. Sollte Alvantes sich ihn selbst holen, wenn er solchen Wert darauf legte. Auf halbem Weg zur Kutsche sah ich sein Gesicht, die Mischung aus Kummer und Zorn. Wenn er nicht Moaradrid in die Finger bekommen konnte … Wer hinderte ihn daran, mir die ganze Schuld zu geben? Dies war nicht der richtige Zeitpunkt für Trotz.

Von allem, was ich getan hatte, um meine Haut zu retten, war dies das Schlimmste. Mit halb geschlossenen Augen versuchte ich mir einzureden, die Hand nach etwas anderem auszustrecken als nach dem, das wirklich dort lag. Alle Illusionen lösten sich auf, als meine Finger das blutfeuchte Haar berührten und den Kopf hochhoben. Ich hielt ihn auf Armeslänge, schluckte bittere Galle hinunter und lief.

Ich sprang in die offene Kutsche und zog die Tür hinter mir zu. Erst dann fiel mir ein, dass sich bereits ein Passagier in der Kutsche befand. Panchettos Leiche lag auf der hinteren Sitzbank, die Beine nach oben gestreckt, weil der Platz nicht genügte; ein Arm baumelte nach unten. Der Gestank von frischem Blut vermischte sich mit dem Geruch von Leder und Holz. Kleine Flammen züngelten in gläsernen Leuchtern und warfen unangenehme Schatten.

Ich wollte wieder aussteigen, trotz der Pfeile. Aber bevor ich diese Absicht in die Tat umsetzen konnte, rollte die Kutsche mit einem Ruck los. Ich ließ Panchettos Kopf fallen, sank auf die freie Sitzbank und versuchte, einen möglichst großen Abstand zu dem anderen Reisenden zu wahren.

Wir wurden rasch schneller. Was mir seltsam erschien, denn immerhin befanden wir uns auf einem Kai und nicht auf einer Straße. Das Knarren und Rasseln der Kutsche war gerade so laut geworden, dass es die Einschläge der Pfeile auf dem Dach übertönte, als der Kutscher plötzlich den Kurs änderte. Etwas zerrte mich zur Seite, aber ich krallte mich an meinem Platz fest, bis ich befürchtete, meine Finger könnten brechen. Die Pferde wieherten, die Räder quietschten, und wir kippten. Für einen Moment hatte es den Anschein, als hingen wir schief in der Luft.

Dann waren wir durch die Kurve und rasten über einen steil nach oben führenden Hang. Es konnte nur die Laderampe sein, die die beiden Kai-Ebenen miteinander verband. An den Fenstern flatterten die Gardinen wild, und in der Dunkelheit draußen konnte ich nur einige bizarre Umrisse erkennen. Ein Reiter jagte vorbei, aber ich wusste nicht, ob es ein Wächter war oder einer von Moaradrids Männern. Das Durcheinander von Geräuschen – Schreie, das Klirren von Stahl auf Stahl, das Klappern von Hufen – wies auf einen Kampf hin, doch mehr verriet es mir nicht. Entkamen wir? Wurden Alvantes' Wächter niedergemetzelt, einer nach dem anderen? Umgeben von Düsternis und heimgesucht von Geräuschen der Gewalt befürchtete ich das Schlimmste.

Und es war alles meine Schuld.

Ich hatte die Chance gehabt, das Richtige zu tun. Stattdessen war ich so dumm gewesen, mich gegen meine

Freunde zu wenden, zu lügen und zu stehlen. Mit anderen Worten: Ich hatte genau das getan, was alle von mir erwarteten. Mit dem Ergebnis, dass der lächerliche, infantile Panchetto gestorben war und dass auch die Wächter dort draußen starben, tapfere Männer, deren einzige Schuld darin bestand, zur falschen Zeit am falschen Ort zu sein. Ich trug für das alles die Verantwortung, weil ich die falsche Wahl getroffen hatte.

Und jetzt saß ich hier in dieser Kutsche, die mich meinem Verhängnis entgegentrug. Es erschien mir nur recht und billig.

Doch wir hielten nicht an, trotz der Rufe und Schreie und dem Klirren von Schwertern und Säbeln. Die Geräusche des Kampfes wurden sogar leiser und die Einschläge von Pfeilen weniger häufig. Schließlich hörte das ganz auf, und die Stimmen verklangen. Wir wurden etwas langsamer und rasten nicht mehr mit entsetzlicher Geschwindigkeit durch die Nacht, nur noch mit erschreckender.

Ich wagte es, erneut aus dem Fenster zu sehen. Die Konturen von Gebäuden zeigten sich in der Dunkelheit. Für Läden waren sie zu hoch – die geisterhaft weißen Fassaden ließen mich vermuten, dass wir durchs ärmere Wohnviertel südlich des Marktes kamen. Ich biss die Zähne zusammen, beugte mich über Panchettos Leiche hinweg und zog die Gardine des Rückfensters beiseite.

Ich war so erleichtert, Salzleck hinter der Kutsche laufen zu sehen, dass ich fast in Tränen ausgebrochen wäre. Seine neue Kleidung hing in Fetzen an den Pfeilen, die in ihm steckten. Er hinkte, und der linke Arm hing schlaff an seiner Seite, aber er lebte. Zwei Wächter auf Pferden flankierten ihn, einer auf jeder Seite. Beide waren verwundet und hielten sich nur mit Mühe in den Sätteln. Von Verfolgern war weit und breit nichts zu sehen.

Der Umstand, dass wir überlebt hatten, änderte nichts an meinen Schuldgefühlen. Ich fühlte den gebrochenen Blick des Prinzen auf mir und sah die Verwunderung in seinem erstarrten Gesicht. Plötzlich fühlte ich mich ihm verpflichtet. Ich schuldete ihm etwas, auch Estrada, Salzleck und sogar dem Grobian Alvantes. Moaradrid war mir kreuz und quer durchs Castoval gefolgt und hatte andere Menschen für uns leiden lassen. Ich musste versuchen, ihn aufzuhalten, wenn es dazu nicht bereits zu spät war.

Die mehrstöckigen Gebäude des Armenviertels wichen den Villen der Reichen von Altapasaeda. Unsere Kutsche wurde noch etwas langsamer, sodass sie sich nur noch ein bisschen zur Seite neigte, als wir ins Tempelviertel einbogen. Voraus ragte der Palast auf. Der schwache Mondschein verwandelte die hellen Türme und Minarette in graue Schemen. Wo tagsüber hübsche Buntglasfenster im Licht der Sonne glänzten, waren jetzt nur dunkle Öffnungen zu sehen. Der ganze Palast wirkte traurig, als beklagte er bereits den Tod seines Prinzen.

Wir rasten über den Platz und hielten aufs breite Tor zu. Ich erhaschte einen kurzen Blick auf die beiden Gardisten, die dort Wache hielten, dieselben Männer, denen ich auf dem Weg hinaus begegnet war. Natürlich erkannten sie die Kutsche des Prinzen, die inzwischen einen recht beeindruckenden Anblick bieten musste mit all den Pfeilen, die in ihr steckten, von ihren blutigen Begleitern ganz zu schweigen. Gerüchte verbreiteten sich schnell in Altapasaeda. Noch vor Morgengrauen würden die Bürger vom Tod des Prinzen wissen.

Wir wandten uns nach links – Salzleck und ich waren zuvor aus der anderen Richtung gekommen –, brachten die südöstliche Ecke des Palastes hinter uns und erreichten einen kleineren Platz. Dort hielt die Kutsche an und stöhnte dabei wie ein röchelnder Sterbender, der ein letztes Mal nach Luft schnappte.

Ich wollte hinaus an die frische Luft, weg vom Gestank des Todes. Allerdings bestand die Möglichkeit, dass Alvantes mich nur aus einem schrägen Gerechtigkeitsempfinden heraus gerettet hatte – wenn er mich Moaradrid überlassen hätte, wäre er nicht in der Lage gewesen, mich auf angemessene Weise zu hängen. Wenn ich blieb, wo ich war, zögerte ich diese Möglichkeit ein wenig hinaus.

Die Entscheidung wurde mir abgenommen. Die Tür flog auf, und Alvantes knurrte: »Aussteigen.«

Ich war mir ziemlich sicher, dass er mich meinte. Also stieg ich aus und wich beiseite. Zwei Bedienstete trugen bereits den Kutscher auf einer Bahre fort – er hatte die tollkühne Fahrt mit einem Pfeil im Bauch hinter sich gebracht. Zwei kräftig gebaute Männer holten die Leiche aus der Kutsche, legten sie auf eine zweite Trage und bedeckten sie mit einem schwarzen Tuch, unter dem der Leichnam einen seltsamen Buckel bildete. Selbst im Tod gelang es Panchetto, lächerlich zu wirken.

Andere Bedienstete halfen Alvantes' Soldaten in den Palast. Von dem ursprünglichen Dutzend waren nur die beiden übrig geblieben, die ich zuvor durchs Rückfenster gesehen hatte. Einer von ihnen drückte die Hand auf eine grässliche Schnittwunde in der Brust; er konnte von Glück sagen, wenn er die Nacht überlebte. Salzleck stand ein wenig abseits, und wie üblich schien er seine Wunden überhaupt nicht zu bemerken. Niemand machte Anstalten, ihm zu helfen. Ich ging zu ihm, und als er mich nicht ansah, sagte ich: »Salzleck …«

Er schenkte mir keine Beachtung.

»Es tut mir leid, Salzleck. Ich hätte dich nicht zwingen sollen, mir zu helfen.«

Ich kam nicht umhin zu bemerken, wie zerrissen sein

Mantel war. Der Schneider hatte mit seiner Prophezeiung recht behalten, obwohl er dabei sicher nicht an einen Kampf gedacht hatte. Mein Schatz lag in den Straßen der Stadt, als unerwartetes Geschenk an die Frühaufsteher unter Altapasaedas Bürgern.

Als hätte er meine Gedanken erraten, griff Salzleck zwischen die Fetzen des Mantels. Er holte einen kleinen Beutel hervor, ließ ihn vor mir auf den Boden fallen und kehrte mir dann den Rücken zu.

Ich wollte den Beutel auf dem Boden liegen lassen, ich wollte es wirklich, denn ich fühlte die Verachtung des Riesen so deutlich wie die Hitze eines offenen Ofens. Mein Gehirn wies den Körper an, sich umzudrehen und dieses kleine bisschen Würde zu bewahren. Aber es waren die alten Angewohnheiten, die sich durchsetzten, begleitet von einer inneren Stimme, die flüsterte: *Vielleicht kannst du es einmal gut gebrauchen.*

Meine Finger schlossen sich um den Beutel und spürten das überaus tröstliche Gewicht von Münzen.

»Damasco.«

Ich ließ den Beutel in einer Tasche verschwinden, wirbelte herum und versuchte unschuldig auszusehen. Alvantes starrte mich an und machte keinen Hehl aus seinem Abscheu.

»Wenn es nach mir ginge, würde ich dich jetzt sofort töten, und ich bräuchte nicht zu befürchten, deshalb schlaflose Nächte zu haben.«

Das deutete darauf hin, dass er mich nicht töten würde. Woraus ich schloss … »Estrada?«

»Aus irgendeinem Grund tust du Marina leid. Wie auch immer, sie bat mich, deine offenbar endlosen Missetaten zu überwachen. Allerdings richtete sie diese Bitte an mich, bevor du sie vergiftet hast. Vielleicht überlegt sie es sich anders, wenn sie wieder zu sich kommt.«

»Vielleicht.«

»In der Zwischenzeit, Damasco … Tu, was ich dir sage, und zwar sofort, wenn ich es dir sage, ohne Widerrede oder Fragen zu stellen. Andernfalls wird es nicht einmal Estrada gelingen, deinen Kopf vor der Schlinge zu bewahren, das schwöre ich dir.«

»Verstehe.«

Alvantes' Blick durchbohrte mich. »Ich habe ihm gesagt, dass er mehr Wächter mitnehmen und kein solches Risiko eingehen sollte. Er war ein guter Mann, in seinem Innersten. Das Böse konnte er einfach nicht verstehen, nicht einmal dann, wenn er ihm gegenüberstand. Deshalb wäre es falsch, dir die Schuld an seinem Tod zu geben. Aber aus irgendeinem Grund tue ich das trotzdem.«

Er drehte sich um und ging fort.

Ein Teil von mir wollte ihm zurufen, dass ich mir selbst die Schuld am Tod des Prinzen gab, doch der Rest von mir wusste, dass Alvantes kein Wort glauben würde. Außerdem, er mochte recht haben, aber er blieb ein scheinheiliger Mistkerl, und ich wollte verdammt sein, wenn ich auch nur einem Wort zustimmte, das aus seinem Mund kam. Selbst angesichts meiner Fehler wollte ich nicht so tief sinken.

Ich wandte meine Aufmerksamkeit dem geschäftigen Treiben auf dem Hof zu. Bedienstete hatten die Kutsche des Prinzen weggebracht und eine andere geholt, einen dezenter wirkenden Vierspänner. Neue Wächter ersetzten die verwundeten und gefallenen.

Das war zumindest mein erster Eindruck. Doch sie trugen nicht die Livree des Palastes, sondern dunkelgrüne Kleidung mit einem schlangenartigen Emblem auf der Brust, von dem ich wusste, dass es einer der reicheren Familien von Altapasaeda gehörte. Was machten diese Leute hier? Sie nahmen Anweisungen von Alvantes entgegen, ein seltsames Verhalten für Zivilisten. Meine Verwunderung wuchs, als noch mehr Männer kamen, in Mäntel gehüllt und mit einem Karren voller Heu. Jenseits der Palastmauern trieb sich noch immer Moaradrid herum, und Alvantes' Antwort bestand darin, seine Männer zu verkleiden?

Alvantes richtete einige leise Worte an einen der in Grün gekleideten Männer, der daraufhin zu mir kam und sagte: »Der Hauptmann möchte, dass du in die Kutsche steigst.«

Ich erinnerte mich an mein Versprechen, gehorsam zu sein, biss mir auf die Zunge und ging zur Kutsche. Der Mann, vermutlich ein Soldat, folgte mir dichtauf. Ich öffnete die Tür … und taumelte zurück. Mein erster Gedanke war, dass es sich bei der Gestalt in der Ecke um Panchetto handelte, dass mich das Schicksal dazu verurteilt hatte, bis in alle Ewigkeit mit seiner kopflosen Leiche zu reisen. Dann riss ich mich zusammen und begriff, dass die zusammengekauerte Gestalt gar keine Ähnlichkeit mit dem Prinzen aufwies. Sie war schlank, mittelgroß und, der wichtigste Punkt, eine Frau.

»Der Hauptmann fordert dich auf, alles zu unterlassen, was Lady Estrada stören könnte«, sagte der Soldat hinter mir. »Sie ist noch immer benommen von dem Gift, das du ihr verabreicht hast. Der Hauptmann sagt: Wenn du ihr Ärger bereitest, musst du von ihm mit viel mehr Ärger rechnen.«

»Ich werde versuchen, das im Kopf zu behalten.« Ich stieg ein und nahm Estrada gegenüber Platz. Als der Wächter die Tür geschlossen hatte, fügte ich hinzu: »Und ich habe sie nicht vergiftet, nur betäubt.«

Vielleicht *hatte* ich es ein wenig übertrieben. Estrada schnarchte noch immer laut genug, um Tote zu wecken.

Ich schaute aus den Fenstern, die im Gegensatz zur Kutsche des Prinzen keine Scheiben aufwiesen. Es waren Öffnungen ohne Glas, ausgestattet nur mit einfachen Damastvorhängen, auf beiden Seiten halb zugezogen. Links stieg die Mehrheit der beiden Gruppen von Wächtern – oder Söldnern, was auch immer sie waren – auf die Pferde. Rechts führten zwei der Mäntel tragenden Wächter Salzleck zum Karren. Der Riese kletterte darauf, es folgte ein gedämpfter Wortwechsel, und Salzleck legte sich ins Heu. Die Männer verbrachten eine Minute damit, es über ihm zu verteilen, bis er ganz unter dem Heu verschwunden war.

Erneut hatte ich den denkbar schlechtesten Zeitpunkt gewählt, mich mit den Vertretern von Recht und Gesetz zu verbünden. Ganz offensichtlich wurden sie von einem Verrückten angeführt.

Die Kutsche rollte los, in die Richtung, aus der wir zuvor gekommen waren. Jene Männer, die ich für zivile Wächter hielt, beziehungsweise für Bedienstete reicher Familien, flankierten uns. Als wir das Palastgelände verließen und die Straße erreichten, sah ich den Karren hinter uns, ebenfalls von Reitern begleitet. Sie wahrten einen gewissen Abstand.

Solche Tricks waren eigentlich nicht Alvantes' Stil. Fürchtete er eine Konfrontation mit Moaradrid und seinen Halunken?

Erst als wir durchs südwestliche Tor kamen, verstand ich den Sinn von Alvantes' Vorsichtsmaßnahmen. Eigentlich hätte ich es mir denken können. Es war nicht der Kriegsherr, den Alvantes fürchtete, sondern das vor Altapasaeda lagernde Heer.

Ich spähte aus den Fenstern und versuchte, die Größe der Streitmacht abzuschätzen. Sie schien viel größer zu sein als jene vor Muena Palaiya, und vermutlich war dies nur die Hälfte – bestimmt blockierten Moaradrids Krieger auch die nördlichen Tore.

Obwohl … Es wäre vielleicht übertrieben gewesen, von »Blockade« zu sprechen, denn so etwas kam einer direkten Kriegserklärung gleich. Und nach einer solchen Kriegserklärung hätte sich Moaradrid wohl kaum mit ermüdender Diplomatie aufgehalten. Es gab drei Lager, eins für jedes Tor, aber weit genug von der Straße entfernt, um nicht den Eindruck direkter Feindseligkeit zu erwecken. Dennoch bemerkte ich Wachtposten, obwohl sie versuchten, nicht wie solche auszusehen. Bestimmt hielten sie nach Estrada, Salzleck und mir Ausschau. Und vielleicht auch nach Panchetto, wenn sie noch nichts von seinem Tod wussten. Sie sollten verhindern, dass wir nach Pasaeda entkamen und den König benachrichtigten.

Eine Gruppe von Bauern, unterwegs zu einem der Gehöfte im Umland der Stadt, oder eine reiche, aber sehr vorsichtige Familie bei einem Tagesausflug … Solchen Gruppen schenkten die Wachtposten vielleicht keine Beachtung. Sie mochten argwöhnisch werden und Moaradrid Meldung machen, aber wahrscheinlich würden sie nicht versuchen, uns aufzuhalten.

»Sieht aus, als könnten wir es schaffen«, sagte ich leise.

»Idiot.« Das Wort war undeutlich, aber ich konnte es verstehen. Ich drehte den Kopf und stellte fest, dass Estrada nicht mehr lag, sondern sich halb aufgerichtet hatte. Ihre Augen waren offen und starrten mich an.

»Du bist wach.«

»Was ich nicht dir verdanke.« Die Stimme klang nun bereits deutlicher, und es lag Schärfe darin.

»Es tut mir leid, Estrada. Im Ernst. Es war falsch von mir, dich zu betäuben. Es war auch falsch, Panchettos Gäste zu bestehlen und Salzleck in diese ganze Sache zu verwickeln …«

»Erspar es mir, Damasco.«

»Was?«

»Erspar es mir. Und sprich leise.«

Das hatte ich nicht erwartet. Ich zeigte Reue, oder? Ich war sogar aufrichtig. Sollten die guten Menschen so etwas nicht respektieren? Estradas Ton war … Nun, nicht unbedingt verächtlich, denn das hätte zumindest ein bisschen Interesse vorausgesetzt.

Vielleicht war ich diesmal wirklich zu weit gegangen.

Ich blickte wieder nach draußen und stellte fest, dass wir uns von Moaradrids Streitmacht entfernten. Die Soldaten behielten uns zwar im Auge, aber niemand von ihnen machte Anstalten, uns zu folgen.

Ich erinnerte mich an die Worte, die mir eine unfreundliche Antwort von Estrada eingebracht hatten. Bisher war ich der Ansicht gewesen, dass ihre frühere Kritik an meiner Intelligenz nicht so gemeint gewesen war, aber jetzt kamen mir Zweifel. »Vielleicht bin ich doch kein Idiot«, sagte ich. »Alvantes hat uns durch die feindlichen Linien gebracht.«

Estrada sah mich verächtlich an. »Doch, du bist ein Idiot, Damasco. Du hast noch immer nicht verstanden, oder?«

Ihre Lippen verzogen sich zu einem Lächeln, das jedoch nicht die Augen erreichte. Etwas Grausames lag in diesem Lächeln, und ich fröstelte plötzlich. »Alvantes hat gar nicht die Absicht zu fliehen. Genau das Gegenteil ist der Fall.«

20

Ich erinnerte mich nicht daran, eingeschlafen zu sein, aber als ich die Augen öffnete, kam das erste Licht des neuen Tages durch die Fenster, und die Kutsche bewegte sich nicht mehr. Estrada war verschwunden, wie ich mit einer gewissen Erleichterung zur Kenntnis nahm. Sie hatte sich geweigert, ihre seltsamen Worte zu erklären. Ihr Ton war sehr unterkühlt geblieben, und ich hatte schließlich alle Gesprächshoffnungen aufgegeben.

Ich massierte meine steif gewordenen Beine und überlegte, was ich unternehmen sollte. Mehr als jemals zuvor hatte ich Grund zu fliehen. Alvantes und Estrada wollten meine Hilfe nicht; darauf hatten sie deutlich hingewiesen. Für Reue meinerseits gab es auch nach einer geglückten Flucht reichlich Gelegenheit. Der Geldbeutel würde mir für einige Wochen ein recht komfortables Leben ermöglichen, lange genug, um einen Berufswechsel in Erwägung zu ziehen. Ich konnte sogar nach Hause zurückkehren und feststellen, ob meine Eltern noch lebten. Es war eine grässliche Vorstellung, dass Moaradrid mit seinen Verbrechen durchkam, aber was konnte ich schon daran ändern? Leute wie ich hatten nicht die Möglichkeit, Leute wie Moaradrid aufzuhalten. Ebenso wenig konnte ein Kaninchen Salzleck aufhalten. Ich war nie etwas anderes gewesen als ein Dieb, und nicht einmal ein besonders erfolgreicher, wie ich mir nach kurzem Nachdenken eingestehen musste.

Die Tür öffnete sich. Ich rechnete mit Estrada, aber stattdessen schaute Alvantes zu mir herein. »Guten Morgen, Hauptmann«, sagte ich. »Wir haben angehalten.«

»Gut beobachtet, Damasco.«

»Habe ich Zeit genug, mir ein wenig die Beine zu vertreten?«

»Ich denke schon. Wir werden eine Weile hierbleiben.«

Ich sah ihn fragend an, doch offenbar wollte er nicht mehr verraten als Estrada. Als ich aussteigen und an ihm vorbei wollte, legte er mir eine schwere Hand auf die Schulter und hielt mich fest.

»Einen Moment.«

Ich verharrte mitten in der Kutschentür – mir blieb nichts anderes übrig.

»Du hast etwas, das nicht dir gehört. Es wird Zeit, dass du es jemandem gibst, der sich besser darum kümmert.«

Und dahin waren meine Hoffnungen auf ein neues Leben. Ich zog den Geldbeutel aus der Tasche und reichte ihn Alvantes.

»Nicht das. Die Münzen kannst du meinetwegen behalten. Ich meine den Stein.«

Ich holte den Riesen-Stein hervor und legte ihn in die gewölbten Hände des Hauptmanns. Inzwischen hatte ich mich an sein Gewicht gewöhnt. Ohne ihn fühlte ich mich leichter. »Möge er dir ebenso viel Freude bereiten wie mir.«

Alvantes lachte bellend. »Vielleicht passt du beim nächsten Mal besser auf, wen du bestiehlst.«

Ich lächelte unwillkürlich. »Das liegt hinter mir. Ich bin jetzt ein neuer Mensch.«

»Tatsächlich? Wir werden sehen.«

Alvantes steckte den Stein in die Jackentasche und ging dorthin, wo seine Männer warteten. Die angeblichen Bauern hatten inzwischen ihre Verkleidung abgelegt und zeigten wieder ihre Uniformen der Stadtwache von Alvantes. Die anderen hatten sich damit begnügt, die Embleme von ihrer dunkelgrünen Kleidung zu lösen. Einige von ihnen saßen noch auf ihren Pferden, aber niemand schien es eilig zu haben. Einige hatten es sich gemütlich gemacht und rauchten Pfeife, während andere ihre Waffen reinigten, die Ausrüstung überprüften und sich leise unterhielten.

Dies war nicht nur eine Rast. Wir schienen vielmehr am Ziel unserer Reise zu sein.

Warteten wir auf die castovalanischen Freischärler, von denen wir uns vor einigen Tagen getrennt hatten? Es fiel mir schwer, diese Lichtung für einen vereinbarten Treffpunkt zu halten. Ich versuchte mich daran zu erinnern, was mir Estrada von ihrem Plan erzählt hatte, aber es war so absurd gewesen, dass ich kaum darauf geachtet hatte, und außerdem schien alles sehr lange zurückzuliegen.

Vielleicht bestand die einfachste Lösung des Problems darin, sie zu fragen. Estrada saß bei Salzleck auf dem Karren. Er lag nicht mehr unter dem Heu versteckt, und er konnte sich dort auch gar nicht mehr verstecken, weil er einen großen Teil seiner Tarnung verspeist hatte. Estrada kümmerte sich um seine neuesten Verletzungen. Eine Schnittwunde in seinem Bein wirkte besonders scheußlich, und er vermied es noch immer, den linken Arm zu benutzen. Doch die Mahlzeit schien wie üblich seine Stimmung verbessert und ihm neue Kraft gegeben zu haben. Er lächelte, als er mich sah, und dann, als fiele ihm etwas ein, runzelte er die Stirn.

Armer Salzleck. Er schaffte es einfach nicht, jemandem längere Zeit böse zu sein.

Ich winkte und rief: »Guten Morgen, Salzleck und Estrada!«

»Was willst du?« Das Eis in Estradas Stimme war ein wenig geschmolzen, aber freundlich klang sie noch lange nicht.

»Ich möchte wissen, was geschieht. Warum haben wir angehalten?«

Ich kletterte auf den Karren, und Salzleck rückte ein wenig zur Seite, um mir Platz zu machen.

»Welche Rolle spielt es für dich? Du würdest in jedem Fall auf eine Gelegenheit warten, dich wegzuschleichen oder uns zu bestehlen.«

»Ich habe dir doch gesagt, dass es mir leidtut. Ich möchte helfen. Und selbst wenn das nicht der Fall wäre, ich habe ein Recht darauf zu erfahren, was vor sich geht.«

»Ein *Recht?* Du hast Nerven, Damasco.«

Ich hob die Hände und gab mich geschlagen. »Estrada … Marina … Wie wär's, wenn du mir allein zum Zeitvertreib sagst, was hier passiert?«

Sie seufzte. »Wir warten.«

»Auf die anderen Gruppen?«

»Auf Moaradrid.«

Ich brauchte einen Moment, um das zu verarbeiten. Meine Bestürzung dauerte nicht lange, denn einige Teile von Estradas Plan fielen mir wieder ein. Sie hatte uns »Köder« genannt. Köder für einen Hinterhalt. Sollte hier, im südlichen Zipfel des Castoval, eine Falle für den Kriegsherrn vorbereitet werden?

Aber wenn unser einziger Zweck darin bestand, den Hasen für Moaradrids Hunde zu spielen … Warum waren wir dann verkleidet durch seine Reihen geschlichen?

Eins nach dem anderen. Estrada hatte recht. Ich neigte dazu, nur auf das zu achten, was sich auf meine unmittelbaren Umstände bezog, und das hatte mich mehr als einmal in Schwierigkeiten gebracht. Während meines Aufenthalts in Altapasaeda hatte ich vermutlich viele nützliche Details übersehen, aber eine Lücke in meinem Wissen schien größer zu sein als alle anderen. »Du kennst Alvantes schon seit Langem, nicht wahr?«

»Wir sind alte Freunde.«

Ich hätte schwören können, dass sie errötete. Aber selbst wenn das nicht der Fall war, als Lügnerin taugte Estrada nicht viel.

»Ihr seid mehr als das.«

»Na schön. Wir waren … ein Paar – ich schätze, man kann es so nennen. Vor langer Zeit. Dann wurde Lunto befördert …«

»*Lunto?*«

»Lunto Alvantes.«

Ich hätte fast gekichert.

»… und ich wurde immer mehr in die Politik verstrickt. Wir fanden kaum noch Gelegenheit, uns zu sehen.«

»Deshalb hilft er dir also?«

»Er hilft mir, weil es richtig ist. Weil er nicht will, dass ein Ungeheuer wie Moaradrid über das Castoval herrscht und eines Tages vielleicht sogar König wird. Panchetto war kein schlechter Mann, aber er konnte nie viel weiter sehen als bis zu den Mauern seines Palastes. Er hätte nicht zu Schaden kommen sollen«, fügte Estrada traurig hinzu.

Während unseres Gesprächs begann es zu regnen. Große, schwere Tropfen fielen, zerplatzten auf dem Boden, an den Seiten des Karrens und auf unserer Kleidung – es klang nach tausend kleinen Trommeln. Milchiges Licht am Horizont wich Hügeln aus grauen Wolken, die finstere Kronen trugen, dunkel wie Rübensirup. Ich merkte plötzlich, wie kalt es war. »Warum kehren wir nicht in die Kutsche zurück?«, schlug ich vor.

»Kommst du hier allein zurecht, Salzleck?«

Der Riese hatte den Kopf nach hinten gelegt, um die

Regentropfen mit dem Mund aufzufangen. Er sah Estrada an, nickte und lächelte. »Nach Hause«, sagte er.

Estrada blickte zu den Berggipfeln, die über dem Tal thronten. Irgendwo dort oben lag die Heimat der Riesen. »Ja. Es dauert jetzt nicht mehr lange, Salzleck.«

Wir stiegen in die Kutsche, und ich wartete, bis die Tür geschlossen war, bevor ich fragte: »Hast du ihm versprochen, ihn nach Hause zu bringen?«

»Ja, und ich werde mein Versprechen halten. Es wird meine wichtigste Aufgabe sein, sobald dies vorbei ist.«

Estrada schien es ernst zu meinen. Ich fasste stumm den Entschluss: Ob sie Salzleck eine Rückkehr zu seiner Familie ermöglichte oder nicht, ich würde ihm in jedem Fall helfen. Es war das Mindeste, das ich nach der vergangenen Nacht für ihn tun konnte. Von all den Versprechen, die ich in der letzten Zeit gegeben hatte, verdiente es dies mehr als alle anderen, eingehalten zu werden.

Andererseits … Nach dem, was ich von Estrada und Alvantes erfahren hatte, konnte ich froh sein, wenn ich bei dieser Sache in der Lage war, mir selbst zu helfen.

»Du hast Alvantes und einige seiner Männer also dazu gebracht, sich dir anzuschließen. Was sind sie, noch mehr Köder?«

»Nicht einige. Die ganze Stadtwache von Altapasaeda unterstützt uns. Aber das weiß Moaradrid hoffentlich nicht.«

»Wie kann er es nicht wissen?«

»Die Soldaten haben ihre Kasernen in der vergangenen Nacht verlassen, angeführt von Unterhauptmann Gueverro. Moaradrid soll glauben, dass sie von Panchettos Ermordung erfuhren, aus Furcht vor dem Krieg in Panik gerieten und desertierten. Das könnte Moaradrid durchaus für möglich halten, denn dank des Prinzen stehen die Stadtwächter in dem Ruf, Feiglinge zu sein. Und selbst wenn er es nicht glaubt, es dürfte keinen großen Unterschied machen. Er wird es zu eilig haben.«

»Er weiß nicht, wo wir sind.«

»Er wird es bald erfahren.«

Ich begann zu verstehen. Wenn der Hinterhalt zu einem bestimmten Zeitpunkt erfolgen sollte, so hatte es keinen Sinn, den Ort einen halben Tag zu früh zu erreichen, mit Moaradrid dicht auf unseren Fersen – dann hätten die anderen nur unsere Leichen gefunden. Alvantes und Estrada mussten eine gewisse Kontrolle haben, wenn Moaradrid uns folgte. Ich begnügte mich damit, dass Estrada es mir zu gegebener Zeit erklären würde, lehnte den Kopf an die Rückwand und schloss die Augen. Der Regen prasselte lauter als vorher und schien die ganze Kutsche durchzuschütteln.

Als ich die Augen wieder öffnete, sah Estrada mich an.

»Du solltest wissen, dass ich dir nicht verzeihen kann, Damasco«, sagte sie. »Du bist durch und durch egoistisch und hast dich auf eine abscheuliche Weise verhalten. Selbst wenn die Reue, die du letztens gezeigt hast, ehrlich gemeint sein sollte … Es ändert nichts daran, wie ich dir gegenüber empfinde.«

»Gut.«

»Na schön. Ich bin nach Altapasaeda gereist, weil ich Lunto um Hilfe bitten und etwas Zeit gewinnen wollte. Ich habe es nicht für möglich gehalten, dass Moaradrid seine Truppen so schnell bewegen kann, oder dass er sich auf eine so offene Konfrontation mit Panchetto einlassen würde, obwohl seine Reihen geschwächt sind. Er geriet immer mehr in Bedrängnis. Seine Pläne für die Krone wurden bekannt. Ihm muss klar gewesen sein, dass ein Angriff auf Altapasaeda Selbstmord gewesen wäre, aber es bestand die Möglichkeit, dass er es trotzdem versuchen würde. Wenn er den Sieg errungen, den Stein bekommen und obendrein Panchetto gefangen genommen hätte, wäre er vielleicht imstande gewesen, den Thron des Königs ohne weiteres Blutvergießen zu besteigen. Alvantes versprach mir, dass die Stadtwache unsere Sache unterstützen würde, obwohl Panchetto ihm das nie verziehen hätte. Aber dann ergab sich das Problem, wie wir den Treffpunkt erreichen sollten.

Als wir von deiner Abmachung mit Anterio erfuhren, wollten wir dich zuerst zur Rede stellen. Dann schlug Lunto vor, es zu unserem Vorteil zu nutzen. Wir ließen Moaradrid in dem Glauben, dass du mit dem Stein flussaufwärts fliehen wolltest. Er sollte dir folgen und zum richtigen Zeitpunkt in die Falle tappen. Was wirklich geschehen würde, konnten wir nicht ahnen. Es überraschte uns, dass Panchetto deinen Plan durchschaute und mitkommen wollte, als Alvantes aufbrach, um dich zu verhaften. Wir haben auch nicht damit gerechnet, dass Moaradrid auftauchen würde.«

Mir fiel etwas ein. »Wenn die Soldaten ihre Kasernen verlassen haben und Panchetto tot ist …«

»Ja. Inzwischen dürften Moaradrids Truppen in Altapasaeda sein.«

Ich starrte Estrada an. »Du hast eine ganze Stadt geopfert. Ich kann mir gar nicht vorstellen, wie du Alvantes dazu gebracht hast, Altapasaeda zu opfern.«

»Es ist kein Opfer, sondern ein Schachzug.«

»Aber vielleicht der falsche.«

Ich bereute meine Kaltschnäuzigkeit sofort. Für einen Moment wirkte Estrada, als könnte sie jeden Augenblick zusammenbrechen. Ich versuchte, mir die Willenskraft vorzustellen, die nötig war, einen solchen Plan zu entwickeln und so lange Zeit an seiner Verwirklichung zu arbeiten, die vielen Rückschläge und Tragödien bis zu diesem Zeitpunkt hinzunehmen, bis schließlich alles in der Schwebe war und auf Estrada herabzustürzen drohte.

»Es *wird* funktionieren«, sagte sie.

»Ja«, erwiderte ich und versuchte, zuversichtlich zu klingen. »Wie kannst du Einfluss darauf ausüben, wann Moaradrid hierherkommt?«

Estrada sprach noch leiser, als kämen die Worte aus einer tiefen inneren Schlucht. »Die beim Kampf im Hafen verwundeten Männer befinden sich im Palast. Moaradrid hat sie bestimmt gefunden und gefoltert. Ihre Anweisungen lauteten, unseren Treffpunkt gegen Morgengrauen preiszugeben.«

Ich schauderte. Alvantes' Elitesoldaten waren noch tapferer, als ich gedacht hatte. Ich erinnerte mich an Salzlecks Zustand, als ich ihn gerettet hatte. Die Männer im Palast mussten Schreckliches ausgestanden haben. Aber … »Das Morgengrauen liegt schon eine ganze Weile zurück.«

»Ja.«

»Und wir können nicht so weit von Altapasaeda entfernt sein.«

»Etwa drei Stunden.«

Mir wurde plötzlich klar, dass selbst der heftigste Regen kein so lautes Hämmern verursachen sollte. »Das ist nicht nur Regen, oder?«

Fast im gleichen Moment erklang eine kehlige Stimme. »*Los!*«

Die Kutsche setzte sich mit einem Ruck in Bewegung, der mich fast von der Sitzbank geworfen hätte. Jetzt hörte ich im Regen das Trommeln zahlloser Hufe, von weitaus mehr Pferden, als unserem kleinen Gefolge zur Verfügung standen. Ich wagte einen Blick aus dem Fenster und bedauerte ihn sofort – auf der Straße hinter uns wimmelte es von Reitern. Ich sah sie nur kurz, bevor mich das

Schaukeln der Kutsche vom Fenster zurückwarf, doch in diesem einen Moment gewann ich den Eindruck, dass uns Moaradrids ganzes Heer verfolgte.

Die Straße südlich von Altapasaeda verlief recht gerade. Schon nach kurzer Zeit erreichten wir die halsbrecherische Geschwindigkeit, die mich bei der Flucht vom Hafen entsetzt hatte. Dieser Kutsche fehlte der Luxus des prinzlichen Gefährts, aber dafür schien sie noch etwas schneller zu sein. Trotzdem fühlte es sich an, als könnte sie jeden Moment auseinanderbrechen. Durch zusammengebissene Zähne brachte ich hervor: »Wie weit ist es?«

»Bis zum Treffen? Das ist für Mittag vorgesehen.«

»Bis dahin sind es noch zwei Stunden!«

»Alvantes kann es schaffen.«

»Er vielleicht. Aber was ist mit uns?«

Die Minuten vergingen quälend langsam. Ich hatte das Gefühl, am ganzen Körper blaue Flecken zu bekommen, und das Schaukeln und Schütteln nahm kein Ende. Ständig wurde ich hin und her geworfen, wie das Schiffchen eines Webstuhls. Estrada ertrug es schweigend, und ich versuchte, mir ein Beispiel an ihr zu nehmen. Bisher hatten uns die Reiter noch nicht eingeholt, und nur das zählte.

Es gab, soweit ich das feststellen konnte, einige wenige Vorteile, die uns am Leben hielten. Unsere Pferde waren ausgeruht und vermutlich die schnellsten, die Altapasaeda zu bieten hatte. Alvantes und seine Männer kannten diese Straße besser als unsere Verfolger, denen es vermutlich an berittenen Bogenschützen mangelte, denn niemand schoss auf uns. Und schließlich hatten wir die schlichte Logik der Jagd auf unserer Seite: Der Fuchs ist immer motivierter als die Hunde, die ihn zerfleischen wollen.

Aber die Kutsche und Salzlecks Karren verlangsamten unser Tempo, trotz der haarsträubenden Bemühungen der Kutscher. Als einige Minuten verstrichen waren und wir unseren Vorsprung bewahren konnten, fragte ich mich, ob die Verfolger es wirklich ernst damit meinten, uns einzuholen.

Kurz darauf bekam ich Antwort in Form eines Krachens am Heck der Kutsche, über Estradas Kopf. Ein zweites Donnern folgte, und dann vernahm ich Geräusche, die sich anhörten, als würde jemand Kieselsteine auf dem Dach der Kutsche verteilen.

»Jemand ist an Bord gesprungen«, flüsterte ich.

Estrada nickte und hob den Zeigefinger vor die Lippen. Dann langte sie nach unten und zog ein scheußlich aussehendes Stilett aus dem Stiefel.

Diese Frau steckte voller Überraschungen.

Ich vermutete, dass es zwei waren. Der eine kroch nach vorn übers Dach, und der andere hielt sich hinten fest. Neue Geräusche, diesmal vom Kutschbock, deuteten auf ein Handgemenge hin. Plötzlich änderte die Kutsche den Kurs, und Estrada und ich wurden von den Sitzen gerissen. Ich spürte, wie wir die Straße verließen und über weichen Boden rutschten. Bäume erschienen am Fenster, viel zu nah. Dann erfolgte ein neuerlicher Kurswechsel, mit einem weiteren Ruck. Ich hörte einen Schrei, dann einen lauten Aufprall. Die Kutsche schwankte, blieb diesmal aber auf der Straße.

Die Tür sprang auf. Ein Fuß geriet in Sicht, gefolgt von einem Bein. Ich sah eine Gestalt: eine Rüstung aus schwarzem Leder, ein kurzer Bart, die hellen Augen voller Furcht und Zorn. Der Bursche hielt sich an den Dachleisten fest. Ich beobachtete, wie er eine Hand davon löste und nach dem Türrahmen griff.

Estrada stieß mit ihrem Stilett zu. Ein neues Schaukeln

der Kutsche gab dem Stoß noch mehr Wucht – die Klinge bohrte sich durch Fleisch und einen Zentimeter tief in Holz. Der Mann schrie – es war ein Schrei, der mir eine Gänsehaut bescherte, und eins der Pferde fügte ihm ein lautes Wiehern hinzu. Dann flogen wir durch eine Kurve, mit dem Ergebnis, dass sich die Kutsche stark zur Seite neigte; fast wäre sie gekippt.

Estrada versuchte, ihr Stilett aus Fleisch und Holz zu ziehen, doch es gelang ihr nicht. Sie zog daran, zerrte es nach oben und drückte es nach unten, und bei jeder Bewegung der Klinge schrie der Nordländer. Ich konnte erkennen, wie sich Tränen in Estradas Augen bildeten. Der Mann hatte es geschafft, einen Fuß in die Tür zu bringen. Er schloss nun die freie Hand um den Rahmen und schwang den ganzen Körper in den Eingang – er war breit genug, ihn zu füllen. Dann schlug er nach Estrada, wodurch er den Halt verlor, und sie wich gerade noch rechtzeitig zurück.

Der Nordländer beugte sich weiter herein und stützte sich dabei mit einer Schulter an der Tür ab. Sein Blick huschte zwischen der durchbohrten Hand und dem Schwert an seinem Gürtel hin und her; er schien nicht recht zu wissen, ob er sich erst befreien oder sofort angreifen sollte.

Ich wartete nicht auf seine Entscheidung und trat ihm ordentlich auf den Fuß.

Der Mann knurrte und griff nach seinem Schwert. Estrada wählte diesen Moment, um erneut nach ihrem Stilett zu greifen. Diesmal gelang es ihr, die Klinge aus Holz und Fleisch zu lösen, und sofort stieß sie erneut damit zu. Der Mann heulte, wollte zurückweichen und stellte fest, dass es nur Leere hinter ihm gab. Instinktiv streckte er die Hand aus, um sich festzuhalten, wählte aber die falsche und schrie erneut.

Ich trat noch einmal zu. Für einen Moment ruderte der Mann mit den Armen, und dann fiel er und stürzte auf die Straße.

Ich sank zurück, würgte und hätte mich fast übergeben. Estrada war kalkweiß im Gesicht. Sie starrte auf das Stilett in ihren Fingern; Blut klebte an der Klinge, bis zum Heft.

»Ist er tot?«, fragte sie.

»Was?«

»Haben wir ihn getötet?« Die Worte waren fast ein Schluchzen.

»Er wollte uns töten.«

»Aber das hat er nicht.«

Die Kutsche schwankte erneut, wenn auch nicht ganz so heftig wie zuvor. Ich vermutete, dass der Kutscher sie wieder unter Kontrolle gebracht hatte – allem Anschein nach war es ihm gelungen, den zweiten Angreifer außer Gefecht zu setzen. Kurz darauf sah ich meine Vermutung bestätigt, denn wir hatten auf der Straße nur dem Karren Platz gemacht. Ich beobachtete, wie er herankam, mit dem auf ihm hockenden Salzleck.

Inzwischen befanden wir uns tief in der Wildnis, in einer felsigen, von Bäumen durchsetzten Region, die bald in die Ausläufer der südlichen Berge übergehen würde. Diese Straße war die weniger häufig benutzte Verbindung zwischen Altapasaeda und Maedendo und verlief größtenteils am östlichen Flussufer. Hinter der Brücke über den Casto Mara wurde sie breiter, aber hier war sie so schmal wie eine gewöhnliche Landstraße. Mit dem Karren neben uns blieb für etwas anderes kein Platz mehr.

Es war auf eine absurde Weise riskant. Zwar schützte es uns vor weiteren Angriffen, aber nur das Geschick der Kutscher verhinderte, dass Kutsche oder Karren im Graben landeten. Bei der ersten Kurve stießen die beiden

Fahrzeuge mit dem dumpfen Knirschen von splitterndem Holz gegeneinander. Als sie sich wieder voneinander lösten, wies die Seite des Karrens eine große Delle auf.

So konnte es nicht lange weitergehen.

Nach kurzer Zeit war die uns zugewandte Seite des Karrens von Rissen durchzogen, die mit jeder neuen Kollision breiter wurden. Doch erstaunlicherweise hielt der Rahmen stand. Estrada und ich klammerten uns fest, so gut es ging, bissen die Zähne zusammen und hofften, dass dies bald vorüber war. Ich konzentrierte mich ganz darauf, nicht von der Sitzbank geschleudert zu werden, wodurch ich meine vielen blauen Flecken kaum mehr spürte und das unablässige Stampfen von Hufen ebenso wenig hörte wie das Prasseln des Regens. Ich bewegte mich nur, wenn ein Rad von der Straße abkam und die ganze Kutsche zu kippen drohte, oder wenn wir ins Rutschen gerieten und es unvermeidlich schien, dass wir gegen den nächsten Baum oder Felsen prallten.

Zwei Dinge holten mich aus meiner stumpfsinnigen Benommenheit. Zuerst kam die Erkenntnis, dass die Schatten zu beiden Seiten der Kutsche sehr kurz geworden waren, was bedeutete, dass die Sonne direkt über uns stand. Hatte Estrada nicht von Mittag gesprochen? Und dann kam es zu einem Ruck, und wir legten an Tempo zu, obwohl ich das für unmöglich gehalten hätte.

Welchen Nutzen das haben sollte, erschloss sich mir nicht. Wenn unsere Pferde noch kräftig genug waren, so musste das auch bei denen unserer Verfolger der Fall sein. Ich rechnete damit, dass sie gleich zu uns aufschlossen. Ich sah zu Estrada und bemerkte, dass sie aus dem linken Fenster blickte. Hoffnung glänzte in ihren Augen. Ich gab mir alle Mühe, ihrem Blick zu folgen, und merkte, dass wir uns Felsformationen näherten, die zu beiden Seiten an die Straße heranrückten. Jenseits davon erstreckte sich eine Schlucht, und dort geriet die Straße abrupt außer Sicht. Rechts und links erhoben sich Böschungen, die mit Büschen und Sträuchern bewachsen waren – der perfekte Ort für einen Hinterhalt.

Dieser Gedanke ging mir gerade durch den Kopf, als wir langsamer wurden, und zwar so plötzlich, dass ich gegen die Kutschenwand prallte. Estrada verlor den Halt und rutschte zwischen die Sitzbänke. Unsere Pferde wieherten protestierend.

Der Kutscher brachte das Gefährt zum Stehen, und zwar quer zur Straße. In der Richtung, aus der wir gekommen waren, sah ich deutlich die dunkle Masse von Moaradrids Soldaten – sie würden uns in wenigen Sekunden erreichen.

»Das wär's?«

»Hilf mir, Damasco.«

Estrada zerrte an der Tür auf der anderen Seite. Sie war arg mitgenommen von den Zusammenstößen mit dem Karren. Verschluss und Angeln waren verbogen, und dadurch ließ sich die Tür nicht mehr öffnen. Ich fügte meine Kraft der Estradas hinzu, aber sosehr die Tür auch knackte und klapperte, sie blieb geschlossen. Ein Blick zurück teilte mir mit, dass die Reiter nur noch einen Steinwurf entfernt waren. Sie wurden bereits langsamer und zogen die Waffen.

Ich rollte mich auf den Rücken und trat mit beiden Beinen. Die Füße sausten an Estradas Kopf vorbei und trafen die Tür, die es noch immer stur ablehnte, sich zu öffnen. Ich versuchte es erneut, und noch einmal, hörte dabei das Geräusch von nahen Hufen, die über weichen Boden rutschten.

Ich nahm meine ganze Kraft zusammen und trat noch einmal zu.

Der Verschluss gab nach, und endlich sprang die Tür auf.

Wir krabbelten hinaus, Estrada zuerst – sie fiel auf die Straße. Als ich zurücksah, begriff ich, dass die Kutscher aus Kutsche und Karren eine Barriere auf der Straße geschaffen hatten. Sie würde unsere Verfolger nicht dauerhaft aufhalten, sie aber zwingen, von ihren Rössern abzusteigen oder zumindest langsamer zu reiten. Aber warum waren unsere Pferde noch angespannt? Angesichts des bevorstehenden Kampfes hielt ich das für unnötig grausam. Ich blickte mich nach den Kutschern um.

»O nein.«

Die Worte rutschten mir heraus. Ich konnte sie nicht zurückhalten.

Weiter vorn saßen etwa zweihundert Männer im Staub. Einige von ihnen erkannte ich wieder – ich hatte sie im Heereslager vor Muena Palaiya gesehen. Ihre Hände und Füße waren gefesselt. Moaradrids Männer bildeten einen wachsamen Kreis um sie.

Der Kriegsherr wartete ganz in der Nähe. Neben ihm stand ein alter Bekannter und starrte uns mit seinem einen Auge an: Castilio Mounteban.

21

»Warum leben wir noch?«

Wie üblich war ich es, der aussprach, was allen durch den Kopf ging. Doch als Lohn bekam ich finstere Blicke, von Estrada zu meiner Linken und Alvantes zu meiner Rechten.

Ich wusste nicht, wie lange wir schon dasaßen. Vermutlich waren es nur einige Minuten, aber mir erschien es viel länger. Mir taten die Füße weh, denn der Strick war zu eng geknotet. Die Handgelenke juckten wie verrückt, und jede Bewegung schien es noch schlimmer zu machen. Aus dem wolkenverhangenen Himmel fiel kalter Nieselregen, und meine Kleidung war nass. Ich fragte mich im Großen und Ganzen, ob eine schnelle Hinrichtung nicht besser gewesen wäre als diese fortgesetzte Qual.

Nicht einmal Alvantes hatte versucht, sich zur Wehr zu setzen, trotz des in seinen Augen lodernden Zorns, als er Moaradrid den Stein aushändigte. Anschließend hatte er sich das Schwert von der Hüfte geschnallt und die Soldaten angewiesen, ihre Waffen ebenfalls abzulegen. Dort lagen die Klingen nun, in einem Haufen auf der Straße, und glänzten im grauen Licht, gerade außerhalb unserer Reichweite, als sollten sie uns verspotten.

Moaradrids Männer hatten uns weitaus gründlicher durchsucht als die Palastwächter. Der Rohling, der mich abgeklopft hatte, überraschte mich, indem er mir den

Geldbeutel ließ. Wahrscheinlich beabsichtigte er, ihn später meiner Leiche abzunehmen. Da ich keine Gelegenheit mehr bekommen würde, das Geld auszugeben, kam das Gewicht des Beutels an meiner Brust einer weiteren Qual gleich.

Als neuer Besitzer des Riesen-Steins hatte Moaradrid Salzleck befohlen, abseits der anderen zu bleiben und sich nicht von der Stelle zu rühren. Die Soldaten hatten ihn trotzdem gefesselt – offenbar trauten sie der Macht des Steins nicht annähernd so wie der Kriegsherr. Salzleck hatte alles über sich ergehen lassen, ohne auch nur mit der Wimper zu zucken, und er saß noch immer völlig reglos da. Kein Wunder, dass Moaradrid die Riesen unbedingt auf seiner Seite haben wollte. Größe und Kraft waren eine Sache; aber selbst mit viel Geld konnte man sich keinen derartigen blinden Gehorsam kaufen.

Wir anderen saßen bei den übrigen Gefangenen. Aus einiger Entfernung hatten sie bemitleidenswert ausgesehen, und aus der Nähe betrachtet verstärkte sich dieser Eindruck. Die meisten von ihnen waren zu jung, zu alt, zu ausgehungert oder zu krank, um großen Schaden anzurichten. Die letzten Reste von Widerstandswillen verschwanden, als sie sahen, dass auch Estrada in Gefangenschaft geraten war. Bis dahin hatten sie an einem letzten Rest von Hoffnung festgehalten, aber jetzt konnte kein Zweifel mehr daran bestehen, dass sie besiegt waren.

Wenn sie noch einen weiteren Beweis gebraucht hätten, so lieferten ihn die Soldaten des Kriegsherrn, die uns bewachten. Und dies konnte nur ein kleiner Teil von Moaradrids Streitmacht sein, wenn er die Belagerung von Altapasaeda nicht völlig aufgegeben hatte. Doch in diesem kleinen Tal fühlte es sich an, als säße Estradas armselige Rebellengruppe zu Füßen eines der größten Heere, die das Castoval je gesehen hatte.

Moaradrid und Mounteban standen rechts von uns, ein Stück entfernt an der Böschung. Seit unserer Gefangennahme sprachen sie leise miteinander, und gelegentlich sahen sie in unsere Richtung. Einmal winkte uns Mounteban zu, und ich fragte mich, was diese Geste bedeutete. Kurze Zeit später fluchte Moaradrid laut. Offenbar redeten sie über uns, aber die Worte erreichten mich nicht. Allerdings deuteten die Gesichter der beiden Männer darauf hin, dass es um nichts Gutes ging.

Ich hatte erwartet, dass Moaradrid schließlich kommen und zu uns sprechen würde, um sich seines Sieges zu rühmen und unsere bevorstehende Folterung anzukündigen. Es überraschte mich, als sich Mounteban schließlich von dem Kriegsherrn abwandte und sich mit seinen breiten Schultern und geblafften Befehlen einen Weg durch die Menge bahnte. Die Soldaten zeigten ihm kaum mehr Respekt als er ihnen. Mit den Händen an den Hüften blieb er vor uns stehen und wahrte einen sicheren Abstand. Sein Blick glitt über uns hinweg und verweilte dann bei Estrada.

Als er sprach, klang seine Stimme seltsam gedämpft. »Bitte verstehe – du kannst von Glück sagen, dass du noch lebst. Wenn du am Leben bleiben willst, solltest du mir genau zuhören.«

Estradas einzige Reaktion bestand darin, den Kopf wegzudrehen.

»Ich weiß, was du denkst. Der Halunke Mounteban hat seine Freunde für Geld und einen Anteil an der Macht verkauft. Aber das stimmt nicht. Ja, ich bin zu Moaradrid gegangen, ich gebe es zu. Ich wollte mit ihm reden, als ein einflussreicher Mann zu einem anderen. Weil meine Absicht darin bestand, deine Sache zu verraten? Nein. Weil dieser Plan verrückt war und uns alle getötet hätte. Ich habe versucht, es dir klarzumachen, Marina, doch du wolltest nicht auf mich hören. Jetzt musst du mir zuhören. Dieser sogenannte Krieg ist von Anfang an eine Farce gewesen. Moaradrid ist nicht der Mann, für den du ihn hältst.«

Alvantes' Stimme erklang hinter mir. »Er ist ein Tyrann und Mörder.«

»Vielleicht. Aber er will nur eine Sache, und das ist die Krone. Er kam nur hierher, um die Riesen seinem Heer einzugliedern und dann gegen Pasaeda und den König zu ziehen. Wir waren es, die an einen Angriff glaubten. Wir waren es, die ihm eine Konfrontation aufzwangen. Und selbst als es zum Konflikt mit uns kam ... Er hätte sich ohne weiteres Blutvergießen zurückgezogen. Wenn nicht ein armseliger Dieb gewesen wäre, der schon vor Jahren am Galgen hätte enden sollen.«

Eigentlich wollte ich den Mund halten, aber die letzten Worte verblüfften mich. »Ach, dies ist alles meine Schuld?«

Mounteban achtete nicht auf mich. »Dies kann hier und heute enden. Euch ist nichts passiert; euer Hab und Gut ist unangetastet geblieben. Ihr könnt alle heimkehren, Marina, du kannst weiterhin Bürgermeister sein. Und Alvantes, Ihr könnt Hauptmann der Wache bleiben. Moaradrid hat weder die Absicht noch genug Soldaten, das Castoval zu besetzen. Er wird mit den Riesen aufbrechen und uns nicht weiter behelligen. Er bittet uns nur, den Kampf gegen ihn einzustellen.«

Estrada wandte sich ihm wieder zu. So viel Zorn hätte ich in ihren braunen Augen nicht für möglich gehalten. »Was hat er dir versprochen?«, fauchte sie.

Für einen Moment hatte es den Anschein, als wollte Mounteban den Vorwurf zurückweisen. Dann sagte er: »Ich werde Bürgermeister von Altapasaeda sein.«

Estrada lachte fast schrill. »Oh, natürlich.«

Mountebans Gesichtsausdruck schwankte zwischen Scham und Ärger. Er sank vor Estrada auf die Knie und sprach so leise, dass nur wir ihn hören konnten. »Hör mir zu! Er hat seine Truppen zu weit verteilt. Moaradrid kann das Castoval nicht halten, und er weiß es. Wenn er jetzt nicht gegen den König zieht, zieht der König gegen ihn. Ich dachte schon, er würde mich umbringen, bevor er die Geduld verlor und stattdessen den Esel namens Panchetto tötete, aber seitdem ist er bereit, mich anzuhören.

Es gibt noch mehr … Zwar hat er mir gegenüber nicht darauf hingewiesen, aber ich glaube, er hat kein Geld mehr. Vermutlich hat er seinen Männern keinen Sold mehr gezahlt, seit sie in den Süden gekommen sind, und er gibt ihnen auch kaum zu essen. Jeder Narr kann sehen, dass sie unruhig geworden sind. Er ist von der Krone regelrecht besessen und muss jeden Tag beobachten, wie sie in weitere Ferne rückt. Am Castoval ist er überhaupt nicht interessiert; er möchte es nur hinter sich lassen.«

Mounteban war ganz auf seine Worte konzentriert und merkte erst zum Schluss, dass ihm Estrada keine Beachtung mehr schenkte. Ihr Blick ging an ihm vorbei, richtete sich auf etwas weit hinter ihm. Bevor er sich umdrehen konnte, sah sie ihn wieder an, beugte sich vor und brachte ihren Mund nahe an sein Ohr heran. Ich beugte mich ebenfalls vor und lauschte Estradas Flüstern.

»Ich hoffe, sie töten dich als Ersten, Castilio«, hauchte sie.

Ihr Hass hatte etwas Hypnotisches, und ich glaubte zu wissen, wen Estrada mit »sie« meinte. Offenbar wusste Mounteban es ebenfalls, denn er starrte nur entsetzt in das Gesicht, das seinem so nahe war. Er wandte den Blick erst davon ab, als die Geräusche hinter uns immer lauter wurden. Sein Mund klappte auf, aber es kamen keine Worte heraus. Dann sprang er auf die Beine und lief, überraschend schnell für einen Mann seiner Größe, zur östlichen Böschung.

Estrada sank zurück, als hätte all der Zorn sie erschöpft.

Überall um uns herum ertönten Rufe von Moaradrids Männern. Ihre Füße verwandelten die Straße in Morast, aber nicht zwei Soldaten strebten in die gleiche Richtung. Alle schienen es sehr eilig damit zu haben, sich von uns zu entfernen und die Öffnung der kleinen Schlucht zu erreichen. In der Nähe schrie jemand, und der Schrei brach plötzlich ab.

Ich erstarrte förmlich und wagte kaum zu hoffen.

So laut es auch geworden war, ich hörte das Zischen von Pfeilen inmitten der anderen Geräusche. Sie kamen von oben, und wenigstens dieses eine Mal schienen sie nicht uns zu gelten. Hufe donnerten, entfernten sich aber nicht, sondern kamen näher. Unter Moaradrids Männern breitete sich Panik aus, und die Vorstellung, von ihnen zu Tode getrampelt zu werden, machte mir mehr Angst als der Lärm der Gewalt, der nun aus allen Richtungen kam. Ich schloss die Augen und hob schützend die Arme vors Gesicht.

»Halt still!«

Ich öffnete die Augen wieder und sah eine Klinge, nur eine Handbreit von meiner Nase entfernt. Gerade als ich zu schreien beginnen wollte, wurde mir klar, dass es sich um Estradas Stilett handelte. Wer auch immer sie durchsucht hatte, er war ganz offensichtlich nicht ganz so gründlich gewesen wie der Mann, von dem ich gefilzt worden war.

»Die Hände nach vorn, Damasco. Das ist die Wache von Altapasaeda.«

Ich hob die Hände, damit Estrada den Strick durchschneiden konnte. »Au! Sei vorsichtig.«

Das Stilett eignete sich nicht besonders gut fürs Schneiden und hätte mich fast einen Daumen gekostet. Zum Glück war es ein einfacher, vom Regen durchnässter Strick. Noch ein Schnitt, dann franste er aus und riss.

Genau in diesem Moment fiel einer der Nordländer in den Stapel unserer Waffen, die daraufhin in alle Richtungen rutschten. Die meisten landeten zu Füßen der anderen Soldaten, aber ein Kurzschwert geriet in meine Reichweite. Ich langte danach, bevor ein Fuß es forttreten konnte, und ein unbeholfener Schnitt befreite mich von den Fußfesseln.

»Gib mir das.«

Alvantes hatte die Hände frei, was er vermutlich Estrada verdankte. Er riss mir das Schwert aus der Hand, durchtrennte den Strick an seinen Füßen und sprang auf die Beine, gerade rechtzeitig, um einen Hieb abzublocken, der seinem Hals galt – ein Nordländer hatte unseren Fluchtversuch bemerkt. Alvantes wandte sich ein wenig zur Seite, um uns abzuschirmen. Der angreifende Soldat schlug nach seiner Schulter, und er parierte, diesmal mit etwas mehr Selbstvertrauen, stieß die Klinge dann nach vorn. Es war ein einfacher Vorstoß, leicht abzuwehren, aber wuchtig genug, um den Nordländer zurückzutreiben. Ihm gelangen drei schnelle Schritte, bevor er über die Reste des Waffenstapels stolperte. Alvantes' zweiter Hieb tötete ihn, bevor er zu Boden sank.

Der Hauptmann blieb in Bewegung, streifte rasch den Mantel ab, wickelte ihn um etliche Schwerter, kehrte damit zurück und verteilte sie. Wenige Sekunden später fand ich mich von Bewaffneten umringt wieder. Der Hauptkampf hatte sich von uns entfernt und fand beim Schluchteingang statt. Vermutlich hatten die Altapasaedaner von dort angegriffen, um Moaradrids Soldaten von uns wegzulocken. Inzwischen hatten die Soldaten ihre anfängliche Panik überwunden und waren bei der lädierten Kutsche in Stellung gegangen. Die Altapasaedaner verloren ihre Initiative und wichen über den westlichen Hang zurück.

Ich verstand nicht viel von Kriegsführung, gewann aber den Eindruck, dass sich die Dinge für die Wache von Altapasaeda nicht sehr gut entwickelten. Es wurde klar, wie sehr sie dem Gegner zahlenmäßig unterlegen waren. Ich schätzte die Anzahl der Altapasaedaner auf etwa zweihundert, und sie traten gegen fünfmal so viele Soldaten an. Nur Platzmangel hinderte Moaradrids Männer daran, die wesentlich kleinere Gruppe zu überwältigen. Mit der Kutsche, den Felsformationen und ihren Pferden im Rücken hatten die Nordländer einfach nicht genug Bewegungsspielraum.

Die Altapasaedaner hatten einige Bogenschützen auf der westlichen Anhöhe zurückgelassen, und von ihnen kamen ständig Pfeile. Doch Moaradrids Männer hatten sich jetzt gesammelt, und die meisten Pfeile prallten von Schilden und Rüstungen ab. Selbst die gute Position auf dem Hang nützte ihnen kaum mehr etwas. Sie wurden von beiden Seiten attackiert, und nur der Umstand, dass Moaradrids Männer den Vorteil ihrer zahlenmäßigen Überlegenheit nicht nutzen konnten, verhinderte, dass sie einfach überrannt wurden.

Doch dieses Patt konnte nicht von langer Dauer sein. Ich beobachtete, wie sich eine Gruppe Nordländer vom Gros der Streitmacht löste und durch die Talöffnung zurückwich, wahrscheinlich mit der Absicht, nach einem anderen Weg ins höhere Gelände zu suchen. Sobald sie ihn gefunden hatten, würde es ihnen nicht weiter schwerfallen, die wenigen Bogenschützen zu erledigen, und dann waren die Altapasaedaner umzingelt. Moaradrid musste sie nur bis dahin hier festnageln.

Was unsere Castovalaner betraf ... Jetzt, da sie auf den Beinen und bewaffnet waren, wirkten sie nur ein kleines bisschen bedrohlicher als vorher. Rein zahlenmäßig waren sie mehr als doppelt so stark wie die Altapasaedaner. Aber auf Zahlen allein kam es hier nicht an. Viele von ihnen hatten nie etwas Gefährlicheres in den Händen gehalten als einen Pflug. Jedem dritten Mann fehlte eine Waffe. Sie wirkten verunsichert und verängstigt.

Moaradrids Soldaten würden sie in der Luft zerreißen.

Wenn Alvantes erkannte, wie hoffnungslos die Situation war, so verbarg er es gut. Er trat vor seine bunt zusammengewürfelte Brigade und rief: »Bleibt zusammen. Rückt gegen die Mitte vor und lasst euch von nichts aufhalten!«

Dann drehte er sich um und lief dem Kampf entgegen, bevor den anderen noch richtig klar wurde, dass sie keine längere Ansprache bekommen würden. Die Wächter aus Altapasaeda folgten ihm sofort. Die castovalanischen Freischärler waren schwerer von Begriff und mussten sich beeilen, um nicht den Anschluss zu verlieren.

Bestürzt stellte ich fest, dass Estrada ihnen folgen wollte.

Ich ergriff ihren Arm und rief: »Wohin willst du?« Sie versuchte sich loszureißen, aber ich hielt sie fest. »Was hast du vor? Willst du mit deinem Taschenmesser auf die Soldaten einstechen? Sei nicht dumm.«

»Lass mich los!«

»Tot nützt du niemandem etwas.«

»Moaradrids Truppen werden sie *niedermetzeln.*« Alle Stärke verschwand plötzlich aus ihrer Stimme und wich einer kalten Entschlossenheit, die mir fast noch schlimmer erschien.

Offenbar wollte sie lieber sterben, als das Massaker zu beobachten, das sie selbst mit in die Wege geleitet hatte.

Ich suchte nach Worten, die etwas in ihr bewegen konnten. »Was ist mit Salzleck? Du hast ihm etwas versprochen.«

Estradas Blick flog zu Salzleck, der trotz des allgemeinen Durcheinanders still dasaß.

»Dein Liebster kommt allein zurecht. Ist das auch bei Salzleck der Fall?«, setzte ich nach.

»Er ist nicht mein Liebster.« Estrada löste sich aus meinem Griff und marschierte zu Salzleck.

Ich folgte ihr und sah dabei gegen meinen Willen dorthin, wo der Kampf stattfand. Angesichts des Angriffs der Altapasaedaner schien Moaradrid seine Gefangenen vergessen zu haben – der castovalanische Vorstoß schuf ein Chaos an seiner Flanke. Alvantes steckte mitten im Gewühl und hackte sich mit seinem Schwert einen Weg zur Mitte von Moaradrids Streitmacht, wie er es angekündigt hatte. Die Wächter aus Altapasaeda erkannten eine Chance und stießen gegen die Nordländer vor, die sie fast eingeschlossen hatten. Die Bogenschützen wiederum nutzten diese Gelegenheit und fanden leichtere Ziele bei Gegnern, die sich an zwei Fronten verteidigen mussten.

Vielleicht hofften sie, dass sich der Kampf jetzt zu ihren Gunsten entwickelte. Ich sah das große Ganze und wusste es besser. Die Nordländer würden sich jeden Augenblick neu formieren und dann ihre größere Stärke zur Geltung bringen. Alvantes mochte ein Dorn in ihrem Fleisch sein, aber ein Dorn konnte herausgezogen werden. Er war mir nie waghalsig oder leichtsinnig erschienen. Begriff er denn nicht, worauf er sich einließ?

Dann erkannte ich sein Ziel.

Ich eilte zu Estrada, die auf Salzleck einredete.

»Ich weiß, dass er dir verboten hat, dich zu bewegen, aber willst du hier für immer und ewig sitzen? Bis du verhungerst? Willst du auf diese Weise deinem Volk und deiner Familie helfen? Das ist doch absurd! Moaradrid ist nicht dein Stammesoberhaupt! Er hat den Stein *gestohlen*. Du bist ihm gegenüber nicht zu Loyalität verpflichtet.«

»Er wird nicht auf dich hören«, warf ich ein. »Dieser dumme Stein, wenn ich ihn doch nur in den Fluss geworfen hätte, als sich Gelegenheit dazu bot.«

Bei diesen Worten glaubte ich, ein kurzes Blitzen in Salzlecks Augen zu sehen.

»Was können wir tun?«

»Keine Ahnung. Hoffen, dass unsere Seite gewinnt, nehme ich an.«

Ich wandte mich wieder dem Drama hinter uns zu. Die Überraschung bot, wie ich befürchtet hatte, nur einen kurzfristigen Vorteil. Der castovalanische Vorstoß hatte seinen Schwung verloren; jetzt gewannen die Nordländer an Boden und dezimierten die Reihen der Altapasaedaner. Alvantes' Bauern erlitten die größten Verluste, aber auch die altapasaedanischen Wächter zahlten einen hohen Blutzoll. Nur Alvantes und seine Gruppe rückten weiter vor. Die castovalanischen Freischärler waren mehr eine Ablenkung als eine echte Hilfe, doch Alvantes versuchte, diese Ablenkung so gut wie möglich zu nutzen.

Moaradrid hielt zwar seinen Säbel in der Hand, wich aber immer weiter durch den Pulk seiner Soldaten zurück, die danach trachteten, ihm Platz zu machen, ohne sich dem Feind gegenüber eine Blöße zu geben. Die Mitte hatte Moaradrid bereits aufgegeben, und jeder Schritt brachte ihn der westlichen Böschung näher, wo die heftigsten Kämpfe stattfanden.

Das war Alvantes' Plan. Das hatte er von Anfang an beabsichtigt. Die Schlacht konnte er nicht gewinnen, aber vielleicht gelang es ihm, den Krieg zu beenden.

Moaradrid begriff fast im selben Moment wie ich – er verstand plötzlich, dass er in Richtung der Altapasaedaner getrieben wurde. Seine Reaktion war schnell und überraschend. Mit einem wütenden Schrei warf er sich Alvantes entgegen, dem kaum genug Zeit blieb, sein Schwert zu heben. Das Klirren ihre Klingen übertönte den übrigen Lärm. Moaradrid schlug erneut zu, und dann noch einmal, schwang immer wieder seinen Säbel, und jeder Hieb tönte wie ein lauter Gong. Alvantes konnte die Angriffe nur mit Mühe parieren.

Ein Kreis bildete sich um die beiden. Die Nordländer wichen fort, weil sie nicht riskieren wollten, von Moaradrids Säbel verletzt zu werden. Alvantes' Leute schlugen auf alle ein, die den Eindruck erweckten, sich ihnen in den Weg stellen zu wollen. Die kläglichen Reste der Castovalaner verstärkten ihre Reihen. Auf der anderen Seite nutzten die überlebenden Altapasaedaner die Atempause und zogen sich über den Hang zurück.

Plötzlich reduzierte sich der ganze Kampf auf die beiden Männer in seiner Mitte. Ihr Duell brachte sie fort von der Talöffnung und näher zu uns. Moaradrid hatte noch immer die Initiative. Seine Hiebe kamen nicht mehr ganz so schnell und verloren vielleicht auch ein wenig von ihrer anfänglichen Kraft, aber sie zwangen Alvantes, immer weiter zurückzuweichen.

Schließlich beschränkte sich Alvantes nicht mehr darauf, die Angriffe nur abzuwehren. Alle paar Schritte suchte er nach einer Möglichkeit, seinerseits anzugreifen, doch Moaradrid bot ihm keine. Dem Kriegsherrn mochte es an Stil mangeln, aber er war stark und schnell. Er verwendete den Säbel als Schwert *und* Schild – er hielt ihn immer gestreckt, um Körper und Kopf zu schützen. Alvantes war der bessere Schwertkämpfer, das kam in all seinen Bewegungen zum Ausdruck. Doch diesen unablässigen Angriffen gegenüber schien ihm sein Geschick nicht viel zu helfen.

Dann schlug er zum ersten Mal zurück. Flink wich er einem Stoß aus, der mitten auf seine Brust zielte, schlug den Säbel beiseite und sprang vor. Seine Klinge traf Moaradrid am Oberschenkel und schuf dort einen schnell größer werdenden roten Fleck. Moaradrid heulte, mehr aus Zorn als aus Schmerz, und schlug dann mindestens ebenso kraftvoll zu wie vorher.

Erneut musste Alvantes zurückweichen. Doch etwas hatte sich verändert – sein Rückzug bestand nun aus kleinen, tänzelnden Schritten und kurzen Sprüngen zur Seite. Es schien ihm leichter zu fallen, die Hiebe seines Gegners zu blockieren, und er bekam öfter Gelegenheit, selbst zuzustoßen. Das Gesicht des Kriegsherrn verwandelte sich immer mehr in eine wütende Fratze. Ein Knurren begleitete jeden Schlag, nützte ihm aber nichts. Alvantes schien seine Bewegungen vorauszuahnen und war nie dort, wo Moaradrids Säbel nach ihm suchte.

Seine Klinge kam nach vorn, traf aber nur die Schärpe an Moaradrids Hüfte. Selbst aus dieser Entfernung konnte ich sehen, dass er diesmal nicht verletzt wurde.

Das Schwert hatte trotzdem mehr als nur die Schärpe getroffen. Etwas fiel auf den Boden, rollte ein Stück und blieb im Dreck liegen.

Der Riesen-Stein.

Ob Absicht dahintersteckte oder nicht – Alvantes nutzte die gute Gelegenheit. Er duckte sich, sprang, ergriff den Stein, rollte sich ab und entging dabei um Haaresbreite einem Hieb, der seinem Kopf galt. Er kam wieder auf die Beine und schwang das Schwert herum, um den unvermeidlichen nächsten Schlag abzufangen.

Fast wäre er schnell genug gewesen.

Moaradrids Säbel beschrieb einen weiten Bogen nach oben, wodurch die ganze linke Seite des Kriegsherrn ungeschützt war. Alvantes sah das, beugte sich vor … und schrie. Der Säbel kehrte zurück, gefolgt von einem scharlachroten Schweif. Etwas flog durch die Luft, und Blut spritzte. Nicht weit von uns entfernt fiel das Objekt in den Schlamm.

Ich weiß nicht, warum ich loslief. Plötzlich war ich auf den Beinen und rannte so schnell ich konnte den Hang hinunter, obwohl mir ein Teil meines Gehirns befahl stehen zu bleiben. Moaradrid drehte sich halb um und sah mich an. Seine Lippen bewegten sich, aber ich hörte kein Wort von ihm. Alvantes taumelte zur Seite, das Gesicht verzerrt. Er hielt den linken Arm in der Ellenbeuge des rechten, und das Schwert baumelte in erschlafften Fingern.

Moaradrid machte einen Schritt in meine Richtung, deutete mit der Spitze seines Säbels auf meinen Kopf und schrie. Dann lief er los, direkt auf mich zu und nur ein wenig von der Wunde in seinem Oberschenkel behindert. Von seiner früheren Würde war nichts mehr zu sehen. Wie ein tollwütiger Hund stürmte er über den Hang, angetrieben von animalischem Hass.

Die Entfernung war zu groß. Ich erreichte die Stelle vor ihm und sank auf die Knie. Voller Blut, Schleim und Schmutz lag Alvantes' Hand vor mir, wie eine auf dem Rücken liegende Krabbe. Daneben sah ich den blutbefleckten Riesen-Stein.

Ich nahm ihn, fühlte seine Kühle an den Fingern und leistete einen stummen Eid.

Diesmal würde ich den Stein dorthin zurückbringen, wohin er gehörte.

22

Wo vorher eine Straße gewesen war, erstreckte sich jetzt ein See aus Blut, in dem Fleischfetzen schwammen. Ich stand mitten darin, und mir kam ein seltsamer Gedanke. Wenn Heldentum bedeutete, dass man leichtfertig sein Leben aufs Spiel setzte, so hatte ich gerade bewiesen, ein Held zu sein.

Vermutlich erforderte Heroismus noch etwas anderes, das ich übersah. Als ich mich umdrehte und zu Estrada und Salzleck zurücklief, dachte ich an Alvantes, der noch immer seinen blutenden Arm hielt.

Vielleicht musste man tatsächlich selbstmörderische Tendenzen haben, um ein Held werden zu können.

Estrada war während meiner Abwesenheit nicht untätig gewesen. Sie hatte zwei unserer Pferde von den Bäumen geholt, wo Moaradrids Männer sie angebunden hatten, und wartete mit den Zügeln in der Hand. Die Tiere schienen der Panik nahe zu sein, waren aber immer noch die bessere Lösung als eine Flucht zu Fuß.

Doch eins nach dem anderen. »Steh auf, Salzleck!«, rief ich und hielt den Stein so, dass er ihn sehen konnte. »Du bist frei. Du kannst nach Hause zurückkehren.«

Salzleck sprang auf, und in seinem Gesicht erschien das breiteste Lächeln, das ich je gesehen hatte. »Nach Hause!«, brüllte er.

Auf halbem Weg zu den Pferden wagte ich einen Blick über die Schulter. Moaradrid war damit beschäftigt, Reiter vom Eingang des Tals um sich zu sammeln. Die betreffenden Soldaten mussten sich einen Weg durch die neuen Kämpfe bahnen, die nach dem Duell hier und dort begonnen hatten. Alvantes versuchte, zu den Altapasaedanern zurückzukehren, die verzweifelten Widerstand leisteten. Sein Gesicht war schmerzverzerrt und das Kettenhemd voller Blut, aber er hielt das Schwert in der unverletzt gebliebenen Hand und schlug nach jedem nahen Gegner.

Ein bemerkenswerter Mann. Offenbar wusste er nicht, wann man besser aufgab und starb. Doch Nordländer umringten ihn auf allen Seiten, und ich bezweifelte sehr, dass er sich noch lange auf den Beinen halten konnte.

Ich eilte weiter. Estrada kam mir mit den Pferden entgegen – sie zerrte an den Zügeln, übertrieb es aber nicht, damit die Tiere nicht endgültig ausrasteten und davonstoben. Salzleck folgte ihnen und grinste noch immer, voller Freude über seine neue Freiheit. Das Gemetzel schien er noch gar nicht richtig zur Kenntnis genommen zu haben.

Als ich Estrada erreichte, war ich ziemlich außer Atem und schnappte nach Luft. Sie drückte mir die Zügel in die Hand.

»Ausruhen kannst du dich später, wenn wir dann noch nicht tot sind.«

Estrada schwang sich in den Sattel. Ich stopfte den Riesen-Stein in eine Tasche und folgte ihrem Beispiel. Mein Ross – ein pechschwarzer Hengst mit einem irren Funkeln in den Augen – hatte Alvantes gehört und schien nicht glücklich darüber zu sein, dass er mich tragen sollte. Er wieherte protestierend und scharrte mit den Vorderhufen. Davon überzeugt, dass er sich aufbäumen würde, schlang ich ihm die Arme um den Hals. Genau in diesem Moment trieb Estrada ihr Pferd an, und vielleicht glaubte sich der Hengst davon herausgefordert, denn er setzte sich ebenfalls in Bewegung.

Aber in diesem Zusammenhang von »Bewegung« zu sprechen, wurde dem jähen Spurt nicht gerecht. Wer jemals mit einem kleinen Ruderboot in einen Taifun geraten ist, mag eine Vorstellung davon haben, wie ich mich fühlte. Ich klammerte mich an dem wahnsinnigen Geschöpf fest und widerstand dem Drang, die Augen zu schließen.

Ich gab ihm nach, als wir die erste Kurve erreichten. Kurz darauf hob ich die Lider wieder, nach dem schrecklichen Gefühl, weit zur Seite zu hängen und dem Boden zu nahe zu sein, und sah eine lange gerade Strecke vor uns. Der Hengst sah sie auch und wurde zu meinem Entsetzen noch schneller. Der Magen sprang mir in den Mund und blieb dort.

»Du musst ihn zügeln!«, rief Estrada mir zu. Ihre Stimme erklang irgendwo hinter mir und erreichte mich kaum durch das Pfeifen des Winds in meinen Ohren.

»Dann bringt er mich um!«

»Auf diese Weise verausgabt er sich, und dann holen uns die anderen ein.«

Ich wusste, dass sie recht hatte. Was ihren Vorschlag aber nicht leichter durchführbar machte, und meinen Hengst nicht weniger irre. Wahrscheinlich hätte er mich eher abgeworfen und genüsslich zertrampelt, als sich irgendeiner Art von Kontrolle zu unterwerfen. Aber wenn ich es nicht versuchte, war er in einigen Minuten fix und fertig. Ich bemühte mich, die Zügel zu erreichen, ohne den Hals loszulassen. Erst als ich sie in der Hand hatte, wagte ich es, meinen Griff ein wenig zu lockern.

Ich zog die Zügel, aber der Hengst schien davon überhaupt nichts zu bemerken. Ob aus Furcht, Aufregung oder reiner Bosheit, offenbar wollte er rennen, bis er umfiel. Wenn Moaradrid kam, würde ich auf einem toten Pferd sitzen, und vielleicht bekam ich von ihm sogar ein Lächeln, bevor er mich köpfte. Dieser Gedanke gab mir den Mut, die Zügel etwas fester anzuziehen.

»Langsam, Killer!«, rief ich.

Der gerade auf den Namen Killer getaufte Hengst wieherte rau, warf den Kopf hin und her und legte einen Zwischenspurt ein. Ich spürte das Beben seiner Flanken an meinen Beinen und hörte seinen hechelnden Atem. Erste Ermüdungserscheinungen stellten sich ein, was ihn aber nur noch zorniger machte. Warum war er überhaupt so wütend?

Vielleicht vermisste er seinen Herrn.

Ich zog die Zügel mit aller Macht, versuchte Alvantes' Stimme nachzuahmen und rief: »Bleib stehen, verdammt!«

Zwar blieb Killer nicht stehen, aber er wurde ein ganzes Stück langsamer. Er hatte Alvantes erwartet, und nichts verwirrte ihn mehr als ein zurückhaltender Reiter. Er war an Autorität gewöhnt, daran, seinen Platz in der Welt zu kennen.

In diesem Augenblick erschien Salzleck neben uns. Ich erinnerte mich daran, wie er auf Moaradrids Befehl hin stocksteif dagesessen hatte, und fast gegen meinen Willen verglich ich ihn mit dem unter mir laufenden Pferd. Ich wusste, dass es unfair war. Das hierarchische System der Riesen hatte wahrscheinlich jahrhundertelang perfekt funktioniert, solange nur Riesen davon betroffen gewesen waren. Es hatte nie auf machthungrige Kriegsherrn oder egoistische Diebe erweitert werden sollen.

Salzleck sah richtig gut aus. Seine Wunden heilten schneller als die eines Menschen, und er wirkte noch immer fröhlich. Wenn das hinter uns liegende Massaker für ihn überhaupt irgendeine Bedeutung hatte, dann nur die, dass es am Anfang seiner Rückkehr nach Hause stand.

Eigentlich konnte ich es ihm nicht verdenken. Er hatte wegen Moaradrid mehr gelitten als die meisten anderen.

Dafür zu sorgen, dass er auch tatsächlich nach Hause kam, war vielleicht die beste Möglichkeit, dies alles zu beenden. Früher oder später würde Moaradrid uns erwischen. Im Verlauf der letzten Tage war ich dem Tod so oft nahe gewesen, dass mich die Aussicht, erneut in Lebensgefahr zu geraten, seltsam unberührt ließ. Außerdem: Irgendwohin mussten wir ohnehin fliehen. Warum sollten wir nicht versuchen, das mythische Versteck der Riesen zu erreichen?

Estrada kam an meine linke Seite und rief: »Sie sind nahe!«

Ich warf einen Blick über die Schulter. Es befanden sich Reiter hinter uns, ja, aber Moaradrid war nicht unter ihnen. Sie hatten gerade die letzte Kurve hinter sich gebracht und waren nur deshalb in Sicht, weil dieser Teil der Straße so gerade verlief. Ob sie zu uns aufschlossen, ließ sich nicht feststellen.

»Ist dies der richtige Weg?«, fragte ich Salzleck.

Er versuchte zu nicken, begriff dann aber, dass es sinnlos war, denn beim Laufen wackelte sein ganzer Körper. Ich glaubte, mich an diese Gegend zu erinnern: Wir näherten uns der Cancasa-Brücke, der südlichen Grenze der castovalanischen Zivilisation. Die Straße beschrieb einen Bogen um eine Felsnase und führte dann zum Fluss. Dorthin zeigte Salzleck.

Nach der nächsten Biegung schlängelte sich unser Weg durch einige weite Kurven, wodurch wir die nordländischen Reiter hinter uns aus den Augen verloren. Es erleichterte mich, aber gleichzeitig machte es mich auch nervös. Mir lag nichts daran, zu beobachten, wie sie näher kamen, aber zu wissen, *dass* sie vielleicht näher kamen und ich es nicht sehen konnte, war fast noch schlimmer.

Wenn Moaradrids Männer dem üblichen Standard der nördlichen Stämme entsprachen, so waren sie wahrscheinlich im Sattel geboren, wohingegen meine mangelnde Kontrolle über Killer uns langsamer vorankommen ließ. Er schien nur zu schnell oder zu langsam laufen zu können, und für eine gleichbleibende Geschwindigkeit musste ich ständig mit ihm ringen. Ich gab mir alle Mühe und wünschte mir sehnlichst, dass endlich die Felsnase vor uns erschien, als könnte sie uns wundersame Rettung bringen.

Natürlich lief es auf eine Enttäuschung hinaus. Salzleck hatte die Führung übernommen – mit seinen langen Schritten fiel es ihm nicht weiter schwer, ebenso schnell oder vielleicht sogar noch etwas schneller zu sein als unsere Pferde. Wo die Straße die Richtung änderte, um einigen Felsen auszuweichen, führte ein Weg nach rechts. Salzleck nahm ihn, ohne langsamer zu werden, völlig unbeeindruckt von der Steigung. Killer zeigte weitaus mehr Unsicherheit und blieb fast stehen, bevor er ein Gefühl für den lockeren Untergrund bekam.

Ich ertappte mich bei dem Gedanken, dass Moaradrids Männer die Abzweigung vielleicht übersahen, aber für diese Hoffnung gab es eigentlich keinen Grund. Selbst wenn es in jener Gruppe niemanden gab, der unserer Spur folgen konnte – man musste kein Genie sein, um zu begreifen, wohin wir unterwegs waren. Moaradrid selbst hatte diesen Weg erst vor einigen Monaten genommen. Ich fragte mich kurz, wie er von dem Riesen-Stein erfahren hatte. Oder war er zu den Riesen geritten, um irgendeine Art von Vereinbarung mit ihnen zu treffen oder sie in seine Dienste zu zwingen? Ich wagte mir nicht vorzustellen, was dem rücksichtslosen Kriegsherrn bei jener Gelegenheit durch den Kopf gegangen war.

Ich konnte der Versuchung nicht widerstehen, einen

weiteren Blick über die Schulter zu werfen, in der Hoffnung, dass das Glück dieses eine Mal auf unserer Seite sein würde. Der Weg führte an von Kreideschichten durchzogenen Schieferplatten vorbei, manchmal auch an Böschungen aus fester Erde, von Dornbüschen bewachsen. Die Straße weiter unten blieb außer Sicht. Auf der linken Seite zeigte sich gelegentlich der Fluss, und vor uns ragten die Felswände des Gebirges auf. Ich konnte nicht sagen, ob uns Moaradrids Männer folgten.

Solange ich es nicht genau wusste, durfte ich hoffen.

Der Weg wurde immer schwieriger und auch steiler. Killer wäre fast gestürzt und wieherte klagend – dieses Gelände, das sich eher für Esel eignete, behagte ihm ganz und gar nicht. Zwar hatte ich Mitleid mit ihm, als ich fühlte, wie sehr er sich anstrengen musste, aber meine größte Sorge bestand darin, dass wir vielleicht gezwungen sein würden, die Pferde aufzugeben. Nach der Plackerei der letzten Stunden waren Estrada und ich nicht unbedingt in Bestform. Wenn wir die Pferde zurückgelassen hätten, wäre Moaradrid uns gegenüber zweifellos im Vorteil gewesen.

Natürlich klammerte ich mich noch immer an der vagen Hoffnung fest, dass die Verfolger unsere Spur verloren hatten. Erst als wir den Bereich der kleinen Rinnen und Schluchten verließen und den Beginn des eigentlichen Berghangs erreichten, bekamen wir wieder einen klaren Blick. Dort war der Fluss: Er strömte den Hang hinab und wand sich dann in der Ferne durch bläulichen Dunst. Dort war die Cancasa-Brücke, die vor dem Hintergrund des wilden, schäumenden Wassers lächerlich klein und zerbrechlich wirkte; die Straße führte über sie hinweg.

Und schließlich sah ich auch Moaradrids kleine Gruppe. Es überraschte mich, wie weit sie zurückgefallen war –

sie hatte gerade die Abzweigung erreicht. Aus dieser Entfernung waren die Reiter nur Flecken vor dem Grau des Weges.

Sie schienen es nicht besonders eilig zu haben. Mountebán hatte ja gesagt, dass Moaradrids unbezahlte, schlecht ernährte Soldaten kurz vor der Meuterei standen. Ließen sich die Verfolger Zeit, weil sie nicht mit ganzem Herzen bei der Sache waren und überlegten, ob es nicht besser sei, umzukehren und diese Angelegenheit einfach zu vergessen? Ein anderes Detail ließ mich daran zweifeln. Mindestens ein halbes Dutzend Reiter hatte sich der Gruppe hinzugesellt, und ich glaubte, auch einige Packtiere zu erkennen. Vielleicht hatten die Männer auf Verstärkung und Ausrüstung gewartet, möglicherweise sogar auf Moaradrid höchstpersönlich. Würde er dies nicht selbst zu Ende bringen wollen?

Vielleicht beeilten sie sich nicht, weil sie wussten, dass wir ihnen nicht entkommen konnten.

Mir kam ein Gedanke: Wenn ich Salzleck den Befehl gab, würde er sie alle töten. Ein Dutzend Männer – ein geworfener Felsbrocken genügte wahrscheinlich. Vielleicht hätte ich diese Möglichkeit schon vor Tagen nutzen sollen, etwa in Panchettos Palast. Dann wäre der Prinz jetzt noch am Leben. Ich sah zu Salzleck. Seit fast einer Stunde lief er – oder vielleicht war es für ihn schnelles Gehen –, und seine Haut glänzte schweißnass. Doch das Gesicht zeigte keine Müdigkeit, nur unerschütterliche Freude.

Offenbar bedeutete die Heimkehr ihm so viel, dass all die von Furcht und Gewalt bestimmten Tage plötzlich keine Rolle mehr spielten. Ich wollte nicht, dass das Blut jener Mistkerle an Salzlecks Händen klebte, wenn er mit seinem Volk Wiedersehen feierte. Zum Teufel mit Moaradrid – sollte er uns einholen.

Und genau das wollte seine Gruppe: uns einholen. Als ich das nächste Mal Ausschau hielt, war sie etwas näher gekommen. Die Männer kamen nicht viel schneller voran als wir, aber das mussten sie auch nicht. Es genügte, wenn sie pro Stunde einen Schritt gewannen; früher oder später würden sie uns erreichen.

Mir wurde allmählich klar, dass ich nicht dauernd an die Verfolger denken durfte, wenn ich nicht viel früher sterben wollte. Der Weg war schrecklich, eigentlich gar kein richtiger Weg. Abgesehen von Moaradrid und seinen Soldaten vor einigen Wochen konnte hier seit Jahren nichts Größeres als eine Ziege unterwegs gewesen sein. Eine größere Streitmacht hatte der Kriegsherr bestimmt nicht in diese Höhen gebracht; vermutlich hatte er das Heer weiter unten lagern lassen. Unter den Hufen unserer Pferde erstreckte sich nur ein schmales Felsband, und daneben reichte der Hang fast senkrecht bis zu den Felsen tief unten.

Schließlich erreichten wir eine Stelle, wo es weniger steil aufwärts ging und der Abstand zwischen Berg und Abgrund so breit wurde, dass Estrada und ich nebeneinander reiten konnten, mit Salzleck an unserer Seite. Der Riese zögerte nicht, die gefährlichere Position einzunehmen. Er ging am Rand des Weges, völlig unbeeindruckt von dem Abgrund neben ihm. Estrada ritt an der Innenseite und ich in der Mitte.

Killer hatte inzwischen sein ungestümes Temperament verloren. Mit großer Vorsicht setzte er einen Huf vor den anderen, und gelegentlich kam ein besorgtes Schnaufen von ihm. Er brauchte immer mehr Führung und machte keinen Hehl daraus, wie sehr er es verabscheute, dass ich immer wieder über die Schulter nach Moaradrids Männern sah. Dann rückte er näher zum Rand des Weges und verhielt sich so, als wären es nur meine Hände an den Zügeln, die ihn – und damit auch mich – vor einem Sturz in den Abgrund bewahrten. Ich sah ein, dass ich mich ganz auf ihn konzentrieren musste, wenn ich vermeiden wollte, dass er uns beide seiner Sturheit opferte.

Leider kam diese Einsicht ein bisschen zu spät.

Estradas Pferd wieherte fast schrill, als es plötzlich ausrutschte, und zwar auf mich zu. Ich zügelte Killer, aber etwas zu stark. Der Hengst wich nicht etwa aus, sondern blieb stehen. Estradas Pferd prallte gegen ihn, wodurch er ebenfalls ins Rutschen geriet. Ich starrte zum Rand des Weges, der viel zu schnell näher kam.

»Salzleck!«

Er drehte den Kopf und sah beide Pferde auf sich zukommen, mit Hufen, die keinen Halt mehr fanden. Für einen Moment wirkte er verwirrt. Dann streckte er die Arme aus, und zwar gerade noch rechtzeitig, denn Killer war heran. Salzleck drückte seine großen Hände an die Flanke des Hengstes, was den aber noch mehr erschreckte. Er bäumte sich auf und trat mit den Vorderbeinen, und ich schlang ihm die Arme um den Hals. Salzleck duckte sich, um nicht von den Hufen getroffen zu werden.

Estrada war es inzwischen gelungen, ihr Pferd wieder unter Kontrolle zu bringen, doch Killer hatte einfach zu viel Angst. Er wollte nach vorn springen, aber ebenso gut hätte er versuchen können, auf Eis zu laufen – er rutschte noch mehr, und der Rand des Weges kam noch näher. Der Hengst wieherte entsetzt, und ich sah die Miniaturlandschaft tief, tief unten, bestehend aus winzigen Bäumen und Felsen. Killer versuchte einen weiteren Sprung, zurück in die Mitte des Weges, aber das Geröll gab unter ihm nach, und plötzlich fanden seine Vorderläufe nur noch leere Luft.

Wir stürzten in die Tiefe.

Ich spürte den Wind und hörte sein Pfeifen. Ich fühlte, wie ich fiel.

Das teilte mir zumindest mein Verstand mit. Die Augen behaupteten etwas anderes. Ihr Blick war auf den Boden tief unten gerichtet. Sekunden verstrichen, und obwohl der Verstand auf dem Fallen beharrte, kam der Boden nicht näher.

Die schreckliche Tiefe verschwand aus meinem Blickfeld, und der Weg kehrte zurück, aber ich konnte es noch immer nicht glauben. Etwas zog an meinem rechten Bein. Seit wann gehörte ein Ziehen am Bein zu einem Sturz in tiefe Leere? Ich blickte zur Seite. Dort stand Estrada, eine Hand an meinem Knie. Neben ihr schnaufte Salzleck vor Anstrengung.

»Was ist passiert?«, brachte ich mühsam hervor.

»Salzleck hat dich festgehalten.«

»Mich?«

»Dein Pferd.«

»So stark ist niemand.«

Estrada rang sich ein Lächeln ab. »Salzleck schon.«

Nach diesem Zwischenfall gaben wir das Reiten auf. Schiefersplitter bedeckten den Weg, und der geringste Druck genügte, um sie ins Rutschen zu bringen. Die Rösser zu führen, war nur ein wenig sicherer, aber es beruhigte die Tiere wenigstens. Killer hatte eine Art Nervenzusammenbruch erlitten und war ohne meine feste Hand zu nichts mehr bereit. Ich hielt die Zügel straff und versuchte, ihn mit Lügen aufzumuntern. »Wir haben den See aus Zucker fast erreicht, Killer«, sagte ich. »Keine Sorge, dein Stall befindet sich hinter der nächsten Kurve.«

Der Zwischenfall hatte uns nur eine Minute gekostet, aber es war trotzdem wertvolle Zeit. Wenn Moaradrids Männer besser zurechtkamen, wenn ihre Pferde mit derartigem Terrain vertrauter waren, so mussten wir damit rechnen, dass sie uns bis zum Einbruch der Nacht erreichten.

Um nicht dauernd daran zu denken, konzentrierte ich mich auf meine Schritte und das eher einseitige Gespräch mit Killer. Beides verlief nicht so glatt, wie ich es mir wünschte. Ich kam nicht fünf Meter weiter, ohne mindestens einmal auszurutschen, und die Anzahl absurder Versprechen, die man einem Pferd machen konnte, erschien mir begrenzt. Das Reiten hatte mich bereits ziemlich mitgenommen, und mein Körper beschwerte sich bei jedem Schritt. Die Beine schienen immer weicher zu werden. Schwindel erfasste mich, wenn ich an den Moment des Sturzes in die Tiefe dachte. Als wenn das alles noch nicht genug wäre, schwand allmählich das Licht. Die heranrückende Nacht spielte meinen Augen Streiche und brachte bittere Kälte.

Ich hatte mich schon halb davon überzeugt, dass der schmale Weg so dicht am Abgrund nie enden würde, und deshalb war ich überrascht, als er doch ein Ende fand. Der vorn gehende Salzleck verschwand plötzlich, wie vom Berg verschluckt. Den schmalen Einschnitt bemerkte ich erst, als Estrada dem Riesen folgte. Es war ein weit nach oben reichender Riss in der Flanke des Berges und schien ziemlich eng zu sein, was mir tiefes Unbehagen bescherte.

Müdigkeit nahm mir die letzten Reste meines Mutes. Einige Sekunden lang dachte ich allen Ernstes daran, den Riesen-Stein auf dem Weg liegen zu lassen, in der Hoffnung, dass ihn einer von Moaradrids Männern fand – oder vielleicht darüber stolperte und sich das Genick brach.

»Beeil dich!«, rief Estrada. »Hier drin sind wir vor dem Wind geschützt.«

»Komm, Killer«, murmelte ich. »Es ist nicht mehr weit bis zu einem magischen Schloss aus Heu.«

Der erste Eindruck täuschte, wie ich feststellte, denn hinter der Spalte war es nicht so eng, wie ich dachte. Ein breiter Hohlraum erwartete mich, begrenzt von zwei leicht gewölbten Wänden, die sich weit oben fast berührten. Es war wie ein Zelt aus Felsgestein, und wie Estrada gesagt hatte: Hier gab es keinen Wind. Die Luft erschien mir plötzlich viel wärmer.

Salzleck stand in der Düsternis am anderen Ende. Hinter ihm wurde die Spalte schmaler, und es ging ziemlich steil nach oben. Das musste der nächste Abschnitt des Weges sein, obwohl er noch weniger nach einem Weg aussah als der, der uns hierher gebracht hatte. Die Vorstellung, dort weiterzuklettern, verwandelte meine Beine in Wackelpudding, von den Oberschenkeln bis zu den Zehen. Der noch rationale Teil meines Gehirns erinnerte mich daran, dass Moaradrids Männer vermutlich nur eine Stunde hinter uns waren. Dass ich mich nicht darum scherte, zeigte deutlich, wie es um mich stand.

»Wir müssen die Pferde hierlassen«, sagte Estrada.

Ich sollte Killer zurücklassen? Meinte sie das ernst? »Sie können nicht allein den Berg hinunter.«

»Natürlich nicht. Aber wir können sie nicht weiter mitnehmen. Wenn wir es schaffen, kehren wir später zu ihnen zurück.«

»Und wenn nicht?«

Estrada seufzte. »Das wird keinen großen Unterschied machen, oder?«

Ich konnte mich ihrer Logik kaum entziehen. Außerdem war ich zu erschöpft für eine lange Diskussion. »Vielleicht sollten wir eine Minute darüber nachdenken.«

»Wir können keine Minute entbehren. Sei vernünftig, Damasco.«

»Vernünftig?« Es klang fast wie ein Schluchzen. »Wo kommt hier die Vernunft ins Spiel? Wir sind den ganzen Tag auf der Flucht gewesen, und ich bin erledigt! Meine Beine wollen einfach nicht mehr. Ich bin nicht dafür geschaffen, ein Held zu sein. Bitte, lass uns ein wenig ausruhen.«

Ich rechnete damit, dass sie mich zusammenstauchte, dass sie mir Egoismus und Feigheit vorwarf. Ich rechnete mit einem Streit. Ich rechnete *nicht* damit, dass Salzleck antwortete, bevor Estrada Gelegenheit dazu bekam. »Salzleck tragen.« Die beiden Worte kamen aus der Düsternis am Ende der Spalte und hallten dumpf von den Wänden wider. »Nach Hause.«

»Was?«

»Salzleck tragen.« Er trat in das spärliche Licht, das durch die Spalte in die Höhle drang, kniete sich hin und brachte die Hände zu einer Art Steigbügel zusammen.

»Soll das ein Witz sein?«

»Tragen. Nicht müde. Nach Hause.«

So viele Worte hintereinander hatte ich noch nie von Salzleck gehört. Es gab auch einen neuen Ton in seiner Stimme; selbst seine einsilbige Grammatik konnte nicht über Sehnsucht hinwegtäuschen. Ich hätte ihm gern gesagt, dass alles in Ordnung war und ich weitergehen konnte, aber das wäre gelogen gewesen. Was ich gerade Estrada gesagt hatte, entsprach voll und ganz der Wahrheit. Ich war absolut geschafft; die Muskeln in Oberschenkeln und Waden schienen aus Eis zu bestehen, das in einem Feuer schmolz.

»Na schön.«

Ich ließ mich von Salzleck hochheben. Ich hatte gedacht, dass es peinlich sein würde, aber als meine Füße den Boden verließen, empfand ich nur Erleichterung. Mir fielen die Augen zu, und weiche Dunkelheit hüllte mich ein.

»Damasco, du kannst doch nicht … ich meine …«

Ich fühlte, wie sich Salzleck aufrichtete. Er hielt mich so vorsichtig wie eine Mutter ihren Säugling.

»Schon gut«, murmelte ich. »Nur für eine Weile. Dann kommst du an die Reihe, versprochen.«

»Darum geht es nicht. Er wird schnell müde, wenn er dich tragen muss.«

Ich entspannte mich und ließ meinen Körper erschlaffen, der bei jedem Schritt mitschwang, als Salzleck losging.

»Es ist alles in Ordnung, wirklich.«

»Damasco …«

Ich erwachte unter einem Samthimmel mit zahllosen funkelnden Sternen.

Der Mond war fast voll und leuchtete durch zarte Wolkenschleier. In seinem Licht schienen die Felsen aus Alabaster zu bestehen, der von innen heraus glühte und ein wenig unwirklich anmutete. Es gab keinen Übergang vom Schlaf zum Wachsein, und es fehlte jeder Hinweis darauf, was mich geweckt hatte. Vage erinnerte ich mich an tiefen, traumlosen Schlaf. Ich nahm einen moschusartigen Geruch wahr, wie von feuchtem, warmem Stroh, und atmete ihn tief ein, bis ich begriff, dass er von einem ungewaschenen Riesen stammte.

Plötzlich fiel mir ein, wo ich mich befand.

»He, he … setz mich ab, Salzleck.«

Er blieb stehen, beugte die Knie und setzte mich auf den Boden.

»Besser?«

Ich dachte darüber nach. Der ganze Leib tat mir weh, vom Kopf bis zu den Zehen, aber im Vergleich mit der tauben Erschöpfung zuvor fühlte sich das fast angenehm an.

»Ja. Ich spüre wieder meine Füße.«

»Leise, Damasco. Sie sind in der Nähe.«

Ich erkannte Estradas Stimme, trat um Salzleck herum, sah sie und schnappte nach Luft – ihr Gesicht war hohlwangig und leichenblass. »Salzleck«, sagte ich leise, »kannst du sie tragen?«

»Ja. Nach Hause.«

»Ich muss nicht getragen werden, Easie.«

»Dann los, Salzleck. Als dein Oberhaupt befehle ich es dir – egal, was sie dir sagt.«

»Damasco, du ...«

Estrada bekam keine Gelegenheit, den Satz zu beenden, bevor Salzleck sie hochhob. Sie starrte auf mich herab und schien zu überlegen, ob sie versuchen sollte, sich zu befreien.

»Hör wenigstens einmal auf die Stimme der Vernunft. Er kommt damit klar.«

»Nicht müde«, pflichtete Salzleck mir bei. Eigentlich konnte das nicht stimmen, aber es klang so, als meinte er es ernst.

»Easie«, murmelte Estrada.

»Still.«

Und dieses eine Mal gab sie keine Widerworte. Estrada schlief bereits.

»Also gut, Salzleck«, flüsterte ich. »Auf geht's.«

Während jener endlosen Nacht wechselten Estrada und ich zweimal die Plätze – einer von uns wurde getragen, während der andere über den steilen, felsigen Weg kletterte. Zumindest nahm ich an, dass es ein Weg war. Ich sah keinen, aber Salzleck schien in der Lage, sich zu orientieren, und ich folgte seinen Schritten so gut es ging. Wenn ich auch nur ein bisschen vom »Weg« abkam, stolperte ich über irgendein Hindernis oder verlor auf lockerem Geröll den Halt.

Meine erste Schicht zu Fuß dauerte bis gegen Mitternacht. Ich erinnere mich daran, dass der Mond direkt über mir hing, ein großes, leuchtendes Pendel, das jeden Moment auf mich herabfallen konnte. Salzleck stieg über einen besonders großen Felsen, wodurch Estrada aufwachte; sie bestand darauf, dass wir die Plätze wechselten.

Meine zweite Schicht begann kurz vor Sonnenaufgang. Ich wachte auf und sah, wie sich Estrada neben Salzleck abmühte, woraufhin mich Schuldgefühle packten. Als ich ihren Platz einnahm und sie meinen, bereute ich meine edle Zuvorkommenheit bereits, aber es war zu spät. Estrada schlief in Salzlecks Armen, und ich wankte am Beginn eines neuen Tages vorwärts.

Es war ein prächtiger Sonnenaufgang, der beeindruckende Farben am Himmel schuf, verschiedene Schattierungen von Scharlachrot und Orange, dazu hübsche rosafarbene Töne. Es störten nur die dunklen Flecken – Moaradrids Männer. Sie verfolgten uns noch immer. Aber sie waren nicht näher gekommen. Dank Salzleck hatten wir unseren Vorsprung während der Nacht bewahrt.

Eines musste man uns dreien lassen: Wir verstanden es zu überleben. Als Salzleck diesen Moment wählte, um mit der Hand auf eine Lücke zwischen den Gipfeln weiter oben zu deuten und »Zuhause« zu flüstern, konnte ich ein Lachen nicht zurückhalten. Obwohl sich Moaradrid und das Schicksal gegen uns verschworen hatten – wir waren dem Ziel nahe.

Das letzte Stück über den Hang des Berges empfand ich fast als angenehm. Der Aufstieg war so mühsam wie zuvor, aber wenigstens konnte ich das Gelände jetzt deutlich sehen, und außerdem … was spielte es für eine Rolle? Zum ersten Mal in meinem Leben hatte ich ein Versprechen gehalten. Es war ein gutes Versprechen gewesen, und ich hatte es gehalten. Dieser Sieg erschien mir in meiner müden Benommenheit viel wichtiger als die wilden Kämpfe im Tal. Ich kletterte plötzlich mit Genuss und lächelte voller Schadenfreude beim Gedanken daran, wie sehr Moaradrids Männer weiter unten litten. Sie hatten keinen Riesen, der ihnen half, und auch keinen kleinen Triumph, der ihre Stimmung hob.

Eine ganze Weile kletterten wir über breite, hohe und mit Felsbrocken übersäte Stufen. In der Nähe des Gipfels wichen sie einem weiten Hang aus lockerem Geröll, und wenn es dort überhaupt einen Weg gab, dann war er so tückisch wie der Rest des Aufstiegs. Ich stolperte häufig und musste die Finger jedes Mal tief in den Felsschutt bohren, um nicht in die Tiefe zu rutschen. Selbst Salzleck musste sich anstrengen, was vielleicht daran lag, dass er seine Hände nicht benutzen konnte. Estrada klagte leise im Schlaf, wenn er ausrutschte.

Die Öffnung zwischen den Gipfeln war verlockend nahe. Estrada murmelte etwas, und ich dachte, es wäre doch schade, wenn sie den Moment von Salzlecks Heimkehr verschlafen würde.

»Wach auf!«, rief ich. »Wir sind fast da.«

Sie schüttelte den Kopf und wand sich hin und her, woraufhin Salzleck sie absetzte. Verwirrt rieb sie sich die Augen und schien noch nicht ganz wach zu sein.

»Was? Wo sind wir?«

Ich streckte die Hand aus.

Sie blickte in die Richtung, aus der wir gekommen waren, zu den dunklen Flecken, die unsere Verfolger darstellten.

Estrada lächelte, und ihr Lächeln wuchs in die Breite, wurde zu einem Grinsen. Dann lachte sie. »Wir haben es geschafft. Nach allem, was wir hinter uns haben …« Das Lächeln verschwand. »Nach allem, was geschehen ist.«

Ich glaubte fast, die Erinnerungsbilder in ihren Augen zu sehen: die erste schreckliche Schlacht, die inzwischen Tage zurücklag, Panchettos Tod, der Kampf in der Schlucht und Alvantes' grässliche Verwundung. Aber an all diesen Geschehnissen ließ sich jetzt nichts mehr ändern, und ich wollte mir meine gute Stimmung nicht verderben lassen.

Ich gab Salzleck einen Klaps auf den Oberschenkel und sagte: »Also los, geh voraus.«

Der Riese brauchte keine Extraeinladung und kletterte sofort zur Spalte weiter oben. Ich folgte ihm und achtete darauf, wohin ich den Fuß setzte. Estrada schloss sich mir nach kurzem Zögern an. Als wir Salzleck erreichten, stand er auf der Felsnase zwischen zwei steilen Wänden. Ein schmaler Weg führte durch den Einschnitt zwischen den beiden Berggipfeln, und dahinter …

Ich hörte ein Ächzen und merkte, dass es von mir stammte.

»Das kann doch nicht dein Ernst sein!«

23

Der Einschnitt war etwa zwanzig Schritte lang, und dahinter setzte sich der Weg inmitten leerer Luft fort. Ein unverbesserlicher Optimist hätte in diesem Zusammenhang vielleicht von einer Brücke gesprochen, die allerdings allein von den Kräften einer zum betreffenden Zeitpunkt recht launischen Natur geschaffen worden war. Normalerweise sollten Brücken breiter sein und etwas haben, das verhinderte, dass Reisende vom heulenden Wind ins Nichts geschleudert wurden.

»Du glaubst doch nicht etwa, dass ich dort hinübergehe, oder?«

Salzleck richtete einen fragenden Blick auf mich. Offenbar sah er keinen Grund zur Sorge und deutete zur gegenüberliegenden Seite.

»Zuhause.«

Ich schluckte. Höhenangst kannte ich eigentlich nicht. Aber ich hatte auch keine Angst vor Bären, was nicht bedeutete, dass ich bereit gewesen wäre, meinen Kopf in frisches Fleisch zu wickeln und einem Bären in den Rachen zu stecken. Die Erkenntnis, dass es kein Zurück gab, machte dies nicht leichter.

Estrada und ich folgten Salzleck bis zum Ende der Spalte. Der Riese stapfte einfach weiter, als mache es keinen Unterschied, ob er zwischen Felswänden oder über einen schmalen Steg ging, zu dessen beiden Seiten ein tiefer Abgrund gähnte. In weniger als einer Minute erreichte er die Mitte der Brücke, wo er stehen blieb und zurücksah, um festzustellen, ob wir ihm folgten. Die Brücke war so schmal, dass er kaum Platz genug hatte, sich umzudrehen, wobei Steine über den Rand in die Tiefe fielen.

Ich sah ihnen nach und begriff, wo wir uns befanden. Die Brücke überspannte einen Streifen des tief unten brodelnden Ozeans, der unseren Berghang von der Landmasse weiter vorn trennte. Dort erstreckte sich das Reich der Riesen, verborgen in diesem isolierten Gebirge und nur durch diese schmale Brücke mit dem Rest der Welt verbunden. Steil ragte das Massiv vor uns auf, wie der Wall einer gewaltigen Festung, von schäumendem Wasser umspült. Ringsum erstreckte sich das Meer blau bis zum Horizont.

»Folgen?«

Allein Salzlecks Stimme ließ die Brücke erbeben.

»Nicht so laut!«, erwiderte ich.

Er nickte und winkte.

Ich sah Estrada an, in der Hoffnung, dass sie den Anfang machen wollte. Aber sie blickte nur mit verschränkten Armen und einem bösen Lächeln auf den Lippen zurück.

»Verstehe. Na schön.«

Ich schloss die Augen und trat vor.

Dann begriff ich, dass ich mit geschlossenen Augen auf einem schmalen Felssteg über einem tiefen Abgrund stand, und rasch hob ich die Lider wieder.

Der Wind war nicht so schlimm, wie ich befürchtet hatte. Sein unentwegtes Zerren war mehr lästig als gefährlich. Der schwierige Teil betraf den Blick. Zuerst konzentrierte ich mich auf Salzleck, aber das bedeutete, dass ich nicht sah, wohin ich trat. Als ich nach unten blickte, bemerkte ich, wie groß der Unterschied zwischen Hintergrund und Vordergrund war, und dabei wurden mir die Beine weich. Ich sank auf Hände und Knie und zwang mich, möglichst ruhig zu atmen.

Die Furcht, dass mich ein besonders enthusiastischer Windstoß von der Brücke werfen konnte, setzte sich schließlich gegen den Schwindel durch. Erneut richtete ich den Blick auf Salzleck, der auf der anderen Seite stand und wartete. Ich setzte mich wieder in Bewegung und kroch so langsam, dass mich ein Säugling überholt hätte. Nach einer halben Ewigkeit wagte ich einen richtigen Schritt, und als ich daraufhin nicht in die Tiefe stürzte, probierte ich es mit einem zweiten.

Danach ging es schneller, doch als ich das Ende der Brücke erreichte, starrte mich Salzleck trotzdem so an, als wäre ich verrückt. Er hatte sein ganzes Leben hier oben verbracht und wusste vermutlich gar nicht, was Schwindel war.

Diesem Gedanken folgte sofort ein zweiter. »Sind wir da?«

Salzleck deutete mit der Hand. Die Spalte auf dieser Seite war breiter, und aufgrund des leichten Gefälles konnte ich ihr Ende nur von hier aus sehen. Wo die Felswände zu beiden Seiten fast senkrecht in die Höhe ragten, versperrte eine Palisade den Weg. Salzleck schien davon überrascht zu sein, was bedeutete, dass sie noch nicht sehr alt sein konnte. Offenbar hatte sein Volk Moaradrids Besuch zum Anlass genommen, die Sicherheitsmaßnahmen zu verstärken.

Ich schaute zurück und beobachtete, wie Estrada die Brücke überquerte. Wenn sie auch nur ein bisschen nervös war, verbarg sie es gut. Sie huschte praktisch über den schmalen Felssteg und verbeugte sich, als sie uns erreichte. Meine finstere Miene ignorierte sie, deutete zur Palisade und fragte: »Sollen wir anklopfen?«

Salzlecks Antwort bestand darin, dass er losmarschierte.

Auf halbem Weg zur Barriere wölbte er die Hände vor dem Mund und rief etwas. Es klang nach einem einzelnen Wort, aber ich konnte es nicht verstehen, weil er mit seinem Gebrüll eine Kaskade aus Steinen und Dreck auslöste.

»Nicht so laut, Salzleck!«

Er achtete nicht auf mich und brüllte erneut, sogar noch lauter als beim ersten Mal. Ich duckte mich unwillkürlich und befürchtete, dass die Felswände rechts und links von uns einstürzten. Hinter der Palisade ertönte eine Antwort, zwei Silben, die nach Salzlecks Namen klangen.

Holz knirschte, als die Palisade zur Seite schwang. Zwei Riesen standen auf der anderen Seite, und einer von ihnen band ein Seil an einem Pfosten fest. Sie unterschieden sich von Salzleck. Beide waren kleiner, und ihre Züge wirkten nicht ganz so grob. Auf den ersten Blick schienen sie ein bisschen pummelig zu sein, aber das lag vermutlich daran, dass sie Rundungen an anderen Stellen als Salzleck hatten.

»Oh«, murmelte ich, als mein Gehirn versuchte, die beiden mir unverträglich erscheinenden Begriffe »Riesen« und »Frauen« miteinander zu vereinen.

»Shaltz Lekh!«

Die Riesin, die nicht mit dem Seil beschäftigt war, schlang die Arme um Salzleck, der sowohl glücklich als auch verlegen wirkte. Nach einigen Sekunden ließ sie ihn wieder los, rasselte einen langen Satz auf Riesisch herunter, nahm seine Hand in ihre beiden und zog ihn auf die andere Seite der Palisade.

Estrada und ich folgten in einem gewissen Abstand. Nachdem ich mich gerade an die Vorstellung gewöhnt hatte, dass es bei den Riesen auch Frauen gab, schaute ich mich um und versuchte, einen Eindruck von der Umgebung zu gewinnen.

Verblüfft riss ich die Augen auf. Was auch immer ich erwartet hatte, dies bestimmt nicht.

Wir befanden uns auf einem Plateau, das ringsum von hohen Felswänden umgeben war und somit einer gewaltigen Arena ähnelte. Voraus fiel das Gelände ab, und auf der gegenüberliegenden Seite stieg es wieder an.

Das alles war nicht so überraschend. Aber das dichte Gras zu beiden Seiten und die sich weiter vorn sanft wiegenden Bäume? Eben noch war der Wind kalt gewesen, aber an diesem Ort fühlte er sich angenehm warm und auch feucht an.

Die unbefestigte Straße, über die wir schritten – nach den Maßstäben der Riesen war sie eher ein Pfad –, führte vom Tor über eine Böschung nach unten, auf die Bäume zu. Beiderseits deckten Bretter Risse und Löcher im Boden ab. Das Gras in der Nähe solcher Stellen war halb verwelkt, und die Luft flirrte. Ich dachte an die Heilbäder in der Nähe meines Heimatortes Conta Pelia: Warmes Wasser kam dort aus großer Tiefe, und selbst im strengsten Winter blieb es warm. Gab es auch unter diesem Plateau heiße Quellen?

Kurz darauf erreichten wir die Bäume, deren kahle Stämme weit aufragten. Blätter wuchsen erst weit oben, und sie schufen ein hohes Dach über uns. Die Abstände zwischen den Bäumen waren recht groß – wie die Säulen eines großen Saals standen sie da. Als ich mich umsah und nach einer Siedlung der Riesen Ausschau hielt, machte ich eine weitere seltsame Entdeckung: Zwischen vielen Bäumen hingen lange Stoffbahnen und erinnerten mich ein wenig an die Fahnen oder die zum Trocknen aufgehängten Tücher in den Tälern von Muena Palaiya. Zwar wiesen diese Stoffe gewisse Verzierungen auf, geschwungene Symbole in unterschiedlichen Farben, aber ich glaubte nicht, dass sie allein der Dekoration dienten.

Gelegentlich hingen diese Bahnen so tief, dass sie sich unterhalb meiner Kopfhöhe befanden, aber die meisten befanden sich so weit oben, dass Salzleck unter ihnen hinweggehen konnte, ohne sich bücken zu müssen.

Als wir tiefer in den Wald kamen und Estrada und ich uns beeilen mussten, um mit den Riesen Schritt zu halten, bemerkte ich weitere Details. Ich stellte fest, dass die Stoffbahnen oft so angeordnet waren, dass sie eine Ecke, dreieckige oder quadratische Bereiche abteilten, und in einigen Fällen spannten sich Planen wie Dächer darüber. Zwischen ihnen wuchs manchmal eine Art Getreide – lange grüne Stängel, wie Schilf, mit Bündeln aus violetten und gelben Früchten, jede von ihnen so groß wie mein Kopf. Vermutlich dienten die Stoffbahnen dazu, Felder voneinander abzugrenzen.

Dann traf mich eine plötzliche Erkenntnis. Dies waren Räume, Riesen-Räume. Als mir das klar wurde, schien sich um mich herum alles zu verändern. Die Bäume, Stoffbahnen und Planen, all das schien auf einmal zu verschwinden. Eine gewaltige Stadt nahm ihren Platz ein, mit abgegrenzten Feldern und Gärten, mit Straßen, öffentlichen Plätzen und privaten Bereichen, in denen Riesen ungestört sein konnten.

Die ganze Zeit über hatte ich nach einem Ort gesucht, in dem die Riesen lebten, ohne zu ahnen, dass wir ihn längst erreicht hatten.

Während ich noch staunte, näherten sich weitere Riesen, und Gebrüll hallte durch den Wald, verkündete die Nachricht von unserer Ankunft. Auch die anderen Riesen waren freundlich und schienen sich sehr über das Wiedersehen mit Salzleck zu freuen. Ich empfand so viele große Geschöpfe in meiner Nähe als beängstigend, und Estrada und ich blieben ein wenig zurück. Dass wir am Ziel waren, merkte ich erst, als der Wall aus Beinen vor uns verharrte und ich fast mit dem Kopf gegen einen Oberschenkel gestoßen wäre.

Jetzt erkannte ich den Zweck der Stoffbahnen. Wir befanden uns im Äquivalent eines runden Saals, mit Straßen, die wie die Speichen eines Rads davon ausgingen. In diesem Saal wimmelte es von Riesen. Mindestens hundert mussten es sein, und alle sprachen aufgeregt miteinander. Zwar war ich mir in Hinsicht auf ihre Anatomie noch nicht ganz sicher, glaubte aber, dass es sich bei den meisten von ihnen um Frauen handelte. Die wenigen Riesen männlichen Geschlechts überragten mich kaum, und ich nahm an, dass es Kinder waren. Moaradrid schien nur erwachsene Männer für sein Heer rekrutiert zu haben, vielleicht ein Zeichen seiner Gnade; oder er hatte die Kinder verschont, weil er plante, sie bei zukünftigen Feldzügen einzusetzen.

Die fahnenartigen Stoffbahnen waren hier mit besonders komplexen und bunten Mustern verziert, und ich dachte zuerst, dass wir vielleicht eine Art Marktplatz erreicht hatten. Dann erblickte ich zwischen den Riesen-Leibern hindurch eine Felsnadel, die in der Mitte des Platzes aufragte. Ganz oben gab es eine gewölbte Mulde, groß genug, dass ich dort hätte sitzen können, wenn ich nach oben geklettert wäre.

Allerdings – und das überraschte mich kaum – hatten die Riesen den Felsen nicht als Aussichtsplatz für zu Besuch kommende Zwerge vorgesehen. Vielmehr war dort ein langer Stab aus Holz befestigt; die metallene Klammer am Ende erweckte den Eindruck, als sei etwas aus ihr herausgerissen worden. Mir fiel ein, was Estrada am Abend vor dem Erreichen von Altapasaeda gesagt hatte. Dies musste der Amtsstab des Stammesoberhaupts sein, und die Klammer hatte den Stein enthalten, bis Moaradrid erschienen war.

Ich wollte Estrada gerade darauf hinweisen, als sich die Menge vor uns teilte und eine besondere Riesin auf uns zukam. Sie war hagerer als die meisten anderen, ihre Haut runzlig und von Falten durchzogen. Zwar beeilte sie sich, aber sie kam trotzdem nur langsam voran. Die ganze Zeit über murmelte sie vor sich hin, und als sie nahe genug war, warf sie sich Salzleck entgegen, schlang ihm die Arme um die Brust und schluchzte: »Shaltz Lekh! Shaltz Lekh!«

Es konnte nur seine Mutter sein. Was die alte Riesin da dauernd wiederholte, schien Salzlecks wahrer Name zu sein, den Moaradrids Soldaten falsch verstanden hatten. Diesmal zögerte Salzleck nicht und erwiderte die Umarmung ebenso herzlich. Er klammerte sich regelrecht an der alten Riesin fest, als hinge sein Leben davon ab, und schon nach wenigen Sekunden waren beide Gesichter tränenüberströmt.

Hierfür hatte er all die Mühen auf sich genommen: für seine Heimat, sein Volk und seine Familie. Plötzliche Trauer schuf einen Kloß in meinem Hals. Mir fehlte das alles, doch in diesem Moment verstand ich ihn völlig.

Plötzlich fiel mir etwas ein. Ich holte den Riesen-Stein hervor und hob ihn hoch.

»Salzleck!«, rief ich. »Du brauchst jetzt das hier.«

Salzleck sah mich an, zuerst überrascht und dann entsetzt.

»Ich weiß, ich weiß, du bist nicht gut genug. Nun, ich bin kein Experte für Riesen-Politik, aber du scheinst zumindest beliebt zu sein. Vielleicht kannst du als amtierendes Oberhaupt regieren, bis jemand aufkreuzt, der besser ist.« Ich deutete nach oben. »Wie dem auch sei, der Stab dort bringt sich nicht von selbst in Ordnung.«

Ich sah, dass er erneut protestieren wollte. Aber die Riesen in der Nähe hatten den Stein gesehen, und plötzlich ertönten überall freudige Rufe.

»Salzleck … nimm ihn!« Ich musste schreien, damit er mich hörte. »Bring den Stab in Ordnung. Sorg dafür, dass alles seine Richtigkeit hat.«

Salzleck nickte knapp, bückte sich und nahm mir den Stein aus der Hand.

Plötzlich donnerte es von allen Ecken des Platzes: »Shaltz Lekh! Shaltz Lekh!«

Mit langsamen Schritten ging er in die Mitte der Lichtung, hob den Stab mit einer Hand und hielt ihn so sanft wie einen schlafenden Säugling. Behutsam schob er den Stein in die Klammer, schloss dann die Hand um Stein und Klammer und drückte zu. Als er die Hand fortnahm, war der Stab wieder komplett.

Der darauf folgende Jubel war so laut, dass ich befürchtete, er würde mir die Trommelfelle zerreißen. Als Salzleck den Stab wieder an seinen Platz auf der Felsnadel setzen wollte, kam es zu einem Protestgeheul, das vielleicht sogar noch lauter war als zuvor der Jubel. Er zögerte, senkte die Hand, bohrte den Stab in den Boden und verneigte sich vor ihm. Die Riesen schwiegen plötzlich, und für mich fühlte es sich an, als hätte jemand alle Geräusche aus der Welt genommen. Alle zusammen verneigten sie sich, wie es Salzleck gerade getan hatte.

Wenn die Zeremonie der Amtseinführung normalerweise noch mehr erforderte, so erfuhr ich es nicht, denn in diesem Augenblick kam ein Ruf vom Rand der Lichtung hinter uns. Ganz sicher war ich nicht, aber ich glaubte, die Riesin zu erkennen, die das Palisadentor für uns geöffnet hatte. Sie winkte, rief Salzlecks Namen und fügte etwas auf Riesisch hinzu. Dann drehte sie sich um und deutete in die Richtung, aus der wir gekommen waren.

Salzleck zögerte nur einen Moment, und sein Blick glitt über die versammelten Riesen. Dann lief er los, mit dem Stab in der Hand.

»Was ist?«, stieß ich hervor, als er an mir vorbeistürmte. »Was ist los?«

Er gab keine Antwort, und ich beschloss, ihm zu folgen. Estrada blieb dicht hinter mir. Wir verließen die Lichtung, und der Abstand zu Salzleck wuchs mit jedem seiner Schritte. Ich wusste nicht, was die Riesin ihm zugerufen hatte, aber es regten sich dunkle Vorahnungen in mir. Mit ganzer Kraft lief ich, vorbei an den Bäumen und Stoffbahnen, die zu Schemen wurden, und es dauerte nicht lange, bis wir den Wald verlassen hatten.

Als ich zu Salzleck aufschloss, geriet die Palisade in Sicht. Er war unten an der Böschung stehen geblieben und hatte den Kopf geneigt. Ich verharrte vornübergebeugt, die Hände auf den Knien, und schnappte nach Luft. Estrada tauchte neben mir auf und wirkte, als wäre sie am liebsten zu Boden gesunken.

Zuerst hörte ich nur das laute Hämmern meines Herzens. Und dann, als das Trommeln nachließ, vernahm ich den Ruf. Er kam aus der Ferne und war nur schwer zu verstehen, aber es gelang ihm trotzdem, das Blut in meinen Adern in Eis zu verwandeln.

»Riese! Dieb!«

Ich dachte daran, einfach nicht darauf zu achten. Er war draußen und wir drinnen, in Sicherheit – warum es nicht dabei belassen? Aber wenn Moaradrid den langen Weg bis hierher gekommen war, so würde er sicher nichts unversucht lassen, sich Gehör zu verschaffen.

»Wir sind hier!«, rief ich widerstrebend.

»Ich habe hier jemanden, der eure Hilfe braucht. Einen Hauptmann der Wache, den ihr kennt.«

Estrada hob die Hand vor den Mund und gab einen erstickten Laut von sich.

»Diese Brücke ist zweifellos nicht für Verletzte bestimmt. Ihr solltet euch also besser beeilen.«

»O nein.« Estrada sah mich an. »Damasco …«

Sollte ich darauf hinweisen, wie sehr Alvantes mich hasste, und dass ich ihm gegenüber ganz ähnliche Gefühle hegte? Sollte ich erwähnen, dass wir gewonnen hatten, dass ich mein Versprechen eingelöst hatte? Könnten wir es nicht dabei belassen? Ich suchte nach möglichst überzeugend klingenden Worten und wusste doch, dass sie nicht überzeugend genug geklungen hätten. Die ganze Zeit blieb Estradas Blick auf mich gerichtet; Verzweiflung, Flehen und ein Hauch Hoffnung standen in ihren Augen.

»Er will den Stein«, wandte ich mich an Salzleck. »Er wird versuchen, ihn gegen Alvantes' Leben einzutauschen. Vielleicht kann ich ihn hinhalten, damit wir …«

Ich unterbrach mich, als Salzleck den Stein aus der Klammer am Ende des Stabs riss.

»Oh. Das geht natürlich auch.«

Er machte einen Schritt zum Tor.

Ich sprang vor ihn. »Warte, warte! Er will bestimmt, dass ich ihm den Stein gebe. Und seien wir ganz ehrlich: Du bist nicht unbedingt für Rettungseinsätze auf schmalen Felsbrücken geschaffen. Nur ich komme infrage, Salzleck.«

Er überlegte kurz. Dann bückte er sich und gab mir den Stein.

»Wir bekommen ihn zurück.«

Ich wusste, dass es nicht stimmte, und in Salzlecks Augen sah ich, dass er es ebenfalls wusste – er hatte seinem Volk Hoffnung gebracht, nur um sie ihm gleich darauf wieder zu nehmen. Meine dummen Versuche, ihm zu helfen, hatten alles noch schlimmer gemacht. Vielleicht war es besser, wenn ich mir von Moaradrid den Kopf abschlagen ließ – dann brauchte ich wenigstens nicht die Konsequenzen weiterer Fehler von mir mitzuerleben.

Ich drehte mich um und erklomm die Böschung.

Salzleck marschierte voraus, griff nach dem Seil und begann damit, das Palisadentor aufzuziehen. Kaum war die Lücke groß genug, schlüpfte ich hindurch, lief durch den Spalt und erreichte kurz darauf den Felsvorsprung vor der Brücke. Ich sah Alvantes, und mir rutschte das Herz in die Hose.

Er stand mitten auf der Brücke, direkt vor dem Kriegsherrn, einen notdürftigen Verband dort, wo ihm Moaradrids Säbel die Hand abgeschlagen hatte, und Stricke um den Oberkörper geschlungen.

Er war kaum mehr als der Mann zu erkennen, der mich einst so beeindruckt hatte. Ein bleicher Mann stand dort, blutbefleckt und schmutzig. Nur der Umstand, dass er sich trotz Schmerz und Erschöpfung auf den Beinen hielt, wies auf seine frühere Kraft hin.

Moaradrid wirkte ebenfalls erschöpft. Seine Beinwunde war zwar besser verbunden, aber der Verband hatte sich verfärbt, und er versuchte, das verletzte Bein zu entlasten. Auch die Soldaten auf der anderen Seite der Brücke schienen recht abgekämpft zu sein.

Moaradrid grüßte mich mit einem kurzen Nicken. »Da bist du.«

Ich trat auf die Brücke.

»Ja, hier bin ich.«

»Und bist du bereit, dies hinter dich zu bringen?«

Ich machte zwei weitere Schritte und hörte, wie Salzleck hinter mir auf dem Felsvorsprung erschien. Plötzlich fühlte ich das Bedürfnis, noch etwas zu sagen, diesen Moment ein wenig hinauszuzögern, bevor ich seine Hoffnungen endgültig zerstörte.

»Du wirst nicht gewinnen, Moaradrid.«

Er lächelte, aber das Lächeln wirkte wie erstarrt und zeigte sich nicht in der Stimme, als er sagte: »Dummer kleiner Dieb. Verstehst nichts, was über dich hinausgeht. Natürlich werde ich gewinnen. Und mehr noch, ich werde ein guter König sein. Ein weitaus besserer als der Esel in Pasaeda.«

Noch ein Schritt. »Lass ihn gehen.«

Moaradrid gab Alvantes einen Stoß, der ihn zum Rand der Brücke wanken ließ. »Du solltest deine Worte mit etwas mehr Bedacht wählen.«

»Ich meine … Du willst mich. Mich und den Stein.«

»Meinen Stein. Ja, den möchte ich zurückhaben. Was dich betrifft … Du interessierst mich nicht. Aber wenn du tot bist, lernst du vielleicht, dich nicht in meine Angelegenheiten einzumischen.«

»Ich bringe dir den Stein.«

»Und bitte schnell. Ich glaube, deinem Freund wird schwindelig.«

Ich schluckte und versuchte, mit fester Stimme zu sprechen. »Das sehe ich. Sobald er sicher auf unserer Seite ist, bekommst du den Stein.«

Moaradrids Lächeln verschwand. »Was, glaubst du, geschieht hier, du hirnloser Idiot? Bin ich den ganzen Weg bis hierher gekommen, um wie ein Markthändler zu feilschen?« Er packte das Seil hinter Alvantes' Schultern und stieß ihn bis zum Rand, sodass nur noch Moaradrids Hand den Sturz in die Tiefe verhinderte. »Sei vorsichtig, Dieb. Ich könnte loslassen, wenn ich mich zu sehr ärgere.«

Ich nahm den Riesen-Stein und hielt ihn über den Rand der Brücke. »Ich habe ein ähnliches Problem. Allerdings ist bei mir nicht Ärger der Grund, sondern Entsetzen und Schwindel.«

Das Lächeln kehrte zurück. Und dann, mit einer fließenden Bewegung, zog der Kriegsherr Alvantes in die Mitte der Brücke und gab ihm anschließend einen kleinen Klaps, der ihn in unsere Richtung taumeln ließ. »Du hast doch aufgepasst. Na schön, hier kommt dein Hauptmann. Ein fairer Preis für eine Krone.«

Alvantes schlurfte mir entgegen, und bei jedem unsicheren Schritt befürchtete ich, dass er das Gleichgewicht verlor und über den Rand fiel. Ich bezweifelte, dass er seit dem Kampf zu essen oder zu trinken bekommen hatte, und hinzu kam der Blutverlust – er musste dem Zusammenbruch nahe sein. Sosehr ich Alvantes auch für einen aufgeblasenen Mistkerl hielt, tief in meinem Innern wusste ich, dass er ein anständiger Mann war, und ich fand es abscheulich, dass man ihn so schlecht behandelt hatte.

Ich spürte, dass ich es Moaradrid heimzahlen wollte. Er sollte ebenso leiden wie Alvantes, Panchetto, Salzleck, Estrada und so viele andere.

Aber welche Hoffnung gab es dafür?

Ich setzte wieder einen Fuß vor den anderen.

Die Brücke bot kaum genug Platz, dass Alvantes und ich aneinander vorbeikommen konnten. Im letzten Moment drehte er den Kopf und sah mich an. Sein Gesicht war voller Schmerz, doch die Stimme des Hauptmanns klang völlig ruhig, als er sagte: »Lass ihn nicht gewinnen, Damasco.«

»Ich glaube nicht, dass ich ihn aufhalten kann.«

Alvantes warf mir einen letzten Blick zu und wankte weiter zum Ende der Brücke, wo Salzleck und Estrada auf ihn warteten. Salzleck würde sich um sie kümmern, besser als ich es konnte. Ob mit Stein oder ohne, er würde sie beschützen – daran musste ich glauben. Ich wagte es nicht, noch einmal in ihre Richtung zu sehen, denn ich fürchtete, dass sich meine Entschlossenheit dann einfach auflöste.

Ich ging weiter und rechnete halb damit, dass Moaradrid den Säbel hob und mich köpfte, als ich nahe genug heran war. Es überraschte mich ein wenig, als er stattdessen nur die Hand ausstreckte und die Klinge an seiner Hüfte ließ.

Ich konnte kämpfen …

Ich konnte mich auf ihn stürzen und versuchen, ihn über den Rand der Brücke zu stürzen …

Ich legte ihm den Stein in die Hand.

In dieser einen Sekunde fühlte ich nur Erleichterung. Seit ich ihn zum ersten Mal gesehen hatte, war ich immer nur auf der Flucht gewesen, und davon hatte ich die Nase voll. Moaradrid seufzte tief, und er schien für einen Moment nahezu überwältigt zu sein. Dann straffte er die Schultern, hob den Kopf und sah mich an.

»Damit wären wir also fertig.«

Ich musste fragen, obwohl ich wusste, dass ich besser den Mund halten sollte. »Ist dies die Stelle, an der du mich tötest?«

Er lachte. »Ich dachte, du hättest begonnen zu verstehen. Nein, Dieb, ich töte dich nicht. So funktioniert Macht nicht.«

Ich nickte, obwohl ich nicht die geringste Ahnung hatte, was er meinte. »Na schön.«

Ich drehte mich um. Natürlich glaubte ich ihm nicht und erwartete die Säbelklinge zwischen den Schultern. Aber was konnte ich tun? Am liebsten wäre ich losgelaufen, doch etwas hielt mich davon ab. Es hatte einen sonderbaren Einklang zwischen uns gegeben, fast so etwas wie eine Übereinkunft. Auch wenn es nur in Moaradrids Wahn existierte, vielleicht blieb es von Bestand, wenn ich Ruhe bewahrte. Wenn ich lief, überlegte er es sich möglicherweise anders.

Also ging ich mit langsamen Schritten.

Im Schneckentempo überquerte ich die Brücke und wagte dabei kaum zu atmen.

Schließlich erreichte ich den Felsvorsprung.

Alvantes saß dort, und Estrada versuchte, die Stricke zu lösen, die ihm um den Oberkörper geschlungen waren. Er gab sich alle Mühe, nicht jedes Mal zusammenzuzucken, wenn sie seinen verletzten Arm berührte. Ich nahm an, dass er überleben würde, wenn sich die Wunde nicht entzündete. Salzleck stand ein wenig abseits, in der einen Hand noch immer den Amtsstab. Der Verlust des Riesen-Steins musste ihn bestürzt haben, aber er zeigte nichts davon.

Unser Kampf für das Castoval und die Sicherheit der Riesen war vorbei. Wir hatten verloren, Moaradrid hatte gewonnen. Aber wenigstens lebten wir noch, und das war mehr, als ich erwartet hatte.

Allerdings … Man sollte den Tag nicht vor dem Abend loben, und dieser Tag war noch nicht vorbei.

»Riese.«

Das Wort erklang hinter mir.

»Riese, nimm deinen Freund und erwürge ihn.«

Salzleck hob den Kopf und sah über mich hinweg zu Moaradrid, der noch immer auf der Brücke stand, in der einen Hand den Stein. Die andere zeigte auf mich. Salzlecks Augen wurden groß, und sein Mund stand offen, als hätte ihm gerade jemand eine Ohrfeige versetzt.

»Ich weiß, dass du mich gehört hast. Gehorche deinem Oberhaupt.«

Salzleck trat einen zögernden Schritt auf mich zu.

»Gehorche deinem Oberhaupt.«

Ich wollte zurückweichen, aber hinter mir gab es nur tiefe Leere.

»Salzleck …«

Gerade noch hing die Hand an seiner Seite, im nächsten Moment schloss sie sich um meinen Hals. Mir blieb nicht einmal genug Zeit für einen letzten Atemzug. Bunte

Lichter tanzten vor meinen Augen, und in den Ohren hatte ich plötzlich ein lautes Rauschen, das fast Estradas Stimme übertönte, als sie sagte: »Salzleck, nein, das musst du nicht, du musst ihm nicht gehorchen, du musst nicht alles tun, was er dir sagt …«

Der Rest verlor sich im lauter werdenden Rauschen. Salzleck hörte nicht auf Estrada. Ihm war befohlen worden, mich zu töten, und diesem Befehl kam er nach.

Allerdings nicht ganz.

Er war stark genug, meinen Hals einfach zu zerquetschen, aber ich lebte noch. Die Kehle tat mir höllisch weh, aber ich lebte noch. Vielleicht kamen Salzleck Bedenken, so wie in Altapasaeda, als er sich mir zuerst widersetzt hatte.

Aber in Altapasaeda hatte er schließlich nachgegeben.

Moaradrids Stimme übertönte Estradas Worte und den Sturm in meinen Ohren. »Wenn das erledigt ist, kannst du die Frauen und Kinder deines Stammes versammeln.«

Der Druck an meinem Hals ließ nach, nur ein bisschen.

»Ich bin schon einmal gnädig gewesen.«

Ich saugte Luft in meine brennende Lunge.

»Vielleicht leisten deine Freunde bessere Dienste, wenn wir sie dabei haben.«

Und plötzlich war ich frei. Ich lag da und hechelte wie ein kranker Hund. Salzleck starrte wieder an mir vorbei, und sein Gesicht zeigte einen Ausdruck, den ich nie zuvor gesehen hatte. Er wirkte wie jemand, der aus tiefem Schlaf erwacht war und von etwas Schrecklichem und Traurigem verfolgt wurde.

»Schlechtes Oberhaupt.«

Moaradrid war zum ersten Mal verblüfft. »Was spielt das für eine Rolle?«

Salzlecks erster Schritt trug ihn zur Brücke. »Schlechter Befehl.« Er bewegte sich mit der langsamen Unvermeidlichkeit einer Lawine.

»Es spielt keine Rolle. Ich habe euren verdammten Stein!«

»Schlechtes Oberhaupt.«

»Es spielt keine Rolle!«

Ich konnte nicht ahnen, was Moaradrid durch den Kopf ging. Sein Erstaunen schien größer zu sein als die Furcht. Salzleck streckte eine große Hand nach ihm aus, und der Kriegsherr wich zurück, hob dabei die Arme, um sich zu schützen.

Ich wollte *»Er will nur den Stein!«* rufen, aber die Worte kamen als eine Art Gurgeln aus meinem Hals. Moaradrid wich noch weiter zurück. Und Salzleck trat vor. Es sah nach einem langsamen, präzisen Tanz aus: Moaradrid zurück, Salzleck vor, Moaradrid zurück.

Bis der Kriegsherr nicht weiter zurück konnte, bis der Boden unter seinen Füßen aufhörte.

Ich sah die Erkenntnis in seinem Gesicht aufleuchten, ein Licht des Verstehens, und Salzleck sah es ebenfalls. Erneut streckte er die Hand aus, und selbst im Moment des Fallens versuchte Moaradrid noch, ein weiteres Mal zurückzuweichen.

Es gab nur noch einen Weg für ihn, und der führte nach unten.

Ein kehliger Schrei begleitete ihn in die Tiefe, wie von einem Tier, ein Schrei aus der Dunkelheit in ihm.

Es dauerte ziemlich lange, bis der Schrei verklang.

24

Es war nicht deine Schuld.«

Salzleck schien mich nicht zu hören.

»Du wolltest ihn retten. Zum Schluss … Ich glaube, ein Mann wie Moaradrid konnte es nicht verstehen.«

»Stein weg.«

Das war es, was ihn so bestürzte? Nicht Moaradrids Sturz in die Tiefe, sondern der Verlust des Steins, den der Kriegsherr mitgenommen hatte? Nein, ich hatte Salzleck brüllen hören, als ihm klar geworden war, dass sich Moaradrid nicht von ihm retten lassen wollte. Ich erkannte den Glanz des Schmerzes in seinen Augen.

Jetzt gab es dort noch etwas anderes, das ich zum ersten Mal sah. Es zeigte sich auch in der Art und Weise, wie er sich bewegte, und in einer Veränderung seines Gesichtsausdrucks. Ich hatte nicht die geringste Ahnung, was ihm durch den Kopf ging.

Nervös schaute ich zur anderen Seite der Brücke, wo eben noch Moaradrids Männer gestanden hatten, zum Eingreifen bereit. Sie waren fort. Den Tod ihres Herrn und Meisters zu rächen, schien ihnen nicht so wichtig zu sein, wie die eigene Haut zu retten.

Würde der Rest des Heeres jetzt nach Norden zurückkehren? Wir konnten es nur hoffen.

Ich richtete meinen Blick auf Estrada und Alvantes. Das Gesicht des Hauptmanns war aschfahl und wächsern.

»Wir sollten ihn zur Siedlung bringen und uns dort um seine Wunde kümmern«, sagte ich.

Das riss Salzleck aus seiner Benommenheit. »Alvantes helfen«, brummte er.

Er stapfte heran und wollte Alvantes hochheben.

»Vorsicht!« Ich ging vor ihnen in die Hocke und fragte Estrada: »Glaubst du, er kann gehen?«

Alvantes starrte mich an. »Natürlich kann ich gehen.«

Er mühte sich auf die Beine und sank nur deshalb nicht sofort wieder zu Boden, weil Estrada unter seinen ausgestreckten Arm schlüpfte. Alvantes stöhnte voller Schmerz und Resignation. Ich trat rasch vor und stützte ihn von der anderen Seite.

Auf diese Weise folgten wir Salzleck, der vorausmarschiert war und mit lauter Stimme die Öffnung des Tors verlangte. Zum Glück waren uns einige Riesinnen gefolgt und hatten auf der anderen Seite der Palisade gewartet. Es folgte eine kurze Diskussion, wobei Salzleck gestenreich in beide Richtungen übersetzte – es ging darum, wo Alvantes' Wunde am besten behandelt werden konnte. Schließlich zogen Estrada und ich unsere Mäntel aus, und sie wurden zu einer behelfsmäßigen, von vier Riesen getragenen Bahre. Dann machten wir uns zusammen auf den Weg zum Wald.

Als wir ihn erreichten, winkten die Riesinnen – offenbar wollten sie, dass wir uns trennten. Estrada und ich sollten einen der von Stoffbahnen abgetrennten »Räume« aufsuchen, während alle anderen den Weg mit Alvantes fortsetzten.

»He!«, rief ich in plötzlicher Sorge. Wussten sie, worauf sie sich einließen? Was, wenn sich die Anatomie der Riesen stark von der unsrigen unterschied?

Die Riesinnen winkten nur und stapften davon.

»Gut heilen.« Salzleck sagte es mit solcher Gewissheit,

dass ich es nicht bezweifeln konnte. Da ich mir um Alvantes keine Sorgen mehr machen musste, dachte ich an mich selbst. Es fiel mir schwer, Geist und Körper davon zu überzeugen, dass es vorbei war. Meine schmerzenden Beine wollten unbedingt in Bewegung bleiben, als hätten sie vergessen zu ruhen. In meinem Kopf herrschte ein Chaos aus Bildern und Empfindungen. Ich war gleichzeitig zutiefst erschöpft und hellwach, streckte mich im Gras aus und legte die Hände unter den Kopf.

»Wir haben gewonnen.«

Die Worte klangen hohl. Moaradrid war tot. Er war auf eine dumme Art gestorben, die einem leidtun konnte. Seine Streitmacht befand sich noch immer in unserem Land. Der Stein der Riesen hatte den Kriegsherrn in die Tiefe begleitet, und die Riesen selbst waren überall im Castoval verstreut.

Aber wir *hatten* gewonnen. Ich versuchte sehr, mich darüber zu freuen.

Salzleck setzte sich neben mich. Ein Blick sagte mir, dass es in ihm ähnlich aussah wie in mir. Die Veränderung, die ich zuvor bemerkt hatte, haftete ihm noch immer an, und ich glaubte, jetzt den Grund dafür zu erkennen. Er mochte betroffen sein, aber er wirkte auch stärker und selbstsicherer. Durch seine kurze Zeit als Stammesoberhaupt schien er ein neues Bild von sich gewonnen zu haben, und vielleicht gefiel es ihm.

Salzlecks Mutter und zwei andere Riesinnen leisteten uns Gesellschaft. Sie blieben in Bewegung, brachten zuerst Eimer mit Wasser und dann frisches Obst und Gemüse aus dem Wald. Das Wasser nahm ich dankbar an, aber beim Gedanken an Essen drehte sich mir der Magen um – bis ich die Früchte probierte.

Sie schmeckten einfach köstlich. Ich wusste, dass ich seit einem ganzen Tag nichts gegessen hatte, was vermutlich den wundervollen Geschmack erklärte, aber das war mir völlig schnuppe – ich genoss es einfach, mich vollzustopfen. Ich aß, bis nichts mehr hineinging, sank dann wieder ins Gras und schloss die Augen. Eine Riesin deckte mich zu, hob kurz meinen Kopf und legte etwas Weiches darunter.

Ich lächelte, zu erschöpft, meine Dankbarkeit auf eine andere Weise zum Ausdruck zu bringen.

Es war noch hell, als ich erwachte. Ich sah mich um und stellte fest, dass Estrada neben mir kniete. Hinter ihr hatten die Riesinnen die Stoffbahnen fast bis zum Boden herabgelassen, um uns ein wenig mehr Privatsphäre zu ermöglichen.

»Guten Abend«, sagte ich.

»Es ist Morgen. Du hast den ganzen Tag und die ganze Nacht geschlafen.«

»Tatsächlich? Ich fühle mich, als könnte ich noch einige Stunden vertragen.«

»Die Riesen sagen, dass du so lange bleiben kannst, wie du möchtest. Aber Alvantes und ich machen uns in einigen Minuten auf den Rückweg. Ich bin hier, um dich zu fragen, ob du mitkommen willst. Andernfalls sollten wir uns jetzt voneinander verabschieden.«

»Was ist mit Salzleck?«

»Er meinte, er wollte mit uns allen reden.«

Ich schlug die Decke zurück. »Wenn Salzleck eine Rede geplant hat, möchte ich sie auf keinen Fall versäumen. Sie dürfte ein Meisterwerk der Knappheit sein.«

Estrada lächelte. »Er verhält sich seltsam. Ich meine, nicht direkt seltsam …«

»Entschlossen?«

»Ja. Das trifft es.«

»Ist mir ebenfalls aufgefallen.« Ich stand auf und

streckte mich so sehr, dass die Gelenke knackten. »Er wäre ein gutes Oberhaupt gewesen, nicht wahr? Und ich habe ihn zu Anfang für einen großen Dummkopf gehalten.«

»Weißt du, was mir am meisten daran gefallen hat, Bürgermeisterin zu sein?«, fragte Estrada und öffnete eine Art Klappe in der langen Stoffbahn neben uns. »Wenn es hart auf hart ging, wenn ich das Gefühl bekam, zu viel von den Leuten zu verlangen … Dann überraschten sie mich immer wieder.«

Ich nickte. »Ich verstehe, was du meinst.«

Estrada deutete durch die Öffnung. »Sollen wir uns anhören, was Salzleck zu sagen hat?«

Sie ging voraus, und kurze Zeit später waren wir wieder in Sichtweite des Tors. An der Böschung standen überall Riesen und bildeten lockere Gruppen. Unten am Hang, in sicherem Abstand vom Gedränge, wartete Alvantes. Ein dicker Verband aus grobem, grünlichem Stoff war um seinen verletzten Arm geschlungen, und unter die andere Schulter hatte er sich eine Krücke geklemmt. Das Gesicht war sorgfältig gereinigt und zeigte zahlreiche Kratzer und blaue Flecken. Doch im Großen und Ganzen sah er viel besser aus als bei unserer letzten Begegnung.

Er nickte einen knappen Gruß, als wir uns näherten. »Sie streiten über etwas«, sagte er. »Aber ich weiß beim besten Willen nicht, worum es geht.«

Salzleck stand ganz oben auf der Böschung, zusammen mit einem Dutzend Riesinnen, unter ihnen seine Mutter. Sie redeten alle gleichzeitig, aber es war klar, dass Salzleck das Gespräch leitete. Allein das erstaunte mich. Es lag eine gewisse Anspannung in der Luft, die Alvantes' Worte bestätigte, und Salzlecks Mutter wirkte besonders aufgeregt.

»Ist alles in Ordnung?«, fragte Estrada.

Salzleck nickte. »Ihnen gesagt, euch sagen. Gehe und suche Brüder. Nach Hause bringen. Kein Kampf mehr.«

Mutter Salzleck kam näher und umklammerte wie flehentlich seinen Arm.

Er vermied es, direkt den Blick auf sie zu richten, als er sagte: »Mutter traurig. Sohn kommt, Sohn geht. Aber muss gehen.«

»Was ist mit dem Stein? Glaubst du, die anderen folgen dir auch ohne den Stein?«

Salzlecks Gesicht wies mich darauf hin, dass ich einen wunden Punkt berührt hatte. »Muss versuchen«, erwiderte er. »Einzige Möglichkeit.«

Armer Salzleck. Er hatte sich so über die Rückkehr nach Hause gefreut, und jetzt musste er wieder los. Aber wenigstens *war* er heimgekehrt. Was mich betraf … Meine Entscheidung stand bereits fest. »Ich komme mit. Ich meine, ich begleite dich nicht unbedingt, um dir bei der Rettung deiner Freunde zu helfen, aber ein Stück des Weges komme ich mit.«

Und so verabschiedeten wir uns. Was Estrada, Alvantes und mir nur ein wenig Unbehagen bescherte, war für Salzleck geradezu herzzerreißend. Mir wurde klar, dass die Riesinnen ihre Männer bisher für tot gehalten und an ein Wunder geglaubt hatten, als Salzleck zurückgekehrt war. Seine Mutter vergoss Tränen in Strömen, wie auch viele andere Riesinnen. Es gab massenhaft Umarmungen und gute Wünsche. Salzleck stand wie ein Monolith in diesem wild wogenden Meer aus Emotionen. Ich wusste, dass er die anderen zu beruhigen versuchte, obwohl ich seine Worte nicht verstand. Schließlich nahm er seine Mutter noch einmal in die Arme und kam dann zu uns; wir warteten schon seit einer ganzen Weile am Tor.

»Bereit?«, fragte Estrada.

»Bereit«, bestätigte er.

Der Weg nach unten war viel leichter als der Aufstieg.

Wir ließen uns Zeit, obgleich Salzleck Eile sicher lieber gewesen wäre, und machten oft Rast, damit Alvantes ausruhen konnte. Spät am Nachmittag erreichten wir die Spalte auf halbem Weg zum Talboden. Ich juchzte vor Freude, als ich sah, dass unsere Pferde noch da waren – in einer meiner Schreckensvisionen waren sie den steilen Hang hinabgestürzt.

Es kränkte mich, dass Killer Alvantes mit weitaus mehr Freude begrüßte als meine Wenigkeit. Er wieherte wie irre, bis Salzleck einen kleinen Ballen Heu aus einem der Pakete holte, die er trug, und zwischen den Pferden aufteilte, woraufhin der Hengst das Wiedersehen vergaß. Nachdem die Pferde gefressen hatten, gaben wir ihnen Wasser und striegelten sie, so gut es ging.

Inzwischen war es fast dunkel, und uns blieb nichts anderes übrig, als das Nachtlager aufzuschlagen. Trotz meiner Müdigkeit lag ich lange wach, sah zu dem Teil des Himmels hoch, der sich zwischen den Felswänden zeigte, und beobachtete die funkelnden Sterne. Ich fühlte mich kleiner als jemals zuvor in meinem Leben, und die Welt erschien mir gewaltiger, viel größer als nur das Castoval oder selbst das Königreich.

Ich erinnerte mich daran, was ich Estrada in den Höhlen hinter Muena Palaiya gesagt hatte: »Für mich bin ich ein großer Teil eines Bildes, das nur wenig größer ist als ich selbst.« Lag das wirklich nur einige Tage zurück? Ein ganzes Leben schien mich von dem Easie Damasco zu trennen, der so leichtfertig jene Worte gesprochen hatte. Ich hörte, wie sich Salzleck und Killer gegenseitig beim Schnarchen zu übertreffen versuchten. Die Gerüche der Pferde und des Riesen vermischten sich und begleiteten mich in den Schlaf, ohne dass ich sie als störend empfand.

Wir erwachten vor dem Morgengrauen, kalt und steif,

und brachen früh auf. Salzleck ging voraus, Alvantes, ich und Estrada folgten. Alvantes nahm seine Verletzung stoisch hin, aber mehr als einmal beobachtete ich, wie er etwas tun wollte, das beide Hände erforderte, und dann schnitt er eine Grimasse.

Da er sich auf seine Krücke stützen musste, erlaubte er mir widerstrebend, Killer zu führen. Ich versuchte, den Hengst mit etwas realistischeren Versprechen zu beruhigen. »Wenn dein Herr dort es erlaubt, bringe ich dich zu einem Gasthof und lasse dich fürstlich bewirten, du verrückter alter Esel.«

Offenbar schätzte er meine Offenheit.

Mit der warmen Sonne am Himmel und ohne Verfolger hinter uns war es fast angenehm, über den holprigen Weg zu wandern. Fast bedauerte ich es, als das Ende des Klippenpfads in Sicht geriet. Ich versuchte, nicht an das Gemetzel zu denken, an dem wir auf der Straße vorbeimussten: die vertrauten Gesichter erstarrt und leblos, der Geruch von zwei Tage altem Tod. Ich konzentrierte mich auf das Gasthaus, das ich Killer versprochen hatte, auf Wein, gutes Essen und eine Nacht in einem richtigen Bett.

Mit einem Hinterhalt rechnete ich gewiss nicht.

Wir stapften gerade über das letzte Stück des Weges, als wir plötzlich von Bewaffneten umringt wurden. Die beiden Männer vor uns richteten Schwerter auf uns. Das Dutzend Männer auf den Felsen rechts und links des Weges hielt Bögen in den Händen, mit Pfeilen auf den Sehnen. Eine Flucht kam nicht infrage; wir waren den Männern ausgeliefert.

»Gueverro?«

Alvantes humpelte nach vorn, und als der eine Schwertkämpfer ihn sah, ließ er die Klinge sinken. Ich erkannte ihn als Anführer der altapasaedanischen Wächter, deren Eingreifen uns vor Moaradrid gerettet hatte.

»Hauptmann?«

Ein Lächeln erschien in Alvantes' Gesicht. Die kühle Arroganz, der Weltschmerz, die hartnäckige Würde ... Das alles verschwand für einen Moment und ließ nur Freude übrig. »Ich habe euch alle für tot gehalten.«

Gueverro grinste schief. »Moaradrids Soldaten gaben auf und flohen. Sie hätten uns schließlich besiegt, aber wir machten ihnen klar, welch hohen Preis sie dafür bezahlen müssten. Ohne Moaradrid fehlte es ihnen an Kampfeswillen.«

»Und warum seid ihr noch hier?«

»Wir haben gewartet, um zu sehen, ob ihr zurückkehrt. Eine Gruppe von Reitern kam in der Nacht, und es gelang ihnen, sich an uns vorbeizukämpfen. Wir dachten, Moaradrid befände sich unter ihnen, aber ...«

»Moaradrid ist tot.«

Gueverro nickte müde. »Das ist eine gute Nachricht. Der Mann war Gift. Aber wir haben es noch nicht überstanden, oder? Sein Heer ist noch immer im Castoval verteilt.«

»Darüber machen wir uns morgen Gedanken«, sagte Alvantes. »Heute Abend ruhen wir aus.«

Kaum hundert Mann hatten den Kampf vor drei Tagen überlebt. Etwa die Hälfte von ihnen waren Wächter aus Altapasaeda; der Rest stammte von Estradas bunt zusammengewürfelter Truppe. Sie hatten ihr Lager unweit des Flusses errichtet, im Schutz von Weißbirken, und hielten nach Leuten Ausschau, die vom Berg kamen. Abgesehen davon versuchten sie, wieder zu Kräften zu kommen.

Im Wald auf der anderen Seite des Flusses gab es genug Wild; es brauchte also niemand zu hungern. An jenem Abend genossen wir ein regelrechtes Festmahl, das aus Wildbret, frischem Obst und den Resten unserer eigenen Vorräte bestand. Wir sprachen über nichts Wichtiges, und niemand erwähnte das Morgen.

Wieder lagen wir unter einem offenen Himmel, und wieder konnte ich nicht schlafen. Hundert Fragen gingen mir durch den Kopf und schienen mit dem Funkeln der Sterne zu tanzen. Ich fühlte mich, als hätte ich das Ende eines Lebensabschnitts erreicht. Jetzt lag die Zukunft vor mir, riesig und undeutlich.

Am Morgen hielt Alvantes eine kurze Ansprache vor seiner bunt gemischten Streitmacht. Er dankte den Männern für ihren Mut und ihre Standhaftigkeit, obwohl die Lage so gut wie aussichtslos gewesen war. Wer heimkehren wollte, konnte gehen. Wer daheim keine Familie hatte, zu der er zurückkehren konnte, oder wer dem Castoval weiter dienen wollte, war herzlich willkommen. Seine Absicht bestand darin, nach Altapasaeda zu reiten und sich dort einen Eindruck von der Lage zu verschaffen.

Einige Männer nahmen ihn beim Wort und verließen die Truppe, aber nur einige wenige.

Alvantes trat zu Estrada, Salzleck und mir.

»Was nun?«, fragte Estrada.

»Mal sehen. Wenn sich der Abschaum von Moaradrids Heer in Altapasaeda befindet, können wir ihn vielleicht dazu bewegen, die Stadt zu verlassen. Ich habe dort noch einige Ressourcen, genug, um mit einer Handvoll Nachzügler fertigzuwerden. Wie dem auch sei, es kann nur ein kurzer Besuch sein. Jemand muss dem König die Nachricht bringen, dass sein Sohn tot ist.«

»Wie wird er darauf reagieren?«

»Keine Ahnung. Aber er muss auf jeden Fall Bescheid wissen. Anschließend kann ich mit der Suche nach dem verdammten Verräter Mounteban beginnen. An seinen Händen klebt das Blut vieler guter Männer.« Alvantes seufzte. »Was ist mit dir, Marina? Wohin willst du?«

»Natürlich nach Hause. Muena Palaiya braucht noch immer eine Bürgermeisterin.«

»Die Situation dort könnte sich inzwischen erheblich verändert haben.«

»Ich komme schon irgendwie zurecht. Und außerdem braucht Salzleck einen Reisebegleiter.«

Salzleck nickte und grinste vom einen Ohr zum anderen.

Estrada wandte sich mir zu. »Kommst du mit uns, Easie?« Sie bemerkte Alvantes' Gesicht und fügte hinzu: »Ohne ihn hätten wir es nie geschafft. Er hat seine Lektion gelernt, Lunto.«

Während der letzten Tage hatte ich viele Lektionen gelernt. Welche sie meinte, darüber wollte ich lieber nicht nachdenken.

»Ich nehme an, du willst nicht zu deinem alten Leben zurückkehren, oder?«

Ah, *die* Lektion. In der vergangenen Nacht hatte ich lange darüber nachgedacht, und in gewisser Weise hatte Estrada recht. Von den Armen zu stehlen, lohnte sich nicht. Reiche Kaufleute zu beklauen, war besser, aber das konnte schnell dazu führen, dass man aus der Stadt fliehen musste und ein Kopfgeld auf einen ausgesetzt wurde, was den Geschäften eher abträglich war.

»Begleitest du uns?«

Aber in fremde Länder einfallende Kriegsherren zu bestehlen …

Oh, natürlich war es nicht ohne Probleme. Vielleicht hatte es dazu geführt, dass sich meine Stiefel schneller abnutzten, und außerdem hatte ich mir eine hübsche Sammlung an Kratzern und blauen Flecken zugelegt, ganz zu schweigen davon, dass ich dem Tod mehrmals nur knapp entronnen war. Aber hatte es sich letztendlich nicht gelohnt? Ich hatte dabei geholfen, einen Feind abzuwehren, der auf dem besten Weg gewesen war, das Castoval zu unterjochen. Ich hatte einen Riesen gerettet und dafür gesorgt, dass er heimkehren konnte. Außerdem war es mir gelungen, ein bisschen Geld zu verdienen und sogar einen Teil davon zu behalten.

»Wir würden uns freuen, wenn du mitkommst. Nach all dem, was ihr gemeinsam durchgemacht habt, würde Salzleck dich bestimmt vermissen.«

Vielleicht hatte ich auch ein oder zwei Freunde gefunden.

Wenn der Diebstahl eines unscheinbaren Steins und die Rettung eines Riesen so viel bewirken konnten … Wozu mochte ich dann sonst noch imstande sein?

Tatsache war: Ich hatte die falschen Leute bestohlen. Ich hatte mein wahres Potenzial nicht erkannt und zu leichte Opfer gewählt. Ich war faul gewesen, vielleicht sogar ein bisschen feige.

Kurz gesagt: Ich hatte nicht hoch genug gegriffen.

Ich lächelte und sah dabei Estrada, Salzleck und auch Alvantes an.

»Es wäre mir eine Ehre, mit euch zu reisen. Habe ich eben gehört, dass ihr den König besuchen wollt?«

Danke …

Zuerst und vor allem möchte ich meiner Mutter danken, für ihre unaufhörliche Unterstützung und ihre Zuversicht. Und dafür, dass sie vor allen anderen jedes Wort gelesen hat.

Ohne Rafe hätte ich *Im Schatten der Giganten* nie begonnen und erst recht nicht zu Ende gebracht, von den Qualitäten des Buches ganz zu schweigen. Tom gab mir das richtige Ende, zusammen mit vielen anderen Verbesserungen, und Grant ermutigte mich immer wieder während der langen Überarbeitung, als das Ende in weiter Ferne zu liegen schien. Loz gab mir einen Tritt in den Hintern, als ich ihn am dringendsten brauchte. Ohne einen gewissen Zuspruch an einem verregneten Tag in London wäre ich vielleicht nie zur richtigen Zeit am richtigen Ort gewesen, um *Im Schatten der Giganten* Realität werden zu lassen.

Mit dem Ort meine ich den Fantasycon 2010. Ich danke der British Fantasy Society und dem Fantasycon dafür, dass sie es möglich gemacht haben, und Al für einen Stoß in die richtige Richtung.

Im Ernst: Danke euch allen.

Ohne euch wäre dies nicht möglich gewesen.